Das Buch

Die 19-jährige Riikka wird beim Joggen im Wald brutal ermordet. In den Taschen ihres Sportanzugs findet sich ein Amulett, dem die Polizei jedoch keine weitere Beachtung schenkt. Anna Fekete und ihr Kollege Esko Niemi übernehmen die Ermittlungen. Beim Verhör von Riikkas Freundeskreis erfahren sie, dass Riikka sich kurz zuvor von ihrem Freund getrennt hat. Allerdings ergibt die Autopsie, dass sie am Tag ihres Todes Geschlechtsverkehr hatte. Der Fall verkompliziert sich, als ein zweites Opfer gefunden wird. Wieder taucht ein Amulett beim Leichnam auf. Doch es gibt keinen Hinweis, dass die beiden Opfer sich gekannt haben. Wie sich zeigt, stellen die Amulette einen blutrünstigen Aztekengott dar. Handelt es sich bei dem Täter um einen Serienmörder, der seine Opfer zufällig auswählt? Bevor Anna Fekete und Esko Niemi eine Antwort finden, geschieht ein dritter Mord. Der Tatort entpuppt sich als kaltblütige Falle.

Die Autorin

Kati Hiekkapelto, 1970 geboren, hat als Lehrerin gearbeitet, bevor sie zu schreiben begann. Sie lebt mit ihrer Familie auf Hailuoto, einer kleinen Insel im Norden Finnlands. *Kolibri* ist ihr erster Roman.

Kati Hiekkapelto

KOLIBRI

Thriller

Aus dem Finnischen
von Gabriele Schrey-Vasara

WILHELM HEYNE VERLAG
MÜNCHEN

Die Originalausgabe erschien unter dem Titel *Kolibri* bei Otava, Helsinki
Die Übersetzung wurde gefördert von FILI, Helsinki.

Die Verlagsgruppe Random House weist ausdrücklich darauf hin, dass im Text enthaltene externe Links vom Verlag nur bis zum Zeitpunkt der Buchveröffentlichung eingesehen werden konnten. Auf spätere Veränderungen hat der Verlag keinerlei Einfluss. Eine Haftung des Verlags für externe Links ist stets ausgeschlossen.

Verlagsgruppe Random House FSC©N001967

Vollständige Taschenbuchausgabe 04/2016
Copyright © 2013 by Kati Hiekkapelto
ja Kustannusosakeyhtiö Otava
Published in the German language by arrangement with
Otava Group Agency, Helsinki.
Copyright © 2014 der deutschen Ausgabe by Wilhelm Heyne Verlag
in der Verlagsgruppe Random House GmbH,
Neumarkterstr. 28, 81673 München
Redaktion: Lena Fleegler
Umschlaggestaltung und Motiv: Johannes Wiebel | punchdesign, München,
unter Verwendung eines Motivs von © suze/photocase.com
Druck: GGP Media GmbH, Pößneck
ISBN: 978-3-453-41912-4

www.heyne.de

Für Aino, Ilona und Robert

meine Tante in der Küche das Wasser laufen ließ. Am Telefon flüsterte. Mit dem Onkel tuschelte. Mit irgendetwas raschelte. Keine Ahnung, inwiefern sie aus finnischer Sicht Onkel und Tante für mich waren. Soweit ich weiß, wohnen Mutters Geschwister alle in Schweden, und Vaters einziger Bruder ist schon lange tot. Die beiden waren Onkel und Tante nach unserer Definition. Alte Bekannte. Irgendwie mit Vater verwandt. Sie gingen nie schlafen und haben bestimmt nicht mal gegessen. Mir stellten sie nur irgendein Brot auf den Wohnzimmertisch. Die ganze Zeit waren sie irgendwie in Alarmbereitschaft. Auf welchen Befehl haben sie gewartet? Schmeißt das Mädchen runter, huch, ein Unfall. Oder: In zwei Stunden geht der Flieger, wir haben die Tickets.

Das Sofa roch nach Kurdistan. Ich begreife nicht, wie die es schaffen, dass dieser Geruch immer da ist und an allen Sachen haftet: an Sofas, Teppichen, Vorhängen, Kleidern und Kleiderschränken, Speisekammern, Betten, Laken, Tapeten, im Fernseher, in der Seife, in den Haaren, auf der Haut. Worin bringen sie ihn mit? In einer Dose? Und wieso hält er sich über Hunderte von Jahren und Tausende von Kilometern? Oder ist es wirklich so wie in dem Lied, das sie singen: Kurdistan ist die Luft, die man atmet?

Onkel und Tante belauerten mich die ganze Zeit, ich durfte nicht mal die Klotür schließen, wenn ich pinkeln ging. Als hätte ich in der Kanalisation oder im Lüftungsrohr verschwinden können. Dabei hatte ich überhaupt keine Chance zu fliehen. Ich hatte zwar die Schritte gezählt und mir ausgerechnet, wie viel Zeit ich brauchen würde, um durch den Flur und zur Tür zu rennen, das Schloss aufzufummeln, im Treppenhaus um Hilfe zu rufen und in die Freiheit zu laufen. Aber Onkel und Tante hielten Wache in der Küche direkt an diesem ewig langen Weg, die Küche offen wie ein klaffender Schlund gleich neben der Wohnungstür. Sie

In dieser Nacht war das Sandmännchen ein Handlanger der Gestapo. Als es *surr, surr* zu seiner Runde aufbrach, warf es seine blauen Klamotten in den Wäschekorb und zog einen langen Ledermantel und glänzende Stiefel an, schleppte mich zum Auto und brachte mich weg. An seinem Gürtel steckte eine Schnalle, die sich blitzschnell öffnen ließ. Warum wohl. Ich traute mich nicht einzuschlafen, obwohl die Fahrt ewig dauerte.

Ich habe als Kind verstümmelte und gesteinigte Menschen gesehen, ganz ehrlich, und eigentlich müsste ich irgendwie traumatisiert sein, bin es aber nicht. Aber ich weiß, wie mein Körper einmal aussehen wird, wenn ich tot bin. Ich habe von den Mädchen gehört, die vom Balkon gestürzt sind, die Engel von Rinkeby und Clichy-sous-Bois, die eben doch nicht fliegen konnten. Und ich kenne ein Mädchen, das einfach verschwand, *wallāhi*. Alle wussten, dass es in seine alte Heimat zurückgeschickt worden war, als Frau irgendeines schmerbäuchigen Perversen mit Goldzahn und dicken Wurstfingern. So blieb die Ehre der Familie gewahrt, o ja, die ganze Familie seufzte erleichtert auf und klebte sich ein Alles-prächtig-Lächeln auf die Lippen, *forever*. Alle außer dem Mädchen natürlich. Und der Perverse bekam ein hübsches Spielzeug, in das er seine stinkigen Würste stecken konnte.

Das Sandmännchen brachte mich zu Onkel und Tante in ein andere Stadt, in eine Trabantensiedlung, auf das Wohnzimm sofa, und dort lag ich, total benommen, und dachte bei jed Geräusch, jetzt kommen sie und bringen mich um. Ich hörte hätten mich erwischt, noch ehe ich an der Tür gewesen wäre. Und ich wusste, dass sie von innen verriegelt war und mein Onkel den Schlüssel hatte. Das hatten sie mir unmissverständlich klargemacht, als sie abgeschlossen, die Sicherheitskette vorgelegt und die Zwischentür zugedrückt hatten wie den Riegel einer Zelle. In Finnland sollte ich in Sicherheit sein. Und doch hatte ich mehr Angst als früher, als ich noch klein war, dort, wo die Straßen voll Blut gewesen waren, aber Mutter und Vater wenigstens manchmal noch gelacht hatten.

Ich konnte nicht einfach daliegen und darauf warten, dass der verdammte KGB-Sandmann durch die Tür geschlichen kam und JETZT sagte, und dann taten sie mir was wirklich Schlimmes an. Ich musste handeln. Ich holte mein Handy aus der Handtasche. Das erste Wunder: dass sie vergessen hatten, es mir wegzunehmen. Ein unbegreiflicher Patzer. Sie waren wahrscheinlich auch total nervös gewesen.

Ich tippte die Nummer ein, die sie mir gleich am ersten Schultag beigebracht hatten, Sicherheit geht vor, *yeah*, das ist Finnland. Damals flippte ich schon aus, wenn ich bloß daran dachte, dass ich dort anrufen müsste, weil es brennt oder meine Mutter einen Herzanfall hat oder so, und ich nicht hätte sagen können, was passiert ist. Weil die mich ja doch nicht verstanden hätten. Die Nummer hat mein Sicherheitsgefühl kein bisschen verstärkt, sondern nur noch mehr angeknackst, sodass es schwankte und knirschte und knarrte. Ich hatte Albträume von allen möglichen Notfällen. Dann dachte ich darüber nach, einfach zu den Nachbarn zu laufen, wie ich's zu Hause getan hätte, aber nach ein paar Wochen kam mir das genauso unsicher vor, weil mir klar wurde, dass ich überhaupt keinen von den Nachbarn kannte, außer der alten Tante im Erdgeschoss, die immer vor mir ausspuckte.

Jetzt weiß ich die richtigen Worte. Ich beherrsche eine neue Sprache, und die spreche ich besser als die frühere. Ich könnte zum Beispiel bei der Landeszentrale der Forstverwaltung anrufen, und die würden aus meinem Kiefernwaldgesäusel kein bisschen Kurdistan heraushören.

Und ich weiß auch, dass man der Polizei hier trauen kann, jedenfalls im Prinzip und wenn man nicht gerade ein Dublin-Fall ist oder sonst jemand, den die Migrationsdiktatoren als schadhaften Müll betrachten und zurückschicken wollen. Bin ich aber nicht. Ich hab die Staatsbürgerschaft. OMG, es ist wirklich lachhaft, aber ich muss es sagen. Ich bin ganz offiziell Finnin. Ein Lottogewinn, obwohl ich nicht hier geboren bin, also keine sechs Richtige, aber immerhin fünf plus Zusatzzahl. Ich hatte keine andere Chance, ich musste zumindest versuchen, an Wunder zu glauben. Also wählte ich den Notruf.

August

I

Kein Laut war aus dem Wald zu hören, der am Rand der Joggingbahn als Weidengebüsch begann. Die Schatten der Äste verwischten in der einsetzenden Dämmerung. Die hellen Joggingschuhe pochten dumpf auf die mit Sägespänen bedeckte Strecke. Die Beine hämmerten über den Boden, ihre starken, trainierten Muskeln arbeiteten effektiv, und das Herz schlug genau im richtigen Takt. Um das zu erkennen, brauchte sie keine Pulsuhr. Sie würde sich niemals eine anschaffen. Sie kannte ihren Körper und wusste, was sie ihm abverlangen konnte. Nach dem ersten Kilometer wich die anfängliche Steifheit, die Beine wurden leichter, und der Atem ging gleichmäßiger, sie fand den genussvollen, lockeren Rhythmus, in dem sie für immer weiterlaufen könnte, bis ans Ende der Welt.

Die regenfrische, sauerstoffreiche Luft war leicht zu atmen. Die Lunge sog sie ein und stieß sie aus wie ein Blasebalg, der nicht ermüden würde. Ihr ganzer Körper war bereits mit einem Schweißfilm überzogen. Wenn ich jetzt anhielte und mich auszöge, dann würde ich glitzern wie der nasse Wald, dachte sie. Ihre Zehen fühlten sich heiß an. Die Handschuhe hatte sie sich längst in die Tasche gesteckt, dabei hatte sie beim Aufbruch kalte Hände gehabt. Das Stirnband saugte die herabrollenden Schweißtropfen auf, die dunklen, kräftigen Haare waren am Ansatz klitschnass. Gleichmäßige Schritte trommelten auf dem Sägemehl, die Welt kondensierte geradezu an dem monotonen Rhythmus, und ihre Gedanken gaben eine Weile

Ruhe. Es gab nur Schritt, Schritt, Schritt, Schritt, nichts sonst in dieser schrecklichen Welt.

Dann spürte sie das Knie. Ihr Atem beschleunigte sich, und Erschöpfung machte sich bemerkbar. Sie musste das Tempo ein wenig drosseln, um durchzuhalten bis nach Hause. Es war nicht mehr weit. Dort hinten zeichnete sich schon der umgestürzte Baum ab, bei dem sie immer mit dem Endspurt begann. Sein schwärzlicher, dicker Stamm hatte im Fall ein paar dünne Birken mitgerissen. Der Wurzelstock ragte wild wie ein Troll in die Höhe. Sie hatte sich schon oft gedacht, dass man sich dahinter leicht verstecken könnte.

Auf einer anderen Joggingbahn störte nur das Knistern des Trainingsanzugs einer einsamen Läuferin die Stille. Der Wald schwieg, das Rauschen des Meeres war nicht zu hören. Die Vögel sind noch nicht fortgezogen, vielleicht schlafen sie, dachte die Joggerin, als im selben Moment direkt neben ihr eine Krähe schrie. Sie erschrak über das unerwartete Geräusch, ihr Herz verkrampfte sich, und gleich darauf hörte sie von der Seite ein Rascheln, als würden sich Zweige biegen und wieder zurückschnellen. Im Wald bewegte sich irgendjemand. Nein, nicht jemand, sondern etwas: ein Vogel, ein Igel, irgendein Insekt. Quatsch, ein Insekt macht nicht so ein Geräusch. Vielleicht ein Fuchs oder ein Dachs, die Wälder sind doch immer voller Tiere, vor denen braucht man keine Angst zu haben, redete sie sich ein, versuchte, sich zu beruhigen, schaffte es aber nicht. Sie steigerte das Tempo und lief zu schnell. All die verqueren Geschichten in ihrem Leben kreisten wirr in ihrem Kopf, sie lief, um das ganze Durcheinander loszuwerden, war den ganzen Sommer lang gelaufen wie besessen. Wenn das Semester doch bald anfinge, dachte sie, dann käme ich hier raus, weg von allem Bisherigen, könnte ein neues Kapitel in meinem Leben aufschlagen, neu durchstarten. Seit sie die Aufnahmebestätigung von der Universität bekommen hatte, hatte sie sich diese Phrasen immer wieder aufgesagt. Trotzdem hatte sie das Gefühl, nicht loszukommen.

Als die Haustür ins Schloss fiel, war sie schon im ersten Stock. Die letzte Plackerei, in vollem Tempo hinauf in den vierten, und obwohl ihre Waden bereits höllisch brannten, wusste sie, dass sie es schaffen würde. Die heutige Runde war eine der leichtesten in ihrem Trainingsprogramm, eine knappe Stunde Joggen in gemäßigtem Tempo, pure Freude und Genuss. Sie zog die verschwitzten Klamotten aus und warf sie im Flur auf den Boden, stellte sich unter die Dusche und ließ das heiße Wasser über die rot pulsierende Haut strömen, ließ die salzigen Schweißtropfen und den Seifenschaum abfließen, in die Kanalisationsrohre, die sich unter der Stadt kreuzten, in die Kläranlage, wo sie viele Männer beschäftigten. Der Gedanke belustigte sie. Nach dem Duschen hüllte sie sich in einen dicken weißen Bademantel, wickelte ein Handtuch um ihr schwarzes Haar, öffnete eine Bierdose und ging zum Rauchen auf den Balkon. Karger Beton und reihenweise dunkle Fenster. Trabantenstadt. Welcher verdammte, dumme Impuls hatte sie hierher zurückgebracht? Sie lachte laut über die Siedlung, die ihr irgendetwas vorzugaukeln versuchte, wie es ihre Art war. Jetzt gerade stellte sie sich schlafend. Doch sie wusste, dass das eine Lüge war. Sie hatte gesehen, was sich hinter diesen Betonmauern verbarg. Nach dem Laufen quälte es sie zum Glück nur selten, und seltsamerweise bereitete ihr auch der morgige Tag kein Unbehagen. Die Endorphine hatten ihr Nervensystem in einen Vergnügungspark verwandelt, und sie fühlte sich immer noch himmlisch, als sie ins Bett ging. *Jó éjszakát,* flüsterte sie sich zu und schlief ein.

Außer Atem lief die Joggerin durch den inzwischen wieder stillen, sich verdunkelnden Wald. Auf den sattgrünen Blättern glitzerten die Regentropfen, die den Boden nicht erreicht hatten. Hinter ihr knackte es laut. Ein Elch oder ein Fuchs, redete sie sich ein, glaubte es aber immer noch nicht.

Sie sah sich um. Es ist zu still, dachte sie, unnatürlich still. In Gedanken verfluchte sie ihr schnelles Anfangstempo, jetzt konnte sie nicht mehr, und obwohl sie mittlerweile wirklich Angst hatte und nur noch wegwollte, musste sie ins Schritttempo übergehen. So verbrennt man kein Fett, ich kriege bloß einen Muskelkater, und morgen bin ich zu gar nichts mehr in der Lage. Dabei müsste ich abnehmen. Ich muss. Alles muss anders werden, beschwor sie sich, um nicht an den bedrohlichen Wald zu denken, in dessen Schatten sie jemand zu belauern schien. Du spinnst, sagte sie laut zu sich selbst. Ich werde bestimmt noch verrückt, und das geschieht mir ganz recht. Ich muss das alles vergessen, aufhören zu sündigen, meine Wunden lecken, ach Scheiße, was für Klischees, denk dir mal was Originelleres aus. Ihre Stimme übertönte das Rascheln im Wald.

Auf den letzten fünfhundert Metern zum Wagen atmete sie schwer, hatte das Gefühl, sie würde es nie schaffen, der Weg würde nie enden. Gerade als das gelbe Auto durch das Gebüsch schimmerte und sie über ihre albernen Schreckensbilder lächelte, entdeckte sie die dunkle Gestalt, die vor ihr auf der Joggingbahn kauerte. Urplötzlich richtete sich die Gestalt auf und stürzte auf sie zu.

2

Die dicke Wolke, die nun schon seit vier Tagen den Himmel verdunkelte, schleuderte unermüdlich Regen auf die Stadt. Es war grau und kühl. Die Fußgänger, die sich mit ihren Schirmen durch das morgendliche Gedränge kämpften, wichen den Fontänen aus, die von den Autoreifen aufspritzten. Die Klügsten trugen Gummistiefel. Der Sommer schien unwiderruflich vorbei zu sein, obwohl die Haut noch längst nicht auf die Hitze und die Berührung des Meerwassers verzichten wollte. Die Schule hatte wieder begonnen, die Berufstätigen waren aus dem Urlaub zurück, und die Gesellschaft lief wieder auf vollen Touren: zur Arbeit, nach Hause, zur Arbeit, nach Hause, keine Faulenzerei auf den Badestegen und kein Pusteblumenpusten mehr.

Um Viertel vor acht öffnete Anna die Tür zu dem großen Amtsgebäude in ihrer ehemaligen Heimatstadt und betrat das konstant hellwache Foyer. Ein Blick auf die Uhr sagte ihr, dass ihr neuer Chef sich verspätet hatte. Sie holte die Puderdose aus der Handtasche, zupfte die Ponyfransen zurecht und legte ein wenig Lipgloss auf. Dann atmete sie tief durch. Ihr Magen zwickte, und sie hatte Druck auf der Blase.

Die Neonleuchten sirrten hinter den Gittern der Lampenschirme. Anna hatte letztlich doch schlecht geschlafen. Sie war schon in den frühen Morgenstunden aufgewacht und immer nervöser geworden. Das Adrenalin putschte ihre Sinne auf.

Vor einer Woche war ihr einstiger Wohnort wieder zum aktuellen geworden, als Anna mit einem gemieteten Kleintransporter und der Hilfe von zwei Kollegen ihre wenigen Möbel und Habseligkeiten viele Hundert Kilometer von der Stadt wegbrachte, in der sie ihre Ausbildung durchlaufen und nach dem Abschluss verschiedene befristete Jobs gehabt hatte. Das meiste hatte sie schon vor zehn Jahren besessen, als sie mit der Ausbildung begonnen hatte.

Anna hatte eine Wohnung in Koivuharju gemietet, der Vorortsiedlung, in der sie ihre Jugend verbracht hatte und wo Ákos immer noch wohnte. Die Gegend hatte keinen besonders guten Ruf, aber die Mieten waren erschwinglich. Annas Familienname, der mit Plastikbuchstaben an ihrem Briefschlitz angebracht war, erzeugte bei den anderen Hausbewohnern keinerlei Irritation. Nicht einmal ihr relativ hoher Bildungsstand wich wesentlich vom Mittelwert des Mieterprofils ab, denn in Koivuharju wohnten überraschend viele Lehrer, Ärzte, Ingenieure und Physiker mit Migrationshintergrund. Der einzige statistisch bedeutende Unterschied war, dass Anna berufstätig war und eine ihrer Ausbildung entsprechende Festanstellung gefunden hatte. Die Physiker aus Koivuharju waren schon froh, wenn sie irgendwo aushilfsweise putzen gehen durften.

Koivuharju war keine Gegend, für die man sich freiwillig entschied. Man geriet dorthin. Diejenigen, die in der Innenstadt oder an deren Peripherie wohnten, kannten Namen und Ruf des Vororts, wussten aber nicht, wie es dort aussah. Das bunte Spektrum der schwer auszusprechenden Namen in den Treppenhäusern hätte ihnen vielleicht sogar Angst gemacht.

Anna sehnte sich nicht nach den teuren Wohnungen mit den hohen Decken im Stadtzentrum. Jenseits der glänzenden Fassaden, in den Schatten und Nebenstraßen hatte sie sich von jeher heimischer gefühlt.

Vielleicht war sie deshalb Polizistin geworden.

Kriminalhauptkommissar Pertti Virkkunen kam fast zehn Minuten zu spät. Der kleine schnauzbärtige Mann, der die fünfzig bereits überschritten hatte, wirkte ausgesprochen fit. Er begrüßte Anna mit einem strahlenden Lächeln und schüttelte ihr so kräftig die Hand, dass ihr Schultergelenk knackte.

»Wir sind so froh, dass Sie bei uns gelandet sind«, sagte er. »Wirklich toll, eine Polizistin mit Migrationshintergrund in unserem Team zu haben. In den Strategiepapieren ist davon ja schon seit Jahren die Rede, aber hier hat sich bisher nicht ein Einziger blicken lassen, nicht einmal als Polizeimeister. Kein Migrant, meine ich. Ansonsten machen wir mit Leuten wie Ihnen ja durchaus Bekanntschaft, also, ähm ...«

Virkkunen brach verlegen ab. Anna hätte gern eine bissige Antwort gegeben und den Mann dazu gebracht, sich vor Scham zu winden, doch da ihr auf die Schnelle nichts einfiel, ließ sie es auf sich beruhen.

»Lassen Sie es in den ersten paar Tagen locker angehen, lernen Sie das Haus und die Leute kennen. Wir haben momentan keine dringlichen Fälle, daher können Sie sich in aller Ruhe einarbeiten«, erklärte Virkkunen. Er führte Anna von einer Abteilung zur anderen. »Das hier ist ja Ihre erste feste Stelle und überhaupt Ihr erster Job bei der Kripo, insofern brauchen Sie sicher Zeit, sich einzugewöhnen und sich mit unseren Arbeitsmethoden vertraut zu machen. Wir beginnen um acht Uhr mit der Morgenbesprechung. Dabei geht es hauptsächlich um Lageberichte und die Aufgabenverteilung. Die Besprechung der Analysegruppe findet einmal wöchentlich statt. Die genaueren Zeitpläne und Ihren Schichtplan bekommen Sie von unserer Sekretärin.«

Anna nickte. Während sie Virkkunen folgte, versuchte sie, sich die Anordnung der Gänge und Abteilungen einzuprägen, eine Art Grundriss zu skizzieren. Im Sommer nach dem Abitur hatte sie hier als Aushilfe bei der Meldestelle gearbeitet, in einem großen Büro im Erdgeschoss, und bei der Bearbeitung einer Flut von Passanträgen geholfen – dass ihr Pass abgelaufen war, merkten die meisten immer erst kurz vor einer Urlaubsreise. Sie hatte die Anträge abgeheftet und abgestempelt, Regale aufgeräumt und Kaffee gekocht und zum Schluss sogar die Abläufe bei der Passherstellung selbst kennengelernt. Aber ansonsten war ihr das Gebäude fremd geblieben. Es hatte wie ein Labyrinth auf sie gewirkt, wie es große Gebäude am Anfang immer taten.

Virkkunen führte Anna in den dritten Stock, in das Dezernat für Gewaltdelikte und in sein Dienstzimmer, einen großen, hellen Raum auf halber Höhe des Korridors gegenüber der Kaffeeküche. Unterlagen und Ordner standen wohlsortiert in den wandhohen Regalen, der Computer war ausgeschaltet. Am Fenster hingen drei Ampeln mit üppigen Grünpflanzen, und auf dem Fußboden stand eine baumgroße Yuccapalme. An der Wand hing das Foto einer blonden Frau und dreier blonder Kinder an einem sonnigen, exotischen Sandstrand. Sie lächelten, wie es sich für eine glückliche Familie gehörte.

Auf einem Servierwagen aus Edelstahl standen eine Thermoskanne und Kaffeetassen bereit. Das obligatorische Hefegebäck in einem Korb war mit einem Tuch bedeckt. Anna überlegte, ob sie so unhöflich sein durfte, das Gebäck abzulehnen. Der Raum war so groß, dass neben Virkkunens Schreibtisch auch ein Besprechungstisch Platz hatte. An diesem Tisch saßen drei Personen. Polizisten in Zivilkleidung.

»Guten Morgen allerseits«, sagte Virkkunen. »Darf ich euch unsere neue Kriminalmeisterin vorstellen, Anna Fekete.«

Zwei der drei standen sofort auf und traten auf Anna zu.

»Guten Morgen und herzlich willkommen bei uns! Wie gut,

dass wir jetzt eine zweite Frau im Team haben, die Kerle gehen mir manchmal wirklich auf die Nerven. Ich bin Sari. Sari Jokikokko-Pennanen. Warum musste ich mir bloß dieses Monster von einem Namen antun?«

Die große blonde Frau, ungefähr im gleichen Alter wie Anna, schien mit ihrem ganzen Wesen zu lächeln. Sie streckte ihren schlanken Arm aus und nahm mit angenehm festem und warmem Griff Annas Hand.

»Hallo allerseits. Meinen Namen spricht man übrigens wie Fäkätä aus. Echt toll, dass ich hier arbeiten darf, allerdings bin ich ein bisschen nervös.«

»Dazu hast du überhaupt keinen Grund. Nach allem, was man hört, bist du eine verdammt gute Polizistin, und wir sind wirklich froh, dass du bei uns gelandet bist. Aber hör mal, du sprichst ja irrsinnig gut Finnisch, man hört gar keinen Akzent«, sagte Sari.

»Danke. Ich lebe schon ziemlich lange in Finnland.«

»Ach so, wie lange denn?«

»Seit zwanzig Jahren.«

»Dann warst du ja noch ein Kind, als du gekommen bist.«

»Ich war neun. Wir sind im Frühjahr hergezogen, im Sommer wurde ich zehn.«

»Wow. Davon musst du mir irgendwann mehr erzählen. Das hier ist Rauno Forsman.«

Der ebenfalls etwa dreißigjährige, freundlich aussehende Mann streckte die Hand aus und begrüßte Anna. Seine blauen Augen musterten sie neugierig.

»Guten Morgen und auch meinerseits herzlich willkommen.«

»Guten Morgen, freut mich«, sagte Anna und spürte, wie die Schmetterlinge in ihrem Bauch allmählich aufhörten zu flattern und ihre Nackenmuskeln sich entspannten. Sie mochte diese Leute, besonders Sari.

Die dritte Person war am Tisch sitzen geblieben. Ein Mann, der gerade in dem Moment den Mund aufmachte, als Virkkunen sich empört zu ihm umwandte.

»Tag«, sagte er vage in Annas Richtung und wandte sich dann an Virkkunen: »Die Notrufzentrale hat letzte Nacht einen Anruf reinbekommen. Irgendeine Neufinnin, oder wie man die heutzutage nennt, meinte, man wolle sie umbringen. Machen wir uns also langsam mal an die Arbeit?«

Virkkunen räusperte sich. »Esko Niemi«, sagte er zu Anna. »Ihr Partner.«

Esko, dessen von Couperose gemaserte Wangen schlaff herabhingen, schnaubte. Vielleicht hat er Schnupfen, dachte Anna und begrüßte ihn. Der Mann stand auf und gab ihr die Hand. Sie war groß und rau, eine Hand, die Verbrecher mit stählernem Griff ins Kittchen beförderte, doch zu Annas Überraschung war Eskos Händedruck widerlich schlapp. Wer immer Anna derart kraftlos die Hand gab, wirkte von Anfang an unzuverlässig auf sie. Und dieser Mann mied überdies ihren Blick. Virkkunen erinnerte sie an den Kaffee, und sie traten an den Servierwagen, von dem ein verlockender Duft ausging. Die leichte Anspannung löste sich, beruhigendes Stimmengewirr umgab Anna. Das frische, noch warme Hefegebäck schmeckte gut.

Nachdem sie sich mit Kaffee und Gebäck gestärkt hatten, bat Virkkunen Esko um einen genaueren Bericht über den nächtlichen Anruf.

»Das Mädchen hatte seine Adresse angegeben. Noch in der Nacht ist eine Streife hingefahren, aber das Mädchen war nicht da. In der Wohnung befanden sich der Vater, die Mutter und zwei jüngere Geschwister, aber nicht die Anruferin. Die Familie – Kurden übrigens – hat einen solchen Zinnober gemacht, dass das ganze Haus davon wach geworden ist«, berichtete Esko.

»Das Mädchen? Die Drohung war gegen ein Mädchen gerichtet?«, fragte Anna.

»Hab ich doch gerade gesagt«, erwiderte Esko, ohne Anna anzusehen, und fuhr fort: »Der Vater des Mädchens sagte, die Tochter sei zu Besuch bei Verwandten in Vantaa. Im Bericht steht dann noch, dass der Vater das Reden übernommen habe. Der Sohn der Familie, der vierzehnjährige ... Diese Namen kann sich ja keiner merken ...«, murmelte Esko und suchte in seinen Notizen nach dem Namen des Jungen. »Mehvan. Also, der vierzehnjährige Mehvan hat gedolmetscht.«

»Wurde gar kein offizieller Dolmetscher gerufen?«, fragte Anna. »Man darf doch Kinder nicht als Dolmetscher einsetzen, erst recht nicht bei einer so schlimmen Geschichte.«

»Die Streife hat es versucht, aber der diensthabende Dolmetscher war gerade bei einem anderen Einsatz in der Klinik. Die zweite Dolmetscherin war auf die Schnelle nicht zu erreichen, und es wäre ja auch eine ziemliche Verschwendung von Steuergeldern gewesen. Nachtzuschläge und all das für zwei Dolmetscher! Die Männer von der Streife hatten den Auftrag, soweit es ging, die Situation umgehend zu klären. Und sie wurde ja auch geklärt. Wenn es ernst ist, fackelt man nicht lange. Die Jungs haben exakt nach Befehl gehandelt.«

»Genau wie in Bosnien«, flüsterte Anna.

»Wie bitte?«, fragte Esko.

Endlich sah er Anna aus verquollenen, geröteten Augen an. Sie versuchte, unverwandt zurückzustarren. Der Kerl widerte sie jetzt schon an, obwohl sie ihn erst seit wenigen Minuten kannte.

»Nichts. Ich hab nichts gesagt.«

Anna senkte den Blick.

Mit einem Ausdruck von Zufriedenheit im Gesicht holte Esko sich einen weiteren Kaffee.

»Na, jedenfalls schien in der Wohnung letztlich alles in Ordnung gewesen zu sein«, sagte Esko in versöhnlicherem Ton. »Keins der Familienmitglieder konnte sich erklären, was die Tochter da getan hatte und warum. Die Kollegen in Vantaa sind zu den Verwandten gefahren. Das Mädchen – es heißt übrigens ... Moment ... Bihar – war genau da, wo es sein sollte. Frisch und munter. Gegenüber den Beamten in Vantaa erklärte sie, womöglich hätte jemand zum Spaß unter ihrem Namen angerufen. Oder vielleicht hätte sie auch einen Albtraum gehabt und im Halbschlaf telefoniert. Angeblich schlafwandelt sie manchmal. Und redet im Schlaf. Hinterher erinnert sie sich an nichts.«

»Ziemlich verdächtig«, meinte Anna.

»Finde ich auch«, stimmte Sari zu.

»Was soll daran verdächtig sein, wenn das Mädchen selbst sagt, es hätte aus Versehen angerufen?«, entgegnete Esko.

»Wer, bitte schön, wählt aus Versehen den Notruf?«, fragte Sari.

»Verdammt noch mal, es gibt Leute, die rufen an, weil sie den Hausschlüssel in der Wohnung liegen gelassen haben oder weil ihr kleiner Pudel ein Staubkorn im Auge hat«, schimpfte Esko.

»Das ist doch was ganz anderes. Wir sprechen hier von einem versehentlichen Notruf«, wandte Sari ein.

»Wie alt ist diese Bihar?«, fragte Anna.

»Siebzehn«, gab Rauno Auskunft.

»Eine siebzehnjährige Kurdin, die den Notruf wählt, weil man sie töten will. In meinen Ohren klingt das nach einem Albtraum aus dem echten Leben«, meinte Anna.

»Und wieso hat man sie überhaupt allein nach Vantaa geschickt?«, fügte Sari hinzu.

Esko sagte nichts mehr.

»Hören wir uns doch mal die Aufzeichnung an«, schlug Virkkunen vor. »Esko, lass das Band ablaufen.«

Zuerst eine Sekunde Rauschen. Die sachliche Stimme des Telefondienstes. Dann, sehr leise, das Flüstern eines Mädchens.

»Die bringen mich um. Helft mir! Mein Vater bringt mich um!«

Die Beamtin bittet sie, ihre Worte zu wiederholen.

Das Mädchen sagt nichts.

Die Beamtin fragt, wo sich das Mädchen befindet. Sie nennt die Adresse und legt auf.

»Das Mädchen hatte Angst«, sagte Anna.

»Das glaube ich auch.« Sari nickte. »Sie hatte entsetzliche Angst, dass man sie hören könnte.«

»Warum hat sie nicht gesagt, wo sie wirklich ist?«, fragte Rauno.

»Vielleicht wusste sie es nicht«, mutmaßte Sari.

»Oder sie wollte die Polizei direkt ins Wespennest schicken«, meinte Rauno.

»Oder aber sie kannte ihren aktuellen Aufenthaltsort nicht genau, und ihre eigentliche Adresse war die einzige, die sie mit Sicherheit richtig benennen konnte. Und es musste schnell gehen, sie war in Panik«, sagte Anna.

»Vielleicht wollte sie auch nur ihren Papa ärgern«, schnaubte Esko.

»Wurde die Mutter befragt?«, erkundigte sich Anna.

»Die Streifenbeamten haben es versucht, aber in dem Bericht steht, dass immer nur der Mann geantwortet hat. Und dieser Mehvan«, sagte Rauno.

»Natürlich.«

»Was machen wir jetzt mit der Sache?«

»Wir leiten eine Ermittlung ein. Die finnische Strafgesetzgebung kennt keine Ehrenverbrechen, aber es könnte sich um den Tatbestand der Bedrohung handeln, vielleicht sogar um Freiheitsberaubung. Es ist Montagmorgen, und das Mädchen ist in Vantaa. Müsste sie nicht in der Schule sein?«, fragte Virkkunen.

Esko gähnte vernehmlich und fummelte verdrossen an seinem Handy herum. »Meines Wissens endet die Schulpflicht mit siebzehn«, brummte er.

»Esko, du kümmerst dich noch heute um die Vorladungen«, ordnete Virkkunen an.

»Hmm.« Esko wischte sich Gebäckkrümel aus den Mundwinkeln.

»Bihar, der Vater, die Mutter, der Bruder und die kleine Schwester, die ganze Familie kommt hierher zur Befragung, und zwar so schnell wie möglich. Und du bestellst einen Dolmetscher oder gleich zwei, wenn nötig. Rauno und Sari, informiert euch über die Verwandten, bittet in Vantaa um Amtshilfe. Anna, Sie könnten eruieren, wie früher in vergleichbaren Fällen vorgegangen wurde.«

»In Ordnung«, antwortete Anna.

»Ich hab ein mulmiges Gefühl«, sagte Sari. »Wie eine schlechte Vorahnung.«

In diesem Moment klopfte es an der Tür, eine Frau steckte den Kopf durch den Türspalt und grüßte in die Runde.

»Auf dem Joggingpfad Selkämaa in Saloinen wurde eine Leiche gefunden.«

Alle verstummten. Sari und Rauno sahen einander ungläubig an. Eskos Kaffeetasse verharrte auf dem Weg zum Mund in der Luft. Und Virkkunens Stimme zerriss die Stille.

»So viel zum ruhigen Anfang, Anna.«

3

Anna Fekete schnupperte. Der Regen verstärkte die Gerüche des Waldes. Der Geruch der Waldstreu unter den Bäumen vermischte sich mit dem des nassen Sägemehls. Die Schimmelsporen hatten ihr herbstliches Fest bereits eingeläutet, aber die Luft wirkte dennoch frisch. Der Wind rauschte durch die Äste der verkrüppelten Birken und dichten Weidensträucher. Ihre immer noch grünen Blätter raschelten im Regen.

Die zwanzig Kilometer lange Fahrt nach Saloinen hatte über die stark befahrene Landstraße nach Süden geführt. Vor dem rasch wachsenden Dorfkern war Anna auf einen Kiesweg abgebogen, der ans Ufer führte. Er hatte sich etwa drei Kilometer durch Wäldchen und brach liegende Felder geschlängelt, bis er an einem kleinen rechteckigen, grasbewachsenen Parkplatz endete. Am Rand des Parkplatzes spross eine schleimige Traube von Butterpilzen. Davor parkten ein blau-weißer Polizei-Saab und Eskos unmarkierter Dienstwagen. Neben ihm standen die uniformierten Streifenbeamten.

Heute ist Intervalltraining, dachte Anna, als sie den Joggingpfad betrachtete, der hinter dem mit gelben Bändern umspannten Parkplatz begann. Er verlor sich im Wald wie das Band, das ihn markierte. Gut zweihundert Meter weiter liege die Leiche, berichteten die Uniformierten, aber so weit reichte ihr Blick nicht.

Die Leiche war am Morgen kurz vor neun Uhr gefunden worden. Die 86-jährige Aune Toivola, eine Witwe, die in der

Nähe wohnte, hatte sie bei ihrem Morgenspaziergang entdeckt. Sie stand jeden Morgen um sieben Uhr auf, kochte eine Kanne Kaffee und trank die eine Hälfte vor, die andere nach ihrem täglichen Spaziergang. Wie gewöhnlich hatte sie auch diesmal den Joggingpfad in Ufernähe gewählt. Und mit dem Handy, das ihre fürsorglichen Angehörigen für sie besorgt hatten, hatte sie die Polizei alarmiert.

Esko war allein mit seinem Dienstwagen losgefahren. Anna hatte sich darüber geärgert, auch wenn sie nicht unbedingt auf Zweisamkeit erpicht gewesen war. Trotzdem ...

Sie ging zu dem Streifenwagen hinüber, in dem Aune Toivola mit Esko saß. Die Uniformierten unterhielten sich miteinander, während sie darauf warteten, wieder fahren zu dürfen. Der jüngere und attraktivere der beiden hatte sie seit ihrer Ankunft nicht mehr aus den Augen gelassen. Sein Blick glitt zu ihrem Hintern, als sie sich zu der alten Frau hinunterbeugte.

Auf Aunes faltigem Gesicht lag Frustration. Anna kam nicht einmal dazu, sich vorzustellen.

»Ich habe diesen netten jungen Männern schon alles erzählt«, sagte Aune missmutig. »Jetzt möchte ich nach Hause. Mein Kaffee wird kalt. Ich habe Kopfschmerzen. Außerdem kommt bald meine Pflegerin, und die bekommt einen Riesenschreck, wenn ich nicht da bin.«

Esko saß lächelnd auf dem Vordersitz.

»Aune und ich sind schon alles durchgegangen. Alles hier drin«, sagte er und klopfte auf das blaue Notizbuch in seiner Hand.

Das kann doch gar nicht sein, dachte Anna. Du warst doch höchstens zehn Minuten vor mir hier.

»Trotzdem würde ich Ihnen gern selbst noch ein paar Fragen stellen«, wandte sie sich an Aune. »Danach können Sie nach Hause gehen. Es dauert auch nicht lange.«

Die alte Frau schnaubte, sagte aber nichts. Eskos Lächeln verschwand.

»Wohnen Sie in der Nähe?«

»Knapp einen Kilometer von hier. Selkämaantie 55, an dem Kiesweg, der von der Landstraße hierherführt«, antwortete sie mürrisch und deutete mit ihrer runzligen Hand zu dem Weg, über den Anna gekommen war.

»Haben Sie dort jemanden gesehen? Irgendwen, der zum Joggingpfad unterwegs war oder von dort heraufkam?«

»Nein. Mein Haus liegt nicht direkt an der Straße. Und ich spioniere nicht, das habe ich noch nie getan«, sagte die alte Frau.

»Und gehört?«

»Was?«, fragte die Frau, wobei sie die Stimme hob, sodass das Wort wie ein schrilles Miauen klang.

»Haben Sie heute früh irgendetwas Ungewöhnliches gehört? Oder gestern Abend? In der Nacht? Motorengeräusche? Einen Schuss?«

Anna sah, wie die Frau sich mit knotigen Fingern über das rechte Ohr strich, hinter dem ein Hörgerät steckte.

»Nein, gehört habe ich nichts. Gestern Abend habe ich vor dem Fernseher gesessen, der läuft bei mir ziemlich laut.«

»Und haben Sie die Person, die Sie gefunden haben, früher schon einmal gesehen?«

»Morgens ist hier nie jemand. Vielleicht laufen abends Leute hier herum, aber davon weiß ich nichts. Ich bin nie abends hier. Kann ich jetzt gehen? Sonst macht sich die Pflegerin Sorgen und ruft meinen Sohn an.«

»Nur noch zwei Fragen. Wohnt noch irgendjemand sonst hier in der Nähe?«

»Nur Yki Raappana, aber nach dem hat mich Ihr Kollege schon gefragt.«

»Und der Wagen, der dort steht, haben Sie den schon mal gesehen?«

»Ich weiß nicht. Natürlich fahren manchmal Autos vorbei. Ich bin ja nicht die Einzige, die hier spazieren geht, immerhin ist der Pfad beleuchtet.«

»Danke. Sie können jetzt gehen, aber wir werden Sie in den nächsten Tagen noch einmal befragen. Wenn Ihnen der Vorfall zu schaffen macht und Sie darüber reden möchten, wenden Sie sich bitte an die Gemeinde. Dort gibt es Helfer, die dafür da sind. Hier sind die Kontaktdaten.«

»Wenn ich endlich nach Hause zu meinem Kaffee komme, dann wird es schon werden«, murmelte die alte Frau. »Das war doch gar nichts im Vergleich zu all dem, was ich als junge Fronthelferin in Karelien erlebt habe. Männer auf Pritschen, die schrien und kreischten, einer hatte die Beine verloren, ein anderer Granatsplitter im Kopf.«

»Auch darüber können Sie ja mit dem Krisenhelfer reden, das wird Ihnen sicherlich guttun«, sagte Anna höflich und bat die Streifenbeamten, die alte Dame nach Hause zu bringen. »Und ruft am besten gleich auch bei der Gemeinde an«, sagte sie und zwinkerte dem Jüngeren, Attraktiveren zu. Er verlor sichtlich die Fassung.

Hätte ich doch im Streifendienst bleiben sollen?, überlegte Anna, als sie Esko Niemi beim Aussteigen beobachtete.

Die schütteren, fettigen Haare standen wirr vom Kopf des in der zweiten Lebenshälfte stehenden Ekels ab, das zerknitterte Hemd war nachlässig in die ungebügelte Hose gestopft. Über seiner üppigen Leibesmitte spannte sich der Hemdenstoff um die Knöpfe und legte ein Stück des behaarten Bauches bloß. Das abgetragene Jackett ging wahrscheinlich nicht einmal zu. Esko Niemi war nicht charmant gealtert, wie es Männer angeblich taten. Frauen verschrumpeln spätestens mit vierzig, während Männer bis an ihr Lebensende immer nur attraktiver werden, hatte Anna oft gehört. Es war ihr unbegreiflich, wie die Leute, Frauen vor allem, diesen Blödsinn für bare Münze halten konnten.

Als er sich aus dem Wagen gehievt hatte, dehnte Esko seinen steifen Rücken und bekam einen fürchterlichen Hustenanfall. Sobald er wieder Luft bekam, steckte er sich eine Zigarette an.

Wie soll ich mit dem nur kommunizieren?, fragte sich Anna verunsichert.

Esko schützte seine Zigarette mit einer Hand vor dem Regen, zog geräuschvoll die Nase hoch und spuckte grünlichen Schleim auf die Erde.

Bassza meg, was für ein Schwein!

»Ich gehe mir jetzt den Tatort und die Leiche ansehen«, erklärte Esko.

»In Ordnung, gehen wir«, sagte Anna.

»Nein. Du wartest im Wagen. Du schickst die Kriminaltechniker zu mir, wenn sie kommen. Kannst du so viel Finnisch?«

»Esko, ich werde garantiert nicht ...«

»Ich kann mich nicht erinnern, dir das Du angeboten zu haben. Außerdem ist das ein Befehl. Sieh von mir aus inzwischen nach, wem das Auto dort gehört. Aber pass auf, dass du dabei keine Spuren verwischst.«

Esko warf Anna den Autoschlüssel zu, ließ die Kippe in seine Spuckepfütze fallen und trat sie mit der Schuhsohle aus. Anna drehte sich der Magen um.

»Die Jungs von der Streife haben die Leiche nach Papieren abgesucht. Das ist ein anderes Wort für Personalausweis. Sie haben keinen Ausweis gefunden, dafür aber den Autoschlüssel. Sieh zu, dass du nichts durcheinanderbringst«, wiederholte

Esko, als spräche er mit einem Kind. Dann hob er das gelbe Band an, bückte sich ächzend darunter hindurch und ging langsam zum Joggingpfad hinüber. Anna blieb stocksteif stehen und starrte Eskos Rücken an, bis er hinter den Weidenbüschen verschwand. Sie hasste diesen Mann. Sie ballte die Fäuste und kämpfte gegen den Impuls an, laut zu schreien. Der scharfe Rand des Zündschlüssels drückte eine tiefe rote Furche in ihre Handfläche. Sie sah zu dem einsamen Fiat hinüber. Reiß dich zusammen und mach dich an die Arbeit, befahl sie sich.

Der verlassene, erkaltete Wagen erschien ihr wie ein Abglanz des Schreckens, der über dem Joggingpfad lag. Anna streifte Latexhandschuhe über und griff vorsichtig nach dem Türgriff. Das kalte Metall gab ihr Selbstvertrauen. Das hier konnte sie. Es war ihr vertraut. Schon im Streifendienst hatte sie manchmal Gelegenheit gehabt, kriminaltechnische Untersuchungen an Fahrzeugen durchzuführen, die mit zertrümmerter Motorhaube und noch warmem Motor an irgendeinem Straßenrand gefunden worden waren. Betrunkene oder bekiffte Fahrer, die geflüchtet waren. Diebesgut im Kofferraum. Tatortuntersuchungen an Autos waren an der Tagesordnung.

Doch diesmal führte Anna keine Tatortuntersuchung durch. Die Techniker würden den Wagen Millimeter für Millimeter absuchen. Wenn sich darin irgendein wichtiges Indiz befand, würden sie es entdecken. Anna hingegen suchte etwas ganz anderes.

Die Tür war verriegelt. Anna drückte auf den Knopf am Schlüssel, auf dem undeutlich ein geöffnetes Vorhängeschloss abgebildet war. Der Fiat gab ein Knacken von sich. Sie öffnete die Beifahrertür. Das Wageninnere wirkte sauber. Die dunkelbraunen Bezüge waren fleckenlos, und auf dem Boden lagen weder Sand noch Abfälle. In diesem Wagen hatten keine Kinder gesessen. Und keine Säufer. Anna widerstand dem Drang, sich in den Wagen zu setzen und zu horchen, ob er ihr irgendetwas erzählte. Stattdessen öffnete sie vorsichtig das Handschuhfach und nahm den Fahrzeugschein heraus.

Als Besitzer des Wagens war Juhani Rautio eingetragen. Vaahterapolku 17. Saloinen.

Jemand, der in der Nähe wohnte. Ganz in der Nähe. Aufregung machte sich in Annas Brustkorb breit.

Widerstrebend ging sie zu ihrem eigenen Wagen und setzte sich hinein.

Sie erschrak, als an ihr Fenster geklopft wurde. Esko war zurück. Er zog schon wieder an einer Zigarette und bedeutete Anna auszusteigen. Sie fror. In ihrer klammen Kleidung fühlte sich der Wind doppelt kalt an.

»Die Technik braucht noch eine Weile. Ich habe auch die Rechtsmedizinerin herbestellt. Du darfst jetzt gucken gehen.«

»Wie bitte?«

»Nun geh schon hin und mach keine Zicken.«

Einen Moment fühlte Anna sich versucht, sich zu weigern, trotzig zu entgegnen, dass sie ganz bestimmt nicht hingehen werde, und sich so zu benehmen wie das Kind, als das Esko sie behandelte. Aber was würde es ihm schon ausmachen, wenn sie Nein sagte. Damit schnitt sie sich nur ins eigene Fleisch. Sie musste das Opfer mit eigenen Augen sehen, um an den Ermittlungen teilnehmen zu können.

Anna kochte vor Wut, riss sich aber zusammen, als sie Eskos zufriedenes Grinsen sah. Dieses Spiel werde ich nicht nach deinen Regeln spielen, beschloss sie.

Das gelbe Polizeiband flatterte im Wind wie die Streckenmarkierungen bei einem Wettlauf.

Anna ging den Weg entlang. Ihre Hände wurden feucht, das Herz pochte wild. Die ersten hundert Meter führten in einem weiten Bogen in den Wald hinein. Am Ende der anschließenden Geraden sah Anna ein menschliches Bündel auf der Erde liegen. Du hast es nicht bis ins Ziel geschafft, dachte sie und spürte einen flüchtigen Moment lang, wie die Kraft aus ihren Gliedern schwand. Ihr war schwindlig. Der Regen und der Wind kühlten sie aus.

Sie streifte sich neue Handschuhe über und machte sich daran, vorsichtig die Leiche zu untersuchen. Eine Frau, weiß, etwa eins fünfundsechzig groß, schätzungsweise gut siebzig Kilo schwer. Aus nächster Nähe mit einem Schrotgewehr erschossen. Sie dürfte sofort tot gewesen sein. Der Kopf war buchstäblich zerfetzt, der Hals ebenso. Sie hatte schon einige Zeit hier gelegen. Der Körper war von der Nacht kalt und nass und durch die Leichenstarre hart und steif. Er glich einer ekelhaft realistischen Installation, wie er dort starr auf dem Joggingpfad lag, völlig unversehrt bis auf den zur Unkenntlichkeit zerschossenen Kopf. Es zehrte an Anna, die blutige Masse zu betrachten, die gestern noch ein Gesicht gewesen war.

Der Regen hatte die limettengrüne Trainingshose dunkel gefärbt. Die Beine, die darin steckten, schienen heil zu sein, hatten sich jedoch unnatürlich verdreht, als der Tod die Frau auf den Joggingpfad geworfen hatte. Die Hände sahen aus wie bei jeder beliebigen jungen Frau: sauber und gepflegt. Allerdings waren die pflaumenfarben lackierten Fingernägel abgekaut.

Oberhalb der Taille war das Bild ein anderes, auch wenn die Grenze nicht klar zu ziehen war. Die Trainingsjacke war mit dunklen Flecken übersät und stellenweise zerfetzt. Die Risse klebten an den Rändern im nassen Stoff der Jacke. Am Brustbein und an den Schultern war sie nicht mehr grün, sondern in verschiedenen Schattierungen von Rostbraun und Rot gesprenkelt. Zum Glück hatte der Regen auch hier die schlimmsten Kontraste abgeschwächt. Und schließlich der Kopf. Er war eigentlich nicht mehr vorhanden. Spritzer, die sich ein Stück weit über den Weg erstreckten. Bei genauerem Hinsehen erkannte man zwischen dem Blut graue Hirnmasse. Pampe. Das grässliche Wort ließ an Babynahrung und Haferschleim denken, war aber treffend. Gehirn wurde zu Pampe, wenn es aus dem Schädel floss.

Die Frau war jung gewesen, kein Zweifel, höchstens dreißig. Wahrscheinlich wesentlich jünger. Das war aus der kindlich glatten Haut am Handrücken zu schließen, aus der unschuldigen Zartheit der leicht molligen Finger, aus irgendeinem unerklärlichen Gefühl, das Anna nicht in Worte hätte kleiden können. Die Leiche strahlte einfach eine Jugendlichkeit und Lebenslust aus, die selbst der Tod nicht restlos hatte vernichten können. Anna betrachtete die abgenagten Nagelränder. Warst du nervös?, fragte sie sich. Oder hattest du die schlechten Angewohnheiten aus deiner Kindheit noch nicht abgelegt? Wie alt warst du eigentlich?

Der Trainingsanzug war modisch und hübsch, aber eindeutig Billigware. Vielleicht hattest du gerade erst angefangen, Sport zu treiben?, überlegte Anna. Die Schuhe verrieten, dass die Frau tatsächlich Joggerin war. Nicht die teuerste Marke, aber doch Qualitätsschuhe mit Dämpfung, eindeutig zum Laufen gedacht. Eine Spaziergängerin würde sich solche Schuhe nicht anschaffen. Die Sohlen waren schmutzig und ein wenig abgetreten. Du warst also doch keine blutige Anfängerin. Eine gewisse Abhängigkeit war sicher schon entstanden. Damit kannte Anna sich aus.

Aber was spielte das jetzt noch für eine Rolle, ob Spaziergängerin oder Joggerin, Anfängerin oder Marathonläuferin? Da liegst du nun und wirst keinen Schritt mehr machen, wisperte Anna und kämpfte gegen ihre Beklemmung an.

Vorsichtig strich sie über den Knöchel der Toten, der zwischen dem hochgerutschten Hosenbein und dem engen Bund der Tennissocke freilag, als wäre er absichtlich zur Schau gestellt. Die Haut war gebräunt, glatt und kalt, in perfektem Zustand für den Auftritt. Nicht das feinste Härchen war zu spüren, als Anna mit der Hand behutsam über das Bein der Frau fuhr. Hast du dir vor dem Joggen die Beine rasiert? Warum? Ich rasiere mich immer erst danach, unter der Dusche. Anna hielt ihre Beobachtungen in ihrem kleinen Notizbuch fest.

Sie wusste, dass die Streifenbeamten die Taschen des Trainingsanzugs abgesucht hatten, Esko wahrscheinlich ebenfalls. Auch die Kriminaltechniker würden es tun. Aber sie wollte selbst sehen, was die Tote bei sich trug. Vorsichtig zog sie die Reißverschlüsse auf. Hausschlüssel, nasse Taschentücher. Ein dünnes Lederband mit einem flachen schwarzen Anhänger, ein Steinimitat, auf das eine seltsame gefiederte Gestalt aufgedruckt war. Ein Handy mit fast leerem Akku.

Anna vergewisserte sich, dass niemand sie beobachtete, und ging rasch die Liste der SMS und Telefonate durch. Letzter getätigter Anruf 21.8., 11.15 Uhr, Mutti. Letzter angenommener Anruf 21.8., 18.27 Uhr, unterdrückte Nummer. Anna wurde kalt ums Herz. Eingetroffene SMS: leer. Versandte SMS: leer. Wer hat dich gestern Abend angerufen? Und warum sind alle SMS gelöscht?

Anna untersuchte den Boden rund um die Tote. Das Blut war verhältnismäßig weit verspritzt. In unmittelbarer Nähe der Leiche war es noch gut zu erkennen, während es weiter weg bereits in dem bräunlichen Sägemehl versickerte und sich im Regen auflöste. Da würde die Technik einiges zu tun haben. Konnte man zwischen alledem irgendetwas identifizieren, das der Täter zurückgelassen hatte? Ein Haar? Speichel? Fasern? Einzelne Fußspuren waren zumindest mit bloßem Auge nicht auszumachen. Anna sah zum Himmel und leckte die Regentropfen ab, die über ihre Lippen liefen. Du spülst die Indizien weg, flüsterte sie dem Regen zu. Du wäschst sie ab. Dann ließ sie den Blick über den Wald schweifen, der den Tatort unerschütterlich umrahmte. Du stille Landschaft. Du siehst alles und schweigst dennoch.

»Wer ist denn so verrückt, jemanden mit einem Schrotgewehr zu erschießen?«, fragte Anna Esko, als sie wieder auf dem Parkplatz stand. Sie hatte beschlossen, sich Mühe zu geben. Zu reden. Zu kommunizieren. So zu tun, als wäre nichts vorgefallen.

Esko rauchte, zog dabei die Wangen ein und starrte an Anna vorbei in den Wald.

»Das ist doch wahnsinnig laut«, fügte Anna hinzu und bemühte sich um einen freundlichen Ton.

»Der Wievielte ist heute?«, fragte Esko.

Anna zuckte zusammen. Der spricht ja doch mit mir. »Der zweiundzwanzigste«, antwortete sie.

»Und welcher Monat?«
»Hast du Alzheimer?«
»Sag einfach, welcher Monat, und pöbel mich nicht an.«
»Na, August natürlich.«
»Eben.«
»Eben? Eben was?«

»Herrgott noch mal«, sagte Esko und warf die Kippe auf die Erde. Anna sah, dass schon fünf dort lagen.

»Die Entenjagd hat am Zwanzigsten begonnen, also vorgestern. Weiß das Fräulein Kriminalmeisterin wenigstens, womit man Enten schießt?«

Anna schwieg einen Moment, dann sagte sie: »Ja, das weiß ich.«

»Und nun überleg mal, wo sich dieser gottverdammte Joggingpfad befindet.«

»Richtig«, sagte Anna und blickte nach Westen. Die schwache Brise trug das Rauschen zwar nicht über den Wald hinweg, doch man konnte die Nähe des Meeres am Salzgeruch der feuchten Luft erahnen, an den vereinzelten krummen Wacholdersträuchern und den dichten Weiden, die wie eine undurchdringliche grüne Wand wirkten.

»Ich würde jedenfalls ernsthaft in Erwägung ziehen, ein Schrotgewehr zu benutzen, wenn ich jemanden in Ufernähe, am Abend und in der Jagdsaison umbringen wollte«, sagte Esko, und wie zur Bestätigung krachten am Ufer drei Schüsse.

»Daneben. Wenn die ersten zwei nicht treffen, wird nichts mehr daraus. Insofern sind diese halb automatischen Flinten völlig überflüssiger Firlefanz.«

»Jagst du auch?«, fragte Anna. »Bei uns ist das ein ziemlich elitäres Hobby, ich meine, dort, wo ich herkomme.«

Esko schwieg. Er starrte mürrisch auf den gelben Wagen, an dessen Windschutzscheibe ein Mosaik aus Blättern und Borkenstückchen klebte.

»In der letzten Nacht hat es heftiger geregnet als jetzt«, stellte er nach einer Weile fest.

»Gestern hat es den ganzen Tag stark geregnet. Und am Abend war es sehr windig.«

»Wer geht denn bei so einem Wetter joggen?«, fragte Esko und steckte sich die nächste Zigarette an.

»Du jedenfalls nicht«, sagte Anna so leise, dass Esko sie nicht hören konnte.

4

Die Spätsommerlandschaft, in der bereits die ersten Vorboten des Herbstes zu erkennen waren, flog an den Fenstern vorüber, als sie in die Stadt zurückfuhren, Esko vorweg, Anna hinter ihm. Als die Rechtsmedizinerin und die Technik am Tatort eingetroffen waren, war die Regenwolke urplötzlich aufgerissen und hatte unter Beweis gestellt, dass es doch noch einen blauen Himmel dort oben gab. Die Wolke hatte sich in längliche Streifen zerteilt und war zur Freude des Kriminaltechnikers, der die Leiche und den Tatort fotografieren sollte, davongezogen. Nun schien die Sonne wieder mit voller Kraft und ließ die Feuchtigkeit verschwinden. Die Blätter hatten sich noch nicht gelb gefärbt, doch eine Vorahnung des nahenden Todes steckte bereits in ihnen. Noch ein paar Wochen, und der Sommer würde sich endgültig verabschieden. Anna hatte schon seit Langem aufgehört, von einem Altweibersommer zu träumen. So etwas war in diesen Breitengraden nicht zu erwarten. Bald würden sich die Wäldchen und die dahingekleksten Wohnsiedlungen in die Arme der Polarnacht schmiegen und sich verdunkeln, während sich die Stadt mit Neonlicht und Leuchtröhren notdürftig zur Wehr setzte und alle auf den rettenden Schnee warteten, der die Helligkeit zurückbrachte. Aber der erste Schnee fiel neuerdings spät. Die Grenze zwischen Herbst und Winter war in dem grauen Einerlei kaum mehr zu erkennen.

Denk jetzt nicht daran, schalt Anna sich selbst und brachte

ihren Wagen, der zu weit nach rechts abgekommen war, hastig wieder auf die Spur. Ein entgegenkommender Laster hupte.

Noch scheint die Sonne. Konzentrier dich aufs Fahren und gräm dich nicht über das, was kommen mag.

Die Ärztin hatte die Todeszeit vorläufig auf etwa zehn Uhr am Vorabend geschätzt. Auch sie hatte sich darüber gewundert, dass jemand so spät und bei so miesem Wetter joggen gegangen war. Anna hatte nichts gesagt, obwohl sie an der Uhrzeit nichts Merkwürdiges fand. Sie selbst lief immer abends, und das Wetter hatte sie noch nie davon abgehalten. Die Techniker hatten versprochen, ihren Bericht so schnell wie möglich zu liefern, und die Rechtsmedizinerin hatte Esko und Anna zur Obduktion am nächsten Tag eingeladen. Anna schüttelte sich. Ihr stand eine neue Erfahrung bevor. Besorgt fragte sie sich, ob sie es schaffen würde, eine professionelle Haltung zu wahren, obwohl ihr bereits bei dem Gedanken an die Leichenkammer übel wurde. Oder vielmehr bei dem Gedanken daran, dass das Mädchen vom Joggingpfad darin zerstückelt werden sollte wie ein Schlachttier. Als nähme ihre Schändung kein Ende, als machten die Behörden und die Gesellschaft da weiter, wo der Mörder aufgehört hatte.

Nacheinander stellten Anna und Esko ihre Wagen auf dem Hof des Polizeigebäudes ab, schlugen die Türen zu, gingen hinein und machten sich auf den Weg in den dritten Stock, Anna über die Treppe, Esko im Lift. Sie zogen sich in ihre Dienstzimmer zurück, als wären sie Luft füreinander, als hätte es den Schauplatz des Mordes nicht gegeben.

Das ist doch lächerlich, dachte Anna. Wir müssten miteinander reden. Die Situation analysieren. Die nächsten Schritte planen. Jemanden zu den Anwohnern in der unmittelbaren Umgebung schicken. Juhani Rautio suchen. Die Telefondaten des Mädchens und den Ablauf ihres letzten Tages klären. Wo war sie gestern gewesen und mit wem? Wer war sie überhaupt? Was hatte Aune Toivola den Streifenbeamten und Esko erzählt? Und was wird aus dem Fall des Kurdenmädchens? Wer übernimmt welche Aufgabe? Esko und ich müssten zumindest versuchen, miteinander bekannt zu werden. Gemeinsam essen gehen. So kann man nicht zusammenarbeiten. Und einen erschreckenden Moment lang ahnte Anna: Ich werde scheitern.

Anna ging allein zum Essen in die Kantine des Polizeigebäudes. Sie verzehrte ein deprimierendes Mahl: verkochte Spaghetti mit blässlicher Hackfleischsoße und Rotkohl-Orangen-Salat. Ein Essen wie im Winter, dabei war gerade die beste Erntezeit. Bitteres alkoholfreies Bier und trockene Brötchen. Seit dem Sommer, als ich hier gejobbt habe, ist das Essen viel schlechter geworden, dachte sie, anscheinend wird auch hier gespart. Sie beschloss, künftig in der Stadt essen zu gehen.

Gerade als sie ihr Tablett mit dem Geschirr zur Rückgabe brachte, betrat ein fröhlich plauderndes Grüppchen die Kantine. Esko, Sari, Rauno und Hauptkommissar Virkkunen. Anna schoss das Blut in die Wangen.

»Oje, Anna, hier bist du also? Hast du schon gegessen?«, rief Sari bestürzt.

»Wir müssen über den Fall sprechen«, wandte sich Anna an Esko.

»Das haben wir gerade getan. Warum bist du nicht dazugekommen? Die Sache nimmt Gestalt an, wir haben sie im Griff. Kümmer du dich mal um deine Aufgaben«, antwortete Esko, während er Besteck auf sein Tablett legte.

»Wie soll ich wissen, was meine Aufgaben sind, wenn man es mir nicht sagt«, entgegnete Anna und bemühte sich, nicht laut zu werden.

»Anna, wir hatten Sie zu unserer Kurzbesprechung erwartet«, sagte Virkkunen.

»Ich habe leider keine telepathischen Fähigkeiten, und soweit ich weiß, habe ich auch in meiner Bewerbung nichts dergleichen behauptet.«

Virkkunen warf Esko einen verwunderten Blick zu. »Esko hat Ihnen doch mitgeteilt, dass wir uns gleich nach Ihrer Rückkehr in meinem Zimmer treffen?«

»Nichts hat er mir mitgeteilt.«

»Doch, habe ich, als wir aus Saloinen zurückgekommen sind«, behauptete Esko.

»Wir haben kein Wort miteinander gewechselt. Außerdem habe ich ein Handy, warum habt ihr mich nicht einfach angerufen?«

Alle schweigen. Virkkunen wirkte verlegen. Rauno und Sari waren taktvoll in den Hintergrund getreten. Esko studierte die Liste der Tagesgerichte. Eine selbstzufriedene Überheblichkeit lag auf seinem aufgedunsenen Gesicht.

Er sieht aus wie ein Säufer, dachte Anna.

»Das war offenbar ein bedauerliches Missverständnis«, sagte Virkkunen schließlich. »Es tut mir wirklich leid, dass es so gekommen ist.«

»Mir auch«, antwortete Anna.

Sie war den Tränen nahe.

»Ich nehme die Spaghetti. Das ist der einzige Fraß, wo Fleisch drin ist«, erklärte Esko.

Der Nachmittag bescherte ihnen fast schon Hitzegrade. Das Thermometer am Fenster von Annas Dienstzimmer stand auf 22 Grad. Von den Straßen und Blechdächern stieg feuchter Dampf auf. Das Wetter hatte eine rasante Kehrtwendung hingelegt, zurück in den Sommer, auf einen Schlag. Plötzliche, heftige Wetterumschwünge waren in den letzten Jahren immer häufiger vorgekommen.

Anna öffnete das Fenster. Eine schwache Brise trug Abgasgeruch herein. Anna ließ sich die Sonne aufs Gesicht brennen. Sie schloss die Augen und lauschte dem Verkehrslärm.

Das Polizeigebäude befand sich im belebtesten Teil der Innenstadt, in der Nähe des Hauptbahnhofs und des zentralen Busbahnhofs, umgeben von Restaurants, Warenhäusern, Bürogebäuden und Wohnhäusern. Es war ein hässlicher, hoher Kasten aus den späten Sechzigerjahren.

Anna versuchte, aus der Kakofonie des Straßenverkehrs etwas herauszufiltern, das sie wiedererkannte, das eine verborgene Erinnerung weckte an irgendein Ereignis aus ihrer Kindheit und Jugend, an ihr früheres Leben in dieser Stadt. Doch die Geräusche klangen nicht anders als in jeder beliebigen größeren Ortschaft, und die Erinnerung regte sich nicht.

Mein erster Arbeitstag ist noch nicht zu Ende, und ich habe schon ein potenzielles Ehrenverbrechen, einen brutalen Mord und einen widerwärtigen Kollegen am Hals, dachte sie und schlug die Augen wieder auf. Sieht nicht gut aus. Es wird nicht leicht werden. Aber hatte ich etwas anderes erwartet?

Plötzlich kam ihr Ákos in den Sinn. Sie würde sich bald mit ihm treffen müssen.

Anna schob sich näher an das Fenster heran und blinzelte ins Licht. Sie war nervös. Und sie hatte unbändige Lust auf eine Zigarette.

In der vergangenen Nacht ist so viel Schlimmes passiert, dachte sie. Es ist meine Aufgabe herauszufinden, wer das getan hat und warum. Den Schuldigen und Beweise zu suchen. Dafür werde ich bezahlt. Egal ob heute der erste oder der fünfhundertste Tag ist. Arbeit ist Arbeit. Ich bin gut in diesem Job. Oder, na ja, im Streifendienst war ich gut. Wie es hier wird, weiß man noch nicht, aber so völlig anders kann es ja nicht sein. Und von Arschlöchern habe ich mich noch nie unterkriegen lassen.

Widerwillig entließ sie ihre Nikotinlust in den Abgasgestank der Straßenschlucht. Diesen Haken durfte sie nicht schlucken. Höchstens eine Zigarette pro Tag war erlaubt, aber nicht während der Arbeitszeit. Sie seufzte und schloss das Fenster. Jetzt war der Lärm der Stadt nur noch gedämpft zu hören. Die Wanduhr tickte leise.

Anna wandte sich vom Fenster ab.

Eine große, dunkle Gestalt stand hinter ihr.

»*Úr Isten!*«, rief Anna. Der Schreck schoss ihr durch die Adern wie Gift.

»Man hat Juhani Rautio ausfindig gemacht. Pack Lippenstift und Tampons ein, wir fahren wieder in dieses Kaff, in dem wir heute früh schon waren«, sagte Esko.

»Spinnst du eigentlich? Schleich dich nie wieder ...«

Doch Esko hatte das Zimmer bereits verlassen.

»Kommst du endlich?«, rief er vom Aufzug herüber.

5

Juhani Rautio war gerade dabei, ein ausgedehntes Mittagessen zu beenden, in dessen Verlauf ein vielversprechender Handelsvertrag abgeschlossen worden war, als sein Handy klingelte. Er fluchte innerlich über seine Zerstreutheit: Er hatte vergessen, das Ding auszuschalten. Noch vor zehn Jahren war es das Merkmal eines erfolgreichen Geschäftsmannes gewesen, immer und überall Anrufe entgegenzunehmen, aber inzwischen galt dies eher als unhöflich. Juhani war nicht unhöflich, zumindest nicht seiner eigenen Einschätzung nach. Bei geschäftlichen Gesprächen wollte er seinen Kunden den Eindruck vermitteln, dass er sich voll und ganz auf sie konzentrierte, nur für sie da war. Nicht einmal ein Kind mochte es, wenn Vater oder Mutter am Handy sprachen oder Zeitung lasen oder Fernsehen guckten, während es ihnen gerade etwas Wichtiges erzählte. Man musste mit all seinen Sinnen präsent sein.

Juhani wollte schon die rote Taste drücken und die Tischrunde verlegen um Entschuldigung bitten, aber ein unbestimmtes Gefühl veranlasste ihn, das Gespräch doch entgegenzunehmen. Im Nachhinein betrachtete er diese Entscheidung als den schicksalhaften Ausdruck seines Vaterinstinkts.

Der Anruf kam von der Polizei. Man bat ihn, umgehend heimzukommen. Auch seine Frau Irmeli sei bereits unterwegs nach Hause.

Diesmal nahm Esko Anna in seinem Wagen mit. Wahrscheinlich hatte Virkkunen ihm die Leviten gelesen. Allerdings sprachen sie auf der Fahrt kein Wort miteinander. Vielleicht kann man sich an diese Art von Zusammenarbeit ja gewöhnen, dachte Anna verbittert, man schweigt sich an, sagt nichts, und wenn man doch spricht, motzt man den anderen an. Habe ich den größten Fehler meines Lebens begangen?, fragte sie sich.

Das rote Backsteinhaus von Juhani und Irmeli Rautio befand sich im Zentrum von Saloinen, in einem alten Wohngebiet mit großen Einfamilienhäusern und Gärten, allesamt sorgsam gepflegt. Die hohen Bäume, die üppigen Hecken und die zahlreichen Blumenbeete machten das Viertel wohnlich. Fast in jedem Garten sah man auch Beerensträucher und Gemüsebeete mit der reichen Ernte des Spätsommers. Anna musste an die Aussicht von ihrem Balkon denken. Sie versuchte, sich zu vergegenwärtigen, ob sie irgendwo in ihrer Siedlung Balkonpflanzen gesehen hatte. Ihre Mutter hatte immer Balkonkästen bepflanzt. Anna erinnerte sich an die Geschäftigkeit, die sich in jedem Frühjahr wiederholt hatte, an die von der Erde geschwärzten Hände ihrer Mutter, an die zarten jungen Pflänzchen in den langen, schmalen Kästen, an den kalten Betonboden des Balkons, den Grasteppich, der aufgerollt danebenlag, bis alle Blumen eingepflanzt waren. Und an den Stolz, mit dem die Mutter ihren Balkon von unten herauf betrachtete, wenn sie zum Einkaufen ging. Er war wirklich schön, besonders im Spätsommer, wenn das Blütenmeer sich über das Geländer ergoss. Seit sie zu Hause ausgezogen war, hatte Anna keine einzige Blume gepflanzt. Erst jetzt wunderte sie sich darüber.

Juhani traf zur gleichen Zeit ein wie Esko und Anna. Sie gaben sich die Hand, stellten sich vor und betraten das Haus. Darin war es sauber und wohnlich. Der Wohlstand der Familie stach nicht sofort ins Auge, war jedoch an der geschmackvollen, dezenten Inneneinrichtung abzulesen. Entweder war hier ein Innenarchitekt am Werk, oder Frau Rautio ist ungewöhnlich talentiert, dachte Anna, als Juhani sie in das elegante Wohnzimmer führte, in dem jeder Gegenstand genau am richtigen Platz zu stehen schien.

»Sie besitzen einen gelben Fiat Punto«, kam Esko direkt zur Sache.

»Ja«, antwortete Juhani mit besorgter Stimme.

»Kennzeichen AKR-643?«

»Ja, ja.«

»Wissen Sie, wo Ihr Wagen momentan ist?«

»Was ist passiert? Ist er gestohlen worden?«

»Beantworten Sie bitte einfach meine Frage, dann sehen wir, ob irgendetwas passiert ist, das Sie betrifft«, sagte Esko ruhig.

»Hat Riikka einen Unfall gehabt? Ist sie in Ordnung? Sagen Sie mir, was mit ihr los ist!«, rief Juhani.

Anna und Esko sahen einander an. Im selben Moment ging die Haustür auf, und Irmeli Rautio kam herein, das Gesicht gerötet und verschwitzt, den Fahrradhelm noch in der Hand.

»Juhani, was geht hier vor? Warum hat man uns nach Hause gerufen?« Die Stimme der Frau klang belegt.

»Setzen Sie sich bitte«, sagte Esko freundlich, aber bestimmt.

Anscheinend kann er sich auch ganz normal benehmen, dachte Anna.

»Es ist so: Ihr Wagen wurde an einem Joggingpfad nicht weit von hier gefunden. Wir hätten dazu ein paar Fragen ...«

»Den Wagen benutzt unsere Tochter Riikka. Seit letztem Jahr, als sie achtzehn wurde. Wir hatten ihn eigentlich für meine Frau gekauft, als Zweitwagen. Aber sie braucht ihn nicht.«

»Ich fahre lieber mit dem Rad«, erklärte Irmeli Rautio. »Da tue ich auch gleich was für die Fitness. Aber wo ist Riikka? Ich rufe sie an«, fuhr sie fort und wollte schon aufstehen.

»Bleiben Sie bitte sitzen«, mahnte Esko, und Irmeli ließ sich zurück auf das Sofa sinken.

»Wo sollte Ihre Tochter denn jetzt gerade sein?«, erkundigte sich Anna.

»In der Stadt. Denke ich«, antwortete Irmeli und sah ihren Mann fragend an.

»Wohnt sie dort?«

»Na ja, eigentlich hier. Offiziell ist sie hier bei uns gemeldet, aber meistens übernachtet sie bei ihrem Freund in der Stadt.«

»Ihre Tochter ist jetzt also neunzehn?«

»Ja«, antwortete Juhani.

»War sie gestern hier?«

»Nein, wir haben sie seit ein paar Tagen nicht mehr gesehen. Wann war sie zuletzt hier, Irmeli, erinnerst du dich?«

»Letzte Woche, um Wäsche zu waschen, ich glaube, das war am Mittwoch. Jere, also, ihr Freund, hat keine Waschmaschine. Er hat im Keller zwar eine Waschküche, aber die benutzt Riikka nicht gern.« Irmeli lächelte gequält.

»Wann haben Sie zuletzt mit ihr telefoniert?«

»Sie hat mich gestern Vormittag angerufen, um zu fragen, ob sie die alte Kommode nach Jyväskylä mitnehmen darf. Sie fängt dort an zu studieren. Psychologie. Sie zieht bald um.«

»Joggt Ihre Tochter?«, fragte Anna und spürte, wie sich ihre Schultern spannten.

Irmeli und Juhani schwiegen einen Moment. Das Unausgesprochene vibrierte bereits als Ahnung im Bewusstsein der Eltern.

»Ja«, antwortete Irmeli schließlich. »Sie hat im Juni damit angefangen, ich habe ihr ordentliche Schuhe gekauft. Richtige Joggingschuhe, für den Geldbeutel einer Studentin sind die zu teuer. Sie ... Sie bildet sich ein, sie wäre zu dick. Aber das ist nichts Krankhaftes, keine Anorexie oder so. Der ganz normale

Wunsch einer jungen Frau, ihren Körper in Schuss zu halten, gut auszusehen.«

Irmeli flocht mit zitternden Fingern Zöpfe aus den Fransen der Wolldecke, die auf dem Sofa lag, und sah mit ängstlich-wachsamen Augen von Anna zu Esko. Zwischen ihren Augenbrauen hatte sich eine Furche gebildet, ein Sorgengraben.

»Erinnern Sie sich an die Marke der Schuhe?«, fragte Anna.

Als die Frau die Marke nannte, blickte Esko zum Fenster und ballte die Hand so fest zur Faust, dass die Knöchel weiß wurden. Anna versuchte, den zähen Speichel hinunterzuschlucken, der ihr in der Kehle saß.

»Und die Kleidung? Was trägt sie zum Laufen?«

»Sie hat mehrere Anzüge. Einen dunkelblauen Adidas-Trainingsanzug jedenfalls und so einen hellgrünen. Der ist ganz neu. Warum wollen Sie das wissen? Jetzt sagen Sie uns endlich, was passiert ist!« Die Angst stand Irmeli ins Gesicht geschrieben.

Anna warf Esko einen Blick zu. Das hätten wir vorher absprechen sollen, dachte sie. Wer was sagt. Muss ich den beiden das Allerschlimmste mitteilen? Was soll ich jetzt tun?

Da räusperte sich Esko.

»In der Nähe des Wagens wurde auf dem Joggingpfad die Leiche einer jungen Frau gefunden«, sagte er mit knarrender Stimme.

6

Rauno Forsman fuhr durch die wieder sommerlich gewordene Landschaft nach Saloinen. Es hatte ihn immer schon fasziniert, wie schnell hier Stadt in Land überging, wie schmal und kaum erkennbar der Grat zwischen diesen beiden Welten war. In seiner Kindheit war die Grenze deutlich und ihre Überschreitung ein sorgfältig geplantes Ereignis gewesen. Damals hielten die Städter sich noch für etwas Besseres, und zum Teil wurden sie auf dem Land tatsächlich beneidet. Andererseits hielt man sie auch für dümmlich, weil sie von richtiger Arbeit nichts verstanden und sich in der Natur nicht zurechtfanden. In Raunos Kindheit hatte dieser Gegensatz bereits angefangen, sich aufzulösen, auch wenn noch immer ein paar Überbleibsel zu erkennen waren. Heute gehörten sie alle gleichermaßen einer Internet-Gesellschaft an, und auf dem Land zu wohnen – Downshifting – lag voll im Trend. Der Pendelverkehr hatte die Grenzlinie ausradiert. Die alten Äcker füllten sich mit Einfamilienhäusern, die einem Klonlabor hätten entstammen können. Nur ein paar glückliche Schöngeister hatten sich für ein idyllisches Blockhaus entschieden.

Rauno hatte die Aufgabe bekommen, die wenigen Häuser in der Nähe des Tatorts abzuklappern. Es waren genau vier. Zwei davon standen an der Selkämaantie und waren von allein lebenden, alten Menschen bewohnt: von Aune Toivola, die heute nicht mehr behelligt werden sollte, und von Yki Raappana. Bei den anderen zwei Häusern handelte es sich um neuere Eigenheime in Irjalanperä, einem abgelegenen Ortsteil südöstlich des Joggingpfads, wo die Kommune in der Hoffnung auf neue Bewohner und Steuereinnahmen reihenweise Grundstücke als Bauland ausgewiesen hatte. Dorthin kam man nicht über den Weg, der zu Aune und Yki sowie zum Joggingpfad führte, sondern musste auf die Landstraße zurückkehren, einen halben Kilometer nach Süden fahren und am Kreisverkehr in der Dorfmitte nach rechts abbiegen. Von dort aus führte ein etwa zwei Kilometer langer alter Forstweg zu der beleuchteten Joggingbahn. Gut möglich, dass der Schütze diese Route gewählt hatte.

Rauno fing bei Yki an. Ykis Haus war klein, alt und in schlechtem Zustand, aber unter der abblätternden Farbe und dem verschlissenen Teerpappendach war für den handwerklich begabten Romantiker ein putziges Häuschen aus Großmutters Zeiten erkennbar. Im Garten standen große Johannisbeersträucher, deren Zweige sich unter der Last der Beeren bogen. Am entfernteren Ende des Gartens, hinter der Sauna und dem Schuppen, begann der Wald. Rauno klopfte an die schief in den Angeln hängende Tür, deren weißer Lack schon vor Langem begonnen hatte, sich abzuschälen. Ein runzliger Alter in kariertem Hemd und brauner, von Hosenträgern gehaltener Hose öffnete überraschend schnell. Seine Augen funkelten. Drinnen roch es nach Kartoffelkeller.

»Guten Tag«, sagte Yki und reichte Rauno die Hand, die rau war wie Sandpapier. »Wie schön, Besuch von einem richtigen Polizisten zu bekommen. Ich habe so selten Gäste, da koche ich uns doch mal Kaffee.«

Rauno brachte es nicht übers Herz, das Angebot abzulehnen, obwohl die Küche aussah, als wäre sie der garantierte Quell einer Lebensmittelvergiftung. Der Herd war dick verkrustet. Die Kaffeetassen trugen Muster aus angetrockneten braunen Streifen. Die Spüle war mit Abfall und schmutzigem Geschirr beladen. Zudem spülte Yki die Tassen mit kaltem Wasser aus.

Rauno setzte sich an den kleinen Küchentisch und beschloss, mannhaft durchzuhalten.

Obwohl Yki immer wieder vom Thema abkam und Raunos Anwesenheit mit seinen Geschichten in die Länge zog, war der Besuch nicht vergebens. Der alte Mann hatte gute Ohren und einen scharfen Verstand. Er hatte nichts Ungewöhnliches gesehen. Wie Aune hatte auch er von seinem Haus aus keinen direkten Blick auf die Straße. Aber er hatte etwas gehört. Als er um Viertel nach zehn die Ofenbleche in der Sauna geschlossen hatte, war ein Auto in Richtung Dorf gefahren. Na, die tote Joggerin war das jedenfalls nicht, dachte Rauno. Der Alte hatte auch Schüsse gehört, sowohl vor als auch nach dem Motorengeräusch, hatte aber nicht weiter darüber nachgedacht. Um diese Jahreszeit knallte es andauernd, und wäre er jünger, dann hätte auch er abends am Ufer gesessen, um eine Gans zu erlegen. Aber er besaß nicht einmal mehr ein Gewehr. Er hatte es seinem Neffen geschenkt, als dieser fünfzehn geworden war und die Jagdprüfung bestanden hatte. Das war schon lange her.

Bei Yki war mehr als eine Stunde draufgegangen, und drei Tassen unbeschreiblich bitteren Kaffees brannten Rauno noch immer in der Kehle. Der miefige Geruch der Küche hatte sich in seinem Hemd festgesetzt und begleitete ihn, als er zu den zwei nächsten Adressen fuhr, die ihm nichts weiter einbrachten als eine beginnende Depression. In Irjalanperä wohnten zwei aus der Stadt aufs Land übergesiedelte Familien mit Kindern. Beide Haushalte wirkten wie identische Kopien. Unfertige Neubauten, Gärten wie ein einziger Sandkasten, ein Wirrwarr aus Spielzeug und Bretterstapeln. Ein Haufen Kinder im Vorschulalter und hoch verschuldete Eltern, die wie Tote ins Bett fielen, wenn die Kinder endlich schliefen.

Wie ich, dachte Rauno. Wie wir.

In keinem der beiden Häuser hatte man irgendetwas gesehen oder gehört, und in beiden äußerte man deshalb lediglich höfliches, aufrichtiges Bedauern. Es sei durchaus möglich, dass jemand am Haus vorbeigegangen oder -gefahren war und den zum Joggingpfad führenden Weg betreten hatte, ohne dass sie es bemerkt hatten. Die Kinder zu Bett zu bringen sei so aufreibend, dass man nicht auf die Außenwelt achtete.

Andererseits sei es aber auch möglich, dass es ihnen aufgefallen wäre, wenn draußen Scheinwerferlicht zu sehen oder ein Motorengeräusch zu hören gewesen wäre. Vielleicht wäre man trotz allem hellhörig geworden. Hier fahre ja selten jemand vorbei. Aber wenn dort draußen jemand unterwegs gewesen sei, nachdem sie selbst eingeschlafen waren, wären sie davon bestimmt nicht wieder aufgewacht. Alles sei möglich, schwer zu sagen, vielleicht ja, vielleicht nein, Mutti kommt gleich gucken, nein, Vati spricht jetzt mit dem Onkel. Sie würden in jedem Fall über den gestrigen Abend nachdenken und sich melden, falls ihnen etwas einfiel, was allerdings recht unwahrscheinlich sei. Rauno hinterließ in beiden Häusern seine Visitenkarte und sah, wie die Kinder sofort damit spielen wollten.

Es hätte genügt, nur eine der beiden Familien zu befragen, dachte Rauno auf dem Rückweg. So habe ich unnötig Zeit vertan. Der Lärm, die Kleinkinder und die gehetzten Eltern hatten ihm zugesetzt, gerade so als hätte er sich selbst besucht. Rauno überlegte, ob auch er so erschöpft aussah. Dann kam ihm der Gedanke, dass er die Arbeit am aktuellen Fall als Vorwand nutzen könnte, seinem privaten abendlichen Rummel zu entfliehen. Irgendwo ein Bier trinken. Erst nach Hause gehen, wenn die Kinder garantiert schon schliefen. Und seine Frau auch.

Der Gedanke war verlockend.

Sari Jokikokko-Pennanen hatte im Dezernat bleiben dürfen. Nachdem die Leiche der Joggerin gefunden worden war, hatte Virkkunen ihr sämtliche Maßnahmen im Fall des Migrantenmädchens übertragen. Das gibt wieder Überstunden, hatte sie insgeheim geflucht und widerstrebend die Babysitterin angerufen, die noch widerstrebender zugesagt hatte, eine Stunde länger zu bleiben, aber keine Minute darüber hinaus. Saris Mann war geschäftlich unterwegs und ihre Mutter auf einer Seniorenreise in Estland. Also musste Sari rechtzeitig zu Hause sein. Ihre beiden kleinen Kinder hinderten sie daran, allzu sehr in der Arbeit aufzugehen, und normalerweise war sie ganz froh darüber.

Routiniert füllte sie die Formulare für die Vorladung zur Befragung aus, druckte sie aus und unterschrieb sie, steckte sie dann in einen Briefumschlag, den sie in das Postausgangsfach legte. Bihars Familie würde die Vorladungen gleich morgen bekommen. Sari sah auf die Uhr. Eine halbe Stunde war bereits vergangen. Sie bat bei der Polizei in Vantaa um einen Rückruf der Streifenbeamten, die in der Wohnung von Bihars Onkel und Tante gewesen waren und die Situation dort mit eigenen Augen gesehen hatten. Vielleicht wäre es sinnvoll, auch mit den hiesigen Polizisten zu sprechen, die dem Notruf in die Wohnung von Bihars Familie gefolgt waren. Offenbar hatte Esko das bereits getan, aber es konnte nicht schaden, sich einen eigenen Eindruck zu verschaffen. Es war Sari schon immer schwergefallen, sich lediglich durch die Lektüre von Berichten ein Bild der Lage zu machen, was ihre Arbeit als Polizistin in einem gewissen Maß beeinträchtigte. Eine Schwäche, dachte sie. Meine kleine Schwäche – aber wer ist schon perfekt. Wieder sah sie auf die Uhr. Sie musste bald gehen. Sonst würde die Babysitterin, die ein wahres Goldstück war, sich beschweren, und das wollte Sari unbedingt vermeiden. Goldstücke musste man festhalten.

Sie beschloss, zu Hause weiterzuarbeiten, sobald die Kinder schliefen. Vielleicht schaffte sie es noch, ein paar Stunden nach Informationen über Ehrenverbrechen zu suchen, die sie bisher nur aus vereinzelten Nachrichten aus Schweden kannte. Sie fuhr den Computer herunter und ordnete die Unterlagen auf ihrem Schreibtisch rasch in zwei Stapel: Unerledigtes und Abzuheftendes. Beide Stapel mussten bis zum nächsten Morgen warten.

Arme Anna, dachte sie, als sie die Tür des Polizeigebäudes hinter sich schloss und zu ihrem Wagen ging. Ein höllischer Start für ihre Kripokarriere.

Dann rief sie zu Hause an.

»Ich bin zehn Minuten zu spät. Dafür komme ich am Freitag anderthalb Stunden früher, okay?«

7

Was ist es für ein Gefühl, die Leiche seines eigenen Kindes zu identifizieren?

Die Frage überfiel Anna, als sie zu Hause im Flur ihren Trainingsanzug überstreifte. Es war schon spät. Ihr Körper war müde und steif. Ihre Gedanken kreisten so unruhig wie kleine Kinder nach einer langen Autofahrt. Es war wieder so weit. Die Attacken kamen immer in schwachen Momenten, schlugen mit rostigem Stachel zu und zerrten die schmerzhaften Erinnerungen hervor, die doch bloß in Vergessenheit geraten und endgültig verschwinden sollten, sich aber in ihre Hirnwindungen krallten und immerzu da waren, von morgens bis abends, von Umzug zu Umzug, von Jahr zu Jahr. Sie würden Anna nie loslassen.

Sie rieb sich die Augen, um die hervordrängenden Tränen abzuwehren. Zwischen den roten Kugeln, die sich auf ihrer Netzhaut drehten, sah sie ein Kind, das von einem doppelköpfigen Adler vergewaltigt und zerfleischt wurde. Dieses Kind hätte sie selbst sein können. Jeder konnte es sein.

Die Anfälle waren von Jahr zu Jahr seltener geworden. Panikattacken, hatte die Schulschwester in der Oberstufe zu Anna gesagt und ihr geraten, einen Arzt aufzusuchen und sich irgendetwas verschreiben zu lassen, aber die Vorstellung, Tabletten zu nehmen, die ihre Psyche beeinflussten, war unerträglich gewesen. Stattdessen hatte Anna begonnen, für den Marathon zu trainieren. Sie erinnerte sich nicht mehr daran, wann genau sie den letzten Anfall gehabt hatte. Vielleicht damals, als sie nach einem Jahr ihre Beziehung beendet hatte; die einzige längere und ernsthafte in ihrem Leben. Der Mann war ebenfalls Polizist gewesen, nett und vernünftig, ein grundanständiger Mensch, doch er hatte einen schlimmen Fehler gehabt: Er hatte heiraten und Kinder bekommen wollen. Die Trennung war für Anna überraschend hart gewesen, obwohl sie von ihr ausgegangen war. Danach war sie eine Zeit lang ziemlich durcheinander gewesen. Aber auch das war inzwischen Jahre her.

Anna lag im Flur auf dem Fußboden und starrte die Deckenlampe an, damit das gleißende Licht den Adler vertrieb. Sie lag mindestens zehn Minuten lang da und zwang sich, zur Ruhe zu kommen. Es hilft nichts, betete sie sich vor. Es hilft nichts, hilft nichts, hilft nichts. Es gab ja sogar Menschen, die bereit waren, ihr eigenes Kind zu töten, wie dieser Payedar Chelkin. War das nicht noch viel schrecklicher als der Tod an sich, unfassbar viel düsterer? Einen Moment lang versuchte Anna, sich vorzustellen, was mit dem Kurdenmädchen passiert sein mochte. Dann setzte sie sich mühsam auf, und obwohl sie eigentlich keine Kraft mehr hatte, zog sie ihre Sportschuhe an, lief aus dem Haus und zum Joggingpfad. So wie gestern, so wie Riikka. Zumindest ein Teilsieg, dachte sie.

Nachdem die Kriminaltechniker und die Rechtsmedizinerin ihre Arbeit am Tatort beendet hatten, war Riikka ins Rechtsmedizinische Institut gebracht worden, wo Juhani und Irmeli Rautio bereits gewartet hatten und Anna mit ihnen. Die Eltern hatten ihre Tochter sofort und zweifelsfrei identifiziert. Sie waren vollkommen zusammengebrochen, für alle Zeiten am Boden zerstört. Juhani Rautio war in so herzzerreißendes Weinen ausgebrochen, dass auch Anna ihre Tränen nicht mehr hatte zurückhalten können. Irmeli war in apathisches Schweigen versunken. Mit ausdruckslosem Gesicht hatte sie ihr Kind angesehen, das ohne Kopf auf einer Plastikbahre im Kühlraum lag, und hatte ihm den Arm gestreichelt. Ohne Worte, ohne Tränen. Anna hatte die Arme um sie gelegt und hätte gern etwas Tröstliches gesagt, aber ihr hatten die Worte gefehlt. Irmeli hatte dagestanden, steif und kalt wie eine Statue, und sich so vertraut angefühlt, dass Anna übel geworden war.

Anna wählte die wohlbekannte Strecke zwischen den Hochhäusern hindurch zu dem Wäldchen am Rand der Trabantenstadt, wo ihr Joggingpfad begann, auf dem sie damals mit ihren einsamen Läufen begonnen hatte, während andere Gleichaltrige mit einem Bier in der Hand von einem Problem zum nächsten getaumelt waren, auf der Flucht vor dem einen geradewegs in ein neues. Ihre Mutter war erleichtert und ungeheuer stolz gewesen, weil Anna trotz der Stürme der Pubertät und trotz ihrer sozialen Probleme nicht zum Alkohol oder zu anderen Rauschmitteln gegriffen, sondern stattdessen zielstrebig und ernsthaft Sport getrieben hatte. Doch sie selbst hatte schon damals gewusst, dass sie nicht besser war als andere.

Es gibt so viele Arten zu fliehen.

Anna tauchte in den schattigen Schoß der Bäume ein. Ihre Augen gewöhnten sich rasch an das Halbdunkel. Der mit hellen Sägespänen bestreute Pfad, der sich vor ihr wand, verbreitete nur schwaches Licht.

Und plötzlich bekam sie Angst. Sie stellte sich vor, dass jemand zwischen den Bäumen stand und sie durch ein Zielfernrohr beobachtete, das an einer Jagdwaffe befestigt war. Im Unterholz raschelte es. Der Wald um sie herum schien sich anzuspannen, als bereitete er sich auf den Schuss vor. Und dann – Schritte hinter ihr. Sie kamen immer näher. Anna verlangsamte das Tempo, spannte abwehrbereit die Muskeln, warf einen raschen Blick über die Schulter. Die dunkle Gestalt war schon fast neben ihr. Eine kleine, kräftige Frau in einem schwarzen Trainingsanzug. Sie winkte Anna lächelnd zu und lief an ihr vorbei.

Bolond!, schimpfte Anna sich selbst. Du und dein Verfolgungswahn. Hör auf damit! Du bist hier schon an dunklen Novemberabenden gelaufen, als Teenager, ohne jede Ausbildung in Selbstverteidigung und immer ohne Angst, schalt sie sich selbst, erhöhte die Geschwindigkeit bis an die Grenze des Erträglichen, lief fünf Minuten lang in vollem Tempo und anschließend eine Viertelstunde in lockerem Laufschritt. Eine Stunde lang zwang sie sich, die harten Intervalle durchzustehen, schüttelte durch körperliche Plackerei ihre Angst ab.

Sie überlegte, ob Riikka sich ebenso verhalten hatte. Hatte auch sie Angst gehabt, hatte sie kurz vor ihrem Tod etwas geahnt?

Nach dem Duschen hörte sie *Lone Warrior* von AGF. Die faszinierend fremdartige, Maschine und Mensch vereinigende Klangwelt umgab das Sofa, auf dem sie, ihr Haar nass auf dem Kissen ausgebreitet, in ein Handtuch gewickelt dalag wie ein einsamer Soldat abends im Laufgraben, nachdem seine Kameraden gefallen waren. Sie fühlte sich allein an dieser Front, allein im ganzen Universum.

Sie erinnerte sich an ihre Zeit bei der Armee. Es war eine Art Erweckung für sie gewesen. Sie hatte ihre Richtung gefunden. Eine Tür hatte sich geöffnet. Und eine andere hatte sich geschlossen, denn spätestens von diesem Zeitpunkt an hatte sie gewusst, dass sie in Finnland bleiben würde. Es war keine bewusste Entscheidung gewesen, sondern etwas, das unausweichlich geschehen war.

Sie erinnerte sich dunkel daran, wie Áron in seinem Tarnanzug ausgesehen hatte, als er zum letzten Mal aus dem Haus gegangen war.

Lone Warrior.

Am besten vergaß man es.

Anna schaltete den CD-Spieler aus und versuchte vergeblich, über die Ereignisse des Tages nachzudenken. Es war einfach zu viel passiert. Einen solchen ersten Arbeitstag wünschte man nicht einmal seinem schlimmsten Feind.

Und im selben Moment ging ihr etwas auf.

Fick dich ins Knie, hätte sie als Erstes sagen sollen, ganz freundlich und ohne zu zögern. Forsch und burschikos. Und dann: Hauptkommissar Virkkunen scheint als Gutenachtgeschichte die Blogs der Wahren Finnen zu lesen. Zum Schluss hätte sie laut lachen und absichtlich einen widersprüchlichen Eindruck hinterlassen sollen, als ginge es nur um eine Frotzelei, um irgendetwas Lustiges, Unerhebliches. Auch wenn das natürlich nicht stimmte.

So hätte sie es machen müssen.

Aber in ihrer Nervosität am Morgen war sie nicht auf die Idee gekommen. Natürlich nicht. Außerdem: Hätte sie sich überhaupt getraut? Gegenüber ihrem Chef, am ersten Arbeitstag? Wohl kaum.

Anna wusste nicht, was sie mehr ärgerte: dass ihr schlagfertige Antworten immer zu spät einfielen oder dass sie sie ohnehin nicht ausgesprochen hätte. Nachdem sie sich eine Weile herumgewälzt hatte, fiel sie, immer noch mit nassen Haaren, auf dem Sofa in einen unruhigen Schlaf.

8

Der Sommer hatte tatsächlich beschlossen, noch zu verweilen. Von der Kühle der vergangenen Tage war nichts mehr zu spüren, als Anna nackt auf dem Sofa erwachte, weil ein Sonnenstrahl durch einen Spalt zwischen den Vorhängen ins Wohnzimmer drang und auf ihre Augenlider fiel. Es war halb sechs. Das Handtuch, das ihr als Decke gedient hatte, war zu Boden gerutscht, doch sie fror nicht, die Morgensonne wärmte bereits. Anna dehnte ihre taub gewordenen Glieder. In dem Lichtstreifen, der das Zimmer durchschnitt, tanzten Staubpartikel. Anna hätte gern Eifer verspürt, wie meist vor neuen Herausforderungen, den Wunsch aufzuspringen und sich in die Arbeit zu stürzen. Aber sie empfand nur Besorgnis.

Die Fälle von Riikka und Bihar hatten etwas Irritierendes. Sie rissen Wunden auf, über denen Anna dickes, undurchdringliches Narbengewebe hatte wachsen lassen. Sie befürchtete, dass die Arbeit bei der Kripo doch über ihre Fähigkeiten gehen könnte. Die Praxis war etwas anderes als die Theorie, und eine Kriminalermittlung war etwas anderes, als Betrunkene von der Straße aufzulesen. Was hatte sie sich eigentlich eingebildet? Dass sie in ihrem Leben vorankam, indem sie wieder in diese Stadt, in diese verdammte Hochhaussiedlung zog? Im Morgenlicht erschien ihr das Ganze wie ein herber Rückschlag, und der Gedanke an Esko machte die Sache nicht leichter.

Außerdem hatte sie sich immer noch nicht bei Ákos gemeldet.

Seufzend ging Anna ins Bad. Sie versuchte, ihre verfilzten Haare glatt zu bürsten. Das dicke, kräftige Haar, um das die finnischen Frauen sie beneideten, war die reine Pest, wenn man es ungekämmt auf dem Kissen trocknen ließ. Aber auch damit musste sie fertigwerden.

Beim Kaffee am Morgen grüßte Esko Anna nicht, während alle anderen ihr fröhlich einen guten Morgen wünschten; er trank mürrisch seinen schwarzen Kaffee und murmelte Rauno etwas zu, das dieser mit einem verlegenen Lachen quittierte. Auch heute wirkte Esko wieder ungepflegt, und als er einen heftigen Hustenanfall bekam, glaubte Anna, den Geruch von Schnaps wahrzunehmen.

Offenbar bist du nichts weiter als ein erbärmlicher Säufer, dachte sie und spürte einen kleinen Hoffnungsschimmer aufleuchten. Verbitterte Säufer brauchte man nicht zu fürchten, sie waren keine ernst zu nehmenden Gegner. Der Gedanke munterte sie auf.

Sie besprachen die Ereignisse des Vortags und überlegten, wer der Schütze gewesen sein mochte. Rauno tippte auf einen durchgedrehten Jäger. Selbst diese wilde Hypothese schien allen möglich. Virkkunen ordnete an, dass Anna allein an der Obduktion teilnahm. Esko erhob Einspruch, er meinte, dies sei seine Aufgabe. Doch Virkkunen begründete seine Entscheidung in einem Ton, der unmissverständlich klarstellte, wer hier der Chef war. Er wolle Anna die Gelegenheit geben, das Arbeitsfeld eines Kriminalermittlers in allen Einzelheiten kennenzulernen, und Esko habe genügend anderes zu tun.

Anna hätte sich nur zu gern aus der Schusslinie gebracht und gesagt, ihretwegen könne Esko gern zur Obduktion gehen, sie habe dazu später sicherlich noch oft genug Gelegenheit, es gebe ohnehin zu viel Neues, was sie noch lernen musste, doch sie bekam den Mund nicht auf. Offenbar hatte Virkkunen diese Wirkung auf sie. Esko versuchte gar nicht erst, seine Unzufriedenheit zu verhehlen, hielt aber den Mund.

»Die junge Frau hatte an ihrem Todestag Geschlechtsverkehr«, sagte Linnea Markkula, die rund vierzigjährige Rechtsmedizinerin, die in eine Wolke von Moschus, Annas Lieblingsduft, gehüllt war.

Anna hatte direkt nach der Morgenbesprechung zum Rechtsmedizinischen Institut eilen müssen, das sich ein paar Kilometer außerhalb des Zentrums im Keller der Universitätsklinik befand. Als sie eingetroffen war, hatte Linnea bereits mit der Arbeit begonnen. In dem gefliesten, in blaues Licht getauchten und von Leichengeruch erfüllten Raum stand ein stählerner OP-Tisch, auf dem die tote Riikka Rautio lag.

Anna hatte eine Kamera dabei. Sie trug einen weißen Schutzanzug und vor dem Mund eine Papiermaske, die ihr das Atmen erschwerte.

»Das erklärt die Beine«, sagte Anna. Am liebsten hätte sie die Maske abgezogen und tief Luft geholt.

»Was meinst du?«

»Die Beine. Die Härchen. Ich habe gesehen, dass ihre Beine ganz glatt waren, wie frisch enthaart. Es ist mir nur aufgefallen, weil ich das immer erst nach dem Joggen mache, unter der Dusche. Und die Härchen kommen schon nach einem halben Tag wieder zum Vorschein, bei mir jedenfalls. Bei den finnischen Frauen ist die Körperbehaarung natürlich anders. Feiner.«

Linnea lächelte und befühlte Riikkas Beine.

»Immer noch nichts zu spüren. Es ist ja ein weitverbreiteter Irrtum, dass die Haare auch nach dem Tod noch wachsen. Der Eindruck entsteht nur dadurch, dass sich die Haut zusammenzieht. Inzwischen müsste man die Stoppeln schon fühlen können. Ich würde sagen, sie sind mitsamt der Wurzeln entfernt worden, und zwar am Tag ihres Todes. Vielleicht mit Wachsstreifen.«

»Ein Date mit einem Mann. Vor dem Joggen«, sagte Anna. Oder während der Runde, fügte sie in Gedanken hinzu.

»Irgendwie müssen die Spermien ja in sie hineingeschwemmt worden sein. Kaum anzunehmen, dass sie gerade zur künstlichen Befruchtung in der Kinderwunschklinik war. Aber du kannst natürlich auch dort nachfragen«, sagte Linnea und lachte.

»Oder war es eine Vergewaltigung?«

»Dafür gibt es keine Anzeichen. Du hast ja selbst gesehen, dass sie nicht entblößt war. Alle Kleidungsstücke waren an ihrem Platz.«

»Hätte der Täter ihr die Hose hinterher wieder hochziehen können?«

»Theoretisch ja, aber das hätte ich gemerkt. Wenn jemand liegt, kriegt man das nie so hin, als würde man sich selbst anziehen. Zum Beispiel zerknautscht die Unterwäsche auf eine ganz charakteristische Weise. Außerdem weist die Vagina keine Spuren von Gewaltanwendung auf.«

»Und der Rest des Körpers?«

»Nichts. Keine Spur von Gewalteinwirkung – außer dem zerschossenen Kopf.«

»Das ist ja auch nicht gerade wenig«, stellte Anna trocken fest.

»Stimmt.«

Die beiden betrachteten die junge Frau auf dem Seziertisch. Anna fotografierte den Körper. An Brustkorb und Bauch bildeten sich die ersten Leichenflecken.

»Was ist das?« Anna zeigte auf zwei schwach erkennbare Flecken auf der linken Seite gleich über der Hüfte.

»Alte Blutergüsse. Fast verheilt, aber sie waren ziemlich groß. Ich würde sagen, knapp zwei Wochen alt. Die Stelle deutet auf einen Sturz hin. Wenn man auf die Seite fällt, zum Beispiel ausrutscht oder mit dem Fahrrad stürzt, verletzt man sich normalerweise genau da, in der Hüftgegend.«

»Müsste dann nicht auch an den Handflächen etwas zu sehen sein? Treffen die nicht als Erstes auf die Erde, wenn man hinfällt?«

»Meistens ja. Aber sie könnte Handschuhe getragen haben. Oder sie hat es nicht mehr geschafft, die Arme auszustrecken, das passiert häufig. Dann sieht man allerdings meistens auf derselben Körperseite auch an der Schulter Spuren. Die fehlen hier.«

Anna versuchte, zwei Wochen zurückzudenken. Das Einzige, was ihr einfiel, war pausenloser Sonnenschein und Rekordhitze. Vor zwei Wochen hatte kein Mensch Handschuhe getragen, nicht einmal nachts. Sie zoomte die Flecken heran, drückte dreimal ab und überprüfte die Aufnahmen, dann fotografierte sie auch die Hände.

»Fertig?«, fragte Linnea. »Dann schauen wir uns mal innen um.«

Mit geübten Handgriffen öffnete sie die Leiche. Es sah so sauber und leicht aus, als ginge es nicht um einen echten Menschen, der vor Kurzem noch gelebt hatte. Während sie die inneren Organe und den Magen freilegte, erzählte Linnea, dass ihr Beruf bei den Leuten immer Entsetzen auslöste. Wenn sie ausging, zog sie es deshalb vor zu sagen, sie wäre Ärztin. Oder besser noch Krankenschwester. Die Berufsbezeichnung Pathologin oder Rechtsmedizinerin schreckte auch die selbstbewusstesten Verehrer ab. Wenn sie jedoch sagte, sie wäre Ärztin, glaubten viele, sie hielte bei einem Glas Bier ihre Sprechstunde ab, und erzählten ihr von ihren Wehwehchen. Krankenschwester war gut. In den Ohren vieler Männer klang der Beruf nach Dienstbarkeit und geringer Intelligenz und wirkte genau deshalb anziehend auf sie. Das Problem war nur, dass Linnea sich nicht für Männer interessierte, die eine Vorliebe für demütige, dümmliche Frauen hatten.

»Fünf Jahre als Alleinerziehende und Single. Allmählich habe ich die Nase voll davon. Ich hätte gern einen Mann im Haus«, lachte Linnea und wog währenddessen die Leber. »Oder wenigstens ab und zu einen im Bett.«

Das kann doch nicht so schwierig sein, dachte Anna, während sie der attraktiven Blondine bei der Arbeit zusah. Gut aussehend und gut ausgebildet, wahrscheinlich sogar wohlhabend. Sie wohnte in keiner Trabantenstadt und hatte auch noch nie in einer gewohnt, so viel stand fest.

»Keine auffälligen Befunde«, sagte Linnea schließlich. »Eine gesunde junge Frau. Keine Schwangerschaften. Hat etwa zwei Stunden vor dem Tod eine kleine Mahlzeit zu sich genommen und der Farbe nach Orangensaft dazu getrunken. Den Mageninhalt untersuche ich später genauer. Innere Organe okay, Darm okay, keine sichtbaren Hinweise auf Drogen oder Alkohol. Wir müssen natürlich die Blutproben abwarten, aber ich nehme nicht an, dass sich dabei irgendetwas findet. Die Lunge ist sauber, das Mädchen hat nicht einmal geraucht, scheint eine ganz Brave gewesen zu sein. Abgesehen von dem Sperma natürlich. Das geht zur DNA-Analyse. Vielleicht führt es uns zu Herrn X.« Dann fuhr Linnea leiser fort: »Die Schrotladung hat den Kopf völlig zerstört. Das Mädchen war sofort tot. Der Schuss kam von vorn und aus nächster Nähe, fast ein aufgesetzter Schuss. Irgendwie erschreckend brutal, oder?«

»Ja. Und die Todeszeit?«, fragte Anna.

»Die Leiche wurde um neun Uhr morgens gefunden. Ich war gegen Mittag am Tatort. Meine vorläufige Schätzung hat sich bestätigt. Zehn Uhr abends plus/minus eine Stunde, immerhin war die Nacht kalt und nass. Eine merkwürdige Zeit für Jogging, nicht wahr?«

»Na ja«, antwortete Anna. »Ein bisschen spät vielleicht.«

»Komm doch am Samstag mit in eine Bar«, schlug Linnea vor, als sie im Umkleideraum Kittel und Masken ablegten.

Anna erschrak geradezu. Sie holte tief Luft.

»Ich kann nicht, mein Bruder kommt zu Besuch«, schwindelte sie und merkte, dass sie rot wurde.

»Meine Kinder sind am Wochenende bei ihrem Vater, und ich habe nicht vor, allein zu Hause rumzuhängen. Hey, bring deinen Bruder doch einfach mit. Sieht er auch so gut aus wie du? Ist er Single? Wie alt?«

Anna wurde noch röter.

»Achtunddreißig. Single, glaube ich. Aber er kann kein Finnisch.«

»Macht doch nichts! In Körpersprache bin ich Klassenbeste«, entgegnete Linnea mit einem heiseren Lachen.

Anna lachte mit, obwohl sie am liebsten die Flucht ergriffen hätte. Ákos und eine promovierte Ärztin. Allein der Gedanke daran war bizarr.

Sie aß in einem guten Thai-Restaurant in der Stadt zu Mittag und schwor sich, den Fraß aus der Polizeikantine kein zweites Mal anzurühren. Der harmonische Geschmack von Kokosmilch und Zitronengras lag ihr noch auf der Zunge, als sie ihr Dienstzimmer betrat, die Obduktionsfotos auf den Computer übertrug und ihre Notizen abtippte. Dann war es Zeit, sich auf die Befragung von Riikkas Eltern vorzubereiten. Virkkunen hatte angeordnet, dass Anna und Esko die Aufgabe gemeinsam übernehmen sollten, aber Anna hatte nicht vor, Esko daran zu erinnern. Sie notierte ein paar Schlüsselfragen, die sie nicht vergessen durfte, und beschloss, das Gespräch ansonsten frei laufen zu lassen. In diesem frühen Stadium war es schwierig, im Voraus konkrete Fragen zu formulieren. Das Wichtigste war, sich ein umfassendes Bild von Riikkas Leben und ihrem Freundeskreis zu machen. Das würde die Ermittlungen ein gutes Stück voranbringen. Oder zumindest würden sie sich ausweiten, wie zu einem weitläufigen Schlachtfeld rund um einen einsamen Krieger. Wir brauchen mehr Mitarbeiter, dachte Anna. Das wird ein großer Fall.

Anna brauchte Esko nicht zu erinnern und auch nicht allein nach Saloinen zu fahren. Um Punkt zwei Uhr erschien er an ihrer Tür und verkündete in seinem üblichen barschen Ton, er sei jetzt so weit. Während der Fahrt herrschte erneut Stille, wie im tiefsten Winter auf zugefrorener See.

Riikkas Eltern waren geradezu in sich zusammengefallen. Sie saßen bedrückt und verloren in ihrem Wohnzimmer. Esko stellte die mitgebrachte Thermoskanne und eine Packung Kekse vor dem trauernden Ehepaar auf den Couchtisch, Mitleid in den geröteten Augen.

»Ich dachte, ich bringe Ihnen Kaffee mit«, sagte er, und die Rautios nickten dankbar.

Der kann es ja doch, dachte Anna. Habe ich etwa übereilte Schlüsse gezogen?

»Erzählen Sie uns von dem Freund, bei dem Ihre Tochter gewohnt hat. Wie lange waren die beiden zusammen?«, begann Anna mit der Befragung und fluchte sofort innerlich, weil sie gleich zu Anfang einen Fehler gemacht hatte: Man durfte nie mehr als eine Frage auf einmal stellen.

»Der Junge heißt Jere. Jere Koski. Er studiert Mathematik. Sie sind seit fast drei Jahren zusammen«, antwortete Juhani.

Er sprach leise und mühevoll, als bereitete ihm jedes Wort Schmerzen.

»Wo haben sich die beiden kennengelernt?«

»Auf einer Oberstufenparty. Da fing es wohl an. Aber gekannt haben sie sich immer schon. Jere ist zwei Jahre älter als Riikka, kommt aber auch hier aus unserem Dorf.«

»Was haben Sie von der Beziehung gehalten?«, fragte Anna.

Juhani wirkte ein wenig verlegen, Irmeli starrte auf ihre Füße, als wunderte sie sich, was die dort unten zu suchen hatten.

»Na, wie Eltern eben zu den Beziehungen ihrer einzigen Tochter stehen. Anfangs waren wir natürlich nicht begeistert, zumal wir von seiner ...« – Juhani räusperte sich – »... Herkunft wissen. Aber ...«

»Aber es half ja nichts«, fiel Irmeli ihrem Mann ins Wort und funkelte ihn böse an. Anna war von der Kälte in ihrer Stimme schockiert. »Junge Liebe kann und darf man nicht unterbinden.«

»Jere ist wirklich ein anständiger Kerl, und er ist ja immerhin an der Universität. Riikka wirkte glücklich, also haben wir die Beziehung akzeptiert und uns für sie gefreut«, sagte Juhani.

»Was stimmt denn nicht mit Jeres Herkunft?«, fragte Esko.

»Na ja, eigentlich kann man nicht direkt sagen, dass etwas nicht stimmt.« Juhani wirkte verlegen. »Jeres Vater, Veikko Koski, ist Hilfsarbeiter und ... dem Schnaps zugeneigt. Frührentner, angeblich wegen seines Rückens, aber jeder weiß, dass der Suff der wahre Grund ist. Seine Frau arbeitet als Putzfrau an der Schule, sie ist sehr nett.«

Da drückt der Schuh also, dachte Anna. Die besseren Leute wollten für ihre Tochter keinen Freund aus einfachen Verhältnissen.

»Hatte Riikka vor Jere andere Freunde?«, fragte Esko.

»Sie waren ewig zusammen«, sagte Irmeli. »Riikka kam gar nicht dazu, vorher andere Freunde zu haben.«

»Was für ein Mensch ist dieser Jere? Beschreiben Sie ihn mal genauer«, bat Esko.

»Ein ganz normaler junger Mann, kein Säufer wie sein Vater, jedenfalls noch nicht. Ein Outdoor-Typ, ständig auf Wanderungen oder beim Angeln«, sagte Juhani.

»Geht er auch auf die Jagd?«, fragte Esko.

Stille legte sich über das Zimmer. Juhanis Gesicht wurde unruhig. Irmelis Mundwinkel zuckten. Sie sah ihren Mann entsetzt an.

»Sie wollen doch nicht ...«

»Natürlich nicht. Sie haben gesagt, dass Jere ein Outdoor-Typ ist. Geht er auf die Jagd oder nicht?«, fragte Esko bestimmt.

»Ja.«

»Könnten Sie uns darüber ein bisschen mehr erzählen?«

Juhani dachte eine Weile nach, bevor er antwortete.

»Jere ist oft auf Jagd. Enten, Hasen, Moorschneehühner. In Lappland war er auch auf Birkhuhnjagd. Riikka hat ihn manchmal begleitet. Und er gehört zu einer Gruppe von Elchjägern.«

»Jere besitzt also Waffen«, stellte Esko fest.

»Ja, das heißt, ich nehme es an, ohne die kann man ja nicht ...«

»Wir brauchen Jeres Kontaktdaten. Haben Sie seine Telefonnummer?«

»Natürlich. Wir haben gestern schon versucht, ihn anzurufen, als ... als ... Riikka ... Aber er hat sich nicht gemeldet.«

Anna und Esko sahen einander an. Esko nickte. Er speicherte Jeres Adresse und Telefonnummer auf seinem Handy.

»Mach du hier weiter«, wandte er sich an Anna. »Ich hole den Jungen zur Vernehmung.«

Das läuft ja wie geschmiert, dachte Anna. Gerade so, als würden wir zusammenarbeiten.

Nachdem Esko gegangen war, fiel es Anna schwer, die Befragung fortzusetzen. Ein Verdacht stand im Raum, ein quälender Gedanke. Juhani und Irmeli wirkten besorgt und bedrückt.

»Wir können wirklich nicht glauben ...«, begann Irmeli schließlich.

»Sie verstehen sicher, dass wir alles überprüfen müssen«, sagte Anna. »Wir müssen jeden Stein umdrehen, eine Möglichkeit nach der anderen ausschließen, bis schließlich nur noch eine einzige übrig bleibt. Aber jetzt erzählen Sie mir doch mehr über Riikka. Und über Jere. Über ihre Beziehung.«

Himmel, das waren mindestens drei Fragen, tadelte Anna sich. Eine miserable Leistung.

Es war Juhani und Irmeli anzusehen, dass sie nicht weiterreden wollten. Irmeli zitterte am ganzen Körper, und Juhani kämpfte mit den Tränen. Die beiden waren müde und aufgewühlt. Anna goss ihnen Kaffee nach und wartete. Schließlich riss Juhani sich zusammen und sagte gequält: »Jere ist ein anständiger Junge, ein fleißiger Student und ein Naturbursche, wie ich schon sagte. Riikka hat ihn auf einigen Wanderungen und zum Angeln begleitet. Sie hat sich auch überlegt, die Jagdprüfung abzulegen, damit sie mit ihm auf die Jagd gehen kann. Das hat uns ein bisschen gewundert, denn wir haben uns daraus nie etwas gemacht, obwohl wir gern Wild essen.«

»Auch die Beeren kaufen wir lieber auf dem Markt«, sagte Irmeli und lachte gezwungen.

»Riikka hat im Frühjahr Abitur gemacht, mit einem Durchschnitt von Zwei«, erklärte Juhani.

»Ein kluges Mädchen«, meinte Anna.

Juhani rieb sich die Augen.

»Hatte Riikka viele Freundinnen?«, fragte Anna weiter.

»Ja. Dieselbe Clique seit dem Kindergarten. Ihre beste Freundin heißt Virve Sarlin. Die beiden waren während der gesamten Schulzeit in derselben Klasse. Sie waren unzertrennlich.«

Anna notierte sich den Namen.

»Wie lange hat Riikka schon bei Jere gewohnt?«, fragte sie dann.

»Sie ist gleich nach der Abiprüfung zu ihm gezogen.«

»Was haben Sie davon gehalten?«

»Na ja, eigentlich war es ja Unsinn, zumal sie sich um einen Studienplatz in Jyväskylä beworben hatte und dort auch angenommen wurde. Zwei Umzüge in einem Jahr sind zu viel. Aber sie hat es trotzdem gemacht. Sie war ja volljährig und brauchte unsere Erlaubnis nicht mehr.«

»Gab es Streit zwischen den beiden?«

»Das glaube ich nicht«, sagte Irmeli und sah ihren Mann fragend an. Der schüttelte den Kopf. »Sie machten einen wirklich harmonischen Eindruck.«

»Und in letzter Zeit? Ist Ihnen irgendeine Veränderung aufgefallen?«

»An Riikka? Oder an der Beziehung?«

»Sowohl als auch. Oder an Jere.«

Wieder sahen die Rautios sich an, als suchten sie in den Augen des anderen nach einer Antwort.

Sie wirkten unsicher.

»Wir wissen es nicht genau«, begann Irmeli schließlich. »Riikka war den Sommer über selten hier. Und wenn, dann hauptsächlich zum Wäschewaschen. Vielleicht war sie im Nachhinein betrachtet stiller als sonst.«

»War das ungewöhnlich?«

»Schwer zu sagen. Riikka war schon als Kind eher still. Aber wenn ich jetzt darüber nachdenke, scheint mir, dass sie uns den ganzen Sommer über kein einziges Mal zusammen mit Jere besucht hat. Oder, Juhani?«

Juhani dachte darüber nach.

»An Mittsommer waren sie hier. Und zum Geburtstag von Riikkas Uroma waren sie zusammen, am 15. Juni.«

»Haben Sie sich nicht darüber gewundert?«

»Worüber?«

»Dass sie nicht mehr gemeinsam zu Besuch gekommen sind.«

»Überhaupt nicht! Es ist mir gerade erst aufgefallen. Jere ist grundsätzlich eher selten hier gewesen. Ich hatte immer das Gefühl, wenn er sich vor einem Besuch bei uns drücken kann, tut er es auch. Er hat wohl eine gewisse Scheu vor uns. Natürlich hat uns das ein bisschen leidgetan. Juhani hätte ihn gern zum Golf mitgenommen. Aber dafür interessiert Jere sich nicht. Also, eigentlich können wir nicht sagen, ob sich wirklich etwas verändert hat. Wahrscheinlich nicht. Wir hätten doch sicher gemerkt, wenn etwas vorgefallen wäre. Nicht wahr, Juhani?«

»Das würde ich auch sagen. Die beiden haben sich gut verstanden. Aber wir werden nie erfahren, wie es weitergegangen wäre. Wenn Riikka nach Jyväskylä gezogen wäre. Ich habe immer vermutet, dann schläft die Beziehung ein.« Juhanis Stimme brach.

Irmeli stand auf und ging ins Schlafzimmer. Als sie zurückkam, reichte sie Anna mit zitternden Händen ein Foto von einem pausbäckigen, lächelnden Mädchen, die weiße Studentenmütze auf dem kinnlangen, kastanienbraunen Haar, einen Rosenstrauß im Arm. Das Mädchen blickte direkt in die Kamera. Ihre Augen waren graublau und dezent geschminkt, der Gesichtsausdruck resolut, aber auch ein wenig verschlossen. Ihre Lippen waren prall und schön geformt. Das war also das zerstörte Gesicht. Es war bezaubernd und hübsch, wie es die Gesichter junger Frauen nun mal waren. Anna schnürte es die Kehle zusammen.

»In einer Woche wäre der Umzug gewesen. Der Lieferwagen war schon bestellt«, sagte Irmeli fast unhörbar.

Wenn dieser Damm bricht, gibt es kein Halten mehr, dachte Anna. Plötzlich hatte sie entsetzliche Sehnsucht nach ihrer Mutter.

Nachdem Anna in die Stadt zurückgekehrt war, fragte Sari, ob sie mit ihr in den Fitnessraum des Polizeigebäudes gehen wolle. Von ihrer Dienstzeit waren noch genau zwei Stunden übrig. Zu den wenigen Vorteilen der Polizeiarbeit gehörte die Möglichkeit, wöchentlich zwei Stunden der Arbeitszeit für sportliche Aktivitäten zu nutzen. In Annas Laufprogramm war heute ein Ruhetag vorgesehen, da würde das Krafttraining guttun. Außerdem wollte sie Sari gern näher kennenlernen, die ihr wie das Gegenteil von Esko erschien: witzig, locker, sportlich und tolerant.

Im Umkleideraum musterte Anna verstohlen Saris athletischen Körper. Sari war groß und muskulös, aber alles andere als stämmig. Mit einem Wort: attraktiv. Man hätte nicht geahnt, dass zwei Schwangerschaften ihre Bauchdecke gedehnt hatten und sie beide Kinder gestillt hatte. Im Allgemeinen erschlafften Frauen durch eine Schwangerschaft, doch Sari war straff und blond wie eine Wikingergöttin.

»Wie alt sind eigentlich deine Kinder?«, fragte Anna.

Kinder waren ein dankbares Thema, wenn man mit jemandem ins Gespräch kommen wollte. Über ihre Kinder redeten alle gern, jedenfalls solange sie anständig und klug waren und die Träume ihrer Eltern Wirklichkeit werden ließen.

Saris Augen leuchteten auf.

»Dreieinhalb und zwei.«

»So klein noch? Hast du sie adoptiert? Du siehst überhaupt nicht aus, als wärst du erst vor zwei Jahren schwanger gewesen.«

Sari war sichtlich geschmeichelt.

»Ich habe in beiden Schwangerschaften kein Gramm Fett angesetzt, obwohl ich gefressen habe wie ein Pferd. Muss am Stoffwechsel liegen. Und ich habe natürlich immer viel Sport getrieben. Während der Schwangerschaften war ich mindestens dreimal in der Woche beim Pilates-Training.«

»Wow. Mädchen oder Jungen?«

»Beides. Siiri und Topias.«

»Wie schaffst du das bloß? So kleine Kinder und dieser Job ...«

»Eigentlich ganz gut. Ich geniere mich fast, es zu sagen, aber wir haben ein Kindermädchen, sonst ginge es nicht. Natürlich sind die Nächte manchmal unruhig. Aber ich denke nicht groß darüber nach, ob ich durchhalte oder nicht. Ich schlafe einfach, sooft ich die Chance dazu habe. Einschlafen kann ich immer und überall.«

»Da packt mich der Neid! Ich wünschte, das könnte ich auch. Was macht denn dein Mann?«

»Teemu ist Maschinenbauingenieur und ständig auf Achse. Zum Glück muss ich keine Nachtschichten übernehmen. Und auch am Wochenende brauche ich fast nie zu arbeiten, das habe ich mit Virkkunen abgemacht.«

»Aber du hast keine Elternzeit genommen?«

»Doch, fast ein Jahr lang, nach dem zweiten Kind. Aber du weißt ja, wie es ist, ohne Arbeit kommt man nicht über die Runden, wenn man einen Kredit am Hals hat. Wir haben vor zwei Jahren gebaut. Ehrlich gesagt, habe ich es zu Hause auch nicht mehr ausgehalten – eine einsame und ziemlich langweilige Beschäftigung, und ich bin nicht der Typ Sandkastenmutter. Die Arbeit pustet einem irgendwie den Kopf frei. Seit ich wieder im Beruf bin, gehen mir die Kinder viel weniger auf die Nerven. Aber so was darf man ja eigentlich gar nicht laut sagen.«

»Heutzutage darf man es zum Glück. Wo habt ihr denn gebaut?«

»In Savela, auf dem Grundstück meiner Schwiegereltern. Du musst uns mal besuchen kommen. Wo wohnst du übrigens?«

»In Koivuharju.«

»Ach du lieber Himmel!«

Anna lachte. Saris Unverblümtheit gefiel ihr.

Sie gingen in den Fitnessraum. Die verputzten Betonwände waren karg und rochen nach Testosteron. Es gab nur wenige Geräte, dafür umso mehr Hanteln und Gewichte. Eine Männerwelt, dachte Anna, nahm Zwanzig-Kilo-Scheiben aus der Halterung, befestigte sie an einer Stange und legte sich auf die Bank. Sari wählte das Spinningrad.

Drei Zwölferserien. Eine Tortur für die Brustmuskeln. Anna keuchte, ihre Arme zitterten. Beim letzten Aufstemmen half ihr jemand; ein Mann, der ihr vage bekannt vorkam, in einem engen ärmellosen T-Shirt. Arme hart wie Stein.

»Hallo, ich bin Sami«, sagte er. »Wir sind uns gestern auf dem Parkplatz am Joggingpfad begegnet.«

»Ach ja, richtig«, antwortete Anna und stand auf. Der Mann folgte ihr, als sie zum Hantelständer ging.

»Hättest du Lust, mal mit mir auszugehen, zum Essen oder so? Vielleicht am Freitagabend?«, fragte der Mann ohne Umschweife und kam so nah an Anna heran, dass sie sich beinahe berührten. Anna wand sich innerlich. Sie hatte keine Lust auf ein Date. Schon gar nicht mit einem Polizisten.

»Ach, ich weiß nicht«, sagte sie. »Ich bin gerade erst umgezogen und habe ziemlich viel zu tun. Eigentlich habe ich gar keine Zeit.«

»Ich hatte den Eindruck, du wärst interessiert«, beharrte Sami.

Menj a picsába, dachte Anna. Da zwinkert man einmal einem Kerl zu, und schon bildet er sich alles Mögliche ein.

»So war das nicht gemeint«, erklärte sie.

»Und was ist mit deiner Freundin? Die ist ja mal eine flotte Biene. Sieht eigentlich sogar besser aus als du«, sagte Sami beleidigt und stierte Sari unverblümt an.

»Wir sind beide vergeben«, rief Sari vom Spinningrad herüber.

»Würde man nicht glauben«, sagte Sami eisig.

»Geh in die Umkleide und mach's dir selbst«, rief Sari. Zwei Polizisten auf der anderen Seite des Fitnessraums sahen johlend zu ihnen herüber.

Auch Anna musste lachen. Sari war eine Wucht. Woher nahm sie bloß den Mut? Sami knallte die schweren Hanteln demonstrativ auf das Gestell zurück und verließ den Raum.

»Puh, was für ein Esel«, schnaubte Sari. »Das ist die Kehrseite, wenn man in einem Männerberuf arbeitet: rundherum nur schwachköpfige Hormonmonster. Aber hör mal, jetzt bist du an der Reihe, von dir zu erzählen. Hast du Familie? Woher kommst du? Ich will alles wissen. Ich finde es supercool, eine ausländische Kollegin zu haben, auch wenn du nicht sehr ausländisch wirkst«, sagte Sari.

Anna sprach nicht gern über sich, wusste aber, dass sie gewisse Fragen beantworten musste, wieder und wieder. Die häufigste Frage, über die Anna sich maßlos ärgerte, lautete: Warum bist du nach Finnland gekommen? Zwar wurde sie meistens aus gutwilliger Neugier gestellt, doch Anna hörte immer eine unausgesprochene Zusatzfrage heraus: Hattest du einen für uns gebürtige Finnen akzeptablen Grund, oder bist du nur wegen des höheren Lebensstandards hierhergekommen?

Die Frage löste bei Anna ein seltsames Schuldgefühl aus, sie machte sie gewissermaßen zum ungebetenen Gast. Sie sah nichts Schlimmes daran, dass man seinen Lebensstandard verbessern wollte. War das nicht das natürliche Streben aller Menschen? Warum sollte es nur denjenigen gestattet sein, die ohnehin alles hatten, was sie brauchten?

»Da bist du ja«, riss Eskos Stimme sie aus ihren Gedanken, als sie gerade tief Luft holte, um mit einer weiteren Hantelserie zu beginnen. Esko stand an der Tür zum Fitnessraum und schien sich an Sari gewandt zu haben, obwohl die mit dem Fall Bihar betraut worden war. Anna versuchte, sich darüber nicht zu ärgern. Ein Arschloch wie Esko war die Aufregung nicht wert.

»Jere ist verschwunden«, erklärte Esko.

»Was?«, riefen Anna und Sari wie aus einem Mund.

»Wie Staub im Wind. Sein Handy ist ausgeschaltet, seine Eltern, seine Freunde, der Hausmeister – niemand weiß, wo er steckt.«

»Oje«, seufzte Sari.

»Genau. Aber damit liegt der Fall wohl klar.«

»Sieht so aus«, gab Anna zu.

»Der Junge hat Riikka erschossen, sicher in einem Anfall von Eifersucht, das wäre in diesem Land nicht das erste Mal. Als ihm dann klar wurde, was er getan hatte, bekam er Angst und ist untergetaucht.«

»Wir müssen ihn zur Fahndung ausschreiben«, sagte Sari.

»Schon erledigt. Und den Durchsuchungsbeschluss habe ich auch schon da. Ich muss jetzt in Jeres Wohnung – mit der da.« Esko sprach immer noch mit Sari, nickte aber dabei in Annas Richtung.

»Jetzt gleich?«, fragte Anna. Sie war sauer. Eigentlich hatte sie jetzt gleich Feierabend.

»Komm in einer Viertelstunde in die Tiefgarage.«

»In Ordnung.«

Anna machte sich auf den Weg zur Dusche.

»Hey, Anna, warte mal! Bihar und ihre Familie kommen am Freitag zur Vernehmung. Könnten wir uns morgen zusammen ansehen, was ich herausgefunden habe? Ich würde gern mit dir darüber reden«, rief Sari ihr nach.

»Mittagessen und Besprechung um zwölf, passt das?«

»Passt. Bis dann.«

9

Jere wohnte in der Nähe des Zentrums in einem muffigen Etagenhaus aus den Siebzigerjahren an der Torikatu, die in südlicher Richtung von der Mariankatu abzweigte. Höchstwahrscheinlich hatte dort früher ein schönes Holzhaus mit guter Luftzirkulation und ohne Schimmelbildung gestanden. Anna hatte Fotos aus dem frühen zwanzigsten Jahrhundert gesehen. Seitdem hatte sich die Stadt erheblich verändert. Die Holzhausviertel – eins schöner als das andere – hatten im Namen des Fortschritts Betonklötzen weichen müssen, und die Kopfsteinstraßen waren asphaltiert worden. Ein paar Jugendstilhäuser im Stadtkern strahlten zwar noch die Eleganz des alten städtischen Bürgertums aus, doch von den prachtvollen Holzbauten der Innenstadt waren nur noch wenige erhalten. Immerhin existierten noch die Arbeiterviertel mit den kleineren Holzhäusern am Innenstadtrand. Sie waren zu begehrten Wohnobjekten geworden, für deren Renovierung und Erweiterung wohlhabende Leute Hunderttausende hinblätterten.

Die Tür zu dem Treppenaufgang, an dem Jeres Wohnung lag, verbarg sich zwischen zwei Geschäftslokalen: der Zentralbar und Saritas Secondhandladen. Dort erwartete sie ein Mann von der Gebäudeverwaltung mit dem Schlüssel. Der Lift schepperte und knirschte, als sie in den zweiten Stock hinauffuhren. Der Verwaltungsmann schloss die Tür auf und wäre ihnen beinahe in die Wohnung gefolgt, wenn Esko ihn nicht mit ausgestrecktem Arm aufgehalten hätte.

»Nichts da, das ist unser Revier«, sagte Esko, und der Mann zog sich enttäuscht ins Treppenhaus zurück.

Auf der Fußmatte lagen stapelweise Werbesendungen, eine Rechnung und zwei Stadtzeitungen, von denen die unterste vom 21. August datierte. Über Annas Briefschlitz stand: »Keine Reklame«. Sie mochte es nicht, wenn sich der Flur innerhalb weniger Tage mit Altpapier füllte, aber bei polizeilichen Ermittlungen verwandelte sich selbst Altpapier in nützliches Beweismaterial.

In der geräumigen Zweizimmerwohnung herrschte Dämmerlicht. Die Vorhänge waren zugezogen. Die Zimmer mit den hohen Decken waren luftig, die spärliche Möblierung bewirkte, dass sie fast leer aussahen.

Sie gingen durch die Wohnung, um sich zunächst einen Gesamteindruck zu verschaffen. Auf den ersten Blick wirkte alles völlig normal. Schuhe standen ordentlich aufgereiht im Flur, Mäntel und Jacken hingen an der Garderobe. Im Schlafzimmer lagen ein T-Shirt und ein Paar Socken auf dem Fußboden, aber das Bett war gemacht. Unter dem Sofa im Wohnzimmer drängte kein Bataillon von Staubflocken hervor. Auf dem Couchtisch lag ein Stapel Zeitschriften neben einer Kaffeetasse, auf deren Boden ein dunkles Oval festgetrocknet war. Auch das Bad war sauber. Im Abfluss an der Dusche lag ein Knäuel dunkler Haare, aber im Klobecken wand sich keine bräunliche Kalkschicht, und das Waschbecken war nicht mit Zahnpastaspritzern gesprenkelt. Die Küche sah aus wie frisch geputzt. Der Müll war hinausgebracht und das Geschirr gespült worden, der Tisch krümelfrei. Die Spüle glänzte, als Anna das Licht anknipste. Im Kühlschrank lag nichts Verderbliches. Allem Anschein nach hatte Jere nichts hinterlassen wollen, was Geruch entwickeln oder Mikroorganismen als Nährboden dienen konnte.

Wenn man nach Hause kommt, will man ja nicht gleich als Erstes putzen müssen, hörte Anna ihre Mutter sagen. Hinterließ sie selbst deshalb immer ein Chaos, wenn sie wegfuhr? Hatte Jere demnach vor zurückzukommen? War er doch nicht auf der Flucht? Anna hatte beinahe gehofft, auf etwas Krankhaftes und Perverses zu stoßen, das ihnen schon im Flur entgegenschlug und Jere sofort als Täter entlarvte, doch falls es so etwas gab, lag es unter der sauberen Oberfläche verborgen.

»In aller Eile ist er jedenfalls nicht aufgebrochen«, sagte sie.

»Hmm«, brummte Esko.

»Er hat den Abfall hinuntergetragen und so weiter«, fuhr Anna fort.

»Vielleicht war unter dem Abfall irgendwas, das er verschwinden lassen musste«, sagte Esko betont langsam. »Verstehst du übrigens alles, was ich sage?«

Doch Anna ließ sich nicht provozieren.

»Ja. Was ist mit Riikka? Sie soll doch hier gewohnt haben. Davon ist nirgendwo eine Spur zu sehen.«

»Vielleicht hat er die Spuren ihrer Anwesenheit vernichtet, genau wie Riikka selbst.«

Esko artikulierte jedes Wort übertrieben sorgfältig und sah Anna dabei boshaft an.

»Es hilft ja nichts. Fangen wir an.« Anna bemühte sich um Beherrschung. »Wenn hier irgendetwas zu finden ist, dann werden wir es finden.«

Esko brummelte erneut.

Sie fingen im Wohnzimmer an, einem großen, länglichen Raum, dessen Fenster zur Straße hinausging. Die wenigen Möbel waren alt, aber in gutem Zustand. Vor dem Fenster stand ein weißer Schreibtisch mit Melaminplatte, der wie eine Kindheitserinnerung aussah. Die mittlere Schublade war mit einem Turtles-Aufkleber geschmückt. Das alte braune Ledersofa war abgewetzt, sah aber bequem aus. In einem flachen Regal standen Fernseher, DVD-Spieler und ein paar Bücher. Kein Nippes. Mathematik, Physik, Chandler, Nesser, Å. Larsson. Der Junge hatte einen guten Krimigeschmack. Jägerkochbuch, ABC der Elchjagd. Ein Naturbursche, tatsächlich. Ein Regalbrett war mit Filmen und CDs gefüllt, amerikanische Dutzendware. Ganz normale Habseligkeiten eines jungen Mannes. Auf dem Schreibtisch lagen ein verhältnismäßig neuer Laptop und ein hochwertiger Taschenrechner. Die Schubladen waren randvoll mit benoteten Klausuren und karierten Bogen, auf denen komplizierte Formeln standen. Keine Tagebücher, keine Briefe, nichts wirklich Persönliches. Außer dem Pass.

»Ins Ausland hat er sich jedenfalls nicht abgesetzt«, sagte Anna. »Sein Pass liegt hier.«

»Überleg doch mal. Nach Schweden kommt man auch ohne.«

Ja, und nach Norwegen auch, dachte Anna, hielt aber den Mund.

»Wir müssen Virkkunen um die Erlaubnis bitten, all dies zu konfiszieren, und den Rechner zu unseren EDV-Leuten bringen«, sagte Esko. »Heutzutage spielt sich das Intimleben der Menschen ja in diesen Maschinen ab. Das ganze Privatleben auf Facebook ausgebreitet, es gibt keine Schranken mehr. Du hast bestimmt auch Hunderte Kanakenfreunde im Netz.« Esko lachte, als hätte er einen guten Witz gemacht.

Anna zählte in Gedanken bis fünf, bevor sie antwortete.

»Ich bin nicht auf Facebook.«

»Aha, dann haben wir ja sogar was gemeinsam. Hätte ich nicht gedacht.«

Esko starrte Anna an, sein gerötetes Gesicht wirkte abstoßend. Anna wandte den Blick ab.

»Wenn Jere auf Facebook verbreitet hätte, wohin er gefahren ist, dann wüssten seine Freunde vermutlich, wo er ist«, sagte sie.

»Ei, ei, was für ein intelligenter Schluss. Du kapierst ja doch manchmal was.«

»Ich habe das Gefühl, dass Jere nicht kopflos davongerannt ist. Es sieht vielmehr nach einer geplanten Abreise aus«, fuhr Anna fort, ohne auf Eskos bissigen Ton zu reagieren.

»Dieser Jere ist ein kaltblütiger Bursche. Deshalb sind Frauen ja auch nicht so gute Polizisten wie Männer. Ihr lasst euch zu sehr von Gefühlen leiten. Ihr Südländerinnen vielleicht sogar mehr als die finnischen Frauen.«

Menj a picsába, dachte Anna und beschloss, kein Wort mehr mit Esko zu reden.

Wenn es um eine spielerische Schatzsuche gegangen wäre, hätte man an der Schlafzimmertür hören müssen: Heiß, noch heißer! Auch dieser Raum war recht groß. Anna zog die dunkelblauen Vorhänge auf. Das plötzlich einfallende Sonnenlicht ließ die weißen Wände erstrahlen. Vom Fenster aus fiel der Blick auf einen betonierten Innenhof und das gegenüberliegende Haus. Auf dem Hof gab es einige Autostellplätze und eine Holzschaukel mit zwei Bänken, neben der ein kümmerlicher Strauch wuchs.

Mitten im Zimmer stand ein Doppelbett. Auch der Bettüberwurf war dunkelblau. Anna betrachtete den Saum und stellte fest, dass die Decke von Hand genäht war. Von Jeres Mutter? Riikka? Warum nehme ich eigentlich automatisch an, dass eine Frau den Bettüberwurf genäht haben muss?, dachte sie wütend. Er konnte ebenso gut Jeres Werk sein.

In diesem Moment stieß Esko einen Pfiff aus. Er hatte den zweitürigen Schrank geöffnet, der nichts enthielt, was Riikka gehörte. Dafür befand sich dort ein Waffenschrank, vorschriftsmäßig abgeschlossen. Annas Puls beschleunigte sich.

»Na also, dann wollen wir doch mal sehen, was für Schätze

unser Musterstudent hier hortet. Versuch mal, ein paar Sekunden die Schnauze zu halten, damit ich mich konzentrieren kann«, sagte Esko barsch und ging vor dem Waffenschrank auf die Knie. Er legte den Kopf an die Tür und drehte langsam die Scheibe des Nummernschlosses. Nach einer knappen Minute sprang die Tür mit einem leisen Knacken auf. Wow, dachte Anna. Wie im Kino. Doch das sprach sie natürlich nicht aus.

Im Waffenschrank befanden sich ein Marlin-Gewehr Kaliber .45, eine Baikal 16/70 sowie einige Schachteln mit Schrotpatronen und Kugeln.

»Hier fehlt eine Waffe«, sagte Esko.

Anna sah sich gezwungen, den Mund aufzumachen.

»Woher weißt du das?«

»Ich verspüre so komische Vibrationen, als wollte der Schrank mir was erzählen«, sagte Esko, steckte den Kopf in den Schrank, schloss die Augen und lauschte.

Anna wartete.

»Hier müsste eine Repetierflinte stehen, Remington, Kaliber .12«, sagte Esko, als er den Kopf aus dem Schrank zog. »Und wie du siehst, ist sie nicht da.«

Anna starrte ihn entgeistert an.

»Ich habe seinen Waffenschein überprüft, bevor wir losgefahren sind, bloß ein paar Mausklicks, so einfach geht das heutzutage. Außerdem – wenn das Fräulein Kriminalmeisterin mal genauer hinschaut – liegen da zwei Päckchen 12/70er Stahlschrotpatronen. Die steckt man nicht in das Gewehr.«

Anna fühlte sich ertappt. Und war wütend. Warum war sie nicht selbst darauf gekommen? Die Überprüfung des Waffenscheins war eine Selbstverständlichkeit.

»Na, dann hast du ja jetzt was, das du dir in den Arsch stecken kannst, wenn du endlich dein Coming-out hinter dich gebracht hast«, sagte sie.

»Oh, mein kleines Schätzchen, du bist heute ja richtig heiß«, antwortete Esko in einem ordinären Ton. Auf seinem Gesicht lag nicht die Spur eines Lächelns.

»Du kannst mich mal.«

»Melde im Hauptquartier, dass der Junge bewaffnet ist«, befahl Esko ihr. »Ich gehe jetzt eine rauchen und seh mir dabei gleich den Hof an. Du mich übrigens auch.«

Anna blieb allein in der Wohnung zurück. Der Ärger trieb ihr den Schweiß unter die Achseln und auf die Stirn. Ich hab's vergeigt, dachte sie. Jetzt hat der alte Säufer Oberwasser und kann die Kanakentussi auslachen, die nicht mal die einfachsten Polizeiregeln kennt.

Sie rief Virkkunen an und berichtete, was sie gefunden hatten. Beziehungsweise: was fehlte. Dabei erwähnte sie allerdings nicht, wer den Waffenschein überprüft und, vor allem, wer dies unterlassen hatte. Virkkunen lobte sie für den schnellen Erfolg und fügte dem Fahndungsbrief die Worte »bewaffnet« und »potenziell gefährlich« hinzu.

Anna ging noch einmal durch sämtliche Zimmer in der Hoffnung, dass ihr die Stille irgendeinen Hinweis darauf geben möge, wo Jere und die Remington steckten. Wenn die Wände es ihr enthüllten, könnte sie ihren dummen Fehler wettmachen. Warum in aller Welt habt ihr Ohren, aber keinen Mund?, dachte sie.

Am Abend rief Anna endlich bei Ákos an. Sie war um das Handy auf dem Küchentisch herumgeschlichen, hatte immer wieder etwas anderes zu tun gefunden, das Telefon mehrmals zur Hand genommen und wieder hingelegt. War zwischendurch zum Rauchen auf den Balkon gegangen. Was sollte sie ihm sagen? Wie anfangen? Schließlich hatte sie ihren ganzen Mut zusammengenommen und seine Nummer gewählt.

Ihr Bruder meldete sich sofort. Im Hintergrund waren stampfende Musik, fröhliche Stimmen und Gelächter zu hören. Ákos war in einer Kneipe.

»Anna, *hogy vagy? Baj van?*« Es polterte und rauschte, dann verstummten die Hintergrundgeräusche. Ákos war nach draußen oder zur Toilette gegangen.

Anna holte tief Luft und zählte bis drei.

»*Jól vagyok, köszönöm. És te?*«, fragte sie dann.

»*Hát én is jól vagyok.*«

Eine Sekunde Stille. Anna zögerte. Dann sagte sie: »Ich bin vor einer Woche umgezogen. Wir sind jetzt fast Nachbarn.«

»*A kurva életbe*, Anna! Warum hast du dich nicht gleich gemeldet?«, rief ihr Bruder.

»Ich bin einfach nicht dazu gekommen. Gestern habe ich in meinem neuen Job angefangen, und auch sonst gab es viel zu tun. Die Wohnung einrichten und all das. Magst du mich am Sonntag besuchen?«

»Am Sonntag? Ja, das müsste gehen. Am Samstag spielen die Riistetyt in Maras Pub, da muss ich hin, aber am Sonntag hab ich noch nichts vor. Wann soll ich da sein?«

»*Valamikor dél után.*«

»Okay.«

»Hast du was von Mutter gehört?«

»Nicht viel.«

»Ich habe vorige Woche mit ihr telefoniert. Sie würde gern mit dir sprechen. Wir können ja am Sonntag mit ihr skypen.«

»Mal sehen.«

»Sie hat Sehnsucht nach dir.«

»*A faszom*, Anna, du hättest mir wirklich sagen können, dass du hierherziehst«, wechselte Ákos das Thema.

»Gibt es was Neues bei dir?«

»Du hast dich so gut wie nie gemeldet.«

Anna sagte nichts, spürte aber, wie das Schuldgefühl sie zwickte. Ákos hatte natürlich recht. In den letzten zehn Jahren hatte sie kaum Kontakt zu ihrem Bruder gehabt. Sie hatten selten telefoniert und sich noch seltener getroffen. Anna hatte keine Lust gehabt. Keine Kraft. Du hast dich ja auch nicht gemeldet, hätte sie gern eingewandt.

»Du, ich muss jetzt Schluss machen, Zoran und Akim warten. Soll ich Grüße ausrichten? Zoran freut sich bestimmt.«

»Okay. *Szia.*«

»*Szia.*«

Anna legte auf.

Zoran. Verdammter Mist, den gab es also auch noch.

Anna erinnerte sich an ihren letzten Besuch bei ihrem Bruder. Das war schon einige Jahre her, im Winter, an einem eiskalten Tag Ende Februar. Ákos hatte in höchster Not bei Anna angerufen und sie gebeten, sofort zu kommen. Gegen all ihre Prinzipien war sie umgehend zu ihm gefahren. Sie hatte Bierdosen und Erbrochenes aus seiner Einzimmerwohnung entfernt und ihrem unkontrolliert zitternden Bruder ein Beruhigungsmittel und Essen besorgt. Auf dem Heimweg hatte sie sich dafür gehasst. Damals war sie froh gewesen, dass sie so weit weg wohnte.

Doch jetzt war sie wieder hier. Weniger als einen Kilometer entfernt.

10

Was Anna ursprünglich an der Polizeiarbeit gereizt hatte, waren die Betriebsamkeit und die Vielseitigkeit des Berufs, und in dieser Hinsicht hatte sie ihre Entscheidung nie bereut. Dennoch wunderte sie sich immer wieder, wie viel Papierkrieg, wie viel Schreibtischarbeit damit verbunden war. Auch im Streifendienst hatte jede Schicht mit Büroarbeit geendet, aber hier gab es umso mehr davon. Ihr dritter Morgen als Ermittlerin im Dezernat für Gewaltverbrechen hatte damit begonnen, dass sie ihren Computer hochfuhr, an dem sie vermutlich den ganzen Tag sitzen bleiben würde. Ein überraschend großer Teil der Ermittlungen wurde am Computer durchgeführt, denn das Intranet der Behörde bot Zugang zu vielerlei Datenbanken und Registern. Das Tempo der Polizeiserien im Fernsehen, in denen Ermittler mit gezückten Waffen durch die Straßen rannten, war meilenweit von der Wirklichkeit entfernt.

Anna überlegte, wie lange es dauern würde, bis sie erste Resultate würden verzeichnen können. Sie hoffte, dass Jere bald gefunden würde.

Pünktlich um zwölf Uhr klopfte Sari an die Tür und holte Anna zum Essen ab. Sie beschlossen, in eine erst kürzlich eröffnete Weinstube zu gehen, die mittags Lunch servierte. Das Lokal war gemütlich in dunklem Holz und Samt eingerichtet, selbst am helllichten Tag herrschte eine intime, schummerige Atmosphäre.

»Hier könnte man auch abends mal hingehen«, sagte Sari.

»Die Weinkarte sieht richtig gut aus. Eigentlich könnte ich jetzt schon ein Glas trinken, der Tag ist zu schön, um nüchtern zu bleiben«, kicherte Sari.

»Ich nehme auch eins. Der australische Chardonnay hört sich wirklich gut an«, sagte Anna.

»Oho! Ich hatte das nicht ernst gemeint.«

»Was?«

»Ich hab nicht wirklich vor, Wein zu trinken. Doch nicht während der Arbeitszeit. Das war nur ein Witz.«

»Ach so. Sorry! Diese seltsamen finnischen Trinksitten werde ich wohl nie begreifen. Dafür bin ich immer noch zu sehr Ausländerin. Ich habe nie verstanden, was an einem oder zwei Gläsern Wein so schlimm sein soll, in der Arbeitszeit, am Morgen, am Abend, egal wann.«

»Besäufst du dich denn nie?«

»Manchmal, wenn mir danach ist, so finnisch bin ich inzwischen doch. Aber genau das meine ich ja gerade: Wenn man ein Gläschen trinkt, gilt das als Synonym für ein Besäufnis. Wie man hier über Alkohol spricht und wie man zu dem Thema steht, ist irgendwie seltsam, heuchlerisch. Bei uns wird nur echte Betrunkenheit missbilligt.«

»Witzig, dass du ›bei uns‹ sagst, obwohl du seit zwanzig Jahren hier lebst.«

»Ich fahre zweimal im Jahr nach Hause, verbringe jeden Urlaub dort. Vielleicht liegt es daran. Allerdings habe ich meistens das Gefühl, irgendwo dazwischenzustehen, weder dort noch hier zu Hause zu sein.«

Anna spürte, dass ihre Wangen brannten. Warum hatte sie dies zur Sprache bringen müssen?

»Hast du eigentlich einen Freund?«, fragte Sari neugierig. Sie schien der Enthüllung, die Anna als so intim empfunden hatte, keine Beachtung zu schenken.

»Nein.«

»Noch nicht den Richtigen gefunden?«

»Ich weiß nicht. Offenbar nicht.«

»Und in deiner anderen Heimat?«

»Dort auch nicht.«

Anna war verlegen. Und plötzlich überkam sie die intensive Erinnerung an die brennende Hitze im vorigen Sommer, an die Schatten am Ufer der Tisza, an das fast dreißig Grad warme Wasser des Flusses, das einem geradezu kühl vorgekommen war. Sie war mehr als einen Monat zu Hause gewesen und hatte sich so wohlgefühlt wie noch nie zuvor. In diesem Sommer hatte sie nur eine Woche Urlaub gehabt, und die Zeit war angesichts all der Pflichtbesuche viel zu schnell verflogen. Nur an einem einzigen Abend hatte sie Zeit gefunden, mit Réka, einer Freundin aus ihrer Kindheit, in Ruhe auf der Promenade zu sitzen, eine Kühltasche mit Bierdosen neben sich, und zuzusehen, wie die glühend rote Sonne in den trostlosen, weiten Schoß der Puszta sank. Ihr wurde klar, dass sie keine Ahnung hatte, wann sie das nächste Mal Urlaub haben würde.

»Du scheinst wirklich irgendwo dazwischenzustecken«, sagte Sari mit sanfter Stimme, aber ihr Blick bohrte sich tief in Annas dunkle Augen. »Und den Wein trinken wir. Verdammt, ich bin ganz deiner Meinung: Die Finnen haben eine wirklich verquere Einstellung zum Alkohol.«

Sie bestellten zwei Gläser Chardonnay, Pilzsuppe und gebratenen Lachs. Am Büfett konnte man sich vier verschiedene Sorten Salat holen. Toll, jubelte Anna. Nie mehr Kantinenfraß, und schon gar nicht die Transfett-Portionen, die man im Streifendienst an Tankstellen oder Imbissbuden in aller Eile hinunterschlang. Endlich hatte sie einen Lebensabschnitt erreicht, in dem sie sich die Zeit nehmen durfte, um gut zu essen.

»Ich habe praktisch nichts über diese Familie Chelkin herausgefunden. Jedenfalls nichts Wichtiges. Kein Familienmitglied ist polizeilich registriert – abgesehen natürlich von den Einreiseformalitäten und Aufenthaltsgenehmigungen, die völlig in Ordnung sind. Auch bei der Gesundheitsbehörde ist nichts vermerkt, was über einen Schnupfen hinausgegangen wäre. Mit anderen Worten: Falls Bihar misshandelt wurde, ist sie nicht im öffentlichen Gesundheitswesen behandelt worden«, berichtete Sari.

»Und die Schule?«

»Bihar besucht ein Oberstufengymnasium in der Innenstadt. Eine ziemliche Yuppieschule. Ihre jüngeren Geschwister gehen noch auf die Gesamtschule in Rajapuro.«

»Das mit der Oberstufe ist an sich ein gutes Zeichen. In der Regel machen Mädchen aus sehr konservativen Familien eine Ausbildung als Kinderpflegerin oder dergleichen, wenn sie nach der neunten Klasse überhaupt noch aus dem Haus gehen dürfen.«

»Die Klassenlehrerin hat mir erzählt, Bihar sei eine Spitzenschülerin, eine der besten an der ganzen Schule. Sie hat nichts Auffälliges bemerkt, abgesehen davon, dass das Mädchen nicht gerade extrovertiert oder gesellig ist. Sie ist sehr zurückhaltend. Die Lehrerin meint, das sei kulturell bedingt.«

»Kann gut sein. In vielen Kulturen werden Mädchen zu stillen, braven, fast verschlossenen Wesen erzogen. Und was ist mit dem Freundeskreis?«

»Der Lehrerin zufolge ist Bihar mit einer Handvoll Mitschüler befreundet.«

»Hat sie einen festen Freund?«

»Davon weiß die Lehrerin nichts. Aber sie hat gelegentlich in der Schule gefehlt. Letztes Jahr soll sie in der Türkei gewesen sein.«

»Für längere Zeit?«

»Zwei Wochen.«

»Hmm. Schwierig, etwas dazu zu sagen. Auch die Chelkins haben das Recht, Verwandte zu besuchen.«

»Aber sie mussten doch von dort fliehen?«

»Trotzdem.«

»Und wenn der Grund der Reise eine Verlobung war?«

»Danach müssen wir die Chelkins selbst fragen. Sie werden es uns natürlich nicht verraten. Wie lange lebt die Familie schon in Finnland?«

»Zehn Jahre. Bihar war gerade schulreif, als sie hier ankamen. Sie sind türkische Kurden und kamen als Asylbewerber nach Finnland. Inzwischen haben sie natürlich alle die finnische Staatsbürgerschaft.«

»Und die Eltern?«

»Der Vater, Payedar Chelkin, ist vierundvierzig Jahre alt, von Beruf Elektroingenieur, hat aber in den letzten zehn Jahren keinen Tag gearbeitet.«

»Natürlich nicht«, feixte Anna.

»Die Mutter heißt Zera. Sie ist vierunddreißig. Stell dir mal vor, sie war erst siebzehn, als Bihar geboren wurde. Sie hat keinen Beruf. Das jüngste Kind, Adan, kam bald nach der Ankunft der Familie in Finnland zur Welt. Und der Sohn Mehvan geht in die achte Klasse.«

»Hast du dich in der Schule in Rajapuro nach ihnen erkundigt?«

»Nein. Hätte ich das tun sollen?«

»Frag nach Bihars ehemaligen Lehrern. Die Klassenlehrer der Grundschulen wissen erstaunlich viel über die Familien ihrer Schüler.«

In Annas Handtasche piepte das Handy. Eine SMS von Rauno. »Esko lässt ausrichten, dass Virve Sarlin, Riikkas Freundin, morgen zur Befragung kommt.«

»Was ist bloß los mit diesem Kerl?«, fragte Anna aufgebracht.

»Er ist eben manchmal ein bisschen grantig.«

»Ein bisschen? Ganz gewaltig, würde ich sagen. Und nicht nur manchmal, sondern immer.«

»Mach dir nichts daraus.«

»Kann er mir nicht selbst eine SMS schicken?«

»Im Ernst, mach dir nichts daraus, das lohnt sich nicht«, winkte Sari ab.

»Wenn ich Esko eine SMS schicken will, muss ich die dann etwa auch über Rauno laufen lassen? Rauno kann doch nicht den Laufburschen zwischen uns spielen.«

»Doch, kann er. Jedenfalls für den Anfang. Esko kriegt sich schon wieder ein.«

»Er kann mich nicht leiden.«

»Ach was. Er ist nur so verdammt konservativ und erstarrt in seinen Gewohnheiten. Er braucht Zeit, um die Tatsache zu verdauen, dass er jetzt eine junge Frau mit Migrationshintergrund als Kollegin hat. Er ist selber noch nie im Ausland gewesen, höchstens mal auf einem Tagesausflug nach Schweden. Glaub mir, Esko ist ganz nett, wenn man ihn näher kennenlernt.«

»Wer's glaubt, wird selig.«

»Ehrlich. Und Virkkunen fasst ihn zwar meistens mit Samthandschuhen an, hält ihn aber auch an der Leine. Sprich einfach mit Virkkunen, wenn es Probleme gibt.«

»Mit Samthandschuhen? Warum denn das?«

»Keine Ahnung. Irgendeine alte Geschichte. Ab und zu haben wir alle mal Zoff mit Esko, er ist einfach so. Du solltest es wirklich nicht persönlich nehmen.«

Anna zuckte mit den Schultern und leerte ihr Weinglas.

»Morgen also Virve Sarlin. Riikkas beste Freundin, sagen ihre Eltern«, sagte sie.

»Na also. Das könnte ja durchaus informativ werden.«
»Hoffentlich. Zumindest fällt ein bisschen mehr Licht auf das Mysterium Riikka Rautio.«
»Und am Freitag dann die Chelkins.«
»Es gibt viel zu tun.«
»Deine Kripokarriere hat gleich knallhart angefangen. Ich durfte in den ersten drei Jahren bloß Fahrraddiebstähle aufklären.«
»Klingt beneidenswert«, sagte Anna.

Ich erinnere mich noch an den Tag, als wir nach Finnland kamen. Vater, Mutter, Mehvan und ich. Adan war bereits in Mutters Bauch, aber das sah man noch nicht, und ich wusste noch nichts davon. Ich habe gespürt, wie nervös Vater und Mutter waren, Mutter hat meine Hand so fest umklammert, dass es wehtat, als sie den Beamten am Flughafen erklärten, dass wir Asyl beantragen wollten. Ich hatte keinen Schimmer, was das bedeutete, aber Vater und Mutter kannten solche Ausdrücke. Die Kurden haben eine so lange Tradition im Fortgehen, die wissen so was. Viele andere, die hierherkommen, wissen es nicht. Die glauben, sie kriegen gleich bei der Gepäckausgabe einen Job, sobald sie dort auftauchen. Denen steht eine nette kleine Überraschung bevor, tja.

Ich habe mich geschämt. Ich wäre gern so gewesen wie die anderen, die entspannt den Koffer hinter sich herziehen, Mumin-Tassen und Marimekko-Topflappen und Schokolade kaufen und routiniert-sorglos darauf achten, wann sie zum Gate gehen müssen. Urlaub machen. Ich habe versucht, mir vorzustellen, was für ein Gefühl das wäre.

Sie haben uns in eine Art Büro gebracht, wo wir warten mussten. Es hat so lange gedauert, dass ich mir fast in die Hose gemacht hätte. Dann endlich kamen zwei blonde Frauen in Polizeiuniform und ein dunkelhaariger Mann in normalen Klamotten. Vater und Mutter erstarrten. Auch ich hatte bereits die Erfahrung gemacht, dass man vor der Polizei Angst haben muss, aber die Frauen wirkten nicht besonders furchterregend, obwohl sie ziemlich groß waren. Sie lächelten und sahen uns in die Augen. Daran hat man gleich gemerkt, dass wir nicht mehr zu Hause waren.

Der Mann sprach unsere Sprache. Ich fand das irgendwie komisch, wir waren so lange und so weit gereist, und kalt war es auch, und *Simsalabim* steht da sofort einer von uns. Obwohl ich ja sozusagen von Geburt an wusste, dass jeder wegzieht, wenn er nur die Möglichkeit hat.

Der Mann erzählte den Polizistinnen, was Vater sagte, und umgekehrt. Vater berichtete von unserer höllischen Wanderung durch die Berge, im selben Singsang, in dem er Mehvan und mir abends manchmal alte Märchen erzählt hatte, als wir noch zu Hause waren. Auf Finnisch klang es wirklich merkwürdig, als erzählte der Mann gar nicht unsere Geschichte, sondern eine ganz andere. Und noch etwas war merkwürdig: Obwohl das alles gerade erst passiert war, hatte ich schon angefangen, es zu vergessen. Plötzlich klang die ganze Story wie ein Märchen. Es war einmal und wenn sie nicht gestorben sind und verwaschene Bildchen und schlechtes Papier.

Irgendwann konnte ich nicht mehr. Ich sagte, dass ich mal müsse. Mann, habe ich mich geschämt. Das Schlimmste war, dass ich es zuerst dem Dolmetscher sagen musste, und der hat es dann übersetzt. Doppelt und dreifach wurde gesagt, dass ich aufs Klo müsse. Dass ich pinkeln, pissen, Pipi machen, Wasser lassen müsse, und vielleicht dachten sie sogar, ich müsste kacken, pfui Deibel. Jedenfalls hätte ich über den Druck in meinem Unterleib nicht reden dürfen. Mutter sah mich böse an.

Eine der Polizistinnen brachte mich zur Toilette. Sie versuchte, irgendwie aufmunternd zu lächeln. Sie war wirklich hübsch. Hatte einen dicken blonden Zopf. Ich traute mich nicht zurückzulächeln. Ich musste wahnsinnig viel pinkeln, es rauschte wie die Niagarafälle. Das war wirklich peinlich, weil die Frau vor der Tür wartete und natürlich alles mitbekam. Vor lauter Aufregung habe ich beim Rausgehen vergessen, mir die Hände zu waschen, und mich bloß gewundert, als die Frau wild herumfuchtelte. Dann endlich begriff ich, dass sie auf Waschbecken, Wasserhähne, Seifenspender und Papierhandtücher zeigte, und wurde ganz rot. Die dachte bestimmt, dass man sich bei uns nicht wäscht. Dass man sich mit dreckigen Fingern irgendein Maniok aus dem Gemeinschaftstrog in den Mund stopft.

Die Polizistinnen riefen irgendwo an. Der Dolmetscher meinte, wir müssten noch ein bisschen warten, puh, hatten wir ja auch gerade erst zehn Stunden getan, und dann würden wir in irgendein Zentrum gebracht und bekämen ein eigenes Zimmer und so was wie für jeden ein eigenes Bett. Und irgendwann sind wir tatsächlich gefahren, in einem dunkelgrünen Kleinbus vom Grenzschutz. Ein tolles Gefühl, im Auto zu sitzen und die vorbeifliegende fremde Stadt zu sehen. Es war schon Abend, und es regnete, und die Lichter spiegelten sich in den Tropfen am Fenster.

Ich spielte, wir führen im Taxi zu einem feinen Hotel.

Bloß dass Mutter neben mir weinte und Vater deshalb wütend war.

11

Virve Sarlin war eine kleine, extrem hellhäutige junge Frau mit blassblondem Haar. Sie roch süßlich nach Räucherstäbchen. Sie trug eine rote Samthose mit weiten Beinen und eine dunkelgrüne Tunika, dazu mehrere Halsketten. An ihrem Handgelenk klimperten kleine Glöckchen. Wenn sie nicht gerade eine Haarsträhne um den Finger wickelte, kaute sie an ihrer Nagelhaut oder fummelte an ihrem Schmuck herum. Unter ihren ungeschminkten grauen Augen lagen dunkle Schatten, und die Haut rund um die Nase war gerötet. Sie sah müde aus.

»Hallo, Virve, ich bin Kriminalmeisterin Fekete, Anna.«
Virve sah Anna nervös an.
»Du bist Riikkas beste Freundin, hab ich das richtig verstanden?«

Virves Nasenflügel und ihr Kinn zitterten, und aus ihrer Kehle kam ein röchelndes Geräusch, als sie versuchte, die Tränen zurückzuhalten.

»Sie war von der ersten Klasse an meine beste Freundin.«
Virves Stimme war kindlich zart.

Anna reichte dem Mädchen ein Papiertaschentuch. Sie kam sich vor wie die Therapeutin, zu der die Schulpsychologin und die Schülerfürsorge der Gesamtschule sie gegen ihren Willen geschickt hatten. Auch dort hatte immer ein Karton Papiertaschentücher bereitgestanden. Anna hatte allerdings nie eins gebraucht. Sie hatte der Therapeutin nichts erzählt und erst recht nicht geweint. Nach der dritten Sitzung hatte sie der Schulpsychologin erklärt, sie wolle nicht mehr wiederkommen, Joggen sei therapeutisch viel wirksamer. Die Psychologin hatte gesagt, sie mache sich große Sorgen. Anna hatte ihr ins Gesicht gelacht.

»Weine ruhig«, sagte Anna. »Das war bestimmt ein schlimmer Schock für dich.«

»Ja. Ganz furchtbar. Ich kann gar nicht mehr richtig schlafen, seit Riikkas Mutter angerufen und mir davon erzählt hat. Ich sehe immer nur Riikka vor mir, wie sie zum Joggen geht, wie sie diese scheußliche Trainingshose anzieht, immer wieder, als würde in meinem Kopf ein Film in Dauerschleife ablaufen.«

Annas Herzschlag beschleunigte sich. War Virve dabei gewesen, als Riikka zu ihrem letzten Lauf aufgebrochen war? Sie zügelte ihre Ungeduld, nahm einen Flyer der Krisenhilfe aus der Schublade und reichte ihn Virve, die ihn nach einem flüchtigen Blick in ihren mit Fransen besetzten Jutebeutel steckte.

»Nimm die Krisenhilfe ruhig in Anspruch, sie ist kostenlos. Ich muss dir trotz allem ein paar Fragen stellen. Ist das in Ordnung?«

Virve putzte sich die Nase und nickte.

»Gut, dann fangen wir an. Riikka war also an dem Tag, an dem sie gestorben ist, bei dir?«

»Ja, ja. Das heißt, nicht den ganzen Tag, aber fast. Sie wohnt ... wohnte ja bei mir.«

»Wie bitte?«

»Sie hat bei mir gewohnt. Seit mit Jere Schluss war.«

»Die beiden hatten sich getrennt?«

»Ja. An Mittsommer. Da ist Riikka bei mir eingezogen.«

»Ihre Eltern wissen offenbar nichts davon.«

»Natürlich nicht. Riikka wollte es ihnen erst nach dem Umzug nach Jyväskylä erzählen. Sie dachte, sie würden ihr sonst zu sehr zusetzen, sie solle doch wieder bei ihnen wohnen. Sie sind ja schon ausgeflippt, als sie damals mit Jere zusammengezogen ist.«

»Warum haben die beiden sich getrennt?«

»Riikka hatte das Gefühl, sie müsse ihr Leben irgendwie vorantreiben. Frei sein und so. Sie war ja noch sehr jung, als es mit den beiden angefangen hat. Solche Beziehungen halten eben nicht ewig.«

»Hatten sie Streit?«

»Ja, gegen Ende, also im Frühjahr, haben sie sich ziemlich heftig gestritten.«

»Weißt du auch, worüber?«

»Riikka fand Jere zu besitzergreifend. Das ging ihr auf die Nerven.«

»Die Trennung ging also von Riikka aus.«

»Ja.«

»Und wie hat Jere reagiert?«

»Der hätte gern weitergemacht wie bisher. Sie glauben doch nicht, dass Jere es getan hat?«

»Wir glauben gar nichts, wir ermitteln.«

»Jere könnte so was nie tun, ganz bestimmt nicht.«

»War Jere gewalttätig? Gegen Riikka oder andere?«

»Nein. Er ist nicht so wie sein Vater. Außerdem hat Riikka ein bisschen übertrieben, finde ich. Als wäre sie selbst vollkommen unschuldig. Zu einer Beziehung gehören doch immer zwei.«

Anna nickte zustimmend. Sie dachte an das Lehrbuch zur Vernehmungstechnik: Zeige durch Gesten, Mienenspiel und Worte, dass du zuhörst und ganz bei der Sache bist. Wenn möglich, stimme deinem Gegenüber zu, um sein Vertrauen zu gewinnen.

»Jeres Vater ist also gewalttätig?«

»Jedenfalls ist er ein Säufer. Und im Dorf heißt es, dass er manchmal im Suff seine Frau verprügelt. Ich kann mich noch daran erinnern, dass sie mal ein blaues Auge hatte. Sie putzt in der Schule, die wir bis zur sechsten Klasse besucht haben.«

»Denk mal an den Tag zurück, als Riikka gestorben ist, also letzten Sonntag, von frühmorgens an. Und erzähl mir alles so genau, wie du nur kannst.«

Virve putzte sich erneut die Nase und nahm einen Schluck Wasser. Dann begann sie wieder, mit ihren Haaren zu spielen. Ihr Blick wanderte rastlos über die Wände, zwischendurch sah sie immer wieder zu Anna hinüber. Allem Anschein nach war es ihr unmöglich, ihre Augen länger als eine Sekunde auf einen Punkt zu richten. Es scheint ihr wirklich schlecht zu gehen, dachte Anna.

Dann schloss Virve die Augen und atmete ein paarmal kräftig ein und aus.

»Also, wir sind so gegen zehn aufgewacht. Riikka hatte im Wohnzimmer geschlafen. Wir haben gefrühstückt und hingen dann eine Weile rum. Bei dem miesen Wetter hatten wir keine Lust, vor die Tür zu gehen. Ich war die meiste Zeit in meinem Zimmer. Ich habe eine Mietwohnung in der Stadt, Schlafzimmer, Wohnzimmer und Miniküche. Ich hab gelesen und Musik gehört. Riikka hat im Wohnzimmer wahrscheinlich das Gleiche getan. Irgendwann hat sie dann geduscht und sich schick gemacht und gesagt, sie wolle in die Stadt gehen. Gegen fünf war sie wieder da, und um sieben hat sie plötzlich noch mal geduscht und erklärt, sie würde zum Joggen nach Selkämaa fahren und dann bei ihren Eltern übernachten.«

»Hat dich das nicht gewundert?«

»Was? Dass sie joggen gehen wollte?«

»Das auch. Und dass sie tagsüber in die Stadt gefahren ist.«
»Nein, eigentlich nicht. Klar fand ich es seltsam, dass sie im Regen joggen wollte. Daran hätte ich keinen Spaß. Ich mache Yoga. Aber sie war schon den ganzen Sommer über so. Mir war längst klar, dass sie einen Neuen hatte, aber erzählt hat sie mir nichts davon. Fand ich ein bisschen ärgerlich.«
»Riikka hatte einen neuen Freund?«
»Sie wollte es nicht zugeben, aber ich hab es ihr angesehen.«
»Woran?«
»Sie war so aufgekratzt. Tat ganz geheimnisvoll. Verschwand immer urplötzlich und hat sich vorher ordentlich aufgedonnert. Und sie hat mit dem verdammten Jogging angefangen, um abzunehmen. Sie war auch oft über Nacht weg.«
»Wann hat das angefangen?«
»Ich weiß es nicht genau. Vielleicht an Mittsommer? Ende Juni, Anfang Juli? Jedenfalls ziemlich bald nach der Trennung von Jere. Ich hab den Verdacht, dass sie den Typen schon vorher kennengelernt hatte.«
»Hast du sie je danach gefragt?«
»Na klar, wer weiß, wie oft. Aber sie hat immer nur gesagt, sie hätte keinen. Sie hat sich geweigert, mir irgendwas zu erzählen. Das war komisch. Ich ... Also, wir haben über solche Geschichten sonst immer geredet. Immer.«
»Hast du irgendeine Ahnung, weshalb Riikka dir diesmal nichts davon erzählen wollte?«
»Ich hab mal darüber nachgedacht, dass es vielleicht gar kein Mann sein könnte ...«

Anna spürte, dass ihr ein Gedanke durch den Kopf schoss, doch da Virve weiterredete, bekam sie ihn nicht zu fassen, und er entglitt ihr wieder.

»Ich verstehe bloß nicht, weshalb ihr das peinlich sein sollte, vor allem mir gegenüber. Sie wusste doch, dass mir so was egal ist. Nur die Liebe zählt. Andererseits ist Riikka so hetero, wie man nur sein kann. Wir sind in der Hinsicht ziemlich verschieden. Oder waren ... Schrecklich, in der Vergangenheit zu sprechen.«

Tränen liefen Virve über die Wangen. Sie legte die Hände vors Gesicht und wimmerte leise. Anna reichte ihr ein frisches Taschentuch und wartete, bis sich das Mädchen wieder beruhigt hatte, bevor sie fortfuhr: »Kommen wir noch mal darauf zurück, was passiert ist, bevor Riikka zum Joggen ging. Sie kam also gegen fünf aus der Stadt zurück. Versuch, dich ganz genau daran zu erinnern, was sie gesagt und getan hat und wie sie auf dich wirkte.«

»Sie hat nichts gegessen. Ich hatte gerade Auberginen gemacht, also was richtig Leckeres, und als ich Riikka davon angeboten habe, hat sie gesagt, sie hätte schon in der Stadt gegessen.«

»Hast du gefragt, wo?«

»Nein. Ich hab sie in Ruhe gelassen. Sie hatte sich aufs Sofa geschmissen und gesagt, sie sei müde.«

Anna protokollierte die Vernehmung selbst am Computer, führte daneben aber auch ein Notizbuch für ihre eigenen Beobachtungen. Dorthinein schrieb sie jetzt: Wo war Riikka am 21.8. essen?

»Was ist dann passiert?«

»Ich hab allein gegessen und abgespült, bin in mein Zimmer gegangen und hab ferngesehen. Und wenn Sie mich fragen, wie sie wirkte ... Na, ziemlich kaputt. Dann hab ich die Dusche gehört und bin aus meinem Zimmer gekommen, Riikka zog gerade die grüne Trainingshose an und ... Scheiße, ich hätte sie zurückhalten müssen.«

Virves letzte Worte gingen in einem Schluchzen unter.

»Was hast du getan, nachdem Riikka gegangen war?«

Virve sah Anna erschrocken an.

»Ich bin geblieben. Ich war den ganzen Abend allein in der Wohnung.«

»Kann das irgendjemand bezeugen?«

»Warum? Nein, ich war ja allein«, stammelte Virve verwirrt.

»Du brauchst nicht nervös zu werden. Das ist eine Routinefrage. Hat Riikka an dem Tag Anrufe bekommen? Oder SMS? Hat sie selbst irgendwen angerufen?«

»Ich hab jedenfalls nichts gehört. Ich war ja fast die ganze Zeit in meinem Zimmer. Verdammt, ich hätte so lange Druck machen müssen, bis sie mir erzählt hätte, was da lief. Vielleicht wäre ihr dann nichts passiert«, stieß Virve schluchzend hervor.

»Wir machen mal eine kurze Pause. Ich hole uns was zu trinken. Kaffee?«

»Lieber Tee. Wer hat das bloß getan? Und warum?«

»Das versuchen wir herauszufinden.«

»Jere war es jedenfalls nicht.«

»Wieso?«

»Der ist kein Mörder.«

»Weißt du, wo er steckt?«

»Nein.«

Virve wirkte erschrocken.

»Er ist spurlos verschwunden.«

Virve sagte nichts, sondern fummelte nur an ihren Armbändern herum.

Anna holte Tee für Virve und Kaffee für sich selbst. Schweigend saßen sie davor.

Virve hatte etwas Seltsames an sich. Das hatte nichts mit ihrem kalkuliert hippiehaften New-Age-Look zu tun, der im Stadtbild letzten Endes nicht einmal außergewöhnlich war.

Sie war unverkennbar nervös, aber auch das war normal. Fast alle Menschen waren aufgeregt, wenn sie mit der Polizei zu tun hatten, selbst wenn sie völlig unschuldig waren. Dennoch hatte Anna den Eindruck, dass das Mädchen etwas verheimlichte. Andererseits tun wir das ja alle, dachte sie.

Esko hatte zumindest in einem Punkt recht gehabt: Gefühle schob man in diesem Job tunlichst beiseite. Sie konnten einen gefährlich in die Irre führen. Die viel gepriesene Intuition war vermutlich entweder purer Zufall oder durch Erfahrung erworbenes Know-how.

Anna trank ihren Kaffee, der schon wer weiß wie lange in der Kanne gestanden hatte, und verspürte ein leichtes Sodbrennen. Das hat mir gerade noch gefehlt, dachte sie und stellte die Tasse wieder vor sich auf den Tisch.

»Erzähl mir von Jere«, bat sie Virve. »Was ist er für ein Mensch?«

Der Tee hatte Virve offensichtlich beruhigt und half ihr, sich zu konzentrieren. Das irritierende Klimpern ihres Schmucks war verstummt, und ihr Blick irrte nicht mehr herum, sondern war auf den Tee gerichtet. Virve hielt die Tasse in beiden Händen und pustete auf das dampfende Getränk. Sie schien sich genau zu überlegen, was sie sagen sollte. Als sie schließlich antwortete, sah es aus, als spräche sie mit der Teetasse.

»Jere ist schon in Ordnung. Er kommt aus demselben Dorf wie Riikka und ich, ist aber zwei Jahre älter. Auf dem Gymnasium waren alle Mädchen total verknallt in ihn, nur ich nicht. Er sieht gut aus und ist sportlich, aber mir war er zu großkotzig. Früher, meine ich. Inzwischen ist er nicht mehr so. Jetzt ist er ganz oft draußen in der Natur unterwegs, und er muss außerdem echt intelligent sein, wenn er Mathe studiert. Irgendwie hab ich immer gedacht, er verbirgt seine einfache Herkunft hinter diesem Sportlerlook. Mit einer Sicherheitsnadel in der Backe wäre er viel glaubwürdiger gewesen. Aber den Mädchen hat's gefallen – und wie! Für Riikka war Jere so was wie der wahr gewordene Teenagertraum. Sie mag athletische Typen, obwohl sie selbst ein bisschen mollig ist ... war. Riikka war immer eine Spur oberflächlich, Äußerlichkeiten haben ihr echt viel bedeutet. Trotzdem war sie geistig hunderttausendmal offener als ihre Eltern. Himmel, was für Spießbürger! Kennen Sie sie?«

»Du und Jere – steht ihr euch nahe?«

»Wieso? Nein«, sagte Virve beinahe wütend. »Ich meine, wir hatten natürlich oft miteinander zu tun, wegen Riikka«, fuhr sie fort und bemühte sich um einen freundlicheren Ton. »Aber eben nur oberflächlich.«

»Bist du dir sicher, dass du nicht weißt, wo er sich aufhalten könnte?«

»Woher zum Teufel soll ich das wissen? So gut kenne ich ihn nicht.«

»Bist du übrigens auf Facebook?«

»Ja.«

»Und Riikka und Jere?«

»Die auch. Jere ist allerdings nicht sehr aktiv.«

»Darf ich mal über deinen Account nachsehen, ob einer der beiden etwas geschrieben hat, was uns weiterhelfen könnte?«

»Na klar. Aber ich glaube nicht, dass sich da was findet. Jere hat seit einer Ewigkeit nichts gepostet, und Riikka ...«

Virve konnte nicht weitersprechen.

Anna rief die Startseite von Facebook auf, und Virve meldete sich an. Auf ihrem Profilbild stand sie in gleißendem Sonnenlicht unter einer riesigen Palme.

»Tolles Foto. Wo ist das aufgenommen worden?«

»In Mexiko«, antwortete Virve. »Da bin ich im Frühjahr rumgetrampt, gleich nach der Abiprüfung.«

»Wow«, sagte Anna und scrollte sich durch die Statusmeldungen.

»Was machst du gerade?«, fragte Facebook. Erzähl du mir was, dachte Anna und las die kurzen Texte, in denen Virves 286 Freunde einander mitteilten, was sich bei ihnen gerade tat. Dann klickte sie auf der Liste der Freunde Riikkas Namen an. Das Profil des Mädchens baute sich vor ihren Augen auf. Der schräge Winkel und eine leichte Unschärfe verrieten, dass es sich um ein Amateurbild handelte, mit einer Webcam oder dem Handy aufgenommen. Dieselben runden Wangen wie auf dem Abiturfoto, dieselben graublauen Augen, die noch viele Jahrzehnte hätten sehen sollen. Das ist doch krank, dachte Anna. Hier lebt Riikka weiter, virtuell, obwohl ihre Kommentare am 21. August abbrechen. Danach hatte sich die Chronik mit »R.I.P.«-Postings erschütterter Freunde gefüllt. Ich muss Irmeli und Juhani daran erinnern, dass sie die Seite entfernen lassen, dachte Anna.

Riikka hatte den Sommer über nur selten geschrieben. Etwa einmal pro Woche hatte sie sich bequemt, ihrem Freundeskreis Bericht zu erstatten, über Eisessen und Schwimmen. Nur ein einziges Mal hatte sie ihr Lauftraining erwähnt, das war Mitte Juli gewesen. Rasch sah Anna die Liste der Freunde durch. Es waren 103. Riikka hatte ganz offensichtlich Besseres zu tun, als am Computer zu sitzen, dachte Anna. Dann klickte sie Jere an. Er hatte 754 Freunde, aber zumindest auf der Chronik kein Leben. Anna wunderte sich. Weshalb hatte er so viele Freunde gesammelt? Sie fragte Virve danach.

»Keine Ahnung. Manche sind einfach so, die finden es toll, irrsinnig viele Facebook-Freunde zu haben.«

Anna meldete sich ab und bedankte sich bei Virve. Der kurze Blick hatte vorerst nichts ergeben. Aber sie würden auch Riikkas private Nachrichten und E-Mails überprüfen müssen.

»Okay, gehen wir das Ganze noch einmal durch, damit das Protokoll korrekt ist. Schaffst du das?«, fragte Anna.

Virve stellte die Teetasse auf den Tisch und setzte sich gerade hin.

»Klar.«

Doch der zweite Durchgang brachte keine neuen Erkenntnisse. Virve las das Vernehmungsprotokoll sorgfältig durch und unterschrieb es, wobei ihre Armreifen klirrten. Zum Schluss bat Anna sie noch, sich in den nächsten Tagen für weitere Fragen bereitzuhalten. Virves Vermutung, Riikka habe eine neue Beziehung, und ihre Beobachtungen am Todestag ihrer Freundin waren für die Ermittlungen so wichtig, dass sie darauf ganz bestimmt noch einmal zurückkommen mussten. Kaum hörbar antwortete Virve, sie helfe gern. Die erste eindeutige Lüge, dachte Anna.

Nach Virves Befragung hätte Anna sofort zu Esko Niemi gehen und ihm die wichtigsten Informationen überbringen müssen: die Trennung von Riikka und Jere und Riikkas verheimlichte neue Beziehung. Sie kam bis zur Tür ihres Partners, hob bereits die Hand, um anzuklopfen, überlegte es sich dann aber anders. Sie konnte es nicht. Sie wagte es nicht.

Selbst durch die Tür hindurch meinte Anna Eskos Feindseligkeit zu spüren, die ihr die Finger verbrennen würde, sobald sie die Tür berührte. Sie wusste nicht, wie sie die Zusammenarbeit mit Esko verbessern, wie sie sich ihm nähern sollte. Und wenn sie allein schon mit Esko nicht fertigwurde, wie sollte sie dann mit der Arbeit in diesem Dezernat, in diesem Gebäude, in dieser Stadt klarkommen?

Sie ließ die Hand sinken und ging stattdessen zu Sari. In ihrem Dienstzimmer traf sie auch Rauno an. Zu dritt besprachen sie die Informationen, die Virve ihnen geliefert hatte, und überlegten, welche Konsequenzen sich daraus für die Ermittlungen ergaben. Es galt herauszufinden, wer der neue Mann in Riikkas Leben gewesen war. Oder die neue Frau. Und auch die Suche nach Jere musste intensiviert werden. Es gab immer noch keine Spur von ihm. Und von dem Schrotgewehr ebenso wenig.

Schließlich sprach Anna ihre Sorgen in Bezug auf Esko an und gab zu, wie sehr es sie verletzt habe, dass er ihr die SMS nicht selbst geschickt hatte, und dass sie befürchte, die Arbeit könnte durch sein Verhalten verlangsamt und erschwert, wenn nicht sogar unmöglich gemacht werden. Rauno entgegnete das Gleiche wie Sari: Esko werde sich mit der Zeit ändern. Sie müsse nur Geduld haben.

Wütend darüber ging Anna nach draußen, rauchte eine Zigarette und beschloss, für heute Feierabend zu machen. Auf dem Heimweg kaufte sie sich bei Siwa eine Fertigpizza. Das Mädchen an der Kasse grüßte freundlich und sagte Auf Wiedersehen, als Anna das Geschäft verließ. Ihre Laune hellte sich ein wenig auf.

Als das Piepen der Mikrowelle durch die Küche hallte, dachte Anna darüber nach, wie deprimierend eine leere Küche doch wirkte. Ich sollte irgendwas kaufen. Einfach nur, um die Schränke zu füllen. Oder vielleicht einen Wandteppich, der das Echo schluckt. Gardinen wären auch nicht schlecht.

Sie schlang die dampfende Pizza hinunter, von der ihr so übel wurde, dass sie keine Lust mehr hatte zu joggen. Am Abend hätte eine lange Runde auf dem Programm gestanden, mindestens anderthalb Stunden. Von Koivuharju über Savela nach Koskela und von dort über den Fahrradweg, der am Meer entlangführte, zurück nach Norden. Das musste bis morgen warten. Statt zu joggen, schaltete Anna den Fernseher ein und öffnete eine der Bierdosen, die sie ebenfalls bei Siwa eingekauft hatte. Träge zappte sie von Sender zu Sender, auf der Suche nach etwas, das sie sich ansehen mochte, aber es kam nichts Interessantes. Sie wunderte sich, wie das möglich war, immerhin hatte sie Dutzende von Sendern zur Auswahl. Frustriert schaltete sie den Fernseher wieder aus und ging zum Rauchen auf den Balkon. Soll ich den Fernseher vielleicht weggeben?, überlegte sie und blies Rauchkringel zu den Fenstern der gegenüberliegenden Häuser. Ein leichter Wind löste die Ringe auf. Ich könnte ihn Ákos schenken. Anna wusste nicht genau, warum sie sich das Gerät vor zwei Jahren überhaupt angeschafft hatte. Es kam ja doch nie irgendetwas Interessantes. Von der seichten Unterhaltung wurde ihr so übel wie von der Fertigpizza, die sie gerade verschlungen hatte. Dabei hatte sie sich doch vorgenommen, gesund zu essen. Anna drückte die Zigarette in dem Keramikaschenbecher aus, der schon fast voll war. Jetzt reicht es! Keine Fertignahrung mehr, keine Zigaretten, kein Bier und keine TV-Gehirnvernebelung!

Anna schaltete ihren PC an und googelte Ehrenverbrechen. Tausende Treffer. Vorfälle in ganz Europa. Ermittlungen. Informationen. Projekte. Dennoch wirkte das Thema vage, es erschloss sich Anna nicht und gewann keine festen Konturen. Es gab kaum Präzedenzfälle, jedenfalls nicht in Finnland. Der Begriff war unscharf. Die Gesetzgebung ruckelte wie von einer altersschwachen Dampflok gezogen dahin, während die Realität im Hochgeschwindigkeitszug an ihr vorbeirauschte.

Anna las, bis ihr die Augen zufielen. Dann schaltete sie den Computer aus und kroch ins Bett, überließ sich ihrer Müdigkeit. Dennoch wollte der Schlaf lange nicht kommen.

Sari duschte sich vorsichtig zwischen den Beinen. Der kleine Hautriss an ihrer Schamlippe schmerzte fürchterlich, wenn Wasser darauftraf. Das Sperma lief mit dem Wasser in den Ausguss. Dort verschwindet der Samen – und zum Glück habe ich mir eine Hormonspirale einsetzen lassen, dachte sie und spürte ein freudiges, warmes Pulsieren im Unterleib. Teemu, ihr Mann, war von seiner mehr als einwöchigen Dienstreise nach Hause gekommen, pünktlich zur Schlafenszeit der Kinder, genau richtig, um ihnen noch eine Gutenachtgeschichte vorzulesen. Danach hatte er Sari gepackt, ins Schlafzimmer getragen und die Tür zugemacht; von Reisemüdigkeit keine Spur. Die häufigen Dienstreisen hatten auch ihr Gutes: Der Sex blieb über die Jahre hinweg leidenschaftlich. Eine Belohnung für die wochenlange Einsamkeit und die Alleinverantwortung für den Familienalltag. An sich keine schlechte Belohnung, dachte Sari, als sie sich abtrocknete und wieder zurück in die Arme ihres Mannes kroch. Sie hätte am liebsten gleich weitergemacht, wusste aber, dass es besser war, eine Weile zu warten.

»Wie war deine Woche?«, fragte Teemu und streichelte ihr zärtlich über den Rücken.

»Schrecklich. Zwei große Fälle auf einmal, ein Mord und ein Ehrenverbrechen. Bei der Ehrengeschichte könnte es sich um einen Fehlalarm handeln, aber das andere ist eine Riesensache. Und Esko ist zur Abwechslung mal wieder ein richtiges Arschloch. Wahrscheinlich säuft er wieder jeden Abend. Er ist echt eklig zu der neuen Kollegin, die am Montag bei uns angefangen hat. Anna Fekete heißt sie.«

»Und diese Anna, wie ist die so?«

»Ganz nett. Kompetent. Vielleicht ein bisschen still.«

»Na, noch eine Quasselstrippe in eurem Dezernat wäre ja auch zu viel des Guten.«

»Hör bloß auf!« Sari schlug mit dem Kissen nach ihm. »Ich war gestern mit ihr beim Fitnesstraining. Sie spricht perfekt Finnisch, wirklich perfekt, man hört überhaupt nicht, dass sie Ausländerin ist. Ich hab mir ganz umsonst Sorgen gemacht. Übrigens hab ich sie eingeladen, uns irgendwann mal zu besuchen.«

»Aha. Schön. Woher kommt sie denn?«

»Genau weiß ich es nicht, und ich wollte sie auch nicht gleich ausfragen. Irgendwer hat gesagt, sie wäre Serbin. Nächste Woche frage ich sie. Wir haben ausgemacht, dass wir jetzt jede Woche zusammen zum Konditionstraining gehen.«

»Prima.«

Teemus Hand streichelte jetzt Saris Bauch, die rauen Fingerspitzen kratzten leicht über ihre Haut.

»Wie war's bei dir?«, fragte Sari. »Hmm, ein himmlisches Gefühl.«

»China ist schrecklich, ein verdrecktes, seltsames, chaotisches Land. Jedenfalls gilt das für Peking. Aber wir haben gute Geschäfte gemacht. Deine Haut ist fantastisch.«

»Musst du noch mal hin?«

»Erst nach Weihnachten. Zum Glück.«

»Wie wär's, wenn die Kinder und ich mitkommen? Um die Zeit könnte ich mir Urlaub nehmen. Die chinesische Kultur interessiert mich sehr.«

»Keine schlechte Idee. Aber ich werde dort nicht allzu viel Zeit für euch haben.«

»Macht nichts. Glaubst du, es könnte klappen?«

»Wir sorgen dafür, dass es klappt.«

Saris Handy piepte – eine SMS war eingegangen, aber dafür brachte sie jetzt kein Interesse auf.

»Ich liebe dich. Himmel, wie habe ich dich vermisst!«

»Ich dich auch«, murmelte Sari in den Mund ihres Mannes, und obwohl sie nicht besonders leise waren, wachten die Kinder die ganze Nacht über nicht auf.

12

Bihar Chelkin saß nervös im Flur vor Annas Dienstzimmer und wartete. Anna beobachtete sie durch einen Spalt in der Jalousie der Kaffeeküche. Das Mädchen kaute Kaugummi und blickte immer wieder auf die große Wanduhr im Flur, deren Sekundenzeiger gleichmäßig über das weiße Ziffernblatt ruckte. Bihar trug einen dunklen Hidschab und darüber einen langen Trenchcoat. Hat sie darunter bloß einen Badeanzug an?, überlegte Anna. Sonst geht sie ja vor Hitze ein.

Das sonnige, warme Wetter hatte seit Montagnachmittag angehalten. Für heute waren wieder Hitzegrade angekündigt.

Auch der Rest der Familie Chelkin befand sich im Polizeigebäude, und für die Vernehmungen war das gesamte Team eingespannt worden. Rauno und Esko würden Payedar und Mehvan Chelkin übernehmen, Sari Zera und Adan. In Vantaa vernahmen die Kollegen zur selben Zeit Bihars Onkel und Tante. Der Gedanke an Esko und Vater Chelkin in Vernehmungsraum zwei bereitete Anna ein geradezu diebisches Vergnügen. Sie war überzeugt davon, dass Esko diesmal nicht die Rolle des empathischen Polizisten spielen und die Vernehmung locker plaudernd durchziehen würde. Sie war sich sicher, dass Payedar Chelkin vor Angst schlotternd und seelisch angeknackst nach Hause gehen würde. Oder, nein, nicht nach Hause; er würde in Handschellen ins Polizeigefängnis gebracht werden und auf seinen Prozess warten. Anna identifizierte das Gefühl als Rachsucht. Ein verdammt angenehmes Gefühl.

Die Familie Chelkin hatte Asyl erhalten, nachdem sie mehr als zwei Jahre im Aufnahmezentrum gelebt hatte. Die Bearbeitung ihres Asylantrags hatte lange gedauert, aber nicht ungewöhnlich lange. So war es eben, wenn man in dieses Land zu kommen wagte. Man musste warten.

Das Ufer. Die Insel Munkkisaari und die kreischenden Möwen.

Tischtennis mit Ákos.

Mutters gramvolles Gesicht.

Die Erinnerungen flimmerten über Annas Netzhaut, sie sickerten aus ihren Verstecken wie Schlacke.

Anna gierte nach einer Zigarette. Die Menge der Schlacke in meinem Körper muss schließlich stabil bleiben, dachte sie und lächelte resigniert.

Sie rauchte so hastig, dass ihr schwindlig wurde. Jetzt habe ich also auch noch angefangen, in der Arbeitszeit zu rauchen, dachte sie verärgert. Aber das wird die erste und die letzte Zigarette sein, es bleibt bei diesem einen Mal, die gestrige Zigarette zählt nicht, denn da hatte ich schon Feierabend. Sie zerdrückte die Kippe am Rand eines stinkenden Behälters und ließ sie in den braunen Schacht fallen. Das darf wirklich nicht zur Gewohnheit werden, sagte sie sich.

Wir haben die Aufenthaltsgenehmigung verhältnismäßig schnell bekommen, dachte sie, als sie die Treppe zum Gewaltdezernat hinaufging. Nach der Zigarette erschien ihr der Aufstieg anstrengender als sonst. Ihnen war das monatelange, quälende Warten erspart geblieben, die ängstliche Frage, wohin man als Nächstes fliehen sollte. Aber damals hatte ein Ausnahmegesetz gegolten, sie waren privilegiert gewesen. Und sie waren überdies ... wie sollte man es ausdrücken ... Europäer. Ákos mit seinem Irokesenschnitt und der Musik finnischer Punkbands auf Kassette. Irgendein Zivi im Aufnahmezentrum hatte sich sofort mit ihm zu einer Band zusammengetan. Dass Ákos sich schnell einleben würde, schien damals sicher zu sein.

Mutter hatte seine neuen Freunde gehasst.

Für die Vernehmungen war eine Dolmetscherin bestellt worden, eine junge Kurdin.

Bihar hatte erklärt, sie brauche keine. Da sie als Erstklässlerin nach Finnland gekommen war, beherrschte sie die finnische Sprache besser als ihre Muttersprache, die unausweichlich verblasste und ihre Kraft verlor. Anna kannte das, aber sie wollte jetzt nicht daran denken. Bihars Eltern dagegen konnten kaum Finnisch. Die Dolmetscherin war in erster Linie für sie da. Anna hatte sich doppelt und dreifach vergewissert, dass die junge Frau keine verwandtschaftlichen oder sonstigen Beziehungen zu den Chelkins hatte. Es würde ohnehin schwierig werden, die Wahrheit ans Licht zu bringen, und wenn die Dolmetscherin auch noch parteiisch wäre, wäre der Versuch von vornherein zum Scheitern verurteilt.

Mit großer Befriedigung hatte Anna die Dolmetscherin schon eine Stunde vor der eigentlichen Vernehmung kommen lassen. Sie erinnerte sich noch gut an Eskos Kommentar über verschwendete Steuergelder. Und sie wusste ebenso, dass diese stundenweise bezahlten Aufträge die einzige Einnahmequelle für die gesamte Familie der Frau waren.

Anna schob sich ein Mentholbonbon in den Mund, betrat ihr Dienstzimmer und rief Bihar herein.

»Die Vernehmung wird aufgezeichnet«, sagte sie, während sie die Videokamera einschaltete. »Das wird bei Minderjährigen immer so gemacht. Außerdem solltest du wissen, dass du als Betroffene verpflichtet bist, die Wahrheit zu sagen. Verstehst du das?«

Bihar nickte in die Kamera.

»Du hast in der Nacht von Sonntag auf Montag den Notruf gewählt, nicht wahr?«, begann Anna.

»Scheint so«, antwortete Bihar trotzig und wandte den Blick von der Kamera zu Anna.

»Warum?«

Ihre trotzig errichtete Selbstsicherheit geriet ins Wanken. Für einen flüchtigen Moment sah Anna in den schwarzen Augen des Mädchens den Blick eines in die Ecke getriebenen Tieres. Hastig schlug Bihar die Lider nieder und holte tief Luft. Als sie die Augen wieder öffnete, war die Angst nicht mehr zu sehen.

»Öh ... also ... Ich hab wohl geträumt. Irgendein Albtraum, und dann hab ich im Halbschlaf da angerufen. Das hab ich gar nicht richtig mitgekriegt. Ich bin erst aufgewacht, als die Bullen bei meiner Tante geklingelt haben. Da ist mir erst klar geworden, was passiert war. Was ich aus Versehen getan hatte.«

»Was hast du geträumt?«

Bihar zuckte kaum merklich zusammen. Mit dieser Frage hatte sie nicht gerechnet. Sie hatte sich wohl darauf verlassen, dass die sachlichen finnischen Polizisten sich nicht für Träume interessierten, sondern sich an die Fakten hielten.

»Weiß ich nicht mehr«, antwortete sie schnell. »Ich hatte es schon vergessen, als ich aufgewacht bin.«

»Und wann bist du aufgewacht?«

»Als die Polizei kam.«

»Um wie viel Uhr war das?«

»Weiß nicht, vielleicht so gegen vier oder fünf. Ich konnte danach nicht mehr einschlafen, es war schon fast Morgen.«

»Kam dein Vater in dem Traum vor?«

»Ich erinnere mich nicht mehr daran.«

»Hat dein Vater damit gedroht, dich zu töten?«

»Im Traum oder in der Wirklichkeit?«

»Ist mir egal. Hat er?«

»Während ich wach war, hat er mir jedenfalls nie gedroht. Vielleicht in dem Traum, das kann sein, wenn ich am Telefon tatsächlich so was gesagt haben sollte.«

»Warum warst du in Vantaa?«

»Ich habe das Wochenende bei meinen Verwandten verbracht. Ist das vielleicht verboten?«

»Inwieweit sind sie mit dir verwandt?«

»Sie sind mein Onkel und meine Tante.«

»Wie kommst du zur Schule?«

»Hä? Was hat das denn damit zu tun?«

»Antworte einfach.«

»Ich gehe zur Haltestelle, und dann fahr ich mit dem Bus.«

»Mit wem?«

»Allein.«

»Und Mehvan?«

»Der geht auf eine andere Schule. Ich bin in der Oberstufe, er geht noch zur Gesamtschule.«

»Musstest du früher in Begleitung deines Bruders gehen? Als du noch auf der Gesamtschule warst?«

Bihars schwarze Augen wichen Anna und der Kamera aus, ihr Blick schweifte über die Wände.

»Nein«, sagte sie.

»Meine Kollegin behauptet etwas anderes. Sie hat gestern mit Riitta Kolehmainen gesprochen, deiner ehemaligen Lehrerin, die ebenfalls etwas anderes behauptet. Die Lehrerin hat erzählt, dass dein Bruder dir in deinen letzten Jahren an der Gesamtschule gefolgt ist wie ein Schatten und dich keinen Moment aus den Augen gelassen hat. Und dass du oft gefehlt hast.«

»Ich hatte immer eine Entschuldigung von meinen Eltern«, sagte Bihar.

»Genau, es geht hier nicht ums Schwänzen.«

»Natürlich sind Mehvan und ich zusammen in die Schule gegangen, weil wir nun mal dieselbe Schule besucht haben. Das ist doch ganz normal.«

»Hat es dich nicht gestört?«

»Überhaupt nicht.«

»Hattest du das Gefühl, dass deine Freiheit beschnitten wurde?«

»Nee, wirklich nicht.«

»Ihr wart letztes Jahr in der Türkei.«

»Ja.«

»Warum?«

»Nur so.«

»Wurde dort deine Verlobung gefeiert?«

»Natürlich nicht.« Bihar lachte gekünstelt.

»Na schön. Und was tust du nach der Schule?«

»Fernsehen, Hausaufgaben machen, Freundinnen besuchen. Ganz normale Sachen.«

»Wer sind deine Freundinnen? Kurdinnen? Finninnen?«

»In der Schule Finninnen, in meiner Klasse sind sonst keine Migris, an der ganzen Schule nicht. Zu Hause meistens Kurdinnen. Und zwei Somalierinnen aus dem Nachbarhaus.«

»Hast du einen Freund?«

»Nein«, antwortete Bihar.

»Hattest du mal einen?«

Bihar starrte auf den Tisch. Klimperte mit den langen schwarzen Wimpern, die Schatten über ihre Wangenknochen warfen. Sie nahm einen Schluck Wasser. »Nein«, sagte sie schließlich und versuchte, Anna fest in die Augen zu sehen.

Du lügst, dachte Anna.

»Bihar, ich bin auf deiner Seite.« Anna wechselte unvermittelt die Taktik. »Du brauchst keine Angst zu haben, du erzählst mir einfach, wie die Dinge stehen, und ich bringe dich in Sicherheit. Auf der Stelle. Du brauchst nie mehr zurückzukehren und dich vor niemandem zu fürchten.«

Bihar zuckte wieder zusammen. Sie schien zu zögern.

»Ich glaube nicht, dass das etwas bringen würde«, sagte sie nach einer Weile.

»Wieso nicht?«

»Na, weil ich nicht in Gefahr bin.« Bihar setzte eine gelangweilte Miene auf und blies eine Kaugummiblase auf, die auf ihren Lippen zerplatzte.

»Du hast einen Notruf getätigt. Du hattest Angst um dein Leben. Ich habe mir die Aufzeichnung deines Anrufs angehört. Du klingst kein bisschen verschlafen, sondern verdammt ängstlich. Ich sehe dir an, dass du dich auch jetzt fürchtest. Dass du mich anlügst, weil du Angst hast. Hallo, junge Dame! Willst du bis ans Ende deiner Tage mit dieser Angst leben? Dich von deinen Leuten beherrschen lassen?«

Bihar wand sich auf ihrem Stuhl.

»Wovor soll ich denn Angst haben?«, parierte sie nach einer Weile.

»Na, vor deinem Vater zum Beispiel. Oder vor deinem Onkel. Deinem Bruder. Deiner Mutter. Vielleicht gibt es noch andere, die dir damit drohen, dich umzubringen. Was hast du Schlimmes getan? Warst du auf der Party einer Schulfreundin und hast ein bisschen Cider probiert? Dich in einen finnischen Jungen verguckt? *C'mon,* Bihar. Denk doch mal nach.«

Bihar biss sich auf die Lippen und starrte die Tür an. Auf ihrem olivfarbenen Teint bildeten sich weiße und rote Flecken. Sie wischte sich mit dem Ärmel über die Augen, hielt die Tränen zurück.

Treffer, versenkt, dachte Anna, *telitalálat!*

Das Mädchen schwieg einen Moment, ließ den Blick zwischen Anna und der Kamera hin- und herwandern.

»Die bringen mich nicht um«, sagte sie dann leise.

»Natürlich nicht, wenn du brav zu Hause bleibst, bis du den Mann heiratest, den dein lieber Papi für dich ausgesucht hat. Hat er schon einen gefunden? Bist du schon verlobt? Bist du glücklich? Liebst du diesen Mann?«

Bihar gab keine Antwort. Eine Träne löste sich und rollte über ihre linke Wange.

»Wen versuchst du zu schützen, Bihar? Es geht hier einzig und allein um dein Leben. Du brauchst dir keine Gedanken darüber zu machen, was dein Vater oder deine Mutter denkt, wenn du nicht das brave Mädchen bist, das sie gern hätten. Die kümmern sich auch nicht groß um deine Gefühle, stimmt's? Du weißt doch, was sie motiviert: Scham. Und dir erzählen sie, es ginge um die Ehre. *Namus,* Bihar, *namus.* Die Ehre der Familie und der Sippe. Die Ehre der Männer, Bihar.«

Anna merkte, dass sie sich in Rage geredet hatte. Ihre Stimme war hart geworden. Das Thema ging ihr zu sehr unter die Haut. Immer ging ihr alles unter die Haut. Ich bin zu hitzköpfig für diesen Job. Jetzt muss ich mich beruhigen, sonst verschrecke ich das Mädchen. Anna stand auf. Sie werde Wasser holen gehen, sagte sie.

»Also, Bihar«, sagte Anna, als sie mit einer Kanne frischen Wassers zurückkam. »Jetzt erzähl mal. Hab keine Angst. Du wohnst schon lange genug in Finnland, um zu wissen, dass wir auf deiner Seite stehen. Das weißt du doch?«

»Ja, ja.«

»Was machen deine Verwandten mit dir?«

»Gar nichts.«

»Überwachen sie dich? Schlagen sie dich? Drohen sie dir? Mit dem Tod?«

»Nein, nein nein nein nein!«, schrie Bihar. »Hören Sie auf damit! Sie tun mir gar nichts. Es ist alles in Ordnung.«

»Wann wirst du achtzehn?«

»In drei Monaten.«

»Du weißt, dass sie dir dann nichts mehr anhaben können? Dass du frei entscheiden kannst, wo du wohnst, mit wem du zusammen bist und was du tust? Du bist für deine Taten nur uns Gesetzeshütern verantwortlich, nicht deinen Verwandten.«

Bihar schnaubte und sah Anna beinahe verächtlich an.

»Natürlich weiß ich das.«

»Lassen sie dich dann aus dem Haus?«

»Nun hören Sie schon auf! Es war ein falscher Alarm. Die ganze Sache ist bloß ein Missverständnis. Ich hab schlecht geträumt. Ich war durcheinander. Ich bin schon als Kind immer schlafgewandelt und hab dabei geredet.«

»Bist du dir ganz sicher, dass du das sagen willst?«, fragte Anna.

»Absolut. Meine Eltern würden mir nie etwas Schlimmes antun.«

»Warum glaube ich dir nicht?«

»Na, weil Sie Polizistin sind. Sie sind darauf trainiert, misstrauisch zu sein.«

»Bihar, die Freiheit eines anderen Menschen zu beschränken ist ein Verbrechen. Es ist ein Verbrechen, jemandem mit dem Tod zu drohen.«

»Aber mir ist nichts dergleichen passiert.«

»Warum hast du dann den Notruf gewählt?«

»Hab ich doch schon gesagt.«

»Aber du hast nicht die Wahrheit gesagt.«

»Na gut. Ich geb's zu. Es war Rache.«

»Erklär mir das mal genauer.«

»Ich war wütend, weil ich nicht zu dieser Schulparty durfte. Ich wollte mich rächen.«

»Ist das wahr?«

»Ja.«

»Warum hast du das dann nicht gleich gesagt?«

»Ich hab mich nicht getraut. Ich dachte, es ist ein Verbrechen, wenn man ohne Grund den Notruf wählt.«

»Ja, dafür kann man bestraft werden.«

»Es war dumm von mir. Ich hab nicht nachgedacht. Ich war so wütend. Entschuldigung.«

»Warum durftest du nicht zu der Party?«

»Meine Leute sagen, da wird Alkohol getrunken. Und das stimmt ja auch, muss ich zugeben.«

»In drei Monaten darfst du auf jede Party gehen. Und auch trinken, wenn du willst.«

»Ja, das sagt mein Vater auch.«

»Klar«, sagte Anna trocken. »Zum letzten Mal, Bihar, wirst du bedroht?«

»Absolut nicht. Glauben Sie mir endlich!«

Anna seufzte und beendete das Gespräch. Bihar schob die Haarsträhnen, die ihr auf die Stirn gerutscht waren, unters Kopftuch und zog es fester. Dann nahm sie einen Schluck Wasser und warf einen Blick auf die Videokamera. Anna stand auf und sammelte ihre Unterlagen ein. Bihar blieb sitzen, wühlte in den Manteltaschen, als ob sie etwas suchte. Sie reichte Anna die Hand, um sich zu verabschieden, und zog mit der anderen Hand, die immer noch in der Tasche steckte, den Mantel auf. Es kam ein wüst bemaltes T-Shirt zum Vorschein, das Anna an die Shirts diverser Rockbands erinnerte. Auch Ákos hatte früher solche T-Shirts getragen.

»Danke und auf Wiedersehen«, sagte Bihar und sah Anna flehentlich in die Augen, wie ein Hund, der um einen Leckerbissen bettelt. Dann eilte sie zur Tür und lief hinaus.

13

»Genauso mager war das Ergebnis bei uns auch. Aus denen war nichts rauszuholen. Sie haben bloß immer wieder behauptet, es wäre alles nur ein Missverständnis, sie hätten nie irgendjemandem etwas Schlimmes getan«, sagte Rauno, als er mit zwei Biergläsern an den Tisch des Gartenlokals im Aleksi-Park kam, an dem Anna bereits saß.

Im Polizeigebäude war es heiß und stickig gewesen. Die Vernehmungen hatten bis spätnachmittags gedauert, es war Freitag, und draußen gab der Sommer noch einmal sein Bestes. Die Temperatur lag weit über zwanzig Grad, doch der Wetterbericht im Radio hatte Anna aufgerüttelt. In der nächsten Woche sollte es kühl und regnerisch werden.

»Das ist unsere letzte Chance«, hatte Anna dramatisch geseufzt, als Rauno in die Kaffeeküche gekommen war. Im Haus war es bereits still geworden. Bei dem schönen Wetter hatten die meisten Kollegen frühzeitig das Wochenende eingeläutet.

Anna registrierte, dass Rauno es wieder einmal nicht eilig hatte, nach Hause zu gehen.

»Was? Nein, von mir kriegst du immer noch eine weitere Chance, *my dear*. Keine Angst.«

Anna hatte gelacht. »Ich meinte, die letzte Chance, im T-Shirt auf einer Terrasse zu sitzen. In der Sonne Bier zu trinken. Braun zu werden. Einfach nur zu sein. Gehen wir.«

»Du bist ja richtig in Endzeitstimmung. Willst du dich in diesem Winter erhängen oder was? Ich habe jedenfalls vor, noch oft bei einem Bier auf der Terrasse zu sitzen. Um genau zu sein, ich werde nie damit aufhören«, hatte Rauno erwidert.

Sie waren gemeinsam in die Stadt gegangen.

Rauno trank sein Glas mit einem einzigen Schluck halb aus und wischte sich mit dem Hemdsärmel den Schaum vom Mund. Anna ließ es langsamer angehen, sie genoss die Sonne und das kühle Bier auf der Zunge und am Gaumen.

»Am Ende ist das Mädchen damit rausgerückt, sie hätte sich rächen wollen, weil ihr Vater sie nicht zu einer Party gehen lassen wollte.«

»Das sagen die Eltern auch.«

»Eine abgekartete Sache und eindeutig eine Lüge. Zuerst hatte sie behauptet, sie hätte geträumt und im Schlaf telefoniert.«

»Genau das haben die Eltern zuerst auch gesagt. Das Mädchen ist angeblich eine unruhige Schläferin – immer schon gewesen –, läuft im Schlaf herum und redet. Und dann haben sie sich lang und breit darüber ausgelassen, dass sie das Recht haben, ihren Kindern Partys zu verbieten, auf denen Alkohol getrunken wird. Dazu wären sie ja sogar gesetzlich verpflichtet.«

»Das stimmt allerdings.«

»Du hättest Esko sehen sollen. Der alte Rassist ist dem Kerl richtig um den Bart gestrichen. Hinterher hat er zu mir gesagt, wenn die finnischen Väter auch so resolut wären, dann würden die Kids in der Stadt keinen Rabatz mehr machen.«

»Ist Esko Rassist?«

»Das hab ich nur so dahingesagt. Eigentlich ist Esko gar nichts, er spielt bloß den Überresoluten.«

»Mir gegenüber ist er echt ekelhaft.«

»Esko ist zu allen ekelhaft, außer heute zu diesem Payedar.«

»Den Fall müssen wir wohl abhaken.«

»Ja. Aber lass uns über etwas anderes reden, ich habe genug von dem Arbeitskram. Dafür scheint die Sonne zu schön.« Rauno stand auf, um sich noch ein Bier zu holen.

Er fragt nicht, ob ich auch eins möchte, dachte Anna. Natürlich fragt er nicht, mein Glas ist ja noch fast voll. Außerdem fragt man in Finnland nicht. Und das ist eigentlich sogar ganz gut so.

»Ich hab mir neulich eine Tageslichtlampe gekauft«, sagte Anna, als Rauno zurückkam.

»Verrückt. Warum?«

»Es bedrückt mich, dass es bald schon wieder so schrecklich dunkel sein wird.«

»Diese Lampen helfen nicht. Überhaupt: Die Winterdepression ist eine urbane Erfindung. Sieh dich doch mal um! Es ist August, die Sonne scheint, dort brummt eine Fliege. Jetzt ist jetzt. Es ist Zeitverschwendung, sich schon im Vorhinein wegen Dingen zu grämen, die noch gar nicht aktuell sind.«

»Vielleicht, aber vorsorglich habe ich schon mal die Lampe gekauft. Kommst du übrigens vom Land?«

»Ja, aus Mäntykoski, nicht weit von hier.«

»Hast du eine Familie?«, fragte Anna, obwohl sie die Antwort schon kannte. Sari hatte es ihr beim Fitnesstraining erzählt.

»Ja. Frau und zwei Kinder.«

»Wie alt sind denn deine Kinder?«

»Vier und fünf. Beides Mädchen.«

»Niedlich«, lächelte Anna.

»Mag sein.«

Rauno hatte auch sein zweites Glas fast geleert, während Anna nur an ihrem Bier genippt hatte, das allmählich warm wurde. Sie betrachtete die sommerlich gekleideten Menschen im Park, eine Taube, die herumtrippelte und nach Futter suchte, einen Hund, der sein Frauchen ausführte. Der nahende Herbst hatte irgendwo über dem Polarkreis haltgemacht. Annas Blick fiel auf einen Mann auf dem Parkweg, der sich in gleichmäßigen Schüben näherte. Der Kies knirschte unter den Reifen seines Rollstuhls. Seine schlaffen, verkümmerten Beine waren mit einem breiten Gurt festgeschnallt. Ohne den Gurt wären sie wahrscheinlich verrutscht und hätten den Rollstuhl in Schieflage gebracht. Der Mann rollte an die Theke und bestellte sich ein Bier, dann manövrierte er seinen Rollstuhl geschickt an den nächsten freien Tisch und nahm einen Schluck. Er sieht gut aus, dachte Anna. Herrlich muskulöse, braun gebrannte Arme. Breite Schultern.

»... Schlafstörungen von so einer Lampe. He, Anna, hörst du mir überhaupt zu? Aufwachen!«

»Was? Ach so ... ja. Na, ich probiere es einfach mal. Im Laden haben sie gesagt, man müsste von Anfang September bis Neujahr jeden Morgen eine Lichtdusche nehmen, eine halbe Stunde reicht. Abends sollte man sie nicht benutzen, sonst kann man nicht schlafen.«

Anna warf einen Blick zu dem Rollstuhlfahrer und merkte, dass er sie ebenfalls ansah. Sie musste lächeln. Ihre Haut prickelte.

»Probieren kann man es natürlich, aber ich glaube nicht an diese Lampen«, fuhr Rauno fort. »Meiner Meinung nach kommt die Winterdepression nur daher, dass man das ganze Jahr hindurch mit derselben Effektivität arbeiten muss. Eigentlich sollte man es ein bisschen ruhiger angehen lassen, wenn die dunkle Zeit beginnt. Sich Ruhe gönnen und mehr schlafen. Weniger arbeiten.«

»Gut möglich. Aber wann hat man schon die Möglichkeit, im natürlichen Rhythmus zu leben?«

»Nie. Außer, man würde in den Norden ziehen und Goldgräber werden oder so.«

»Hast du das vor?« Annas Interesse war erwacht.

»Wohin könnte ich schon gehen, mit den Kindern und all dem?« Rauno leerte sein Glas. »Nach Hause, das ist das Einzige«, fügte er bitter hinzu. »Ich habe versprochen, die Mädchen heute ins Bett zu bringen. Nina, meine Frau, will mit ihren Freundinnen ausgehen. Ich muss jetzt los.«

»Schade. Aber schön für deine Frau, dass sie mal rauskommt. Du hast diese Woche ja immer lange gearbeitet.«

»Hmm. Kann sein. Bleibst du noch?«

Rauno warf einen flüchtigen Blick auf den Rollstuhlfahrer. *Bassza meg*, er hat es gemerkt, dachte Anna und zeigte auf ihr halb volles Glas.

»Ich trinke so langsam.«

»Na, dann mach ich mich mal auf den Weg. Bis Montag.«

»Bis dann.«

Schluck für Schluck trank Anna von ihrem Bier und spähte zu dem Mann im Rollstuhl hinüber. Er bemerkte ihren Blick und erwiderte ihn, starrte sie geradezu an. Ohne weiter über die Situation oder die Folgen nachzudenken, stand Anna auf und ging zu seinem Tisch hinüber. Im Sitzen sind wir auf Augenhöhe, dachte sie, als sie Platz nahm.

»Hallo, ich bin Anna.« Sie streckte ihm die Hand hin.

Der Mann ergriff sie. »Hallo, Anna. Du siehst toll aus. Als ich kam, habe ich dich sofort bemerkt. Petri, Petri Ketola.«

Ich dich auch, dachte Anna.

»Fekete Anna«, sagte sie und ließ ihre Hand noch einen Moment in seinem festen Griff ruhen.

»Ach, du bist Ungarin? Cool. Ich hab mir gleich gedacht, dass du nicht finnisch aussiehst. Ich träume schon lange davon, mal nach Budapest zu reisen.«

»Ja, ich bin Ungarin. Aber Budapest mag ich nicht. Zu groß

und zu schmutzig. Und die Leute sind wahnsinnig unfreundlich.«

»Bist du in Finnland geboren, oder weshalb sprichst du so gut Finnisch? Ganz ohne Akzent.«

»Danke. Nein, ich bin nicht hier geboren. Aber auch nicht in Ungarn, nicht im heutigen Staatsgebiet. Ich bin so ein Minderheitenfall aus Exjugoslawien. Meine Heimat liegt heute in Serbien, ganz im Norden, in der Nähe der ungarischen Grenze.«

»Interessant. Ich wusste gar nicht, dass dort Ungarn leben.«

»Na ja, das weiß fast keiner.« Anna lachte. »Und so interessant ist es nun auch wieder nicht.«

»Doch, sehr. Wann bist du nach Finnland gekommen?«

»1992. Da war ich knapp zehn.«

»Wegen des Kriegs? Des Jugoslawienkriegs?«

»Ja.«

»Wie schlimm war es? Darf ich so neugierig sein, oder ...«

»Wo wir gewohnt haben, wurde nicht gekämpft, eigentlich in ganz Serbien nicht. Vor allem oben im Norden war es verhältnismäßig friedlich. Aber auch die ungarische Minderheit musste an die Front. Wer zufällig in Serbien lebte, wurde mit den serbischen Soldaten zuerst nach Kroatien und dann nach Bosnien geschickt, und wer in Kroatien lebte, wurde in die kroatische Armee gesteckt. Theoretisch war es also möglich, dass zwei Ungarn gegeneinander kämpften. Und ich hatte einen älteren Bruder. Oder eigentlich zwei. Sie waren damals im besten Soldatenalter.«

»Aha, verstehe«, sagte Petri.

»Es war einfach wahnsinnig. Dieser nationalistische Hype der Serben interessiert die ungarische Minderheit überhaupt nicht. Belgrad ist nicht unsere Hauptstadt, und Kosovo Polje oder Republika Srpska löst keine patriotischen Gefühle bei uns aus. Was kann man denn dafür, wo man zufälligerweise lebt? Weil irgendwer irgendwann einmal die Grenzlinie falsch gezogen hat?«

»Ich war damals ja noch ein Kind, aber ich erinnere mich dunkel an die Nachrichten, an Srebrenica und den Kosovo. In letzter Zeit sind ziemlich viele Dokumentarfilme darüber gelaufen. Das muss jetzt zwanzig Jahre her sein, oder?«

»Ja. Ich habe damals eigentlich nicht viel davon mitgekriegt. Aber an die Stimmung erinnere ich mich noch. So ein schreckliches Endzeitgefühl. Als hätte niemand mehr eine Zukunft.«

Petri sah Anna forschend an.

»Du hast wunderschöne Augen«, sagte er lächelnd.

Der Flirt und die Schmeicheleien waren noch angenehmer als der Sonnenschein. Anna nahm einen weiteren Schluck von ihrem Bier, das beinahe schon wie Tee schmeckte. Sie war selbstsicher und ruhte in sich.

»Darf ich auch neugierig sein?«, fragte sie.

»Ja.«

»Wie bist du im Rollstuhl gelandet?«

»Mein Vater hat im Suff einen Unfall gebaut. Ich war fünf und saß neben ihm im Auto.«

»Oh, Scheiße. Tut mir leid.«

»Kein Thema. Ich finde es toll, dass du gefragt hast. Das trauen sich die wenigsten.«

»Vielleicht fehlen mir irgendwelche normalen Hemmungen.«

»Das habe ich schon in deinen dunklen Augen gelesen«, sagte Petri und sah Anna ins Gesicht. »Was hast du heute noch vor?«

Anna musste lächeln.

»Na ja, ich dachte, ich trinke noch ein Bier und unterhalte mich eine Weile mit dir, und dann gehe ich nach Hause.«

Anna legte eine Pause ein und sah Petri verschmitzt an. Es gelang ihm nur mit Mühe, seine Enttäuschung zu verbergen.

»Und dann könnte ich dort zu Hause einen interessanten Mann ein bisschen näher kennenlernen. Oder sehr viel näher. Natürlich nur, wenn der Mann mich begleiten will.«

Petri schluckte und nickte, dann lachte er lauthals. Anna holte Bier für sie beide.

Als die Gläser leer waren, machten sie sich auf den Weg zum Taxistand an der Aleksanterinkatu, Petris Kopf auf der Höhe von Annas Brust.

»Du stinkst schon wieder nach Bier. Kannst du verdammt noch mal nie nach Hause kommen, ohne dir vorher einen anzusaufen?«

Nina Forsman stand im Flur und föhnte sich die braunen Haare. Sie war eine kleine, zierliche Frau, die früher einmal Raunos Beschützerinstinkt geweckt hatte. In letzter Zeit hatte er sich mehr als einmal versucht gefühlt, ihr eine zu verpassen. Die flache Hand in das fein gezeichnete Gesicht zu klatschen, auf die schmale Nase, die vollen Lippen. Diesen teuflischen Mund zum Schweigen zu bringen, der Worte ausspuckte, die ihn zermalmten und zu einem Niemand machten und auf die er nie eine angemessene Antwort fand.

»Ich hab mit der neuen Ermittlerin ein Glas getrunken. Wir müssen sie unterstützen. Es ist bestimmt furchtbar, eine neue Stelle anzutreten und Esko als Partner zu haben. Sari und ich haben abgemacht, dass wir ihr helfen.«

Warum zum Teufel rechtfertige ich mich, dachte Rauno. Warum sage ich nicht einfach, ich trinke so viel, wie ich will?

»Na, das ist dir bestimmt nicht unangenehm. Eine gut aussehende junge Frau, irgend so eine exotische Ausländerin.

Weiß ich von Sari. Du bist bestimmt schon scharf auf sie. Wo wart ihr? Warum hat es so lange gedauert? Hast du sie schon gevögelt?«

»Hör auf.«

»Mit mir gehst du nie aus.«

»Du willst doch immer mit deinen Freundinnen ausgehen. Zu deinen Frauenabenden. Ich bin nun mal ein Mann.«

»Na, davon hab ich in letzter Zeit nichts gemerkt.«

»Verdammt noch mal, fang nicht wieder an!«, brüllte Rauno.

Zwei kleine Mädchen tapsten in den Flur und kreischten: »Papi, Papi!« Rauno nahm sie abwechselnd auf den Arm, verbarg seine Wut, schluckte sie hinunter. Er steckte die Nase in die sauberen, feinen Haare, wurde von den kleinen Kinderarmen fast erdrosselt. Es freut sich doch noch jemand, wenn ich nach Hause komme, dachte er. Vielleicht bin ich doch ein Glückspilz. Es gibt immerhin zwei, die mich lieben.

Nina stand dicht vor dem Spiegel und legte ihr Make-up auf. Sie tupfte Lidschatten auf, tuschte die Wimpern schwarz und verteilte Rouge auf den Wangen. Gut sieht sie aus, dachte Rauno und spürte ein Zucken in der Hose.

»Was stierst du denn so? Geh und spiel mit den Mädchen, sie haben den ganzen Tag auf dich gewartet. Ich ruf mir jetzt ein Taxi. Ich versuche, zeitig wieder zu Hause zu sein, aber du kennst Jenni und Mervi ja. Mit den beiden wird es meistens spät. Tschüss. Im Kühlschrank steht Leberauflauf.«

Rauno schnupperte den Duft, den Nina hinterlassen hatte, und spürte keinerlei Sehnsucht oder Traurigkeit. Eigentlich fühlte er sich herrlich gleichgültig, fast erleichtert. Er trat ans Wohnzimmerfenster, schob vorsichtig den Vorhang ein Stück zur Seite und beobachtete durch den Spalt, wie Nina vor dem Haus fröhlich und entspannt am Handy sprach. Dann kam das Taxi, seine Frau stieg ein, der Wagen fuhr ab, und der Platz vor dem Haus war leer. Fühlt sich Nina auch wohler, wenn ich nicht da bin?, überlegte Rauno. Dann schob er den Leberauflauf in den Ofen und ging ins Kinderzimmer, um einen Legoturm zu bauen.

14

Am Montagmorgen schob sich wieder eine Wolkendecke über die Stadt, genau wie es der Wetterbericht vorhergesagt hatte. Sie knallte den Leuten ihren grauen, Regen prophezeienden Kalender vors Gesicht und zwang sie, ihn anzusehen: Der August ist vorbei, es wird Herbst.

Anna hatte den Sonntag mit Ákos auf dem Balkon verbracht. Sie hatte dem Besuch ihres Bruders mit ängstlicher Spannung entgegengesehen. Nervös war sie durch die Wohnung getigert und hatte versucht, die letzten Gegenstände aus den Umzugskisten zu räumen. Sie hatte lange überlegt, wohin sie das alte Familienfoto stellen sollte, ins Regal oder auf den Nachttisch. Was würde Ákos sagen, wenn er es sah? Hatte er überhaupt Fotos von ihnen? Schließlich hatte sie das Bild wieder in die Kiste gelegt. Als es geklingelt hatte, hatte sie sich die klammen Hände an der Hose abgewischt.

Doch Ákos war guter Laune gewesen, von Anfang an vertraut und nah. Die Band, die er sich am Vorabend angehört hatte, war fantastisch gewesen, der Pub voller junger Leute. Das hatte Ákos den Glauben an die Zukunft wiedergegeben. Der Punk war noch nicht tot, und die Sonne hatte geschienen. Auf dem geschützten Balkon war es fast tropisch heiß geworden. Sie hatten aus Hackfleisch Ćevapi geformt, sie im Ofen gegrillt und auf dem Balkon gegessen. Die Hitze hatte ihnen eine wohlige Mattigkeit beschert, sie hatten sich entspannt und träge gefühlt. Irgendwann hatten sie Lust gehabt, schwimmen zu gehen, sich aber doch nicht aufraffen können. Die Bäuche waren mit rohen Zwiebeln, Ćevapi und kaltem Bier gefüllt gewesen. Und Ákos hatte nicht zu viel getrunken. Vielleicht war er inzwischen zur Ruhe gekommen. Endlich erwachsen geworden.

Sie hatten sich an die glühend heißen Tage in ihrer Kindheit erinnert, als die ganze Familie, die ganze Stadt sich in die Schatten der Trauerweiden und Pappeln am Ufer der Tisza geflüchtet hatte, deren hoch aufragende Kronen besseren Schutz vor der Sonne boten als die weiß gekalkten Lehmwände der Häuser und die geschlossenen Fensterläden. An Lagerfeuern wurde Fischsuppe oder Gulyás gekocht. Der Geruch von Rauch und Paprika stieg Anna immer noch in die Nase, wenn sie daran dachte. Nach Hause ging man erst abends, wenn bei Anbruch der Dunkelheit die Heuschrecken und Frösche mit ihrem Konzert begannen. Die Hitze ließ auch in der Nacht nicht nach.

Die Tisza war ein mächtiger Fluss, der graugrün und braun, manchmal fast schwarz, von Rumänien durch Ungarn und Nordserbien strömte, an der ehemaligen Heimatstadt von Anna und Ákos vorbei zur Donau hin, in die sie kurz vor Belgrad mündete. Der Fluss besaß eine mystische Schönheit. Seine majestätische Ruhe war trügerisch, denn die Strömung war stark. Der Fluss kam ihnen beiden als Erstes in den Sinn, wenn sie an ihre Heimat dachten. Diese Gemeinsamkeit war ihnen immer schon bedeutsam erschienen. Die Tausende Kilometer entfernte Tisza verband sie hier oben im Norden, wohin der Zufall sie verschlagen hatte. Es war, als strömte der Fluss in ihren Adern. In der Tisza hatten sie schwimmen gelernt, an ihren Ufern hatten sie ihre Kindheit und Ákos auch seine Jugend verbracht. Auch ihrem Vater war der Fluss wichtig gewesen. Und Mutter ging dort immer noch jeden Sommer schwimmen.

Sie hatten Pläne geschmiedet: Wenn Anna Urlaub hätte,

würden sie gemeinsam in die Heimat reisen. Anna war davon ausgegangen, dass sie die Flugtickets für sie beide würde bezahlen müssen, aber das hatte ihr nichts ausgemacht. Ákos war in all den Jahren nur ein einziges Mal in der alten Heimat gewesen, und Anna hätte nahezu jeden Preis dafür bezahlt, dass ihr Bruder sie begleitete. Zu Mutter.

Zum Skypen war Ákos nicht bereit gewesen. Vielleicht nächste Woche, hatte er gesagt, und Anna hatte ihm nicht weiter zugesetzt. Nicht jetzt, da sie endlich so gut miteinander auskamen. Da die Sonne auch ihr unterkühltes Verhältnis zu wärmen schien.

Mittlerweile nieselte es. Die Temperatur war auf zehn Grad gesunken, und Anna fror, als sie ins Zentrum radelte. Sie hatte das Fahrrad genommen, weil sie am Wochenende das Jogging ausgelassen hatte. Es war eine dumme Idee gewesen. Ihre Haare wurden nass, die Ohren kalt, und sie fürchtete, sich zu erkälten. Die Leute, die ihr begegneten, blickten enttäuscht drein. Wohin war die Sonne so plötzlich verschwunden? Woher in aller Welt waren diese gemeinen Wolken gekommen, und warum piesackten sie die Menschen?

Die Arbeitswoche begann mit einer großen Besprechung in einem Saal im dritten Stock. Sämtliche Abteilungen des Gewaltdezernats hatten sich dort versammelt, dazu die Vertreter der Analysegruppe. Gewalt in der Familie, Arbeitsunfälle, Körperverletzungen und die Fälle Riikka und Bihar. An Arbeit werde es ihnen so bald nicht mangeln, stellte Virkkunen fest. Er stand neben dem Overhead-Projektor, dessen helles Licht sich in seinen Brillengläsern spiegelte, sodass seine Augen nicht zu sehen waren.

»An Arbeit wird es erst mangeln, wenn die Menschheit ausgestorben ist«, flüsterte Anna der neben ihr sitzenden Sari zu, die nickte, gähnte und abwesend wirkte, dann aber ganz unvermittelt zufrieden lächelte und Anna leise berichtete, ihr Mann sei endlich wieder zu Hause.

Annas Blick wanderte durch den Saal. Sie konnte Esko nirgends sehen.

Die Analysegruppe lieferte eine kurze Zusammenfassung der Ereignisse der vergangenen Woche, und als die Diskussion über den Joggingmord beginnen sollte, öffnete sich die Tür an der Rückwand des Auditoriums, und Esko schlich herein. Seine Augenlider waren noch geschwollener als sonst, sein Gesicht war grau und rot gefleckt, sein Haar stand wirr vom Kopf ab. Virkkunen sah wütend aus.

»Das setzt bestimmt einen Anpfiff«, flüsterte Sari Anna zu. »Der hat ja einen gigantischen Kater.«

Virkkunen berichtete kurz vom Auffinden von Riikka Rautios Leiche und von der Todesursache und projizierte eine topografische Karte von Selkämaa an die Leinwand, damit die Anwesenden sich eine Vorstellung von dem Gebiet machen konnten. Dann bat er die Kriminaltechnikerin Kirsti Sarkkinen nach vorn. Sie drehte einen USB-Stick zwischen den Fingern, als sie sich von ihrem Platz in der ersten Reihe erhob.

»Am Tatort war praktisch nichts zu finden«, begann Kirsti ihren Vortrag. Anna glaubte zu hören, dass ein Seufzer der Enttäuschung durch den Raum ging. Oder bildete sie sich das nur ein? Vielleicht war er auch nur in ihrem Kopf zu hören gewesen.

Kirsti steckte den USB-Stick in den Laptop auf dem Tisch, klappte den Spiegel des Projektors herunter und schickte ein Foto vom Tatort auf die Leinwand. Anna sah Blut und Hirnmasse, und ihr wurde leicht übel. Sie wandte den Blick ab. Zum Glück klickte Kirsti schnell ein neues Foto an. Nun erschien auf der Leinwand eine Nahaufnahme des Joggingpfads. Nur am Bildrand war ein wenig Blut zu sehen.

»Es war unmöglich, in dem Sägemehl einen Schuhabdruck zu sichern. Der Belag ist so weich und federnd«, erklärte Kirsti, »und selbst wenn sich ein Abdruck gefunden hätte, wäre er nicht beweiskräftig gewesen, denn die Bahn haben mit Sicherheit auch andere Schuhe betreten als die des Mörders. Trotzdem war es durchaus interessant, die Stelle zu untersuchen. In tausend Jahren könnte man anhand unserer Proben eine Untersuchung über die Erfindung von Goretex schreiben. Zwischen dem Sägemehl finden sich Schichten von Schuhmaterial aus mehreren Jahrzehnten. Hochspannend.«

Sari blickte amüsiert zu Anna hinüber.

»Wir haben immer schon gesagt, dass an Kirsti eine Archäologin verloren gegangen ist«, flüsterte sie.

»Zum Glück für die Polizei«, wisperte Anna zurück.

»Auf dem Parkplatz wäre es dagegen möglich gewesen, Reifen- und Schuhabdrücke zu sichern, hätte der starke Regen in der Tatnacht nicht alle Spuren fortgespült. Auch hier also nichts, wobei wir ja nicht einmal wissen, ob der Täter mit dem Auto gekommen ist, auch wenn ein älterer Herr, der in der Nähe wohnt, um die Tatzeit herum Motorengeräusch gehört haben will.«

»Es gibt drei Wege zum Tatort«, mischte Rauno sich ein. »Von der Einfamilienhaussiedlung kommt man über einen alten Forstweg hin oder aber am Ufer entlang und durchs Gebüsch. Und am leichtesten natürlich über die Straße. Man sollte vermuten, dass der Schütze mit dem Wagen gekommen ist, zumindest bis in die nähere Umgebung. Der Joggingpfad ist ziemlich abgelegen. Wenn jemand zu Fuß oder mit dem Fahrrad dorthin unterwegs wäre, würde er vielleicht eher auffallen.«

»Hat der verschwundene Freund des Opfers ein Auto?«, fragte Sari.

»Ja«, antwortete Anna. »Der Exfreund, um genau zu sein. Einen blauen Renault Laguna, Baujahr 2004. Er steht auf dem Hof des Hauses, in dem Jere zur Miete wohnt. Der Schlüssel wurde in seiner Wohnung nicht gefunden.«

Das Bild auf der Leinwand wechselte erneut. Nun lag dort Riikka Rautio ohne Kopf auf dem Sägemehl. Anna schluckte eine Welle der Übelkeit hinunter und zwang sich hinzusehen. *A fene egye meg,* du musst dich daran gewöhnen, wenn du in diesem Beruf arbeiten willst, ermahnte sie sich.

»Der Obduktionsbericht wurde bereits letzte Woche allen zugänglich gemacht, ich gehe also nicht näher darauf ein. Wir haben am Strumpf des Opfers ein blondes, auffällig langes Haar gefunden, das nicht von der Toten stammen kann, denn sie war dunkelhaarig.«

»Das wird von Virve Sarlin sein«, sagte Anna. »Von Riikkas bester Freundin. Sie hat ausgesagt, dass Riikka den Sommer über bei ihr gewohnt hat.«

»Das würde das Haar erklären.«

»Virve wirkte bei der Vernehmung ängstlich, und sie hat für den Abend des Mordes kein Alibi.«

»Das sollten wir im Hinterkopf behalten«, sagte Virkkunen.

»Dann kommen wir jetzt zu den ballistischen Untersuchungen«, fuhr Kirsti fort. Die Kollegen richteten sich in ihren Stühlen auf. Darauf hatten sie offenbar gewartet. Wenn die Mordwaffe identifiziert würde, hätten sie etwas Konkretes, wonach sie suchen und was sie als Beweis anführen konnten, wenn die Zeit gekommen war.

»Wir haben am Tatort insgesamt 181 Stahlschrotkugeln gefunden, 3,5 Millimeter Durchmesser, Gesamtgewicht 32 Gramm. Im Klartext bedeutet das ein Glattrohrgeschütz, Kaliber .12, mit einer Hülsenlänge von mindestens 70 Millimetern. Dieser Typ Flinte ist die häufigste Jagdwaffe in Finnland. Es gibt Hunderttausende davon. Theoretisch kann das Schrot, das Riikka Rautio getötet hat, aus jeder dieser Flinten abgefeuert worden sein. Wenn der Lauf irgendeine Beschädigung hätte, die Spuren an den Schrotkugeln hinterlässt, wäre eine eindeutige Identifizierung möglich. Dies ist hier allerdings nicht der Fall. Es könnte sich auch um eine 12/76 Magnum handeln oder sogar um eine 12/89 SuperMag. Die Zahl der infrage kommenden Waffen steigt damit weiter. Zwischen den Hirnspuren haben wir eine Bodenkappe gefunden, anhand derer wir die Patrone der Marke Armusa zuordnen konnten. Ebenfalls eine sehr häufig verwendete Marke, also kein Grund zu jubeln. Mit diesen Informationen können wir niemanden, ich betone: *niemanden* unter Anklage stellen.«

»Jere besitzt eine Remington 12/70«, sagte Esko. In seiner Stimme rasselten der Schnaps, den er am Wochenende konsumiert, und die Zigaretten, die er geraucht hatte. »Und die fehlt in seinem Waffenschrank so definitiv, wie der Bursche aus seiner Wohnung verschwunden ist.«

»Das ist natürlich eine bedeutsame Übereinstimmung«, räumte Kirsti ein, während sie den USB-Stick aus dem Laptop zog. »Aber allein aufgrund der ballistischen Untersuchung könnt ihr diesen Jere nicht überführen. Dazu braucht ihr weitere Indizien.«

»Ist es nicht Beweis genug, dass der Junge mitsamt seiner Waffe ausgerechnet an dem Tag verschwindet, an dem seine Exfreundin mit genau so einer Waffe erschossen wird? Meiner Meinung nach reicht das aus. Und der Staatsanwalt sieht das sicher auch so«, eiferte sich Esko. »Wir müssen den verdammten Knilch bloß finden.«

»Was meint ihr, lebt dieser Jere überhaupt noch?«, fragte

Sari in die Runde. »Vielleicht hat er sich auch gleich selbst eine Garbe in den Kopf geschossen.«

»Ich nehme eher an, dass er irgendwo seine Wunden leckt, seine Tat bereut und eine Scheißangst hat«, sagte Esko. »Aber ob tot oder lebendig, wird sich ja in den nächsten Tagen herausstellen. Wenn er tot ist, wird ihn bald jemand finden. Wenn er lebt, stellt er sich, weil seine Nerven ihn im Stich lassen. Ihr werdet schon sehen.«

Kirsti Sarkkinen setzte sich wieder auf ihren Platz.

»Was wissen wir über die Aktivitäten des Opfers am Todestag?«, fragte Virkkunen.

»Sie hat offenbar in der Stadt gegessen«, antwortete Anna. »Und sie hat zweimal geduscht, das zweite Mal, bevor sie zum Joggen ging. Ziemlich ungewöhnlich.«

»Sie hatte eine andere Sportart auf dem Programm«, warf Esko ein und lachte meckernd.

»Ihre EC-Karte wurde an dem Tag nicht benutzt, sie hat also bar bezahlt, falls sie in einem Restaurant gegessen hat.«

»Oder sie wurde eingeladen.«

»Laut Virves Aussage hatte Riikka sich aufgedonnert, bevor sie in die Stadt ging. Vielleicht hatte sie eine Verabredung mit ihrem neuen Freund.«

»Und gleich danach noch eine? Warum ist sie dann zwischendurch überhaupt in die Wohnung gegangen? Und hat diese Virve nicht gesagt, dass Riikka sich aufs Sofa gelegt und kein Wort gesprochen hat, als sie aus der Stadt zurückkam? Als wäre sie deprimiert gewesen.«

»Irgendwas muss da vorgefallen sein.«

»Vielleicht hatte sie zwei Männer.«

»Virve hatte den Verdacht, es könnte sich um eine Beziehung zu einer Frau handeln«, erklärte Anna. »Allerdings glaube ich nicht, dass das Geschlecht des Sexualpartners eine Rolle spielt ...

für den Mordfall, meine ich. Virve denkt aber, dass Riikka vielleicht deshalb ein Geheimnis um ihre neue Beziehung machte.«

»Aus den privaten Mitteilungen in Riikkas Facebook-Account und aus ihren E-Mails geht nichts hervor, was uns weiterbringt«, berichtete Virkkunen.

»Und das Handy?«, fragte Rauno. »Riikka hatte doch einen Anruf von einem unbekannten Teilnehmer bekommen.«

»Das Handy, von dem sie angerufen wurde, ist nicht registriert. Wir können es also nicht zurückverfolgen.«

»Ich fand den Schmuck in Riikkas Tasche seltsam«, warf Anna ein. »Dass sie überhaupt ein Schmuckstück in der Tasche ihrer Sportjacke herumschleppte ... und auch generell. Sollten wir den Anhänger mal genauer untersuchen?«

»Was soll denn daran seltsam sein?«, fragte Esko spöttisch. »Das Mädchen läuft. Der Halsschmuck stört sie, also nimmt sie ihn ab und steckt ihn in die Tasche. Punkt. Ich finde, wir müssen uns jetzt ganz darauf konzentrieren, diesen Jere zu finden.«

»Stimmt«, sagte Virkkunen. »Die wahrscheinlichste Alternative ist meistens die richtige.«

»Wir haben das Schmuckstück übrigens untersucht und nichts daran gefunden«, mischte sich Kirsti ein, »keinen Schweiß, gar nichts. Es ist offenbar brandneu. Aber was wirklich interessant ist: Auch am Handy war nichts, keine Fettflecken, keine Fingerabdrücke, nicht einmal Riikkas eigene. Und das ist völlig unmöglich, wenn sie nicht vorsätzlich abgewischt wurden.«

»Der Mörder hat demnach die SMS gelöscht und das Handy gesäubert«, sagte Sari.

»Ziemlich kaltschnäuzig, das Mädchen mit einer Schrotflinte abzuknallen und anschließend in aller Ruhe ihr Handy zu putzen.«

»Was habe ich über Jere gesagt?«, brummte Esko. »Wenn wir den Jungen finden, ist der Fall geklärt.«

»Dieser Meinung bin ich auch«, sagte Virkkunen. »Die Suche nach Jere Koski hat in diesem Stadium der Ermittlungen oberste Priorität. Und jetzt machen wir fünf Minuten Pause, bevor wir zum Fall Chelkin kommen.«

»Gegen die Chelkins haben wir nichts in der Hand«, erklärte Esko. Seine Pause hatte zehn Minuten gedauert. Anna hatte irgendeine Reaktion von Virkkunen erwartet, eine Zurechtweisung oder wenigstens eine Bemerkung, immerhin war es bereits die zweite Verspätung bei ein und derselben Besprechung. Doch nichts war geschehen. Niemand schien bemerkt zu haben, dass Esko schon wieder auf sich hatte warten lassen. Kann der Kerl sich eigentlich alles erlauben?, wunderte sich Anna.

»Das Mädchen hat alles zurückgenommen, was sie während des Notrufs behauptet hatte«, fuhr Esko fort. »Der Anruf war nur Theater, ein Versuch, sich an ihrem Vater zu rächen, der seiner minderjährigen Tochter nicht erlaubt hatte, am Wochenende saufen zu gehen. Die Aussage der Verwandten in Vantaa bestätigt das. Der Vater wirkt erstaunlich vernünftig für einen Kan...« Esko verschluckte den Rest des Wortes, da Virkkunen ihn scharf ansah. »Ja, an dem könnte sich manch ein finnischer Vater ein Beispiel nehmen. Das würde uns viel Arbeit ersparen.«

»Die Ermittlung wird also eingestellt«, konstatierte Virkkunen.

»Na ja, wir haben einen Fehlalarm und zumindest theoretisch Verleumdung und Irreführung der Polizei. Das heißt, die Anklage würde sich gegen das Mädchen richten, wenn wir boshaft sein wollten. Aber ich finde, in diesem Fall ist das nicht nötig. Wenn es auch nur im Geringsten lernfähig ist, hat das Mädchen seine Lektion gelernt«, meinte Rauno.

»Ja. Es handelt sich um eine Minderjährige, und sie ist bisher völlig unbescholten. Dass wir die ganze Familie vernommen haben, hat ihr hoffentlich deutlich genug gezeigt, welche Folgen grundlose Anzeigen haben können«, sagte Virkkunen.

Anna zögerte. Irgendetwas störte sie.

»Sari, du hast doch Bihars ehemalige Lehrerin ausfindig gemacht«, sagte sie.

»Ja. Sogar zwei Lehrerinnen. Riitta Kolehmainen und Heli Virtanen, Klassenlehrerinnen an der Gesamtschule in Rajapuro. Beide sagen das Gleiche: Bihar hat von Zeit zu Zeit in der Schule gefehlt. Allerdings nicht übermäßig oft, und sie hat jedes Mal eine Entschuldigung vorgelegt. Ihr kleiner Bruder hat sie immer auf dem Schulweg begleitet. Bihar war eine gute Schülerin. Die Schulfürsorge hatte also keinen Grund einzugreifen. Riitta Kolehmainen hatte allerdings manchmal den Verdacht, in der Familie sei nicht alles in Ordnung. Das sei aber nur ein flüchtiges Gefühl gewesen. Wie das entstanden sei, konnte sie mir nicht sagen. Sie erinnert sich nicht mehr daran. Von Bihars Lehrer am Gymnasium haben wir erfahren, dass das Mädchen im letzten Jahr mehrere Wochen in der Türkei verbracht hat.«

»Dass sie in der Schule gefehlt hat, könnte auf häusliche Gewalt zurückzuführen sein«, sagte Anna.

»Oder auf einen Schnupfen«, knurrte Esko.

»Typisch ist auch, dass die Söhne solcher Familien, auch wenn sie jünger sind, über ihre Schwestern wachen müssen«, fuhr Anna fort.

»Es kann natürlich auch andersrum gewesen sein, und die große Schwester musste auf dem Schulweg auf ihren kleinen

Bruder aufpassen. Rajapuro ist keine besonders gute Gegend, da ist niemand gern allein unterwegs.«

»Meiner Meinung nach lügt Bihar«, beharrte Anna.

»Wir gehen grundsätzlich davon aus, dass ein Kläger bei der Vernehmung die Wahrheit sagt, und handeln entsprechend«, sagte Virkkunen.

»Ich weiß, aber trotzdem ...«

»Da es keine Beweise gibt und das Mädchen den Vorwurf zurückgenommen hat und sogar eine glaubhafte Begründung für den Anruf liefern konnte, bleibt uns nichts anderes übrig, als die Sache auf sich beruhen zu lassen«, fuhr Virkkunen fort.

»Hat irgendwer daran gedacht zu fragen, warum Bihar in der Sonntagnacht immer noch in Vantaa war, obwohl sie am Montag zur Schule hätte gehen müssen?« Anna war zunehmend aufgebracht.

»Die Kollegen in Vantaa haben ihnen diese Frage gestellt, und der Onkel hat erklärt, dass Bihar eigentlich am Abend nach Hause fahren sollte, aber den Zug verpasst hat«, berichtete Sari.

»Also, ich hab auch daran gedacht«, sagte Esko. »Und der Vater des Mädchens hat die gleiche Antwort gegeben wie der Onkel in Vantaa. Bihar hat den Zug verpasst. Deshalb sollte sie gleich früh am nächsten Morgen zurückfahren. Vielleicht hättest auch du daran denken sollen zu fragen, dann hätten wir jetzt noch eine Bestätigung von dritter Seite. Sollte dich vielleicht jemand coachen?«

»Du bist doch mein Partner, das wäre also deine Aufgabe«, entgegnete Anna. »Aber sie haben ihre Antworten ja ohnehin untereinander abgesprochen. Wir hätten sie sofort einbuchten müssen.«

»Ich darf daran erinnern, dass Bihar ihre Worte unmittelbar

nach dem Vorfall widerrufen hat. Auch die Streifenbeamten konnten kein Bedrohungsszenario feststellen«, mischte sich Virkkunen ein. »Ohne ausreichenden Grund kann die Polizei nicht tätig werden. Der Fall ist erledigt, Anna. Damit müssen Sie sich abfinden.«

»Lasst uns noch nicht völlig aufgeben, noch nicht«, bat Anna. »Wir könnten die Leute doch ein bisschen im Auge behalten. Immer, wenn wir Zeit haben, jeden zweiten Tag oder wenigstens zweimal pro Woche, beispielsweise wenn Bihar zur Schule geht oder von dort wiederkommt, und so, dass man uns ganz sicher sieht. Oder wir parken abends eine Weile vor ihrem Haus. Nur vorsichtshalber. Damit nicht doch etwas passiert.«

»Ist das wirklich sinnvoll?«, wandte Rauno ein. »Wo sollen wir überhaupt die Zeit hernehmen?«

»So einen Quatsch machen wir nicht, zum Teufel!« Esko übertönte Rauno. »Ohne gesetzliche Grundlage spioniere ich niemandem nach.«

»Ich glaube nicht, dass das Mädchen in Sicherheit ist«, unternahm Anna noch einen Vorstoß.

»Anna, es tut mir leid, aber ich kann deinen Vorschlag auch nicht unterstützen«, sagte Sari verlegen. »Es wäre illegal. Obwohl ich auch den Verdacht habe, dass in der Familie irgendwas im Busch ist.«

»Es kann doch nicht illegal sein, wenn wir versuchen, ein Verbrechen zu verhindern.« Anna redete sich in Rage, sie kreischte beinahe. »Das ist doch unsere Aufgabe.«

»Wir haben keinen Grund zu der Annahme, dass ein Verbrechen geschehen wird«, sagte Virkkunen. »Nach dieser Logik müssten wir so ungefähr jeden observieren, damit nur ja niemand auf Abwege gerät. Das ist unmöglich.«

»Bihar ist in Gefahr«, wiederholte Anna leise.

»Es tut mir leid, Anna, die Diskussion ist beendet«, sagte Virkkunen und schaltete resolut den Overhead-Projektor aus. »Freuen wir uns doch, dass es so ausgegangen ist. Jetzt können wir uns alle auf den Joggingmord konzentrieren. Also los, an die Arbeit.«

15

Wütend rannte Anna hinaus in die Raucherecke auf dem Hof und angelte die Zigarettenschachtel aus ihrer Handtasche. Warum nehme ich die Dinger eigentlich mit, wenn ich in der Arbeitszeit nicht rauchen will?, dachte sie, während sie sich eine Zigarette ansteckte und gierig daran zog. Das Nikotin schoss ihr ins Blut und zwickte herrlich im Mund, ihr wurde beinahe schwindlig.

»Wusste ich es doch! Du rauchst.«

Anna fuhr zusammen und hätte vor Schreck beinahe die Zigarette fallen lassen.

»Für dich ist es offenbar eine Art Fetisch, dich hinterrücks anzuschleichen und die Leute zu erschrecken«, fuhr sie Esko an, der es schon wieder geschafft hatte, sie zu überraschen.

»Hast du einen Fetisch?«, fragte Esko in obszönem Ton.

Vor sexueller Belästigung schreckt er also auch nicht zurück, dachte Anna. *Útálotos.* Wortlos zog sie an ihrer Zigarette. Esko steckte sich ebenfalls eine an. Eine Zeit lang rauchten sie schweigend.

»Bihar Chelkin hat gelogen. Ich bin mir ganz sicher, dass es um ein Ehrenverbrechen geht«, sagte Anna schließlich. Sie musste es noch einmal aussprechen, erst recht vor diesem Arschloch.

»Das finnische Gesetz kennt diesen Begriff nicht«, erwiderte Esko kühl.

»Trotzdem.«

»Hör endlich auf. Du hast nur deshalb eine besondere Sympathie für diese Mädchen, weil du eine von ihnen bist.«

»Ich weiß, wann jemand lügt.« Anna bemühte sich, ruhig zu bleiben.

»Die verdammten Muselmanen lügen doch, sobald sie den Mund aufmachen. Das ist eine total hinterhältige Religion, Terroristen und Lügner alle miteinander. An welchen Gott glaubst du eigentlich?«

»Herrgott noch mal, Esko! Was ist eigentlich los mit dir? Hat einer von denen, einer von uns dir irgendetwas getan?« Anna war laut geworden.

»Als ob du das nicht wüsstest«, sagte Esko, zog an seiner Zigarette und sah Anna an. Seine Augen funkelten bedrohlich.

»Ihr verdammten Kanaken kommt hierher und führt ein bequemes Leben auf Kosten der Sozialhilfe, von unseren Steuergeldern, zum Teufel«, sagte er, schnippte die noch brennende Kippe auf die Erde, steckte sich gleich die nächste an und starrte Anna herausfordernd in die Augen. »Oder ihr nehmt einem Finnen den Arbeitsplatz weg, so wie du.«

»Wem soll ich denn den Arbeitsplatz weggenommen haben?«

»Du warst bestimmt nicht die einzige Bewerberin.«

Eine Weile sagte Anna gar nichts. Sie wusste, dass es völlig sinnlos war, Esko zu erzählen, wie sie sich seit dem Abschluss ihrer Ausbildung von einem Aushilfsjob zum anderen gehangelt und sich immer wieder erfolglos um eine feste Stelle beworben hatte. Aus Erfahrung wusste sie auch, dass es nichts brachte, mit Esko und anderen seines Schlages über die Hoffnungslosigkeit zu sprechen, über Angst, Krieg, Folter, Ausbeutung, Unterdrückung, Armut und Hunger, darüber, dass die Welt voller Menschen war, für die diese entsetzlichen Substantive Alltag waren.

In jüngeren Jahren hatte sie sich noch provozieren lassen,

hatte leidenschaftliche Plädoyers gehalten und versucht, ihrem Gegner Vernunft und Fakten beizubringen, hatte geschrien, gewütet und sich geärgert – vergebens. Die Eskos dieser Welt waren genauso fanatisch wie religiöse Extremisten, unerschütterlich wie Windmühlen. Solchen Leuten konnte man mit Vernunft nicht beikommen.

Anna konnte nichts weiter hervorbringen als »Entschuldigung«, und dann ging sie. Sie rannte die Treppe hinauf, um den Frust abzubauen und sich für die unerlaubte Zigarette zu bestrafen. Auf halbem Weg piepte das Handy in ihrer Tasche. Anna marschierte in ihr Dienstzimmer, setzte sich noch immer außer Atem an den Schreibtisch und zog das Handy hervor. Sie rief die SMS auf, las sie und erstarrte, spürte, wie Beklemmung in ihren Eingeweiden wühlte. Die Nachricht kam von einer Nummer, die sie nicht kannte.

He, Süße. Du bist ein echter Leckerbissen. I wanna taste.

Anna simste die Nummer an den Auskunftsservice. Die Antwort kam sekundenschnell: Anschluss nicht registriert. Von wem konnte die SMS sein?, überlegte Anna. Von Petri? Aber ich habe ihm meine Nummer nicht gegeben, obwohl er mich darum gebeten hatte. Hatte er irgendwann die Gelegenheit gehabt, an mein Handy zu kommen? Oder hatte er eine Visitenkarte gefunden? Sergeant Anna Fekete. In der Kommode im Flur lag ein ganzer Stapel.

Verdammt geschmacklos von ihm. Wenn es denn Petri war.

Aber was, wenn nicht? Anna lief es kalt den Rücken hinunter. Sie holte den Zettel mit der Telefonnummer aus der Brieftasche, den Petri ihr schüchtern, fast verschämt gegeben hatte, bevor er gegangen war. Anna sah die Nummer an. Es war nicht die, von der die SMS gekommen war. Ruf ihn an und frag ihn, befahl sie sich. Dann weißt du es. Doch irgendetwas in ihr sträubte sich dagegen. Sie wollte keinen Kontakt aufnehmen, nicht den Eindruck erwecken, sie wäre interessiert. Petri war zwar nett und bezaubernd gewesen, in jeder Hinsicht eine angenehme Bekanntschaft, aber eine Nacht genügte ihr. Sie wollte dem Mann keine falschen Hoffnungen machen. Warum hebe ich den Zettel trotzdem auf?, dachte sie, als sie ihn wieder einsteckte und die unangenehme SMS löschte.

Auch der Computer verkündete blinkend den Eingang einer Nachricht. Linnea Markkula hatte ihr gemailt. Die Analyse von Riikkas Mageninhalt hatte ergeben, dass sie ihre letzte Mahlzeit gegen vier Uhr zu sich genommen hatte: Lachs, Reis und Pinienkerne. Außerdem teilte Linnea ihr mit, sie habe am Samstag jemanden aufgerissen, endlich mal wieder.

Anna schnaubte. Ich auch. Leider.

Sie beschloss, zum Essen in die Stadt zu gehen. Dort konnte sie auch gleich die Speisekarten der Restaurants im Zentrum überfliegen und dem Personal Riikkas Foto zeigen. Vielleicht würde sie herausfinden, wo und mit wem Riikka zu Mittag gegessen hatte. Außerdem nahm sie sich vor, in ein Blumengeschäft zu gehen und Heidekraut oder irgendwelche anderen winterfesten Pflanzen für den Balkon zu kaufen.

Warum werde immer ich zu den alten Leuten geschickt?, dachte Rauno. Er betrachtete Aune Toivola, die am Küchentisch saß und ihre runzligen Hände auf das Wachstuch gelegt hatte. Der Kaffee, den sie ihm angeboten hatte, war dünn und schmeckte nach nichts. Rauno zeigte der alten Frau Fotos von Riikka und Jere.

»Kennen Sie diese Personen?«

Aune wechselte die Brille – neben dem Zeitungsstapel auf dem Tisch lagen gleich mehrere – und sah sich die Fotos genau an. Rauno trommelte mit den Fingern auf die Tischplatte. Er warf einen Blick auf die tickende Stubenuhr. Verdammt, hier geht der ganze Tag drauf, dachte er ungeduldig, ohne zu wissen, warum er so unruhig war. Nach Hause zog es ihn jedenfalls nicht. Seit Freitagabend hatte er praktisch kein Wort mit seiner Frau gewechselt, abgesehen von ein paar unumgänglichen Bemerkungen über die Kinder. Nina war erst am Morgen wieder nach Hause gekommen. Sie hatte nicht gesagt, wo sie gewesen war, und er hatte nicht gefragt.

Aber es quälte ihn.

»Das Mädchen habe ich noch nie gesehen, aber den Jungen kenne ich«, riss Aune ihn aus den Gedanken. Rauno nahm sich zusammen und nahm einen Schluck von dem nur noch lauwarmen Kaffee.

»Das ist doch der Koski-Junge, nicht wahr?«

»Ja, Jere Koski.«

»Die Familie kenne ich, Veikko und Liisa. Veikko ist der Sohn von Ilmari, der war in der Volksschule eine Klasse über mir. Er hat Lotta Siitonen geheiratet, und dann haben sie Veikko bekommen. Er war ihr einziges Kind. Die beiden sind schon lange tot.«

»Was können Sie mir über Jere erzählen?«

»Die jüngeren Leute kenne ich nicht mehr so gut. Ilmari war ein Säufer, und das Gleiche sagt man jetzt von Veikko.«

»Und Jere?«

»Studiert der nicht an der Universität? Vielleicht ist er aus einem anderen Holz geschnitzt.«

»Das ermordete Mädchen hieß Riikka Rautio. Sie stammte auch von hier. Sagt Ihnen der Name etwas?«

»Rautio ... Nein, kommt mir nicht bekannt vor.« Aune rückte ihre Brille zurecht, nahm einen Schluck Kaffee und betrachtete erneut Riikkas Bild. Rauno hätte ihr das Foto am liebsten aus der Hand gerissen und sich aus dem Staub gemacht. Aber wohin? In eine Kneipe? Am Montagabend?

Warum nicht?

»Moment mal ... Die Tochter von Kalevi und Sanni Paakkari, Irmeli heißt sie, hat einen Rautio geheiratet.«

»Riikkas Mutter heißt Irmeli.«

»An die erinnere ich mich dunkel. Das ist ja furchtbar! Dass das eigene Kind so bestialisch umgebracht wird und gleich hier in der Nähe! Ich schließe seither alle Türen ab. Ich habe solche Angst, dass er auch hierher kommt und schießt.«

Aunes Hand zitterte. Kaffee schwappte auf das glänzende Wachstuch.

»Ich glaube nicht, dass Sie in Gefahr sind.« Rauno bemühte sich darum, überzeugend zu wirken. Aber man kann nie wissen, fügte er in Gedanken hinzu.

»Das Mädchen ist gegen zehn Uhr abends gestorben. Erinnern Sie sich an irgendwelche besonderen Vorfälle an dem Abend?«

»Bitte?«, sagte Aune und berührte ihr Hörgerät.

»An dem Abend, bevor Sie das Mädchen gefunden haben, ist Ihnen da irgendetwas aufgefallen?«

Aune überlegte. »Nein«, sagte sie dann. »Abends sehe ich fern und gehe früh schlafen. Immer.«

»Wie kommen Sie hier zurecht, so ganz allein?«

»Ganz gut. Ich kann mich noch bewegen, und der Kopf funktioniert auch noch einigermaßen«, sagte Aune und lachte. »Nur höre ich inzwischen schlecht. Aber jetzt habe ich Angst. Zum Glück kommt die Pflegerin jeden Morgen. Da werde ich wenigstens schnell gefunden, wenn etwas passiert.«

»Könnten Sie nicht jemanden bitten, eine Weile bei Ihnen zu wohnen? Einen Verwandten zum Beispiel?«, schlug Rauno vor und stand auf.

»Mein Sohn wohnt so weit weg. Und er muss ja auch arbeiten.«

Aune wischte Krümel vom Tisch in ihre zittrige Hand. Sie starrte nachdenklich zum Fenster. Sie stand nicht auf, um Rauno zur Tür zu begleiten.

Das Wäldchen, das den Joggingpfad säumte, war dunkel und still. Egal, dachte Anna. Derselbe Pfad und dasselbe Wäldchen, genau dieselbe Welt wie bei Tageslicht, versicherte sie sich selbst, wie ihre Mutter es früher getan hatte, als sie noch klein gewesen war und sich vor der Dunkelheit gefürchtet hatte. Ich fange jetzt nicht an, mir irgendwas einzubilden. Aber warum zum Teufel müssen Joggingpfade immer in Wäldern angelegt werden? Genauso gut könnten sie sich durch die Stadt und die Vorortsiedlungen schlängeln, von Haus zu Haus, von einem Parkplatz zum anderen, vom Einkaufszentrum zum Gemeindehaus. Dann könnte man unter Menschen und bei Licht joggen statt allein und im Dunkeln.

Ihre Beine waren entsetzlich steif. Anna joggte so langsam wie nur möglich und hielt dennoch kaum durch. In den letzten Tagen hatte sie zu viel geraucht.

Eigentlich hatte sie schon vor Jahren mit dem Rauchen aufgehört. Zumindest machte sie sich das weis, trotz der allabendlichen Zigarette. Aber tagsüber hatte sie zuletzt geraucht, bevor sie zur Armee gegangen war. Und auch damals nicht besonders viel. Eine Schachtel hatte gut und gern für eine Woche gereicht.

A fene egye meg, Zigaretten!, fluchte sie in Gedanken. Ohne euch bekäme ich von Kaffee auch kein Sodbrennen.

Ihr Handy piepte in der Tasche. Froh über einen Grund, stehen zu bleiben, holte sie es hervor. Eine SMS. Von derselben Nummer wie zuvor. Unbekannter Absender. Ein Prepaidhandy? *A faszom*, sagte sie laut.

Hast du meine SMS von heute Mittag bekommen? Du interessierst mich wirklich sehr. Und hey, let's be careful out there.

Im Wald raschelte es. Die Dunkelheit hinter den Ästen war nahezu undurchdringlich. Wenn sich dort jemand versteckte, würde Anna ihn nicht entdecken. Zweige knackten. Anna sah sich um und steckte das Handy zurück in die Tasche. Sie würde herausfinden, wer ihr diese Nachrichten schickte und warum. Wahrscheinlich war es dieser Rollstuhlfahrer, der beschlossen hatte, lästig zu werden. Manche vertrugen es einfach nicht, wenn man sie nicht wiedersehen wollte. Aber dann soll er wenigstens mit offenen Karten spielen, dachte Anna. Die unbekannte Nummer macht die SMS widerlich, feige, beängstigend. War das seine Absicht?

Im selben Moment hörte sie, wie jemand aus der Gegenrichtung auf sie zulief. Im ersten Moment wäre sie beinahe in den Wald gerannt und hätte sich hinter den Bäumen versteckt.

A francba, sagte sie sich dann, hier treiben auch andere Menschen Sport, und das ist ihr gutes Recht, als eine dunkel gekleidete Joggerin an ihr vorbeilief und grüßte. Eine regelmäßige Läuferin, wie sie selbst. In ihrer Jugend hatte Anna sämtliche Jogger der näheren Umgebung gekannt. Sie hatten sich immer gegrüßt, wenn sie einander auf dem Pfad begegneten oder sich überholten. Eigentlich hatte Anna sie nicht wirklich gekannt, sie hatte von niemandem den Namen, die Adresse, den Familienstand, den Beruf oder irgendwelche Hobbys gewusst. Bekannte waren sie nur auf dem Joggingpfad gewesen, im Trainingsanzug, Schweiß auf der Stirn. Anna hatte gewusst, dass sie einer rot gekleideten Frau mittleren Alters begegnen würde, wenn sie montags um sechs Uhr joggen gegangen war. An den Wochenenden waren ihr immer zwei ältere Männer begegnet. Donnerstags ein niedlicher Junge, der ihr leider außer dem Gruß keine Aufmerksamkeit geschenkt hatte. Wahrscheinlich hätten sie sich in einer anderen Umgebung und in normaler Kleidung nicht einmal wiedererkannt. Dennoch hatte es zwischen ihnen ein Zusammengehörigkeitsgefühl gegeben. Sie waren wie Motorradfahrer oder Wohnwagenbesitzer gewesen, die sich überall auf der Welt zuwinkten. Manchmal war es Anna so vorgekommen, als stünden ihr diese namenlosen, fast gesichtslosen Mitjogger näher als ihre eigene Mutter.

Der Mensch ist ein Herdentier, dachte Anna und steigerte das Tempo, spürte, wie die Milchsäure ihr die Kraft aus dem Körper sog. Sie versuchte, die SMS und ihre kindische Furcht zu vergessen. Mit zusammengebissenen Zähnen zwang sie sich, die ganze Runde noch einmal zu laufen, und ignorierte die knackenden Geräusche, die so klangen, als verfolgte sie jemand im Wald. Sie wollte sich beweisen, dass ihre Angst unbegründet war. Als sie nach Hause zurückkehrte, war sie so erschöpft wie seit Langem nicht mehr. Diesmal musste sie den Aufzug nehmen und schwor sich, vor dem Schlafengehen keine einzige Zigarette zu rauchen.

Nach dem Duschen warf Anna einen Blick auf die Uhr. Es war halb zehn. Schon spät, aber sie hatte ihren Entschluss gefasst. Sie veränderte die Einstellungen an ihrem Handy, sodass ihre eigene Nummer unterdrückt wurde, und rief den Anschluss an, von dem die SMS gekommen waren. Eine offiziell klingende Frauenstimme verkündete ihr: »Der gewünschte Teilnehmer ...« Natürlich, dachte Anna. Dann holte sie Petris Zettel hervor, tippte die Nummer ein, lauschte auf das Freizeichen. Nach dem achten Klingeln wollte sie gerade auflegen, als sich eine verschlafene Stimme meldete: »Petri?«

»Anna hier, hallo«, sagte Anna und holte tief Luft.

»Hallooo, wie geht's dir?« Seine Müdigkeit war mit einem

Mal wie weggeblasen, der Mann jauchzte geradezu. »Ich dachte schon, ich würde nie mehr von dir hören. Toll, dass du anrufst.«

Scheiße, dachte Anna. Genau das hatte sie befürchtet.

»Hast du mir heute zwei SMS geschickt?«

Gleich mit der Tür ins Haus, das war am besten.

»Nein. Du hast mir deine Nummer ja gar nicht gegeben.«

»Bestimmt nicht?«

»Nein.«

»Wenn sie von dir sind, finde ich es heraus und zeige dich an. Wenn du es jetzt gleich zugibst und damit aufhörst, lasse ich die Sache auf sich beruhen.«

»Du bist aber streng. Sprichst du so mit deinen Verbrechern? Die zittern bestimmt vor dir.«

Anna war sich nicht sicher, ob Petri sich über sie lustig machte.

»Gibst du es zu?«

»Mensch, Anna, im Ernst. Ich hab deine Nummer doch überhaupt nicht. Aber ich gebe zu, dass ich auf deinen Anruf gewartet habe. Allerdings hatte ich ihn mir anders vorgestellt ...«

»Aha.«

»Sehen wir uns wieder? Die Sache mit der ungarischen Minderheit interessiert mich. Genau wie du selbst.«

Petris Stimme klang flehend. Anna spürte Ärger in sich aufsteigen.

»Leider bin ich gerade so beschäftigt, dass es nicht geht. Vielleicht irgendwann mal«, sagte sie und bereute ihre Worte sofort.

Vielleicht irgendwann mal. Was redete sie da für einen Unsinn?

»Ich hab dir nicht gesimst.«

»In Ordnung. Tschüss.«

»Anna, nicht ...«

Sie legte auf.

Ging eine rauchen.

Sie glaubte Petri. Er hatte ehrlich überrascht und erfreut geklungen. Am Anfang. Und welche Enttäuschung hatte sie ihm bereitet.

Bedrückt schlüpfte Anna unter die Decke, versuchte, ihre müden Muskeln zu entspannen, und gerade, als sie in den Schlaf zu sinken begann wie in ein Eisloch, in dem Stille und Kälte und ewige Ruhe sie erwarteten, bimmelte das Handy erneut. *Bassza meg*, muss ich etwa die Telefonnummer wechseln, dachte Anna wütend, als sie nach dem Lichtschalter tastete. Das Handy bimmelte weiter. Das war keine SMS. Jemand rief sie an.

Es war Esko.

Es war fast Mitternacht.

Jere hatte sich gestellt.

16

»In Kaldoaivi, das hab ich doch schon hundertmal gesagt!«, brüllte Jere. Ein Speicheltropfen fiel auf sein bärtiges Kinn. Er wischte ihn am Ärmel seines Tarnanzugs ab.

»Was ist das? Würdest du bitte Finnisch mit uns sprechen«, sagte Anna ruhig, obwohl auch sie gern die Stimme erhoben hätte. Sie ärgerte sich über das arrogante Auftreten des Burschen und merkte, dass auch Esko wütend war.

Anna hatte sich aus dem Bett gequält, war in ihre Klamotten gestiegen und durch den nächtlichen Regen zum Polizeigebäude gefahren. Unterwegs hatte sie vor lauter Nervosität wieder eine Zigarette geraucht. Als sie die Kippe zum Fenster hinausgeworfen hatte, hatte sie sich selbst zutiefst verabscheut. Der giftige Rauch war durchs Auto gewabert, und der Geruch hatte noch in ihren Haaren gehangen, als sie über den Parkplatz gegangen war, auf dem Eskos Opel bereits einsam gewartet hatte wie ein alter, treuer Hund, den man vor einer Kneipe angebunden hatte. Ist er überhaupt zu Hause gewesen?, hatte Anna gedacht.

»Ich weiß nicht, welche Sprache Sie am besten verstehen, aber Finnisch offenbar nicht. Ich war in Kaldoaivi. Punkt. Ich bin letzten Sonntag raufgefahren und vor zwei Stunden zurückgekommen. Meine Mutter hat mich angerufen, sowie ich das Handy eingeschaltet habe. Das war heute früh. Sie hat mir gesagt, dass die Polizei mich sucht. Dass Riikka tot ist. Erschossen. Was ist denn bloß passiert? Und warum suchen Sie mich? Sie glauben doch nicht im Ernst, dass ich sie erschossen habe?«

»Was ist Kaldoaivi?«, fragte Anna erneut.

»Ein Waldgebiet in Lappland. Zwischen zwei Seen, Sevettijärvi und Pulmankijärvi«, antwortete Esko an Jeres Stelle.

»Was hast du dort gemacht?«

»Wandern und Fischen natürlich.«

»Mit wem?«

»Allein.«

»Warum?«

»Warum was? Warum ich allein war? Na, verdammt noch mal, ein Mann darf doch wohl allein nach Lappland reisen! Was gäbe es Schöneres?«

»Du hast niemandem etwas davon gesagt und dein Handy abgeschaltet.«

»Ja.«

»Warum?«

»Was soll der Scheiß? Weil mir danach war.«

»An deiner Stelle wäre ich nicht so großmäulig. Momentan stehst du ganz oben auf unserer Liste. Als Mordverdächtiger«, sagte Anna.

»Das darf doch nicht wahr sein!«

»Wo ist deine Flinte? Die Remington?«, fragte Esko.

»Im Sommerhaus von Riikkas Eltern. Da gehe ich meistens auf Entenjagd.«

»Riikkas Eltern wissen offenbar nichts davon.«

»Woher denn auch? Sie fahren ja so gut wie nie hin. Aber da ist sie, Sie können ja nachsehen.«

»Das werden wir selbstverständlich tun«, sagte Anna. »Um wie viel Uhr bist du am Sonntag aufgebrochen?«

»Am Morgen. Der Zug nach Rovaniemi fährt um neun.«

»Und weiter?«

»Mit dem Bus nach Ivalo, dort bin ich umgestiegen und nach Sevettijärvi gefahren.«

»Kann das jemand bezeugen?«

»Die Fahrkarten habe ich aufgehoben. Die Busfahrer erinnern sich vielleicht auch noch an mich. Und die Zugfahrkarte hab ich im Internet bestellt, das kann ich auf jeden Fall beweisen.«

»Dass man eine Fahrkarte bestellt, beweist überhaupt nichts. Aber sei unbesorgt, wir werden deine Route und deinen Zeitplan auf die Minute rekonstruieren.«

»Gut. Dann kann mir ja nichts passieren.«

»Riikka ist am Sonntagabend gegen zehn gestorben. Wo warst du da?«

»In meinem Zelt in Sevettijärvi.«

»Und wer kann das bezeugen?«

»Ich war an dem Abend in der Sevetti-Bar.«

Esko ging hinaus, um zu telefonieren. Nach einigen Minuten kehrte er zurück und winkte Anna auf den Flur.

»Er sagt die Wahrheit. Der Besitzer der Bar, Armas Feodoroff, bestätigt, dass am vorigen Sonntag ein junger Mann, auf den Jeres Personenbeschreibung haargenau passt, kurz nach der Ankunft des Busses aus Ivalo so gegen acht Uhr abends in die Bar gekommen ist und diverse Flaschen Bier getrunken hat. Sie haben sich lange unterhalten, über Moorhuhnjagd und Angeln, und der Junge war nach einer Weile angetrunken. Außer den beiden war noch ein Säufer aus dem Dorf da, Antti Bogdanoff, der die Geschichte ebenfalls bezeugen kann. Angeblich war er relativ nüchtern. Der junge Mann hat erzählt, dass er Mathematik studiert und vor Semesterbeginn noch eine Wanderung machen will. Derselbe junge Mann wurde gestern auch im Dorfladen neben der Bar gesehen, wo er Schokolade und zwei Flaschen Bier gekauft hat.«

»Von Sevettijärvi bis hier, das kann er am selben Abend nicht geschafft haben«, sagte Anna.

»Allerdings nicht.«

»Es war also doch nicht Jere«, stellte Anna fest, unfähig, die Enttäuschung in ihrer Stimme zu verbergen.

»So sieht's aus.«

»Schicken wir trotzdem noch ein Foto von Jere hin, um sicherzugehen.«

»Natürlich. Ich habe mir schon die E-Mail-Adresse geben lassen.«

»Dann müssen wir wohl doch das Mitgliederverzeichnis der Jagdvereinigung durchgehen. Vielleicht war es doch ein durchgeknallter Jäger.«

»Vielleicht.«

»Danke, dass du mich angerufen hast.«

»Bedank dich bei Virkkunen«, sagte Esko.

An das Aufnahmezentrum habe ich nur noch wirre Erinnerungen. Natürlich hatte mein Leben durch die Schule einen Rhythmus, wie ihn alle anderen Kinder, die dort wohnten, auch hatten. Sogar wenn man noch kleiner war, wie Mehvan. Da musste man in die Kita gehen.

Die Erwachsenen blieben den Tag über im Zentrum und schliefen. Bestimmt war es die Schläfrigkeit und Abwesenheit der Erwachsenen, die alles irgendwie verworren machte. So dunstig und diesig wie in einem Fiebertraum. Damit beginnt der Riss, mit dem ersten Schultag. Ein Riss, der sich zwischen Kindern und Eltern bildet, *ritsch, ratsch,* zuerst nur eine kleine Schramme, die allmählich breiter und tiefer wird. Zum Schluss reißt sie ganz auf. *Ratsch.* Und die Kinder werden in die Welt hinauskatapultiert. Sie lernen schnell, *jalla, jalla.* Die Bräuche und die Sprache. Sie haben eine Aufgabe, den Morgenkreis in der Kita, die Schule, das Lernen, einen Lebenssinn.

Aber die Erwachsenen? Die bleiben im Bett liegen. Wenn sie Glück haben, machen sie vielleicht einen Sprachkurs. Ansonsten warten sie tatenlos darauf, dass die Kinder aus der Schule kommen und dass das neue, gute Leben anfängt, das sie zu Hause so eifrig geplant und von dem früher fortgegangene Onkel und Tanten und Vettern und Nachbarn und entfernte Bekannte ihnen vorgelogen haben. Allen, die es in den Westen geschafft haben, geht es ja so verdammt gut, wenn man sie fragt. Irgendwann hören sie dann auf zu warten, es bringt ja nichts, die Kinder kommen nicht mehr nach Hause, und das Leben wird auch kein Eldorado. Nach ein paar Jahren weinen und schimpfen sie, wenn die Kinder Finnisch mit ihnen sprechen und trotzdem in der Schule nicht mitkommen, sie hängen nur noch in der Stadt herum und hören amerikanische Dreckmusik und tun nichts Vernünftiges, und das, obwohl man alles, einfach ALLES geopfert hat und unter Lebensgefahr endlich dort angelangt ist, wo man zumindest eine Chance hat. Die Eltern wären sogar bereit zu schlucken, dass sie selbst hier nichts verloren haben, aber die Kinder ...

Ich habe oft darüber nachgedacht, und hey, ich war wochenlang in meinem Zimmer eingesperrt und hatte Zeit genug zum Nachdenken, ob man den Riss irgendwie verhindern könnte. Mir ist aber nichts anderes eingefallen, als dass man die Erwachsenen sofort genauso hinausstoßen müsste wie die Kinder. Sofort zur Arbeit schicken. In einer harten Schule lernt man am meisten. Weniger Sozialhilfe und Gequassel von Integrationshelfern. Einfach Arbeit. So speziell ist das finnische Arbeitsleben nun auch wieder nicht, dass ein Flüchtling darin nicht zurechtkäme. Aber dann würden natürlich alle möglichen Projektgelder entfallen, und die finnischen Experten müssten auf ihre Arbeit und ihre Tagungen verzichten. Daraus wird also nichts.

An jedem verdammten Tag hatte ich ein echt schlechtes Gefühl, aus der Schule ins Aufnahmezentrum zurückzugehen. Am Morgen hatte mich die Tür des Zentrums in eine Welt entlassen, wo es Oberflächen und Geräusche und Geschmäcker und Gerüche gegeben und wo auch ich selbst wirklich existiert hatte, und am Nachmittag zog dieselbe Tür mich wieder in den Albtraum zurück, der immer nur weiterging und aus dem man nie richtig erwachte. Mutter wollte, dass ich diesen Albtraum Zuhause nannte. Vier Betten in einem kleinen Zimmer. Tisch und Regal. Trostlose blaugraue Vorhänge, ein Zerrbild des Himmels. Kalte Fußböden und hallende Gänge, an denen unendlich viele solcher

Zimmer lagen: provisorische Heimat für all die anderen, die auf ihr Leben warteten. Röhrenförmige Lampen. Eine Gemeinschaftsküche. Die Kinder nannten es Irrenhaus. Früher war dort wohl mal eine Nervenklinik untergebracht. Ich hatte Angst, dass Mutter verrückt würde, dass der ganze Wahnsinn, den die Wände gesehen und aufgesogen hatten, irgendwie auf sie übergehen könnte. Es sah ganz danach aus. Meistens weinte sie und streichelte ihren wachsenden Bauch oder starrte die Wände an, während Vater mit den anderen Männern im Haupthaus im Raucherzimmer saß. Dort waren natürlich noch mehr aus unserem Land, also aus dem, das es nicht mehr gibt. *Oh shit,* die Geschichten habe ich so oft gehört, dass mir der Kopf wehtut, ich habe davon eine chronische Überdosis. Aber Vater war froh, dass er auch dort von einem freien Kurdistan träumen konnte. Mutter hatte nie Gesellschaft. Ich nannte das Zimmer mein Zuhause, wenn Mutter dabei war, damit sie nicht verrückt wurde. Wenn Vater sagte, hier brauchte man nicht um sein Leben zu bangen und die Kinder hätten eine Zukunft, weinte Mutter nur noch heftiger. Dann ging Vater wieder raus und rauchte.

Ich habe also irgendwie eine andere Erfahrung als die Samen. Ich hab mal irgendwo gelesen, dass die Samen früher in der Schule kein Samisch sprechen durften und in Schulheimen wohnen mussten und auch dort kein Samisch sprechen durften und dass sie deshalb nur verschwommene Erinnerungen an ihre Schulzeit haben. Dass sie sich so richtig nur an die Ferien erinnern, weil die sich durch die eigene Muttersprache besser im Gedächtnis verankert haben. Einer erzählte mal, aus seiner Schulzeit erinnere er sich nur noch daran, dass seine Mutter mal zu Besuch kam. Da konnte er sprechen. Da existierte er.

Für mich war die Sprache in dem Sinn jedenfalls kein Anker, und obwohl es in der Schule irgendwie beschissen war – Mobbing und so – und am Anfang echt schwierig, erinnere ich mich an die Schule und den Schulweg und eigentlich an die ganze Welt außerhalb des Aufnahmezentrums viel klarer als an das Innere. Vielleicht habe ich die Innenräume auch verdrängt, sag ich jetzt mal, obwohl ich nicht an Psychoanalyse glaube. Ich habe eine Art Schutzhülle entwickelt, mich in Frischhaltefolie gepackt. Mit Mutter konnte man nicht reden, die war vollkommen durch den Wind. Und mit Vater noch weniger. Ich hatte die ganze Zeit das Gefühl, als würden sie mich und Mehvan überhaupt nicht wahrnehmen. Als wären wir in unserer Folie unsichtbar geworden. Und als Adan zur Welt kam, war Mutter noch weiter weg. Sie wurde zu einem Windelwechsel- und Stillroboter.

Deprimiert war sie, das begreife ich jetzt, aber das hat mir damals keiner gesagt.

September

17

Anna saß in einem blau-weißen Streifenwagen vor dem Haus, in dem Bihar Chelkin wohnte. Es war früher Morgen, die Sonne hing irgendwo hinter den Regenwolken. Anna wollte, dass die Nachbarn und vor allem die Familie Chelkin sie bemerkten, deshalb ließ sie den Motor und die Scheinwerfer an. Die Straßenlaternen spiegelten sich in den glitzernden Regentropfen auf der Windschutzscheibe. Das Außenthermometer zeigte fünf Grad.

Warum in aller Welt muss ich so hoch im Norden wohnen, überlegte Anna, während sie die erleuchteten Fenster im zweiten Stock betrachtete.

Zu Hause herrscht jetzt immer noch die herrlich matte Wärme des Spätsommers, die Obsternte ist auf dem Höhepunkt, der Mais ist reif, und das Heu wird schon zum dritten Mal gemäht. Kalt und feucht wird es erst im Dezember. Was zum Teufel hält mich hier? Und warum verstehe ich unter Zuhause immer noch einen Ort, an dem ich seit zwanzig Jahren nicht mehr lebe, wo die Menschen vor zwanzig Jahren verrückt wurden?

Plötzlich ging in einem der Zimmer in der Wohnung der Chelkins das Licht aus, und Anna wischte ihre Gedanken beiseite. Im Treppenhaus wurde es hell, und bald darauf traten Bihar und Mehvan aus dem Hochhaus. Anna schaltete das Blaulicht an und fuhr langsam auf die beiden Jugendlichen zu.

»Wie geht's?«, rief sie zu Bihar hinüber.

»Gut«, antwortete Mehvan.

»Ich habe zwar Bihar gefragt, aber es freut mich zu hören, dass es dir gut geht, Mehvan. Du bist ein tüchtiger Junge, hütest deine Schwester. Bihar, wie geht es dir?«

»Ganz okay«, antwortete Bihar leise und blickte auf den Asphalt.

Mehvan spuckte geräuschvoll aus.

»Bihars Bus kommt gleich, wir müssen gehen«, erklärte er in überheblichem Ton.

»Na klar. Nur nicht zu spät zur Schule kommen«, sagte Anna.

Da die Ermittlungen eingestellt worden waren und niemand die Familie inoffiziell im Auge behalten wollte, hatte Anna beschlossen, es im Alleingang zu tun. Sie zeigte sich im Streifenwagen vor dem Haus der Chelkins, sooft sie Zeit hatte, und fuhr gelegentlich langsam an den Schulen von Bihar oder Mehvan vorbei, wenn dort gerade große Pause war. Die Familie hatte sie sofort bemerkt, aber niemand hatte gewagt, sie anzusprechen. Vielleicht glaubten sie, sie stünden immer noch unter Verdacht und würden deshalb überwacht.

Die Lage wirkte jedoch friedlich. Bihar schien zufrieden und in Sicherheit zu sein, sie ging regelmäßig zur Schule, traf sich abends gelegentlich mit ihren kurdischen und somalischen Freundinnen. Doch möglicherweise war all dies ja nur Annas Anwesenheit zu verdanken. Was, wenn die Familie erfuhr, dass sie allein und gegen alle Vorschriften handelte? Anna wusste, dass sie ihre Haut riskierte, aber das war ihr egal. Wenn sie Bihar den Rücken zukehrte und dem Mädchen daraufhin etwas passierte, würde sie es sich nie verzeihen.

Anna fuhr zum Polizeigebäude, brachte den Wagen in die nach Abgasen stinkende Tiefgarage und nahm den Aufzug in den dritten Stock. Ihr Dienstzimmer mit seinen nackten Wänden war ihr bereits vertraut geworden. Vielleicht sollte ich mir eine Zimmerpflanze anschaffen, überlegte Anna, während sie den Computer hochfuhr und einen Ordner auf den Schreibtisch legte. Sie ging ans Fenster und zog die Jalousie hoch. Immer noch hingen graue Wolken am Himmel.

Die Ermittlungen zu Riikkas Tod gingen nicht voran. Jeres DNA stimmte nicht mit der des Spermas überein, das man bei Riikka sichergestellt hatte. Seine Flinte war im Sommerhaus von Riikkas Eltern gefunden worden, genau wie er es gesagt hatte, in einem verschlossenen Schrank und glänzend sauber. Es war unmöglich festzustellen, wann die Waffe zuletzt abgefeuert worden war. Jere behauptete, er habe sie das letzte Mal im vorigen Winter bei der Hasenjagd in der Hand gehabt, doch Esko hielt es für unglaubwürdig, dass ein passionierter Jäger den Beginn der Entensaison ausließ. Er war immer noch der Ansicht, dass Jere Riikka erschossen hatte. Wie es möglich war, dass Jere sich zur selben Zeit Hunderte Kilometer entfernt in Sevettijärvi aufgehalten hatte, konnte er allerdings auch nicht erklären.

Anna hatte in der Zwischenzeit Dutzende von Restaurants besucht. In mehreren stand Fisch mit Pinienkernen auf der Speisekarte, aber Riikka war an ihrem Todestag in keinem dieser Lokale gesehen worden. Auch die Mitglieder des örtlichen Jagdvereins waren befragt worden – ohne Ergebnis. Viele gingen am Ufer in der Nähe des Joggingpfads auf die Jagd, zwei waren sogar am Abend des Mordes dort gewesen.

Anna und Rauno hatten beide aufgesucht. Sie hatten an dem fraglichen Abend nichts Ungewöhnliches gesehen oder gehört, allerdings meinte der eine, es sei möglicherweise noch ein dritter Jäger am Ufer gewesen. Die Jagd sei aber so gut verlaufen, dass man sich auf nichts anderes konzentriert hatte.

Beide besaßen Flinten vom Kaliber .12, die natürlich erst kürzlich benutzt worden waren. Bei dem einen hingen im Schuppen, in einem Schrank aus Fliegengitter, sieben Enten und eine Gans. Bei dem anderen lag die Beute bereits säuberlich verpackt und beschriftet in der Kühltruhe: Stockente, Brustfilets 20.8., Spießente, Brustfilets 21.8., vier Krickenten 1.9.

Bei der Befragung wirkten beide Männer ausgeglichen und entspannt, es gab keinerlei Anzeichen für eine mentale Störung, nichts wies darauf hin, dass sie etwas verschwiegen, logen oder Gewissensbisse hatten. Diese Männer hätten nicht einmal aus Versehen eine Brandente geschossen, dessen war Anna sich sicher. Dennoch wollte sie diese Ermittlungsrichtung noch nicht aufgeben. Eine andere hatten sie schließlich nicht.

Irgendwo musste es also einen Dritten geben. Den dritten Jäger, dessen Beute nicht mit rauschenden Flügeln über ihn hinweggeflogen, sondern in einem neuen, knisternden Trainingsanzug auf ihn zugelaufen war.

Hatte der Mörder gewusst, dass es unmöglich sein würde, eine stinknormale Jagdflinte aufzuspüren, hatte er sie gerade deshalb ausgewählt? Oder war der Täter ein durchschnittlicher Jäger, so unauffällig wie seine Waffe und die Patronen?

Oder die Täterin, korrigierte Anna sich selbst.

Trotz der maskulinen Jagdrequisiten konnte es sich immer noch genauso gut um eine Frau handeln. Hierzulande gehen auch Frauen auf die Jagd. Werden Präsidentin oder Ministerpräsidentin. Oder saufen, fluchen, rauchen und gehen mit Zufallsbekanntschaften ins Bett. Tun, was ihnen gefällt. Gehen zur Armee und zur Polizeischule. An dieser Stelle unterbrach Anna ihren Gedankenstrom. Sie spürte, dass sie das Seil berührt hatte, das sie fester an Finnland band. Und dieses Seil brannte, als wäre es ihr durch die Hände geglitten.

Wer war die geheimnisvolle neue Person in Riikkas Leben gewesen? Außer Virve Sarlin hatte keine von Riikkas Freundinnen von dieser Person Kenntnis gehabt. Die Polizei hatte alle befragt, man hatte ihre Facebook-Nachrichten überprüft, aber nichts gefunden.

Andererseits hatte Riikka, von ein paar Telefonaten und gelegentlichen Cafébesuchen einmal abgesehen, den ganzen Sommer über nichts mit ihnen zu tun gehabt.

Dagegen wussten alle, dass Riikka sich von Jere getrennt hatte und bei Virve eingezogen war. Wann immer sie mit ihr in eine Kneipe oder an den Strand gehen wollten, hatte Riikka behauptet, sie wolle lieber allein sein. Die Freundinnen hatten sich darüber nicht weiter gewundert. Die stark geschminkte und blondierte Saara Heikkilä hatte Anna mit nasaler Stimme erzählt, Riikkas Beziehung zu ihrer alten Clique habe sich schon vor Jahren gelockert, und zwar als diese den von allen begehrten Jere erobert hatte, und nach der Trennung habe sie eigentlich niemand mehr vermisst.

Nur Virve hatte ihr immer noch nahegestanden.

War Virves Geschichte von der glücklichen, geheimnisvollen Riikka, die ganz offensichtlich eine neue Beziehung eingegangen war, womöglich erstunken und erlogen? Virve hatte ausgesagt, sie sei zu Hause gewesen, als Riikka joggen gegangen war, doch das konnte niemand bestätigen. Die Nachbarn hatten weder Riikka noch Virve oder sonst jemanden aus der Wohnung kommen gesehen. Und auch über das, was am Abend vor dem Mord in der Wohnung vorgefallen war, hatte die Polizei nur Virves Aussage. Sollte Virve selbst die Mörderin sein?

Anna seufzte und heftete die Vorermittlungsberichte wieder ab. Sie hatte sie dutzendfach gelesen und sich den Kopf darüber zerbrochen, wie es weitergehen sollte.

Jetzt fiel ihr nichts mehr ein. Und auch die anderen hatten keine Ideen mehr. Sie waren in eine Sackgasse geraten. Der Herbst war unwiderruflich da, und die Tage wurden kürzer.

Immer öfter verließ Anna ihren Schreibtisch, um zu rauchen, obwohl die Zigaretten sie nicht wacher machten; immer öfter ließ sie abends das Joggen ausfallen.

Nachdem die Begeisterung für den Marathon sie verlassen hatte, hatte Anna sich angewöhnt, regelmäßig viermal in der Woche laufen zu gehen, ohne ein sportliches Ziel vor Augen, einzig in der Absicht, den Kopf klar zu bekommen. In ihrem wöchentlichen Programm standen zwei normale Runden, ein längerer Lauf und ein Intervalltraining, und sie lief, ohne groß darüber nachzudenken. Ohne Jogging hielt sie es nicht aus.

Nun hatte sie schon zweimal den langen Lauf und das Intervalltraining ausgelassen. Auch bei den normalen Runden hatte sie das Gefühl, ihre Beine wären bleischwer. Doch darüber wollte sie sich jetzt keine Gedanken machen. Sie würde irgendwann zu ihrer Routine zurückkehren, wenn es weniger regnete, wenn sie mehr Zeit hatte.

Sie warf einen Blick auf die Uhr. Es war kurz nach Mittag. Sie könnte ein paar Überstunden aus den letzten Wochen abfeiern, in der Stadt etwas Gutes essen und dann nach Hause fahren und ausschlafen. Morgen hatte sie frei, das erste Mal an einem Werktag. Das ließ die Aussicht, früher nach Hause zu gehen, noch verlockender erscheinen. In letzter Zeit hatte sie häufig bis in den Abend hinein arbeiten müssen, und Bihar zu beschatten war eine zusätzliche Anstrengung gewesen. Anna hatte vor, am nächsten Morgen im Bett liegen zu bleiben, später vielleicht ein wenig aufzuräumen und dann in die Stadt zu fahren und sich etwas zum Anziehen zu kaufen. Sie hatte beschämt festgestellt, dass Sari immer elegant gekleidet war, während sie selbst in Jeans und Collegejacke zum Dienst erschien.

Wie bequem war es auch in dieser Hinsicht bei den Uniformierten gewesen!

Erst bei der großen Besprechung in der kommenden Woche sollte eine Entscheidung über neue Ermittlungsrichtungen fallen. Bis dahin beschäftigten sich alle mit den alten Protokollen und Berichten, die Anna beinahe schon auswendig kannte. Sie hoffte, einen neuen Fall übernehmen zu dürfen. Zum Beispiel Fahrraddiebstähle zu untersuchen. Neue Denkanstöße, ein neuer Fall – das klang belebend. Aber mit Fahrraddieben beschäftigte man sich im Gewaltdezernat natürlich nicht.

Vorsichtig fuhr Sari auf den Hof. Sandschäufelchen und Eimer lagen überall verstreut, die gelben Schaukeln hingen leer an ihrem Gestell. Blumen hatte sie auch in diesem Sommer nicht angepflanzt, der Rasen war stoppelig, an die Kieshaufen hatte sie sich längst gewöhnt. Vielleicht nächstes Jahr, wenn die Kinder ein bisschen größer waren. Ein kleines Gemüsebeet zum Beispiel, in dem die beiden auch selbst etwas anpflanzen durften. Sari öffnete die Tür zu ihrem neuen Haus und betrat den Flur. Die Jacken der Kinder hingen ordentlich an der Garderobe. Aus der Küche kam Gelächter. Das Essen duftete bis in den Flur. Dem Himmel sei Dank, dass wir uns eine Hilfe leisten können, dachte Sari wieder einmal. Was für ein Luxus, wenn das Essen fertig, die Wäsche gewaschen und die Kinder zufrieden waren, wenn man von der Arbeit kam. Sari wagte kaum, sich vorzustellen, wie es wäre, die Kinder jeden Tag selbst von der Kita abholen zu müssen.

»Huhu!«, rief sie, als sie die Küche betrat.

Siiri und Topias sprangen von ihren Stühlen und rannten auf sie zu. Sari drückte beide an sich und verspürte eine Woge der Zärtlichkeit.

»So, jetzt esst mal weiter. Was hat Sanna denn heute Gutes für uns gekocht?«

»Marakkonilauf«, rief Topias.

»Ui, Makkaroniauflauf, lecker, lecker«, verbesserte Sari ihn und lächelte Sanna an.

»Wie war's heute?«, fragte sie die junge Frau, die ihnen das Arbeitsamt vermittelt hatte. Sari hatte zunächst große Bedenken gehabt, denn Sanna hatte blau gefärbte Haare, war stark geschminkt, trug eine silberne Kugel in der Unterlippe und einen dünnen Ring in der linken Augenbraue. Teemu hatte Sari schließlich überredet. Das Mädchen wirke zupackend und intelligent, die Kinder hätten sie sofort ins Herz geschlossen, und man dürfe niemanden nach dem Äußeren beurteilen, hatte er, der spießige Ingenieur, gepredigt und Saris Voreingenommenheit getadelt. Und da es keine weiteren Bewerberinnen gegeben hatte, hatte Sari schließlich widerstrebend eingewilligt.

Zum Glück.

Sanna hatte sich als Prachtstück erwiesen. Als ältestes Kind aus einer Großfamilie kümmerte sie sich souverän um den Haushalt und die Kinder. Sie war immer gut gelaunt, spielte und tobte mit ihnen, ließ ihnen aber mitnichten alles durchgehen. Sari hatte den Eindruck, dass sich die Manieren der Kinder merklich verbessert hatten, seit sie selbst wieder zur Arbeit ging und Sanna ins Haus gekommen war. Doch sie fühlte sich deshalb nicht schuldig. Im Gegenteil, sie genoss die Situation.

»Siiri war heute Morgen ein bisschen müde, deshalb sind wir nicht gleich nach draußen gegangen«, berichtete Sanna und strich Siiri über die blonden Engelslocken. »Ich habe die Kinder bis mittags im Schlafanzug spielen lassen. Wisst ihr noch, was wir gespielt haben?«

»Zauberwald!«, riefen die beiden wie aus einem Mund.

Sanna ist ein Übermensch, dachte Sari.

»Am Nachmittag waren wir dann draußen. An Topias' Regenhose ist der Träger abgerissen.«

»Is' nich' schlümm«, sagte Topias.

»Nein, das ist nicht schlimm, den nähen wir wieder an«, sagte Sari und nickte.

»Es war ein guter Tag«, sagte Sanna.

»Prima, danke, Sanna. Du bist eine Wucht.«

Sanna lächelte zufrieden.

»Wann soll ich morgen da sein?«

»Um neun. Teemu geht morgen ein bisschen später zur Arbeit, da kannst du auch mal länger schlafen.«

»Okay, dann bis morgen«, sagte Sanna und winkte den Kindern zu.

Sari setzte sich an den gedeckten Tisch, nahm sich Nudelauflauf, schenkte sich ein Glas Milch ein und warf einen Blick auf die Uhr. Halb vier. In einer Stunde würde Teemu heimkommen. Sie würden einen gemütlichen Abend zu Hause verbringen, ohne irgendwelche Verpflichtungen. Wegen Teemus häufiger Reisen hatten sie ihre Hobbys auf ein Minimum reduziert. Sie wollten sich den Luxus, Zeit für die Kinder und füreinander zu haben, nicht durch Freizeittermine nehmen lassen. Und es funktionierte. Sie fühlten sich zu Hause wohl. Die Kinder hatten keine Ahnung, dass es so etwas wie Stress und Eile gab.

Das Handy quakte. Eine SMS. Teemu hatte den Standardton gegen ein Froschquaken ausgetauscht, und es hatte eine Weile gedauert, bis Sari gelernt hatte, das seltsame Geräusch mit ihrem Diensthandy in Verbindung zu bringen.

U R so sexy. So sexy there. Lecker lecker.

Sari blickte unwillkürlich zur Straße, doch dort war niemand zu sehen. Dann ging sie durch das ganze Haus und blickte aus allen Fenstern auf den leeren Garten hinaus.

Bewegten sich die Schaukeln? War der Wind stärker geworden?

Mir scheint, ich habe einen perversen Verehrer, dachte Sari und vergewisserte sich, dass die Haustür abgeschlossen war.

Rauno machte wieder einmal Überstunden. Er mochte die Stille, die sich über das Gewaltdezernat legte, wenn die meisten Ermittler zwischen vier und sechs Uhr nach Hause gingen. Dann waren die Zimmertüren geschlossen, niemand lief mehr über den Flur, der Kopierer brummte nicht, und nirgends wurde mehr geschwatzt. Es brannte weniger Licht. Es war leichter, sich zu konzentrieren. Die Gedanken zu sortieren. Man wurde nicht ständig unterbrochen. Niemand störte einen.

Seufzend legte Rauno die Berichte hin und rieb sich die müden Augen. Vorwände und Ausreden – sich selbst gegenüber konnte er das zugeben. So brennend liebte er seine Arbeit nun auch wieder nicht, dass er die Abende in seinem Dienstzimmer verbringen wollte, wahrhaftig nicht.

Er wollte vielmehr nicht nach Hause. Natürlich wusste er, dass seine Abwesenheit alles nur noch schlimmer machte. Dass man in Krisenzeiten für mehr Nähe und Gemeinsamkeit sorgen musste, statt sich zurückzuziehen. Mit seinem derzeitigen Verhalten verspielte er die letzte Chance, ihre Beziehung zu kitten. Nina verabscheute ihn von Tag zu Tag mehr. Allerdings war er nicht bereit, die Schuld allein bei sich zu suchen.

Er wusste nicht, was schiefgegangen war. Er hatte alles versucht, aber immer das Gefühl gehabt, dass es nie ausreichte, dass nichts gut genug war. Er war so müde.

Wenn die Mädchen nicht wären, wäre er längst gegangen.

Oder vielleicht doch nicht?

Manchmal hatte er das Gefühl, dass er Nina immer noch liebte, trotz allem.

Aber vielleicht war das nur die Gewohnheit. Sie waren seit sieben Jahren zusammen. Noch nicht lange genug, um sich zu sehr aneinander zu gewöhnen, dachte Rauno und schämte sich plötzlich maßlos. Er hatte versagt. Seine Eltern waren immer noch zusammen, seit fünfunddreißig Jahren.

Rauno blätterte noch einmal durch die Ermittlungsberichte. Auf der Liste der Jäger standen noch viele unbekannte Namen. Zeitverschwendung, dachte Rauno, beschloss aber, noch ein paar dieser Leute anzurufen. Der Mörder konnte jeder Beliebige sein und sogar ganz woanders wohnen. Genauso gut könnten sie die Jäger aus den Nachbarorten überprüfen. Oder die Mitglieder des Rotary Clubs. Oder des Hausfrauenvereins. Wieder seufzte Rauno. Vielleicht stand ihnen das ja noch bevor.

Er rief fünf Nummern von der Liste an. Bei einer meldete sich niemand, die anderen strich er nach kurzem Gespräch durch. Alle konnten beweisen, dass sie zur Tatzeit andernorts gewesen waren, einer sogar in Thailand. Rauno glaubte ihnen, er hatte keinen Grund, es nicht zu tun. Es war völlig unmöglich, alle Alibis genau zu überprüfen. Man musste sich auf seine Urteilsfähigkeit verlassen. Deshalb war dieser Job wie geschaffen für Rauno. Er galt allgemein als guter Zuhörer. Nur Nina war da anderer Meinung. Seltsam, dass man am Arbeitsplatz einen so ganz anderen Eindruck hinterlassen konnte. Und welches war echt, das Zuhause-Ich oder das Arbeits-Ich? Gab es noch ein weiteres Ich? Eines, das in seinem Inneren abwartete, dass er sich endlich zu dem entwickelte, der er wirklich war?

Zu kompliziert.

Es war fast acht Uhr. Rauno heftete die Unterlagen sorgfältig ab und schaltete seinen Computer aus. Er würde gerade rechtzeitig zu Hause sein, um den Mädchen eine Gutenachtgeschichte vorzulesen. Das machte ihm immerhin noch Freude. Er wollte den Kontakt zu seinen Töchtern nicht verlieren. Dass dieser Prozess bereits eingesetzt hatte, war zu schmerzhaft, um es sich einzugestehen. Während die Mädchen im Bett lagen und er ihnen vorlas, würde Nina den Fernseher einschalten und sich bis spät in die Nacht im blauen Flimmerlicht der Serien baden. Sobald die Mädchen eingeschlafen waren, würde auch Rauno völlig fertig zu Bett gehen. Und Nina würde wieder einmal die Nacht auf dem Sofa verbringen.

Als es Morgen wurde und die Zeitungsboten gerade ihre Runde beendeten, wurde Rauno durch einen Anruf geweckt. Der Anruf kam aus dem Dezernat.

»Erinnerst du dich noch daran, wie Áron und ich die Leiche in der Tisza gefunden haben?«, fragte Ákos am Esstisch unvermittelt.

Aus einer plötzlichen Eingebung heraus hatte Anna doch nicht allein in der Stadt gegessen, sondern hatte eingekauft, zu Hause Ákos' Leibspeise gekocht – Bohnensuppe, *babveles* – und war bei ihrem Bruder vorbeigegangen, um ihn zum Essen abzuholen. Sie war ans andere Ende der Siedlung spaziert, an dem Hochhäuser aufragten und ganz genauso aussahen wie auf ihrer Seite. Wenn ich hier nicht aufgewachsen wäre, würde ich mich nie im Leben zurechtfinden, dachte sie. Es sieht überall gleich aus – nur Hochhäuser, so weit das Auge reicht, Karikaturen von Wolkenkratzern. Auf keinem der Höfe spielten Kinder. Die Gegend wirkte wie ausgestorben.

Als Ákos die Tür zu seiner kleinen, unordentlichen Einzimmerwohnung geöffnet hatte, war der Geruch nach trostloser Einsamkeit ins Treppenhaus geströmt, und Anna war die Luft weggeblieben.

Mein Bruder, hatte sie gedacht. Das ist mein Bruder, den man weggeworfen und vergessen hat.

Auch ich habe mich so verhalten. Aber jetzt mache ich es wieder gut. Ich verspreche es. Ich war egoistisch und hab nur an meinen eigenen Erfolg gedacht und keine Rücksicht auf dich genommen. Gesagt hatte sie nur: »*Gyere enni!*«

Ákos hatte sich über die unverhoffte Einladung gefreut und war, wie Anna es erwartet hatte, begeistert von der *bableves*.

»Nein, daran erinnere ich mich nicht mehr, erzähl mal«, bat Anna jetzt.

Sie hatten nie über Áron gesprochen, den ältesten Bruder, der schon bald nach dem Ausbruch des Kroatienkrieges in Osijek gefallen war. Anna hatte nur noch vage Erinnerungen an ihn. Áron war nur zwei Jahre älter gewesen als Ákos, und die beiden Jungen waren die besten Freunde gewesen. Immer zusammen, immer zu Streichen aufgelegt.

»Wir waren in der Taverna und sind in den frühen Morgenstunden leicht betrunken nach Hause geschlendert. Es war ein schöner Morgen, über dem Fluss lag Dunst, es war warm und still. Deshalb wollten wir am Ufer entlanggehen, obwohl das ein Umweg war. Auf dem Fluss war ein Fischer mit seinem Boot. Erinnerst du dich noch an diesen Typ, der einfach immer wütend war – Nagy Béla?«

Die Ungarn nannten den Nachnamen immer zuerst. Selbst Anna hatte diese Sitte beibehalten, sogar wenn sie Finnisch sprach.

»Ja, dunkel. Ich bin mal mit Réka schwimmen gegangen. Wir sind in die Boote am Ufer geklettert und von dort aus ins Wasser gesprungen. Wir haben gar nicht gemerkt, dass Nagy auf dem Steg saß und genau aufpasste, ob wir sein Boot berührten, und dann hat er einen wahnsinnigen Wutanfall gekriegt. Er ist das Ufer entlanggerannt, war knallrot im Gesicht und hat gebrüllt: In das Boot klettert ihr nicht! So ein kleiner Mann mit einem großen Schnurrbart ...«

»Genau. Der war total verrückt! Na, jedenfalls war er da schon am Fischen, und als er uns sah, hat er gerufen, wir sollten ihm helfen, in seinem Netz habe sich irgendwas Schweres verfangen. Áron konnte gut schwimmen und war weniger angetrunken als ich, also ist er zum Boot hinübergeschwommen und hat nachgesehen. *A fene egye meg!*«

»Wer war es?«

»Rekecski Tibor. Sie haben in unserer Nähe gewohnt, in Körös, weißt du noch? Er ist ertrunken, als er die große Wasserrutsche vor Békavár im Stehen runterrutschte und fiel und mit dem Kopf gegen die Rutsche schlug.«

»*A kurva életbe!*«

»Seine Freunde hatten noch nach ihm getaucht und ihn gesucht, und dann natürlich auch die Feuerwehr. Aber der Fluss ist schlammig und die Strömung wirklich stark. Da findet man nichts. Aber dann hatte er sich im Netz verfangen. Áron hat ihn ans Ufer gezogen. Ich bin losgerannt und hab die Polizei gerufen.«

»Davon wusste ich gar nichts.«

»Wir haben es dir nicht erzählt. Du warst noch so klein.«

»Wann war das?«

»Neunundachtzig.«

»Da warst du fünfzehn.«

»Und du sieben.«

»Und zum Saufen in der Taverna, *Úr Isten!* Ihr wart doch noch Kinder, Áron auch gerade erst siebzehn!«

»Nach dem Ausweis hat da keiner gefragt«, sagte Ákos, wich Annas Blick aus und blätterte in der Zeitung, die auf dem Tisch lag.

Als der Bruder gefallen war und die Mutter beschlossen hatte, ihren zweiten Sohn vor diesem Schicksal zu bewahren, hatte der verbliebene Rest der Familie so viel von ihrem Besitz gepackt, wie in einen Koffer passte, und war nach Finnland gereist. Von Áron wurde nicht mehr gesprochen, und auch vom Krieg wurde nicht mehr gesprochen, obwohl die Mutter die Nachrichten mit Argusaugen verfolgte. Von Vater war bereits seit Langem nicht mehr gesprochen worden, sie hatten also bereits die Erfahrung gemacht, dass man über schwierige Dinge Stillschweigen wahrte.

Sie hatten die Mutter vor ihrer Trauer schützen müssen. Und sich selbst.

Anna hatte sich die Technik mühelos angeeignet, und eigentlich hatte ihr das Schweigen gefallen. Sie hatte es nie als heilsam empfunden, schmerzhafte Erinnerungen aufzuwühlen. Es war leichter zu vergessen. Auch das war ein Grund gewesen, weshalb sich die Schulpsychologin Sorgen um sie gemacht hatte. Du musst dich öffnen, Anna, hatte sie ihr immerzu gesagt, dir das alles von der Seele reden. Doch Anna hatte nicht gewusst, was »das alles« eigentlich sein und wie sie es sich »von der Seele reden« sollte. Sie hatte keine Worte dafür gehabt.

»Hast du jemals daran gedacht zurückzugehen?«, fragte Anna jetzt.

»Ungefähr hundertmal am Tag.«

»Warum tust du es dann nicht?«

»Ich mag nicht.«

»Mutter würde sich freuen.«

»Ich müsste bei ihr wohnen. Nein, zum Teufel, das halte ich nicht aus.«

»Du könntest dir doch eine eigene Wohnung mieten.«

»Und was soll ich dort tun?«

»Was genau tust du denn hier? Lebst von Sozialhilfe. Du bist genau so, wie die Nationalisten uns alle hinstellen.«

»Denen muss man eben auch Argumente liefern.«

»Mal im Ernst ...«

»Ich weiß nicht. Ich bin schon so lange weg. Und dort gibt es ja auch keine Arbeit. Die meisten meiner Freunde sind nach Ungarn gezogen.«

»Warum gehst du nicht nach Ungarn?«

»*Jebiga*, nie im Leben! Willst du mich loswerden? Wo wir gerade wieder ...«

»Natürlich nicht.«

»Hört sich aber ganz danach an.«

»*Bocs.*«

»Willst du jetzt wirklich mit Mutter skypen?«

»Du nicht?«, fragte Anna verwundert.

»Mir wär's lieber, bloß zuzuhören. Ich mag nicht mit ihr reden.«

»Warum denn nicht?«

»Sie beklagt sich ja doch nur. Und jammert, ich soll nach Hause kommen. Ruf schon an. Aber sag ihr nicht, dass ich da bin.«

»Sie fragt ganz bestimmt nach dir.«

»Sag ihr, alles ist bestens.«

»*Hát igen.*«

Doch die Mutter war nicht zu Hause. Anna unterbrach die Verbindung, als der Anrufbeantworter sich meldete. Ärgerlich. Sie war davon überzeugt, dass ihr Bruder mit der Mutter gesprochen hätte, wenn er ihre Stimme gehört hätte.

»Die Jungs sind übrigens heute Abend in der Stadt. Sie wollen dich endlich mal wieder sehen. Sie waren überglücklich, als sie gehört haben, dass du wieder hier bist, sie warten auf dich«, sagte Ákos.

»Wo?«

»Im Amarillo.«

Ákos hatte neben den Punks noch eine zweite Clique, eine Gruppe von Männern, die um die zwanzig gewesen waren, als sie das zerfallende Jugoslawien verlassen hatten. Aus Gründen, über die nicht gesprochen wurde, waren sie nicht nach Schweden gegangen wie die meisten anderen. Sie hatten sich in dieser Trabantenstadt zusammengefunden und waren stark und wild gewesen, wie große Brüder, wie ein Ersatz für Áron. Sie hatten Anna, die damals noch zur Gesamtschule ging, gleichberechtigt in ihre Clique aufgenommen als ihr Maskottchen und ihren Schützling. In der Siedlung hatte sich Anna nie fürchten müssen. Selbst die Skinheads hatten sich nicht an sie herangewagt. Ihre Mutter hatte die Clique natürlich nicht ausstehen können, ebenso wenig wie die Punks. Ihrer Meinung nach war alles, was Ákos tat, schändlich. Und das war es ja auch gewesen. Anna war die Einsame, Merkwürdige gewesen, angesichts deren Integration die Experten sich Sorgen machten. Ákos dagegen hatte immer etwas vorgehabt, er hatte Freunde. Offenbar waren falsche Freunde doch gefährlicher als gar keine, dachte Anna jetzt.

Durch die jungen Burschen aus Jugoslawien war jedenfalls ein gewisser Kontakt zur Heimat gewahrt geblieben. Andere Ungarn hatten sie selten getroffen. Vielleicht hatte es in der Stadt keine gegeben außer ihnen. Aber Anna war sich ganz sicher, dass auch ihre Mutter den Lärm genossen hatte, der so oft ihre Küche füllte, auch wenn die Sprache nicht ihre eigene war. Mutter bereitete für die Jungen Burek zu. Ein Albaner, ein Serbe, ein Kroate und ein Ungar aus der Vojvodina – wie in der pathetischen Brüderschaftspropaganda zu Titos Zeiten. Anna hatte gespürt, dass sie sich aneinanderklammerten wie Schiffbrüchige an einen vorübertreibenden Baumstamm. Dass sie in dem Wahnsinn, der ihrer Jugend ein Ende gesetzt hatte, nach etwas Vertrautem suchten.

Annas Kenntnisse des Serbokroatischen waren einigermaßen erhalten geblieben, ebenso wie die Freundschaften zwischen den Männern. Nur Iwan, der Kroate, war nach Hause zurückgekehrt. Aus der berüchtigten Migrantengang war ein Grüppchen von Männern mittleren Alters geworden, die zu viel rauchten und tranken, ihren Erinnerungen nachhingen und über Finnland, vor allem über den finnischen Fußball, herzogen. Außer Ákos hatten inzwischen alle eine Familie gegründet und hielten sich mit Gelegenheitsjobs über Wasser. Ihre Leben schienen verhältnismäßig geordnet.

Anna hatte sie alle seit einer Ewigkeit nicht mehr gesehen. Sie spürte eine freudige Spannung in der Magengrube.

»*Zoran is ott van?*« Sie bemühte sich, die Frage gleichgültig klingen zu lassen.

»Natürlich, als Erster«, rief Ákos, lachte und sah seine Schwester herausfordernd an.

»Kommst du auch?«

»Eher nicht«, sagte Ákos, aber Anna sah, wie sehr es ihn lockte.

Ich war knapp ein Jahr in der Vorbereitungsklasse. Sie waren erst der Meinung, ich müsste noch länger bleiben, denn ich hatte ein paar Probleme beim Lesenlernen, aber dann haben sie mich doch in eine normale erste Klasse gesteckt, obwohl ich vom Alter her in die zweite gehört hätte. Sie dachten, es wäre besser, ganz am Anfang zu beginnen, solange das altersmäßig noch ging. Einen, der dem Alter nach in die sechste Klasse gehört, kann man nicht mehr in die erste schicken, auch wenn's eigentlich nötig wäre. So einer muss dann im Vorbereitungsjahr den Stoff der ersten sechs Klassen nachholen und nebenbei Finnisch lernen, damit er in der Gesamtschule mitkommt und ein Abschlusszeugnis kriegt, in die Oberstufe überwechseln und dann Medizin studieren kann. Ja, ja. So einfach ist das leider nicht. Nichts ist einfach, und die Sprache schon gar nicht. Ohne Sprache ist ein Mensch nichts. Die Sprache ist alles, *wallāhi*. Oberflächlich kann man sie täuschend gut beherrschen, aber Lernen ist etwas anderes. Und Verstehen und Denken und alles, was anspruchsvoller ist als bloße *street credibility*.

Ich war also die ganze Gesamtschule hindurch ein Jahr älter als die anderen in meiner Klasse, aber von außen merkt man das ja nicht, obwohl ich mich irgendwann in der achten deutlich erwachsener zu fühlen begann, viel älter als die anderen. Ich habe in der ersten Klasse doch noch lesen gelernt und die Sprache auch recht schnell. Kurdisch kann ich auch lesen, allerdings nicht besonders gut. Ich habe beispielsweise noch keinen einzigen Roman auf Kurdisch gelesen. Auf Finnisch lese ich ziemlich viel.

In der Bibliothek gibt es keine kurdischen Bücher. Die Lehrer sagten immer, ich habe Glück gehabt, dass ich gerade erst sechs Jahre alt war, als wir hier ankamen. Das wäre das beste Alter, sechs oder sieben, wegen der Sprache. Der *Sprachen*. Mehvan hat da eine Lücke. Er war noch so klein. Er hat zu viel von seiner eigenen Sprache verloren und deshalb die andere nicht richtig gelernt. Oder er hat Legasthenie. Mehvan kann Schlittschuh laufen. Mehvan sprintet über den Hof.

Aber beim Reden merkt man nichts davon.

Das war der offizielle Teil, bitte sehr, über das System und die Sprache, sauber und sachlich.

Ich kann natürlich auch erzählen, was unter der von Regeln getragenen Oberfläche lauerte, aber ich habe wenig Lust, in diesem Ameisenhaufen herumzustochern. Ich habe beschlossen, dass ich nicht damit anfangen werde, die Verbitterung hochzukochen. Ich will nicht so werden wie Mutter und Vater.

Ein bisschen kann ich aber verraten. Zum Beispiel Scheiße in den Schuhen, und ich meine buchstäblich Scheiße. Kanake. Die Jacke, die vom Haken verschwindet. Das Büschel Haare in der Faust eines finnischen Mädchens. Hurenrufe. Blaue Flecken. Bimbo. Zerfetzte Schultaschen, der zerrissene Inhalt über den Sportplatz verstreut. Gehässiges Lachen. Schweigendes Starren. Die Versuche, mit der Wand zu verschmelzen, so grau, dass dich keiner bemerkt, und in der Schule gut mitzukommen, aber dabei ganz leise zu sein, dann giltst du als Musterbeispiel für gelungene Integration. Ab in die Sonderschule, wenn du dich von der verdammten Wand losreißt und keine Lust mehr hast, dir den ganzen Mist gefallen zu lassen. Und dann überlegen sie in ihren Sitzungen und Seminaren, warum so irrsinnig viele Migranten auf der Sonderschule sind. Als würden die dort einfach so landen. Als würde keiner sie dorthin abschieben.

Und der unaufhörliche Chor: Kanake Kanake Kanake. Das habe ich so oft gehört, dass es beinahe schon mein Name ist.

Das nur mal so als Beispiel. Zum Glück bin ich dann auf die Oberstufe im Gymnasium gekommen. Dort hat mein Leben in Finnland eigentlich erst begonnen, also mein EIGENES Leben. Und war dann auch ziemlich bald wieder zu Ende.

18

Ein Geräusch weckte Anna. Es war stockfinster. Das Bett schaukelte. Es dauerte eine Weile, bis ihr träges Gehirn begriff, dass das Geräusch von ihrem Diensthandy stammte. Die aufdringliche Melodie kam irgendwo aus der Ferne.

Anna schleppte sich in den Flur. Ihre Lederjacke lag auf dem Boden, die Melodie in der Jackentasche wurde lauter. Sie nahm das Handy in die Hand und starrte mit schmerzenden Augen auf das kreischende, blinkende, vibrierende Gerät. Esko rief an.

Es war halb sechs am Morgen. Ich bin noch total betrunken, dachte Anna. Auch der Flur schwankte unangenehm. In ihrem Kopf pochte es. Sie lehnte den Anruf ab und schaltete das Handy stumm. Heute war ihr freier Tag. Der erste jenseits des Wochenendes. Der Tag, an dem sie aufräumen und shoppen gehen wollte.

Verdammter Mist.

»Anna, *vrati se*.«

»*Da da.*«

»*Ko je bio?*«

»Von der Arbeit. Und rede nicht Serbisch mit mir, das kann ich nicht mehr.«

Zoran prustete los.

»Hier hab ich ein bisschen Arbeit für dich«, sagte er und zog die Bettdecke weg.

Anna stand erst nach ein Uhr auf. Zoran hatte sie noch eine Weile wach gehalten, doch dann waren sie wieder eingeschlafen. Aber auch drei Tassen Kaffee, zwei Kopfschmerztabletten und der Speckpfannkuchen, den Zoran gebraten hatte, hatten es nicht geschafft, Annas Übelkeit zu vertreiben. Ihre Schläfen pochten. Sie kontrollierte das Display ihres Handys und sah, dass Esko noch dreimal angerufen hatte. Und Sari und Rauno und Virkkunen. Insgesamt zwölf Anrufe. Und eine SMS von Virkkunen: »Kommen Sie, so schnell Sie können.«

»Ich muss zur Arbeit«, sagte Anna, als Zoran klatschnass aus der Dusche kam und sie umarmen wollte.

»Du hast doch heute frei.«

»Irgendwas ist passiert. Sie haben versucht, mich zu erreichen.«

»*Šteta.*«

»*Šta ćeš.*«

Anna musste den Bus nehmen. Mit dem stechenden Kopfschmerz und den wackligen Knien wagte sie sich nicht ans Steuer, und auch das Fahrrad kam nicht infrage. Zoran hätte sie gern noch einmal ins Bett gezogen, er war um sie herumgestrichen und hatte versucht zu verhindern, dass sie sich anzog. Anna hatte überlegt, was seine Frau Nataša wohl davon hielt, dass ihr Mann erst am Nachmittag des nächsten Tages von seinem Kneipenabend zurückkam.

Im Polizeigebäude traf Anna weder Esko noch einen der anderen an. Erst jetzt fiel ihr ein, dass ihr Handy immer noch stumm geschaltet war. Drei weitere Anrufe waren in der Zwischenzeit eingegangen, und das Display blinkte schon wieder.

»Verdammt, wo steckst du denn?«, brüllte Esko so laut, dass Anna das Handy vom Ohr weghalten musste.

»In meinem Dienstzimmer.«

Tatsächlich war sie auf der Toilette. Ihr tat der Bauch weh, und die Kopfschmerzen waren noch schlimmer geworden.

»Na, dann sieh zu, dass du deinen ausländischen Hintern hierherverfrachtest. Wir haben schon wieder einen Kadaver.«

»Wo seid ihr?«

»Auf der Joggingbahn in Häyrysenniemi, in der Nähe von Asemakylä. Und du ahnst hoffentlich, wie es passiert ist.«

Anna warf einen Blick in den Spiegel. Sie war nicht dazu gekommen, sich nach dem Duschen zu föhnen, ihre Haare waren wirr und voller Knötchen. Unter den geröteten Augen lagen tiefe, dunkle Schatten. In ihrem Magen gärte es, und auf der Oberlippe glitzerten Schweißtröpfchen. Ihr war schwindlig.

Warum gerade heute?, dachte sie.

»Erschossen? Mit einer Flinte?«

»Ganz genau. Also komm her, und zwar dalli. Wir sind seit heute früh hier, und die Technik ist auch bald fertig. Virkkunen ist stinksauer.«

»Ich hab ein Problem.«

»Na?«

»Ich bin nicht fahrtüchtig.«

Kaum hatte sie es gesagt, musste sie sich übergeben. Das Handy fiel ihr aus der Hand, der Pfannkuchen schwappte auf einer Woge von Kaffee und anderen Flüssigkeiten in die Kloschüssel. Ein stinkender, bräunlich gelber Brei.

»Pfui Deibel!«, fluchte Esko vom Fußboden neben dem Klo herauf.

Anna bat eine Streife, sie an den Tatort zu bringen.

Es war ein wolkenloser Tag. Das Licht bohrte den Schmerz noch tiefer in ihren Schädel. Sie hätte eine Sonnenbrille mitnehmen sollen.

Auf der Rückbank des Streifenwagens versuchte Anna, sich zu entspannen. Sie schloss die Augen, konzentrierte sich auf den Schmerz in ihren Schläfen und versuchte, ihn mit der Kraft der Gedanken aus ihrem Kopf hinauszubefördern. In irgendeiner Illustrierten war diese Methode einmal empfohlen worden. Doch sie half nicht. Ihr Kopf dröhnte immer noch, als der Wagen auf den abgelegenen Kiesweg einbog.

Déjà vu, dachte Anna, als der von Kiefern dominierte Mischwald, die Weidensträucher und ein paar Wacholdersträucher am Fenster vorüberzogen. Als wären wir auf dem Weg zum Fundort von Riikkas Leiche.

»Ist das Meer hier in der Nähe?«, fragte sie die uniformierten Kollegen.

»Ja, der Weg führt bis zum Ufer hinunter, aber der Joggingpfad, auf dem der Mann gefunden wurde, verläuft ungefähr fünfhundert Meter vom Ufer entfernt.«

»Seltsame Übereinstimmung«, sagte Anna. Allerdings lag Asemakylä gut zwanzig Kilometer nördlich der Stadt, Saloinen ungefähr genauso weit südlich.

Anna war heillos zu spät. Die Rechtsmedizinerin Linnea Markkula beugte sich über die Leiche. Sie war mit ihrer Arbeit fast fertig. Rundherum wimmelte es von Kriminaltechnikern. Esko stand ein Stück abseits und rauchte.

»Iiih, wie siehst du denn aus«, sagte er, als Anna auf ihn zuging. Seine Stimme verriet Zufriedenheit. Arroganz. Abscheu.

»Über Fragen des Äußeren würde ich an deiner Stelle schweigen. Na, was habe ich verpasst?«

»Die Streife war um fünf Uhr früh hier, weil die Frau des Opfers angerufen hatte. Total hysterisch. Das erste Mal hat sie gestern Abend angerufen.« Esko deutete auf die Gestalt, die auf dem Weg lag. »Das Opfer heißt Ville Pollari. Allem Anschein nach liegt er dort, ungefähr seit seine Frau sich zum ersten Mal gemeldet hat.«

»Wieso kommt mir das alles so bekannt vor?« Erneut spürte Anna Übelkeit in sich aufsteigen.

»Tja. Diesmal ist der Kopf allerdings noch dran. Der Schuss hat den Brustkorb getroffen, in der Herzgegend. Und dieser hier wurde gleich beim Start erschossen. Riikka hatte fast die ganze Runde hinter sich gebracht.«

»Sieh dir die Umgebung an. Hier sieht es ganz genauso aus wie in Selkämaa.«

»Ja, wir haben uns hier schon eine Weile umgesehen, die Übereinstimmungen sind uns nicht entgangen.«

»Ich wette, am Ufer befindet sich ein Jagdrevier«, fuhr Anna fort, ohne auf Eskos Sticheleien einzugehen.

»Stimmt.«

Rauno trat sichtlich aufgeregt zu ihnen.

»Ratet mal, was er in der Tasche hatte«, sagte er und zeigte auf den Mann mit dem aufgerissenen Brustkorb.

»Na?«

»Ein Amulett an einem Lederriemen.«

Es lief Anna eiskalt den Rücken hinunter, und sie spürte, wie sich die Härchen an ihren Armen aufrichteten.

»Wie sieht es aus?«

»Ein Mann mit gefiedertem Kopf. Genau wie das aus Riikkas Tasche.«

Anna hob das gelbe Absperrband an, bückte sich darunter durch und betrat den Joggingpfad. Sie holte tief Luft, als sie auf den Mann zuging, der dort lag. Er war jung, noch keine dreißig. Er trug einen blauen Trainingsanzug und lag auf dem goldgelben Sägemehl auf dem Rücken, Arme und Beine ausgestreckt wie ein Strichmännchen. In seinem Brustkorb klaffte ein großes, blutiges Loch. Das Gesicht des Toten sah verfroren aus. Das kantige Kinn war blutbespritzt.

Linnea packte ihre Instrumente ein und stand ächzend auf.

»Aufgrund der Körpertemperatur und der Starre würde ich auf gestern Abend zwischen sieben und neun Uhr tippen«, sagte sie und reckte sich. »Verdammt, wie schnell man in meinem Alter steif wird.«

Anna betrachtete den Toten und spürte, wie ihr Magen rebellierte. Sie musste sich abwenden. Sie ertrug den Anblick nicht, nicht jetzt, nicht heute.

»Ich sage Bescheid, wann die Obduktion stattfindet. Dann kannst du wieder fotografieren. Die Verbindung zu Riikka ist ja offensichtlich. Ähnliche Umgebung, ähnliche Opfer, die gleiche Methode, und die Kriminaltechniker sagen, es seien wieder die gleichen Schrotkugeln. Also mit hoher Wahrscheinlichkeit derselbe Täter. Erschütternd«, sagte Linnea, doch Anna war unfähig, sich zu konzentrieren. Ihr war schwindlig. Und übel.

Ohne ein Wort zu Linnea wandte sie sich ab und ging in entgegengesetzter Richtung den Joggingpfad entlang. Sie musste weg von der Szene. Der Wald schien zu schwanken. Wie hatte sie es geschafft, sich einen derartigen Kater anzutrinken? Anna versuchte, sich an den gestrigen Abend zu erinnern und nachzurechnen, wie viel sie getrunken hatte. Zu Hause nur ein Bier, um Ákos nicht in Versuchung zu führen. Dann war sie in das Pub gegangen, wo Akim, Zoran und ein ihr unbekannter Bosnier sie bereits erwartet hatten. Dort waren mindestens vier Gläser Bier zusammengekommen. Große. Gegen Mitternacht waren sie in einen Club an der Hämeenkatu gegangen, der für einen Donnerstagabend erstaunlich voll gewesen war. Anna stellte ihre Berechnungen an dem Punkt ein, an dem Akim Whisky bestellt hatte. *Pičku mater,* dachte Anna und hätte beinahe lachen müssen, wenn sie sich nicht so mies gefühlt hätte.

Offenbar hatte sie irgendwann die Kontrolle verloren. Aber sie hatte fast fließend Serbisch gesprochen. Die alten Freunde hatten sich über ihre Rückkehr aufrichtig gefreut. Und auch Anna war froh gewesen ... in der vergangenen Nacht. Gerade war sie sich nicht mehr so sicher. Wahrscheinlich hatte sie immer noch reichlich Alkohol im Blut. Selbst an der frischen Luft ging es ihr nicht besser. Im Gegenteil, die Übelkeit nahm zu.

Und dann war da immer noch Nataša.

Nataša hatte sich bestimmt nicht über Annas Rückkehr gefreut.

Warum zum Teufel hatte Zoran seine Frau nicht mitgenommen? Warum gingen serbische Männer nie mit ihren Frauen aus?

Zoran.

Anna hatte geglaubt, endgültig von ihm losgekommen zu sein.

Der Joggingpfad wogte vor ihr wie ein strömender Fluss. Das klare Herbstlicht ließ ihn in verschiedenen Gelbtönen erstrahlen. In der Luft war bereits die Herbheit des sich nähernden Winters zu ahnen. Anna lauschte dem Rascheln der Vögel in den Bäumen, ihren kurzen Warnrufen. Das sommerliche Gezwitscher war verstummt. Die Schwalben bereiteten sich auf ihren Flug gen Süden vor. Anna hatte gesehen, dass sie sich schon auf den Stromleitungen versammelten.

An jedem anderen Tag hätte sie die Schönheit der herbstlichen Natur genießen können. Doch jetzt lag nicht weit von hier ein Toter, in ihrem Kopf rauschte und dröhnte es, sie hatte den Geschmack von Katzenpisse im Mund, und ihre Beine wollten sie nicht mehr tragen. Dennoch zwang sie sich, etwas zu tun. Zuerst ging sie langsam den Joggingpfad ab. Die Runde war ein paar Kilometer lang, kurvenreich, aber flach. Ihr Herz schlug so wild, als wäre sie einen Marathon gelaufen. Dann begann sie, das Wäldchen am Wegesrand abzusuchen. Sie ging im Zickzack zwanzig Meter vom Rand des Joggingpfades in den Wald hinein und wieder zurück, ohne zu wissen, wonach genau sie suchte.

Anfangs säumten dichte Weidenbüsche den Weg, doch bald traten flechtenbewachsene Kiefern an ihre Stelle. Die Preiselbeeren waren dunkelrot. Anna bückte sich, um eine Beere zu pflücken. Sie schmeckte bitter, sie brauchte noch eine kräftige Portion Frost. Demnächst könnte ich Preiselbeeren pflücken gehen, dachte Anna und hob ein Bonbonpapier auf, das zwischen den Beeren lag. Ärgerlich, wie nachlässig manche Leute waren. Als Anna aufblickte, sah sie hinter einem Weidenstrauch, knapp hundert Meter von ihr entfernt, eine dunkle Gestalt.

Es war Esko.

Er zwängte sich durch das Gestrüpp wie ein Hase. Anna drückte sich an den nächsten Kiefernstamm und beobachtete, wie Esko einen kleinen Flachmann aus der Brusttasche zog, dessen silberne Flanke in der Sonne blinkte. Esko nahm einen langen Zug, und Anna spürte erneut Übelkeit in sich aufsteigen, als sie an den Geschmack von Alkohol dachte. Es blieb ihr erspart, sich erneut zu übergeben, und als Esko die Flasche wieder einsteckte, fühlte auch sie sich besser. Dann wühlte er in der Hosentasche und steckte sich etwas in den Mund. Kaugummi und Pfefferminz, dachte Anna. Um den Geruch zu übertünchen, klar. Verdammter Säufer, der trinkt ja sogar bei der Arbeit.

»Esko!«, rief sie.

Er fuhr erschrocken herum. Hastig strich er über seine Brusttasche, wie um sich zu vergewissern, dass die Flasche dort bereits verborgen war.

»Hast du was gefunden?«, rief er zurück, steckte sich eine Zigarette an und kam auf Anna zu.

»Ein Bonbonpapierchen. Soll ich es der Technik geben?«

»Nur zu. Man weiß ja nie.«

»Und du? Was suchst du?«

»Nichts. Ich bin zum Pinkeln hier. Willst du mir dabei zugucken?«

»Ich will nach Hause und schlafen.«

»Natürlich. Wartet da irgendein Kameltreiber auf dich?«

Anna überhörte die Bemerkung.

»Ihr hättet mich gar nicht gebraucht. Außerdem ist mir nicht gut«, sagte sie.

»Das war nicht zu überhören. Und zu sehen ist es auch immer noch.«

»Ja. Aber ich brauche dagegen nur ein, zwei Schmerztabletten«, erwiderte Anna und sah Esko direkt in die Augen. Er blies ihr Rauch ins Gesicht.

19

Am nächsten Morgen war Anna schon vor sieben Uhr im Polizeigebäude. Am vorigen Nachmittag, als sie nach Hause gekommen war, hatte sie das Gefühl gehabt, ihr Kopf würde platzen, und ihr ganzer Körper war wie zerschlagen gewesen. Sie hatte beschlossen, nicht mehr zu rauchen und wieder mit dem Training anzufangen. In letzter Zeit hatte sie auch mehr Bier getrunken, als ihr guttat. Künftig würde sie abends Rooibostee trinken. Sie hatte die Zigaretten im Mülleimer zerkrümelt, noch eine Schmerztablette genommen und sich hingelegt. Und fast dreizehn Stunden geschlafen.

Natürlich war der zweite Joggingmord furchtbar und erschütternd, gab aber den auf der Stelle tretenden Ermittlungen neuen Schwung. Es wäre falsch gewesen zu behaupten, dass Anna darüber begeistert war, doch eine gewisse fiebrige Spannung beflügelte ihre Schritte, als sie die Tür zum Gewaltdezernat aufschob. Wie vor einem Wettlauf.

Hauptkommissar Pertti Virkkunen, der wie üblich vor allen anderen am Arbeitsplatz war, rief Anna sofort zu sich.

»Haben Sie eine Erklärung für gestern?«, fuhr er sie an.

Anna spürte Ärger in sich aufwallen. Wenn sie eins nicht ertragen konnte, dann einen Chef, der ihr auflauerte. Sie ließ ihrer Verärgerung freien Lauf.

»Gestern war mein freier Tag. Seit August im Schichtplan vermerkt. An einem freien Tag brauche ich doch wohl nicht einsatzbereit zu sein. Oder etwa doch?«

Ihr fiel wieder ein, dass sie sich eigentlich neue Klamotten hatte kaufen wollen. Das hatte sie völlig vergessen. Sie blickte rasch an sich herab. Dieselbe Jeans wie vorgestern. Dieselbe Collegejacke. Vielleicht sollte sie einfach aufhören, sich mit der eleganten Sari zu vergleichen. Sie war eben nicht der Typ für Kostümchen.

»Das können wir natürlich nicht erwarten. Aber ärgerlich ist es trotzdem«, sagte Virkkunen, und Anna glaubte im ersten Moment, er spräche über ihr Outfit.

»Es wäre wichtig gewesen, dass Sie von Anfang an dabei sind. Ehrlich gesagt, zähle ich bei den Ermittlungen in diesem Fall stark auf Sie. Aber ich meinte eigentlich nicht Ihren gestrigen ... unübersehbaren Kater, sondern wollte wissen, was Sie über diesen neuen Fall denken.«

»Ach so. Sorry.« Anna lachte verlegen auf. »Na ja, allzu viel habe ich noch nicht darüber nachgedacht. Es sieht natürlich schlimm aus; die beiden Morde sind sich so ähnlich, dass es sich einfach um denselben Täter handeln muss. Bisher haben wir nicht weiter auf den Schmuck geachtet, den Riikka bei sich trug. Es kann schließlich jeder irgendein Schmuckstück in der Tasche haben. Aber da auch bei dem gestrigen Opfer eins derselben Art gefunden wurde, ist es wohl doch relevant. Es kommt mir vor, als hätte es eine Bedeutung. Eine Botschaft.«

»Das denke ich auch. Es kann kein Zufall sein, dass zwei auf die gleiche Art getötete Menschen einen identischen Halsschmuck in der Tasche bei sich haben. Er hat etwas zu bedeuten, aber was? Das müssen wir schleunigst herausfinden.«

»Ja. Allerdings sind wir ziemlich schwach besetzt, die Arbeit verdoppelt sich ja jetzt sozusagen.«

»Und Esko?«

»Was ist mit Esko?« Anna zuckte zusammen.

»Wie läuft's? Mit Ihnen beiden?«

»Wieso?«

»Ich musste nur gerade an Ihren ersten Tag bei uns denken. An die Besprechung, zu der Sie nicht erschienen sind.«

»Esko hatte mir nichts davon gesagt.« Anna wurde nervös, sie verstand nicht, warum Virkkunen diese Sache überhaupt wieder aufbringen musste. Sie war vorbei und erledigt.

»Sie beschuldigen also Esko ...«

»Beschuldigen? Ich beschuldige niemanden. Aber nett war es natürlich nicht.«

»Ich habe natürlich bemerkt, dass Sie sich nicht gerade zugetan sind. Aber haben Sie Probleme, die sich störend auf die Arbeit auswirken könnten?«

Anna überlegte, was sie sagen sollte. Sie musterte Virkkunens strenges, alterslos wirkendes Gesicht. Jetzt hatte sie die Gelegenheit zu erzählen, wie Esko sich benahm, wenn sie unter vier Augen waren. Seine rassistische Einstellung bloßzulegen. Sie erinnerte sich an die Begegnung in der Raucherecke. Misstrauen und schiefe Blicke. Indirekte Kommunikation. Direkte Beleidigungen. Jetzt könnte sie zugeben, dass sie keinen Tag länger mit Esko zusammenarbeiten wollte.

»Nicht wirklich«, sagte sie stattdessen.

Virkkunen sah Anna unverwandt an, den Anflug eines Lächelns um die Mundwinkel. Anna hatte das seltsame Gefühl, dass er sie auf die Probe stellte.

»Hat Esko Ihrer Meinung nach ein Alkoholproblem?«, fragte er unvermittelt.

Anna erschrak. Was hatte das zu bedeuten?

»Ich weiß nicht ... In der Freizeit sehen wir uns ja nicht. Seine Arbeit erledigt er jedenfalls.«

»Trinkt er bei der Arbeit?«

»Nicht dass ich wüsste.«

Anna fühlte sich unwohl. Wenn Virkkunen tatsächlich so viel wusste, wie er ihr gerade zu verstehen gab, warum sprach er dann nicht direkt mit Esko?

Sie musste an Eskos Schnapsatem am frühen Morgen denken. An den Schluck aus dem Flachmann im Weidengebüsch.

Aber es konnte ja auch Saft in der Flasche sein, woher sollte sie das schon wissen.

»Es ist also alles in Ordnung?«

»Na ja, es gibt jedenfalls keine größeren Probleme. Es läuft ganz gut, trotz der Anfangsschwierigkeiten.«

Virkkunen sah Anna prüfend an.

»Heute werden die neuen Listen erstellt. Kann es also mit der Zuordnung so weitergehen wie bisher?«

Anna wand sich auf ihrem Stuhl. Virkkunens Worte klangen eher nach einem Befehl als nach einer Frage. Anna ahnte, nein, sie wusste mit Gewissheit, wenn sie jetzt sagte, nein, die Zuordnung müsse geändert werden, sie wolle nicht mehr mit Esko zusammenarbeiten, dann würde sie von dieser Ermittlung ausgeschlossen. Noch vorgestern hätte ihr das nichts ausgemacht. Doch durch die Wende, die der Fall inzwischen genommen hatte, war ihr Interesse wiedererwacht. Anna musste sich eingestehen, dass sie sich nichts dringlicher wünschte, als den Mistkerl zu fassen, der mit der Flinte sein Unwesen trieb. Dafür nahm sie sogar Esko in Kauf.

»Ich denke schon«, sagte sie und war sich keineswegs sicher, ob sie diese Worte nicht schon bald bereuen würde. Sie warf einen Blick auf die blonde Frau, die ihr aus einem Zinnrahmen auf dem Schreibtisch entgegenlächelte und sie warnend anzusehen schien.

»Fein, das hört man gern. Dann müssen wir jetzt herausfinden, ob dieser Ville Pollari irgendeine Verbindung zu Riikka hatte. Ob die beiden sich kannten.«

Die Erleichterung über den Themenwechsel spülte Annas Unbehagen davon.

»Irgendeine Verbindung muss es ja geben.«

»Wir sollten an die Öffentlichkeit gehen, die Leute warnen. Unsere joggenden Mitbürger müssen erfahren, dass ihnen womöglich ein Verrückter mit einer Flinte auflauert.«

»Nicht nur unsere Mitbürger gehen joggen.«

»Bitte?«

»Na, zum Beispiel Asylbewerber oder die Gastarbeiter bei Nokia. Oder irgendein Eishockeyspieler. Sie alle sind nicht notwendigerweise finnische Staatsbürger.«

»So hatte ich es nicht ...«

»Ich bin ganz Ihrer Meinung. Gleichzeitig können wir auch um Hinweise aus der Bevölkerung bitten. Irgendwie muss der Mörder doch von einem Ort zum anderen kommen. Vielleicht hat jemand einen Wagen gesehen. Oder ein Fahrrad oder sonst irgendetwas.«

»Der Fall geht auf wie ein Hefeteig. Wir brauchen Verstärkung«, seufzte der Hauptkommissar.

»Sie hat sich die Seele aus dem Leib gekotzt, als ich zum tausendsten Mal bei ihr angerufen habe«, drang Eskos amüsierte Stimme aus der Kaffeeküche des Gewaltdezernats.

»Und wie sie aussah, Mannomann! Als hätte sie einen Stromschlag und eine Lebensmittelvergiftung gleichzeitig abgekriegt. Sie muss bis in die Morgenstunden gesoffen haben. Zum Tatort hat sie sich von einer Streife kutschieren lassen, und nach kaum einer Stunde war sie auch schon wieder weg.«

Eine Klatschbase ist er also auch noch, dachte Anna und betrat die Kaffeeküche. Verlegene Stille senkte sich über den Raum. Sari grüßte Anna mit einem stummen Nicken, ohne ihr in die

Augen zu sehen, während Rauno sich darauf zu konzentrieren schien, seinen Kaffee umzurühren.

Wut flammte in Anna auf.

»Ich hab übrigens gerade eben dem Chef gegenüber keinen Mucks zu deinen rassistischen Äußerungen, zum Thema Mobbing und zu deiner Sauferei gesagt, obwohl er versucht hat, mich auszuhorchen. Kein Wort zu all den Tagen, an denen ich gesehen habe, wie du dich morgens zitternd und nach Schnaps stinkend hier reinschleppst, und schon gar nichts darüber, was ich gestern im Wald beobachtet habe. Ich hab getan, als wüsste ich nicht, wovon er spricht.«

Die Stille wurde noch erdrückender. Man konnte das Wasser in den Leitungen rauschen hören. Das ganze Polizeigebäude schien den Atem anzuhalten.

»Immerhin komme ich trotzdem immer pünktlich«, sagte Esko schließlich mit einem Lächeln, das seine Augen jedoch nicht erreichte.

Anna goss sich schweigend Kaffee ein. Sie bezwang den Impuls, die Tasse an die Wand zu schleudern.

»Anna hatte gestern frei, Esko«, versuchte Sari zu vermitteln, verstummte aber, als sie Annas Blick auffing, der unmissverständlich besagte, dieser Schweinehund habe keine Rechtfertigung verdient.

Das quälende Schweigen schien kein Ende zu nehmen. Rauno drehte den Löffel in der Zuckerdose, Sari studierte die Schlagzeile der gestrigen Zeitung. Esko starrte Anna herausfordernd, geradezu kampflustig an, doch sie zählte bis zehn und nahm dann in aller Seelenruhe einen Schluck von ihrem Kaffee.

Von diesem Flegel lasse ich mich nie wieder provozieren, dachte sie. Die Genugtuung gebe ich ihm nicht noch einmal.

»Vielleicht sollten wir uns lieber auf die Arbeit konzentrieren«, sagte sie schließlich und blickte die Anwesenden der

Reihe nach an. Sari und Rauno nickten erleichtert, Esko wirkte gleichgültig. Oder vielleicht doch ein wenig enttäuscht, stellte Anna zufrieden fest. Er hatte wohl erwartet, dass sie die Nerven verlor, die Tür hinter sich zuknallte und sich heulend in ihrem Büro verkroch.

»Wir haben gestern zusätzliche Arbeit bekommen«, sagte Anna und sprach rasch weiter, ohne auf die Kommentare der anderen zu warten. »Jetzt bin auch ich bereit, mich damit zu befassen. So ein freier Tag gibt einem erstaunlich viel Kraft. Also. Wir haben zwei fast identische Morde. Was schließen wir daraus?«

Sari und Rauno sahen einander an, während Esko sich in die gestrige Zeitung vertiefte. Nach einer Weile meinte Rauno: »Irgendwer hasst Jogger.«

»Irgendein Jäger hasst Jogger«, präzisierte Sari.

»Diese Jägerhypothese überzeugt mich nicht«, sagte Rauno. »Ich habe die Liste des Jagdvereins abtelefoniert, aber da wirkt keiner verdächtig. Natürlich können wir die Möglichkeit trotzdem nicht ausschließen.«

»Im Prinzip haben auch ziemlich viele Nichtjäger die Möglichkeit, an eine Jagdwaffe heranzukommen«, sagte Anna. »Überlegt doch mal, wie viele Familienangehörige und enge Freunde diese ganzen Jäger haben. Theoretisch hat wohl fast jeder Finne Zugang zu irgendeiner Flinte, oder nicht?«

»Von der Waffendichte her stehen wir weltweit auf einem der vorderen Plätze«, räumte Rauno ein. »Aber die Waffen müssen in verschlossenen Schränken aufbewahrt werden.«

»Zumindest die Familienmitglieder wissen bestimmt, wo sich der Schlüssel befindet«, meinte Anna.

»Sicher. Aber meiner persönlichen Erfahrung nach lernt man in Jägerkreisen den sachgemäßen Umgang mit Waffen von klein auf und bringt ihn auch den eigenen Kindern bei.

Diese Leute wissen, was man mit einer Waffe anrichten kann, und deshalb haben sie Respekt vor ihr und sind vorsichtig. Irgendwie habe ich das Gefühl, ein normaler Jäger würde nicht so herumballern. Eher könnte es jemand sein, der andauernd vor dem Computer sitzt und den Bezug zur Realität verloren hat.«

»Der Täter ist krank, das ist ganz offensichtlich«, sagte Anna. »Auch ein Jäger kann durchdrehen.«

»Na klar, aber das halte ich für unwahrscheinlich«, entgegnete Rauno grinsend.

»Er ist selbst Jäger«, erklärte Sari. »Aber hört mal, gibt es zwischen den Opfern noch irgendeine andere Verbindung außer dem Jogging?«

»Auf den ersten Blick jedenfalls nicht. Diesmal war das Opfer ein Mann«, sagte Esko, und aus einem plötzlichen Impuls heraus lächelte Anna ihn freundlich an.

Er beteiligt sich an dem Gespräch, trotz der Szene von eben.

Esko tat, als würde er ihr Lächeln nicht bemerken.

»Und älter als Riikka. Dieser Ville ist – oder *war* – achtundzwanzig, verheiratet und berufstätig. Und ein Baby ist auch unterwegs«, berichtete Rauno.

»Riikka ging nur gelegentlich joggen, um ein paar Kilo abzunehmen. Ville dagegen war Leistungssportler, Orientierungsläufer auf Bezirksebene. Er ist sicher jeden Tag gelaufen«, fügte Esko hinzu.

Wie hat er das so schnell herausgefunden?, wunderte sich Anna.

»Beide wurden in Ufernähe getötet. Einmal südlich, einmal nördlich der Stadt«, sagte sie.

»Es muss sich um denselben Täter handeln«, meinte Rauno. »Die gleichen Schrotpatronen und das gleiche Amulett bei beiden. Es war derselbe Mann.«

»Oder dieselbe Frau«, ergänzte Sari.

»Der Schmuck ist tatsächlich interessant«, sagte Anna. »Wisst ihr mehr darüber?«

»Ich habe ihn gestern genau untersucht. Es scheint sich um billigen Tand zu handeln, der in China hergestellt und dann in einer ganz anderen Ecke der Welt an Touristen verkauft wird. Der schwarze Anhänger ist aus Plastik, das Halsband aus Kunstleder«, antwortete Rauno.

»Warum haben wir nicht sofort reagiert, als dieser Schmuck in Riikkas Tasche gefunden wurde?«, fragte Anna.

»Heilige Einfalt«, brummte Esko. »Ich hätte es doch für sehr seltsam gehalten, wenn wir darauf angesprungen wären. Ein einzelnes Schmuckstück ist doch nicht verdächtig. Jetzt haben wir zwei, da sieht die Sache anders aus. Die Dinger haben irgendeine Bedeutung, das ist jetzt sonnenklar. Entweder hat der Schütze beiden den Schmuck in die Tasche gesteckt, oder beide Opfer gehören zu irgendeiner ... Sekte oder so.«

»Wir müssen den Schmuck Riikkas Eltern und Freundinnen zeigen«, meinte Sari.

»Ich finde, das ist ein Detail, das wir vorläufig lieber für uns behalten sollten«, wandte Esko ein. »Rauno, versuch, alles über diesen Schmuck herauszufinden. Wo wird er hergestellt, wo verkauft, was hat das Bild zu bedeuten? Das mit der Geheimhaltung müssen wir uns noch überlegen. Es kann ja auch sein, dass sich eine ganz natürliche Erklärung findet – ein Werbegeschenk beim Kauf eines Trainingsanzugs oder was weiß ich.«

»Ein ziemlich seltsames Werbegeschenk und dann auch noch zufällig in der Tasche beider Opfer, *no way*«, sagte Rauno kopfschüttelnd. »Aber ich gehe der Sache nach.«

»Haben wir es mit einem Serienmörder zu tun?« Sari sprach aus, was bisher keiner zu sagen gewagt hatte.

Wieder wurde es still.

»Einen dritten Mord hat es noch nicht gegeben, soweit wir wissen«, sagte Anna schließlich. »Beim FBI gilt drei als die magische Grenze.«

»Ein Serienmörder klingt wie eine Gestalt aus amerikanischen Groschenromanen, ich weiß, aber die beiden Fälle haben etwas Krankhaftes. Hier geht es nicht um den üblichen Totschlag unter Säufern«, erklärte Sari.

»Wahrhaftig nicht«, sagte Rauno.

»Wir müssen den Irren finden«, flüsterte Sari, »bevor er zum dritten Mal zuschlägt.«

»Wir müssen den Zusammenhang finden. Zwischen den beiden Opfern muss es einfach eine Verbindung geben«, stellte Esko nachdrücklich fest.

»Der Meinung bin ich auch«, stimme Anna ihm zu. »Wenn wir die Verbindung finden, finden wir auch den Täter. Wir müssen alle noch mal vernehmen: Riikkas Freundinnen und die Eltern. Jere ebenfalls. Und die Frau von diesem Ville, seine Kollegen und Nachbarn und alle Orientierungsläufer und Jäger und Leute, die in der Nähe des Joggingpfads wohnen. Zum Glück hat Virkkunen Verstärkung versprochen.«

»Tatsächlich?« Rauno freute sich sichtlich.

»Na ja, jedenfalls war die Rede davon. Und wir werden die Bevölkerung um Hinweise bitten. Am Nachmittag ist die Pressekonferenz.«

»Wer soll die denn alle überprüfen«, knurrte Esko.

»Vielleicht war dieser Ville Riikkas heimlicher Liebhaber«, sagte Sari plötzlich.

»Ja!«, rief Anna. »Gute Idee! Linnea entnimmt bei der Obduktion natürlich eine DNA-Probe. Die können wir mit dem Sperma vergleichen, das bei Riikka gefunden wurde. Wenn die DNA identisch ist, würde das vieles erklären. Und vielleicht sogar irgendwem ein Motiv geben.«

»Villes Frau allemal«, bemerkte Esko.
Virkkunen kam herein, um sich Kaffee zu holen.
»Anna und Esko«, sagte er. »Ihr beide fahrt nach Asemakylä. Ihr müsst die Frau des Toten befragen.«

20

Draußen war es wieder grau. Wo war die gestrige Helligkeit geblieben? Anna presste die Stirn ans Seitenfenster und betrachtete die vorüberfliegende Landschaft, während Esko gen Norden fuhr. Das Laub hatte sich gelb gefärbt. Wann war das geschehen? Warum verging die Zeit so schnell?

Jetzt bin ich schon wieder auf dem Weg in ein Trauerhaus – wie der Aasgeier irgendeiner Behörde, dachte Anna. Wieder versuche ich, mit diesem widerwärtigen Mann auszukommen, der auf der ganzen Fahrt nicht mit mir redet. Immerhin hat er mich mitfahren lassen. Vielleicht ist das schon ein Fortschritt. Sollte ich Virkkunen erzählen, dass es zwischen uns hervorragend läuft? Dass Esko alle Erwartungen übertrifft und mir erlaubt, mit ihm im selben Wagen zu sitzen?

Aus dem Augenwinkel sah sie, wie Esko ihr einen Blick zuwarf.

Sie hatte Lust auf eine Zigarette.

Maria Jääskö-Pollari, die Frau des Toten, war erst seit wenigen Jahren Ehefrau. Sie hatte einen überaus lebenslustigen Mann geheiratet, den Mann ihres Lebens, wie sie sagte. Und nun erwartete sie ein Kind. Das Kind eines Toten. Ein Kind, das seinen Vater nie kennenlernen würde.

Anna betrachtete das verweinte, ausdruckslose Gesicht der Frau und den gewölbten Bauch unter der schwarzen Tunika. Sie passten nicht zusammen. Sie gehörten nicht zu ein und demselben Menschen.

Das Kind würde seinen Vater nie zu Gesicht bekommen. Und doch würde es die Sehnsucht nach ihm sein Leben lang in seiner Seele tragen, so sicher, wie es die Gene seines Vaters in den Zellen trug. Es gibt so vieles, was wir erben, dachte Anna unwillkürlich.

Die ihr wohlvertraute Melancholie setzte sich ihr auf die Schulter und flüsterte düstere Verse. Der Eifer von heute früh war mit einem Schlag wie weggewischt.

Maria war ausgebildete Verwaltungsfachkraft, hatte aber nur kurz als Gemeindesekretärin der Kommune Simonkoski gearbeitet. Sie war genau zur richtigen Zeit schwanger geworden, als die geplante Eingemeindung so weit fortgeschritten war, dass die sogenannten Übergangsfristen für die Mitarbeiter der Kommune abliefen und Simonkoski als selbstständige Ortschaft nicht mehr existierte. Jetzt war sie krankgeschrieben, weil sie aufgrund einer Lockerung der Wirbel starke Rückenschmerzen hatte. Es war ihr fast unmöglich, längere Zeit zu sitzen. Gehen konnte sie noch, wenn der Weg nicht zu lang war und sie sich anschließend hinlegen durfte. Der offizielle Mutterschutz begann in einem Monat. Danach wollte sie Erziehungsurlaub nehmen. Wenn das Kind drei Jahre alt war und die Elternzeit ablief, würde ihr Arbeitsplatz nicht mehr existieren. Allem Anschein nach würden in der Stadt, die ihre Nachbargemeinden verschlang, nur die leitenden Angestellten ihre Arbeitsplätze behalten.

»Aber das spielt jetzt sowieso keine Rolle mehr«, sagte Maria Jääskö-Pollari verbittert.

Ville war am Donnerstagmorgen wie immer um sieben Uhr zur Arbeit in die Stadt gefahren. Er war Ingenieur und hatte als Programmierer bei Nokia gearbeitet. Maria war gegen zehn Uhr einkaufen gegangen, hatte sich ansonsten aber den ganzen Tag zu Hause aufgehalten. Sie hatte Wäsche gewaschen, es aber nicht geschafft, sie zum Trocknen aufzuhängen. Genauer gesagt hatte sie beim Versuch, die Wäsche aus der Maschine zu nehmen, so starke Rückenschmerzen bekommen, dass sie beschlossen hatte, Ville um Hilfe zu bitten, sobald er nach Hause kam. Er half oft bei der Hausarbeit. Leerte den Geschirrspüler und wischte sogar die Schranktüren ab.

Am Nachmittag hatte Maria gekocht. Stehen war zwar fast so schmerzhaft wie Sitzen, aber solange sie es noch schaffte, wollte sie dafür sorgen, dass das Essen auf dem Tisch stand, wenn Ville von der Arbeit kam.

Ville war kurz nach fünf nach Hause gekommen. Sie hatten gegessen, er hatte die Wäsche aufgehängt und gesagt, von seinem nächsten Gehalt werde er einen Trockner kaufen. Dann hatte er sich aufs Sofa gelegt und eine halbe Stunde geschlafen. Von sechs bis sieben hatte er die Sportschau geguckt. Maria hatte neben ihm auf dem Sofa gesessen. Er hatte ihre verkrampften Rückenmuskeln massiert. Kurz vor sieben hatte Villes Trainingskumpel Jussi Järvinen angerufen und gesagt, sein Kind habe Fieber und seine Frau müsse zur Spätschicht.

Deshalb war Ville allein laufen gegangen.

»Hat er oft mit einem Freund trainiert?«, fragte Anna.

»Beim Geländetraining lief Ville fast immer mit jemandem, meistens mit Jussi, der im selben Sportverein ist. Die normalen Runden auf dem Joggingpfad lief er meistens allein, aber manchmal kam Jussi auch dorthin mit«, erklärte Maria.

Anna schrieb in ihr Notizbuch: Jussi Järvinen und krankes Kind.

Um zwanzig nach sieben hatte Ville das Haus verlassen. Maria hatte sich aufs Bett gelegt, den Laptop auf dem Bauch balanciert und sich auf Facebook angemeldet. Ungefähr eine halbe Stunde hatte sie mit ihrer Schwester gechattet, die in Paris lebte. Dann hatte ihre Mutter angerufen, und sie hatten sich lange unterhalten, unter anderem darüber, wo man preiswert gute Wäschetrockner kaufen konnte. Gegen halb neun hatte Maria den Computer ausgeschaltet und war aufgestanden, um die Sauna einzuheizen. Um neun hatte sie bereits nervös aus dem Fenster geschaut und ihren Mann angerufen, dessen Handy aber im Flur geklingelt hatte. Um Viertel nach neun hatte sie Jussi angerufen, der das Gespräch jedoch nicht entgegengenommen hatte.

Maria hatte noch eine Viertelstunde abgewartet, bevor sie schließlich bei der Polizei angerufen hatte. Der diensthabende Beamte hatte ihr gesagt, sie solle sich beruhigen und bis zum Morgen warten. Zu diesem frühen Zeitpunkt lohne es sich nicht, eine Suche einzuleiten. So etwas passiere überraschend oft, und fast immer kämen die Männer früher oder später mit eingekniffenem Schwanz wieder zurück.

»Der Polizist hat mich ausgelacht«, berichtete Maria erschüttert. »Können Sie sich das vorstellen, er hat gelacht! Ich hab ihn angebrüllt. Ville ist doch kein Herumtreiber! Er ist ein anständiger Mann!«

Maria brach in Tränen aus. Sie verbarg das Gesicht in den Händen und schluchzte leise. Dann hob sie den Kopf und sah Anna und Esko vorwurfsvoll an.

»Wenn die Polizei sofort gehandelt hätte, als ich dort angerufen habe, wäre der Täter vielleicht gefasst worden. Sie haben diesen Irren entkommen lassen.«

Anna und Esko schwiegen.

»Darf ich mir Ihren Facebook-Account ansehen?«, bat Anna nach einer Weile.

»Könnte ich mich weigern?«, fragte Maria.

»Im Moment ja, längerfristig wahrscheinlich nicht.«

»Sehen Sie sich von mir aus an, was Sie wollen«, sagte Maria und holte schniefend ihren Laptop.

Anna und Esko gingen ihre Seiten durch. Auf der kurzen Liste ihrer Freunde stand niemand aus Saloinen. Der Chat mit ihrer Schwester war genau zu der Zeit gespeichert, die Maria ihnen genannt hatte. Sie hatte über ihre Rückenschmerzen geklagt und über die ewige Warterei: Sie hoffte darauf, dass das Essen fertig würde, dass ihr Mann von der Arbeit oder vom Joggen käme, dass es endlich etwas Interessantes im Fernsehen gäbe. Und natürlich auf die Geburt ihres Kindes. Ihre Schwester wiederum hatte sich über die ständigen Demonstrationen beschwert, die in Paris die Straßen verstopften.

Nichts Verdächtiges, kein Hinweis auf eine Bedrohung. Aber wer würde derlei Dinge schon auf Facebook enthüllen? Das Leben auf jedweder Pinnwand war glücklicher als in jeder Illustrierten.

Was machst du gerade?, fragte Facebook unermüdlich.

Ich denke darüber nach, meinen Mann zu erschießen, ich bin ihn leid.

Anna schnaubte.

Maria kannte Riikka nicht. Sie sah sich das Abiturfoto lange an, dann schüttelte sie den Kopf.

»Nein, dieses Mädchen habe ich noch nie gesehen«, sagte sie mit fester Stimme.

Sie hielt es auch nicht für möglich, dass ihr Mann ein Verhältnis mit Riikka oder irgendeiner anderen Frau gehabt haben könnte. So einer sei Ville nicht gewesen, sagte sie wieder. Ville sei ein anständiger Mann gewesen. So etwas hätte er ihr nie angetan. Sie hätten einander geliebt, sich miteinander wohlgefühlt, sie seien glücklich gewesen.

Maria strich sich über den Bauch und blickte durch das Küchenfenster in den Garten, wo der Rasen noch immer sommerlich grün leuchtete.

Anna wollte der Frau glauben. Sie wollte glauben, dass sich

in diesem Haus keine Schwären verbargen und das bald auf die Welt kommende Kind in einer Atmosphäre aufwachsen würde, die durch die liebende Erinnerung an den Vater geprägt war.

Doch aus Erfahrung wusste sie auch, dass Menschen lebensgroße Lügen verbergen konnten, Lügen unterschiedlichster Art. Die Beklemmung meldete sich wieder, störte ihre Konzentration, lenkte die Gedanken von diesem Moment und dieser Aufgabe fort zu den Gespenstern aus ihrer eigenen Vergangenheit. Anna schüttelte sie ab. Bleib im Hier und Jetzt.

»Wo war Ville am Abend des 21. August? Erinnern Sie sich noch daran?«, fragte sie schließlich.

»Welcher Wochentag war das?«

»Ein Sonntag.«

»Sonntagabends ist Ville immer joggen gegangen.«

»Und wo?«

»In Häyrysenniemi.«

»Und in Selkämaa?«

»Wo ist das?«

Anna erklärte ihr, dass Riikka dort getötet worden sei. Maria schüttelte den Kopf. Warum hätte Ville so weit fahren sollen, wenn es ganz in der Nähe einen anderen Joggingpfad gab? Bei der Fahrt zur Arbeit musste er schon lange genug im Auto sitzen.

»Wo waren Sie an dem Abend?«, fragte Esko dann.

»Hier«, antwortete Maria kühl. »Wo denn sonst?« Sie sah Anna fast anklagend an. Ihr Blick brannte. Warum starrt sie mich so an? Anna wollte diesem Blick entgehen. Sie stand auf und fragte, ob sie die Toilette benutzen dürfe. Maria wies ihr den Weg. Anna verriegelte die Tür und blieb vor dem Spiegel stehen. Das Gesicht, das ihr entgegenblickte, war ihr fremd.

Ich beherrsche diesen Job nicht, sagte der Mund in diesem Gesicht.

Ich gehöre nicht hierher.

Auf der Rückfahrt in die Stadt bat Anna Esko um eine Zigarette. Zu ihrer Überraschung hielt Esko an einer Bushaltestelle an und reichte Anna seine Schachtel. Sie stiegen aus und rauchten, ohne ein Wort zu wechseln, den Blick auf den vorbeifahrenden Verkehr geheftet. Die Zigarette schmeckte gut.

Am Nachmittag war Virkkunen im Fernsehen. Und um sieben in einer Sondersendung. In den Zehn-Uhr-Nachrichten. Virkkunen war im Radio. Morgen würde es rundgehen, wenn die Geschichte erst in den Zeitungen stand und die Schlagzeilen in jedem Laden und an jedem Kiosk zu sehen waren. Anna hörte geradezu, wie die ganze Stadt und ihre stille ländliche Umgebung in kollektiver Angst tuschelte und stöhnte wie nach einer Bombenexplosion.

Sie selbst saß im Streifenwagen vor Bihars Haus und hörte Radio. Virkkunens klare Stimme schilderte die Joggingmorde in groben Zügen, und die Reporter fragten ihn nach Einzelheiten. »Im Interesse der Ermittlungen kann ich dazu nichts sagen«, erwiderte er immer wieder.

Es war schon spät. In der Wohnung der Chelkins brannte noch Licht. Ab und zu huschte ein Schatten an einem der Fenster vorbei. Anna hatte das Gefühl, auch sie werde beobachtet.

»Die Polizei bittet um Hinweise auf Personen, die am 21. August in der Nähe des Joggingpfads in Selkämaa und am 14. September in Häyrysenniemi gesehen wurden. Jede Beobachtung kann wichtig sein«, sagte Virkkunen im Radio.

»Ist der Mörder motorisiert?«, fragte jemand.

»Das versuchen wir gerade herauszufinden.«

»Sind weitere Morde zu erwarten?«

»Der Täter läuft frei herum«, donnerte Virkkunen. »Solange wir nicht wissen, nach welchen Kriterien er seine Opfer auswählt, fordern wir die Bevölkerung auf, Joggingpfade zu meiden, vor allem in den Abendstunden.«

»Darf man tagsüber spazieren gehen?«

Jemand klopfte ans Fenster. Anna fuhr zusammen.

»Ich wiederhole: Es ist ratsam, Uferwege und Joggingpfade nach Anbruch der Dunkelheit zu meiden«, sagte Virkkunen.

Anna schaltete das Radio aus und öffnete das Fenster. Payedar Chelkin sah sie mordlüstern an.

»Lassen uns in Ruhe!«

»Vergessen Sie nicht, dass Sie mit einer Polizistin sprechen«, entgegnete Anna und umklammerte fest das Lenkrad.

»Haben Polizei nicht anderes denken?«

»Wieso?«

»Jetzt ihr musst anderes tun! Geh die Morde forschen! Gehen Sie weg!«

»Die Polizei tut genau das, was sie tun muss.«

»Lassen meine Tochter in Ruhe!«

»Lassen Sie sie in Ruhe, dann werde ich es auch tun.«

»Ich nichts falsch gemacht! Gehen Sie Joggemorde forschen! Ist genug zu tun!«

»Sie wissen aber gut Bescheid über diese Morde.«

»Ich sehe Nachrichten. Alles voll davon.«

»Na, wie passend.«

»Was?«

»Wie passend, dass es diese großen Mordfälle gibt. Sie glauben, wir hätten keine Zeit mehr, Sie im Auge zu behalten.«

»Hat Polizei wichtiger zu tun als meine Familie.«

»Nichts ist mir wichtiger als Ihre Familie«, sagte Anna, ließ den Motor an und fuhr davon. Bihars Vater blieb auf der Straße stehen und schüttelte die Fäuste. Im Rückspiegel sah Anna, dass er ihr sogar ein Stück nachlief. Ein entsetzlicher Gedanke schoss ihr durch den Kopf.

Konnte Payedar Chelkin so verrückt sein?

In diesem Moment kam eine SMS. Anna bremste und fuhr an der nächsten Bushaltestelle rechts ran. Auf dem Display ihres Handys leuchtete ein Briefumschlag. Sie brauchte nicht nachzusehen, um zu wissen, woher die SMS kam. Oder vielmehr, um zu wissen, dass sie es nicht wusste.

Verdammte Hure! I wanna fuck u!

Diesmal war die SMS von einer anderen Nummer geschickt worden. Natürlich, der alte Trick der Berufsverbrecher: immer wieder den Anschluss und das Gerät wechseln, um nicht aufgespürt zu werden. Aber diesmal lösche ich die SMS nicht, dachte Anna.

21

Helena Laakso wohnte in Saloinen in einem kleinen Einfamilienhaus hinter dem Supermarkt, der Bank und der Kneipe, etwa einen Kilometer von Riikkas Elternhaus entfernt. Die kleine, nervös wirkende Frau hatte in der Zeitung von den Mordfällen gelesen und daraufhin die Polizei angerufen: Sie habe am Abend des 21. August ihren Hund ausgeführt und einen Wagen gesehen, der zum Joggingpfad Selkämaa gefahren war.

Helena Laakso empfing Anna und Sari im Flur, führte sie ins Wohnzimmer und ließ sie auf tiefen Plüschsesseln Platz nehmen. Auf dem Tisch standen Kaffee und Tee, ein frisch gebackener Hefezopf und Plätzchen bereit. Mit roten Wangen brachte sie das Sahnekännchen, setzte es vorsichtig ab und schob sich nervös eine graue Strähne hinters Ohr, die ihr aus dem locker aufgesteckten Knoten ins Gesicht gefallen war. Anna sah, dass ihre Hände vor Anspannung zitterten.

Anna kam der Verdacht, dass die Behauptung, einen Wagen gesehen zu haben, womöglich nur der Vorwand dieser einsamen alten Frau gewesen war, um Besuch zu bekommen. Sich wenigstens für kurze Zeit nützlich und wichtig zu fühlen. Für irgendwen. Sari schien ähnlich zu denken, denn sie sah Anna skeptisch an. Als die Frau in die Küche ging, um Zucker zu holen, flüsterte Sari Anna zu, man werde ja sehen, ob bei dem Ganzen etwas herauskäme. Anna betrachtete den Nippes und die Fotos in den Bücherregalen. Konfirmanden und Abiturienten,

Brautpaare und kleine Kinder, vermutlich die Enkel. Ein Hund. Wo war übrigens der Hund? Erst jetzt fiel Anna auf, dass kein Tier im Haus herumlief und auch bei ihrer Ankunft kein Bellen zu hören gewesen war.

»Sie haben also am 21. August Ihren Hund ausgeführt«, begann Anna, als Frau Laakso mit der Zuckerdose zurückkam und ihren unruhigen Blick über den Tisch streifen ließ, um sich zu vergewissern, dass nun alles Nötige vorhanden war.

»Ich führe meinen Hund jeden Tag aus«, antwortete die Frau so resolut, wie man es nach ihrem fahrigen und unsicheren Auftreten nicht erwartet hätte. Ihre tiefe, kräftige Stimme hätte besser zu einem anderen Körper gepasst, einem jüngeren, weniger zerbrechlichen.

»Wo ist Ihr Hund denn jetzt?«, fragte Sari und nahm einen Schluck Kaffee.

Die Frau starrte sie an.

»Der schmeckt aber gut«, sagte Sari sofort.

Und das stimmte. Der Kaffee war schwarz und stark, das Koffein kitzelte den Gaumen.

Frau Laakso entspannte sich sichtlich und nahm auf dem Sofa Platz.

»Hervorragend«, sagte sie zufrieden. »Im Laden haben sie behauptet, das Ding wäre idiotensicher, aber man weiß ja nie. Ich habe es gestern erst gekauft und erst ein paarmal ausprobiert.«

»Ach, Sie haben eine neue Kaffeemaschine?«, fragte Anna.

»Ja, so ein Gerät für Kaffeepads, für das dieser hübsche George Clooney wirbt. Furchtbar teuer, macht aber herrlichen Kaffee. Nehmen Sie Milch, wenn er Ihnen zu stark ist. Vorläufig habe ich nur starke Pads. Ich muss nachher im Internet mildere bestellen und koffeinfreie auch.«

Helena Laakso lächelte zufrieden, weil ihr Kaffee Anklang gefunden hatte. Die anfängliche Unsicherheit war verflogen. So viel zum ersten Eindruck, dachte Anna.

»Ach ja, der Hund«, sagte sie dann und ließ einen lauten Pfiff durchs Haus gellen. Sie hörten, wie Krallen über die Dielen scharrten, als ein riesiger Mastiff ins Wohnzimmer trabte. Er legte sich zu den Füßen seines Frauchens hin, ohne die Gäste zu beachten.

»Ich habe ihm beigebracht, im Schlafzimmer zu bleiben, bis ich ihn rufe, wenn Besuch da ist. Hunde, die sofort im Flur herumspringen, haben mich immer schon genervt.«

Die kleine Frau kraulte ihren riesigen Hund hinter den Ohren. Der Hund schloss zufrieden die Augen. Mit so einem Riesen hatte man garantiert keine Angst, allein zu leben, allein durch den Wald zu spazieren.

»Sie wollten mich wegen des Autos befragen«, sagte die Frau.

»Ja, genau. Um wie viel Uhr sind Sie losgegangen, und welche Strecke haben Sie genommen?«

»Ich erinnere mich noch gut an den Abend, obwohl er schon eine Weile zurückliegt. Ich hatte einen dreitägigen Kurs des Hausfrauenverbandes geleitet, Gutes aus Wild, und in dieser Zeit war Mörkö nur wenig rausgekommen. Gerade mal kurz vors Haus oder eine kleine Runde um den Laden. Ich dachte, wenn der Kurs vorbei ist, machen wir einen langen Spaziergang. Das war am Sonntagabend. Wir sind um sieben losgegangen. Von hier bis ans Ufer sind es ungefähr fünf Kilometer. Gegen acht Uhr sind wir dort angekommen.«

»Sie sind also nicht auf den Joggingpfad gegangen.«

»Nein. Ich gehe lieber ans Ufer. Da kann Mörkö frei herumlaufen.«

»War auf der Selkämaantie viel Verkehr?«

»Nein. Da ist nie viel Verkehr. Ich habe nur dieses rote Auto gesehen, das beim Haus des alten Raappana an uns vorbeigefahren ist. Es ist mir in Erinnerung geblieben, weil es einen Stein aufwarf, der mich am Bein traf.«

»Dann ist der Wagen also schnell gefahren?«

»Ziemlich.«

»Glauben Sie, dass er zum Joggingpfad unterwegs war?«

»Muss er ja wohl, denn am Ufer habe ich ihn nicht gesehen.«

»Können Sie den Wagen genauer beschreiben? Haben Sie die Marke erkannt?«, fragte Sari.

»Damit kenne ich mich leider überhaupt nicht aus. Ich habe mir nie etwas aus Autos gemacht. Mein verstorbener Mann hätte es gewusst. Es war so ein normales rotes Auto, nicht groß, aber auch nicht klein.«

»Haben Sie den Fahrer gesehen?«

»Nein.«

»Nicht einmal flüchtig?«

»Nein, leider nicht.«

»Würden Sie die Marke wiedererkennen, wenn wir Ihnen Fotos von mittelgroßen roten Wagen zeigten?«

»Probieren können wir es natürlich. Aber ich glaube, eher nicht. In meinen Augen sehen die alle gleich aus.«

»Es war also ungefähr halb acht, als der Wagen an Ihnen vorbeifuhr. Um wie viel Uhr sind Sie zurückgegangen?«

»Wir sind nicht lange geblieben, weil im Schilf Jäger waren. Ich habe Mörkö ein paarmal apportieren lassen, dann haben wir wieder kehrtgemacht. Vor halb neun. Auf dem Rückweg sind wir ein bisschen schneller ausgeschritten, wir haben es in einer Stunde nach Hause geschafft.«

»Woher wussten Sie, dass am Ufer Jäger waren?«

»Ich habe sie gesehen.«

»Wo?«

»Sie waren mit dem Auto dort. Zwei Männer in Tarnanzügen und mit umgehängten Gewehren.«

»Und was war das für ein Auto?«

»Ein großer schwarzer Jeep. Die Männer sahen recht jung aus, haben aber höflich gegrüßt, und der eine hat Mörkö gestreichelt und nach der Rasse gefragt. Freundliche Burschen. Aber sie schienen in Eile gewesen zu sein. Sie sagten, sie wollten sich auf die Lauer legen, bevor der Flug einsetzte.«

»Dann haben Sie also zwei Autos gesehen.«

»Tatsächlich, ja. Aber das zweite war ja das der Jäger«, sagte Helena Laakso.

»Einer der beiden Wagen gehört dem Mörder«, sagte Anna, als sie in die Stadt zurückkehrten. Sari saß hinter dem Steuer.

»Der Mörder fuhr zum Joggingpfad und wartete dort auf Riikka. Ich tippe auf das rote Auto. Er muss gewusst haben, dass sie dort joggt.«

»Jedenfalls war es kein blauer Laguna.«

»Nein. Falls Virve die Täterin ist, war sie nicht mit Jeres Wagen unterwegs.«

»Wir haben ja schon zwei Jäger befragt, die dort waren. Könnten das dieselben sein, die Frau Laakso gesehen hat?«

»Wahrscheinlich, aber das muss natürlich überprüft werden. Ich rufe gleich Rauno an.«

»Gut. Und dann bitten wir Virkkunen um einen Helfer, der Fotos von roten mittelgroßen Autos heraussucht. Vielleicht erkennt Frau Laakso die Marke ja doch wieder.«

»Das ist vermutlich Zeitverschwendung. Die meisten Frauen haben keinen Blick für Autos.«

»Manche Männer auch nicht. Aber einen Versuch ist es wert. Es würde schon helfen, wenn sie ein paar davon ausschließen könnte.«

»Ein Anruf von einem Unbekannten um halb sieben. Kurz danach bricht Riikka auf, um zu joggen. Wurde sie dazu aufgefordert?«

Annas Magen verkrampfte sich. Sie dachte an die SMS, die sie selbst bekommen hatte. Sollte sie Sari davon erzählen? Doch dann müsste sie auch ihren One-Night-Stand mit Petri Ketola erwähnen, und das wollte sie nicht.

»Gut möglich. Wenn ja, kam die Aufforderung von ihrem Mörder«, sagte Anna.

»Sie kannte ihren Mörder also.«

»Höchstwahrscheinlich.«

»Den unbekannten Anrufer aufzuspüren wird schwierig werden«, sagte Anna.

»Ja. Kerle, die sich mit so was amüsieren, wechseln die Handys und Prepaid-Anschlüsse wie andere Leute ihre Socken.«

Anna seufzte. Vielleicht wäre es doch vernünftig, mit Sari über die SMS zu sprechen. Doch stattdessen sagte sie: »Ich habe die Restaurants im Zentrum abgeklappert. Fast überall steht Lachs mit Pinienkernen auf der Speisekarte. Aber nirgends erinnert man sich an Riikka.«

»Vielleicht hat sie nicht im Restaurant gegessen.«

»Möglich.«

»Warum kommt mir das Ganze so schwierig vor? Als hätten wir völlig die Richtung verloren«, stöhnte Sari.

»Ja, so kommt es mir auch vor. Als würden wir um den falschen Planeten kreisen.«

Jussi Järvinen war zur Vernehmung ins Polizeigebäude bestellt worden. Der Anruf hatte ihn erreicht, als er gerade müde von der Arbeit heimgekommen war und seine Frau ihm die Schultern massiert hatte. Zum Glück hatte er die Angewohnheit, sich in den Hauswirtschaftsraum zurückzuziehen und die Tür zu schließen, wenn er zu Hause geschäftliche Anrufe entgegennahm. Daher hatte seine Frau sich nicht gewundert. Allerdings war es diesmal kein dienstliches Gespräch gewesen.

Am Empfangsschalter im Erdgeschoss fragte Jussi nach dem Weg ins Gewaltdezernat. Das Mädchen am Schalter wählte eine Telefonnummer und bat Jussi zu warten. Sie sieht gut aus, dachte Jussi und blickte das Mädchen ein wenig zu lange an, sodass es errötete. Bald darauf trat ein großer, ungepflegt wirkender Mann aus dem Aufzug, brummte einen Gruß und fuhr mit Jussi nach oben. Jussi hatte sich vorgenommen, nichts zu verraten. Eigentlich war sein Privatleben in dieser schrecklichen Sache doch ohnehin Nebensache. Mit dem Mord an Ville hatte es rein gar nichts zu tun. Es konnte gar nichts damit zu tun haben. Jussi zwang sich, ruhig zu bleiben.

»Guten Tag«, sagte der Mann noch einmal, nachdem sie einen Raum betreten hatten, der offenbar sein Dienstzimmer war. »Esko Niemi.«

Der Mann streckte Jussi die Pranke hin.

»Guten Tag«, erwiderte Jussi und bemühte sich, die Hand fest zu drücken, um einen guten Eindruck zu machen.

»Nehmen Sie Platz.«

»Danke.«

»Sie sind also Jussi Järvinen, der Freund und Trainingskumpel von Ville Pollari?«

»Jussi reicht völlig. Und ja, der bin ich.«

»Wie lange kannten Sie Ville?«

»Ungefähr seit fünf Jahren. Also nicht sehr lange. Meine Frau und ich sind vor fünf Jahren nach Asemakylä gezogen, und dort bin ich gleich dem Sportverein beigetreten. Da haben wir uns kennengelernt, die Pollaris waren auch gerade erst zugezogen, und Ville und ich haben angefangen, gemeinsam zu trainieren.«

»Hatten Sie auch jenseits des Trainings miteinander zu tun?«

»Gelegentlich. Ein gemütlicher Abend zu viert und so. Aber eher selten.«

»Wann zuletzt?«

»Anfang des Sommers, glaube ich. Ja, es war in der Woche vor Mittsommer. Wir haben zusammen die Grillsaison eröffnet. Auf unserer Terrasse.«

»Ist an dem Abend irgendetwas Besonderes vorgefallen?«

»Nein. Alles lief wie am Schnürchen.«

»Was heißt das?«

»Das Essen war gut und reichlich. Die Frauen haben angeregt geplaudert, und wir Männer haben ein paar Bierchen getrunken. Es war ein netter Abend.«

»Hat Ville irgendetwas gesagt, das Ihnen aufgefallen wäre? Etwas, das mit diesem Fall zu tun haben könnte?«

»An dem Grillabend?«

»Ja, oder auch später. Hatte er Angst? Hatte er das Gefühl, beobachtet zu werden? Gab es irgendwelche Abweichungen in seinen alltäglichen Routinen?«

Prima, er fragt nur nach Ville. Gut so, dann brauche ich nicht zu lügen, dachte Jussi erleichtert.

»Mir ist nichts aufgefallen. Oder Moment mal ... Da war doch was.«

»Was?«

»Wir waren später im Sommer zu einer extralangen Runde in Häyrysenniemi, und da stand ein Wagen auf dem Parkplatz. Ville meinte, der hätte schon öfter da gestanden, aber auf der Bahn hätte er nie jemanden gesehen.«

»Was für ein Auto?«

»So genau habe ich nicht hingeguckt. Irgendein alter Pkw. Rot. Ich fand das nicht ungewöhnlich. Damals.«

»Um welche Uhrzeit waren Sie damals dort, als Ville den Wagen erwähnte?«

»Ziemlich spät. Um neun oder zehn, soweit ich mich erinnern kann. Wir sind oft erst spät gelaufen. Wegen der Arbeit.«

»Die Sache mit dem Auto ist wichtig. Es steht möglicherweise mit beiden Verbrechen in Verbindung. Versuchen Sie bitte, sich genauer daran zu erinnern.«

Jussi strengte sich sichtlich an. Er kehrte in Gedanken zu dem Lauftraining mit Ville zurück. Es war Anfang Juli gewesen, sein Sommerurlaub hatte gerade begonnen. Weil es so heiß gewesen war, waren sie später aufgebrochen als sonst. Sie waren in Villes Wagen nach Häyrysenniemi gefahren, Ville hatte ihn unterwegs abgeholt. So hatten sie es oft gemacht. Sie waren auf den Parkplatz gefahren und noch nicht einmal ausgestiegen, als Ville das Auto erwähnt hatte. »Wer trainiert denn hier noch so spät? Der Wagen stand schon mal da, als ich das letzte Mal hier war. Und vorher auch schon. Aber ich habe nie einen Läufer gesehen«, hatte Ville gesagt.

Jussi wunderte sich, wie genau er sich plötzlich an Villes Worte erinnerte, denen er damals kaum Beachtung geschenkt hatte.

Aber an das Auto erinnerte er sich nicht genauer.

»Haben Sie es später noch einmal gesehen?«

Jussi überlegte eine Weile.

»Nein, nicht dass ich wüsste.«

»War Ville regelmäßig in Häyrysenniemi?«, fragte Esko.

»Ungefähr dreimal pro Woche.«

»An welchem Wochentag haben Sie den Wagen gesehen?«

»Warten Sie ... Mein Urlaub fing am 4. Juli an, am Montag, also war es der Freitag davor. Ich meine, der Urlaub beginnt ja immer an einem Werktag, aber irgendwie zählt man das Wochenende schon dazu. Ja. Es war der erste Juli. Ein Freitag.«

Esko notierte sich das Datum.

»Dann erzählen Sie mir bitte noch, was für ein Mensch Ville war. Nach Ihrem subjektiven Empfinden.«

Jussi war so erleichtert, dass er vor Freude hätte weinen können. Der Polizist interessierte sich ausschließlich für Ville. Natürlich musste der Mann ein möglichst genaues Bild von Ville gewinnen, eine Art Opferprofil. Jussi hatte sich ganz umsonst Gedanken gemacht. Eigentlich ziemlich erbärmlich von ihm, sich nur um seine eigene Haut zu sorgen, obwohl sein Kumpel erschossen worden war. Er würde im Sportverein und in seinem Freundeskreis Geld sammeln. Die befreundeten Manager waren wohlhabende Männer. Sie würden für die Witwe und das Baby großzügig spenden.

»Friedlich. Nett. Verhältnismäßig still. Familienorientiert. Fit«, zählte Jussi auf. »Er war besser in Form als ich. Ein guter Trainingspartner.«

»Ging er fremd?«

»Bestimmt nicht. Kann ich mir jedenfalls nicht vorstellen. Er hätte mir wohl kaum davon erzählt, aber irgendwie kann ich nicht glauben, dass er eine andere hatte. Er ist so anständig. Oder war ...«

»Wem hätte Ville davon erzählt, wenn er eine andere gehabt hätte?«

»Keine Ahnung. Seine Freunde kenne ich nicht. Aber Ville war bis über beide Ohren verliebt in Maria und hat sich wahnsinnig auf das Kind gefreut.«

»Fuhr er manchmal zum Laufen nach Saloinen? Oder Sie?«

»Ich war jedenfalls nie da. Und Ville meines Wissens auch nicht. Wahrscheinlich wüsste ich davon, denn wir haben ja kaum über etwas anderes gesprochen als über Orientierungslauf.«

»Besitzen Sie eine Waffe?«

»Natürlich. Ich bin auch im Jagdverein von Asemakylä.«

»Um welche Waffe handelt es sich?«

»Ich habe zwei Schrotflinten. Und ich habe vor, mir ein Gewehr zu kaufen. Vielleicht gehe ich nächstes Jahr auf die Elchjagd.«

»Was für Schrotflinten sind das?«

»Eine Mossberg 12/76 und eine halb automatische Sako 16/70. Ganz normale Flinten.«

»Wann haben Sie die Mossberg zuletzt benutzt?«

Jussi sah den Polizisten verwundert an. Was redete der Mann denn da? Bildete die Polizei sich allen Ernstes ein, er hätte seinen eigenen Kumpel abgeknallt? Sein Puls beschleunigte sich.

»Am ersten Tag der Saison war ich zur Jagd. Ich hab ein paarmal geschossen, aber nicht getroffen. Seitdem war ich nicht mehr im Wald.«

»Und Ville?«

»Ville jagt nicht.«

Der Polizist musterte Jussi unter seinen aufgedunsenen Lidern. Jussi fühlte sich unwohl, ganz so, als wüsste der Kerl etwas. Als durchschaute er ihn.

»Wie oft haben Sie zusammen trainiert, Ville und Sie?«

»Vielleicht alle zwei Wochen. Im Sommer seltener. Meistens haben wir einen Geländelauf gemacht. Auf dem Joggingpfad sind wir nur ganz selten zusammen gelaufen, aber wie ich schon sagte, ging Ville dort regelmäßig allein hin. Deshalb war seine Kondition auch besser als meine.«

»Wann hatten Sie sich zu diesem speziellen Lauf verabredet?«

»Er hatte schon lange im Kalender gestanden. Am kommenden Wochenende ist ein Wettkampf in Sorvala, deshalb wollte ich ein Extratraining absolvieren.«

»Und warum haben Sie Ville kurzfristig doch abgesagt?«

Scheiße. Natürlich fragen sie danach.

»Unser Kind war krank, und meine Frau musste arbeiten. Ein Einjähriges kann man eben nicht allein zu Hause lassen«, antwortete Jussi und bemühte sich, unbeschwert zu lächeln.

»Ihre Frau sagt, sie sei mit dem Kind verreist gewesen.«

Der überraschende Schlag nahm Jussi den Atem. Das durfte doch nicht wahr sein. Hatten sie Tiina bereits angerufen? Was sollte er denn jetzt sagen? Er konnte doch nicht ...

»Da hat meine Frau wohl die Tage verwechselt. Das war einen Tag vorher«, sagte Jussi.

»Das lässt sich leicht nachprüfen. Rufen wir sie gleich mal an«, polterte der Polizist.

»Nein, nicht nötig«, wehrte Jussi hastig ab. »Ich kann das erklären.«

»Ich höre.«

»Ich hatte Besuch. Von meiner Geliebten. Weiß Tiina, was ich gesagt habe? Was haben Sie ihr erzählt?«

»Beruhigen Sie sich. Wir brauchen den Namen und die Adresse dieser Frau.«

»Die kann ich Ihnen nicht geben.«

»Und warum nicht?«

»Ich kann es eben nicht. Sie hat nichts mit der Sache zu tun.«

»Hat sie doch. Sie gibt Ihnen ein Alibi.«

»Ich habe Ville nicht erschossen!«

»Wer kann das bezeugen?«

Jussi schwieg. Er steckte tiefer im Dreck, als er gedacht hatte.

Er wusste nicht, woher die Huren gekommen waren, die er bestellt hatte, gleich zwei auf einmal, über irgendeinen stark behaarten Russen. Sehr jung waren sie gewesen. Also doppelt illegal. Worauf hatte er sich da bloß eingelassen? Warum hatte Ville sich ausgerechnet an diesem Abend umbringen lassen müssen?

»Sie müssen mir einfach glauben«, rief er verzweifelt.

»So läuft das nicht, tut mir leid. Raus mit dem Namen, oder Sie wandern in Untersuchungshaft.«

»Sie nannte sich Ivana. Ich weiß aber nicht, ob das ihr richtiger Name war.«

»Aha, diese Art Geliebte. Und wo haben Sie diese Ivana aufgegabelt?«

»Über ein Inserat.«

Das entsprach fast der Wahrheit. Seine erste Hure hatte Jussi sich auf diesem Weg besorgt. Das war vor vielen Jahren gewesen, in einer anderen Stadt. Anfangs hatte er so etwas nur auf Dienstreisen getan, er hatte das eigene Nest nicht beschmutzen wollen, wie man so sagte. Aber der Appetit war beim Essen größer geworden. Tiina war nicht mehr so willig gewesen wie früher. Und nach der Geburt des Kindes war ihr Eheleben vollends eingeschlafen. Eine Scheidung kam jedoch nicht infrage, sie hatten ja nicht einmal Gütertrennung vereinbart. Im vorigen Winter war er schließlich in eine Situation geraten, durch die er die einschlägigen Kreise hier in der Stadt kennengelernt hatte. Eine Sauftour mit der Konzernleitung, die mit schäumendem Champagner in einem Nachtclub begonnen und in der zwielichtigen Höhle einer Motorradgang geendet hatte, wo er sich mit loser Krawatte, offenem Hosenstall, einer Bierdose in der Hand und erheblichen Erinnerungslücken wiedergefunden hatte. Den Russen hatte er danach mühelos aufgespürt. Er hatte versprochen, Jussis Traum von zwei Frauen zu erfüllen, und das obendrein ziemlich preiswert.

»Wir brauchen die Kontaktdaten dieser Frau. Oder ihres Zuhälters, ganz egal«, sagte Esko.

Jussi überlegte noch einen Moment. Er wog seine Optionen ab. Es waren exakt zwei. Dass er in der Scheiße steckte, stand fest. Wollte er wegen bezahltem Sex mit möglicherweise Minderjährigen, die möglicherweise Zwangsprostituierte waren, angeklagt werden – oder wegen Mordes?

Letzten Endes war die Wahl nicht schwer.

»Ich weiß nicht, wie der Mann heißt, aber ich habe seine Telefonnummer. Bei ihm habe ich die Mädchen bestellt.«

»Die Mädchen?«

»Ja. Es waren zwei.«

»Ist das nun über einen Datingservice gelaufen oder nicht?«

»Eigentlich nicht.«

Esko starrte Jussi an, der sich bemühte, Haltung zu bewahren.

»So. Warten Sie mal einen Moment.«

Esko nahm den Hörer seines Tischapparates ab und murmelte etwas hinein. Die nächsten drei Minuten vergingen quälend langsam. Dann klopfte es an, und ein etwa vierzigjähriger Mann kam herein.

»Guten Tag. Ich bin Kimmo Haahtela, ebenfalls bei der Kripo, aber in einem anderen Dezernat. Wir untersuchen unter anderem organisierte Kriminalität. Sie kommen jetzt bitte mit. Wir setzen das Gespräch in meinem Dienstzimmer fort.«

Jussi stand auf, blickte betreten zu Boden.

»Und Tiina? Erfährt sie davon?«

»Das werden Sie sicher bald merken, Jussi«, antwortete Esko zufrieden.

Hure! Knackarsch! Fuck u hore!

Die SMS war während der Arbeitszeit gekommen, und Sari hatte zunächst nicht darauf geachtet. Jetzt stand sie im Nachthemd im dunklen Schlafzimmer und blickte nach draußen, hielt das Handy umklammert. Teemu war wieder auf Dienstreise, diesmal würde er drei Tage fortbleiben. Was sollte sie tun? Bisher waren zwei SMS gekommen, und die erste lag schon eine Weile zurück. Der Typ schien nicht besonders eifrig zu sein, er fasste sich kurz und konnte offenbar nicht mal richtig Englisch. Aber warum hatte das Ganze kurz nach dem Mord an Riikka begonnen? Oder war das nur Zufall?

Sari betrachtete die kleinen Solarleuchten, die den Gartenweg vom Tor bis zur Haustür einrahmten. Sie waren nur Verzierung, Glühwürmchen in der Dunkelheit. Ihr Licht reichte nicht aus, um den Garten richtig zu beleuchten. Wenn dort draußen jemand steht, sehe ich ihn nicht. Er könnte mich belauern und Pläne schmieden. Auch die Nachbarn würden nichts bemerken. Was ist das für ein Auto da am Straßenrand? Etwa ein rotes? Sari versuchte, genau hinzusehen, doch die Dunkelheit schluckte Farben und Konturen. Mir spioniert niemand nach, sagte sie sich resolut, stieg in die Schuhe und zog einen Mantel über das Nachthemd, tippte vorsorglich die Nummer des Notrufs ein, trat zügig aus dem Haus und marschierte zu dem Wagen hinüber.

Er war schwarz. Und leer. Jetzt erkannte Sari ihn auch, er gehörte dem erwachsenen Sohn ihrer pensionierten Nachbarn, der offenbar seine Eltern besuchte. Sie schämte sich.

Sie schämte sich fürchterlich.

Flippe ich wegen zweier blöder SMS aus? Es konnte doch auch ein idiotischer Teenagerstreich sein. Wieso lasse ich mich davon ins Bockshorn jagen?

Sari kehrte ins Haus zurück und schloss sorgfältig ab. Sie holte eine Matratze aus der Kleiderkammer, machte sich im Kinderzimmer ein Lager zurecht und lauschte dem friedlichen Atem ihrer Kinder. Wenn noch eine SMS kommt, kümmere ich mich um die Sache, beschloss sie.

22

Der Bericht der Technik über den Tatort im Fall Ville Pollari war beinahe so frustrierend wie der im Fall Riikka Rautio – aber nur beinahe. An Villes Kleidung, an seiner Haut und in der Umgebung des Tatorts hatte der Mörder keine Spuren hinterlassen. An dem Bonbonpapier waren weder Fingerabdrücke noch Speichel gefunden worden. Auch das Schmuckstück in der Tasche war blitzblank. Aber auf dem Parkplatz hatte man drei verschiedene Reifenabdrücke sicherstellen können, zusätzlich zu denjenigen von Villes eigenem Wagen. Das war immerhin etwas.

Der Wagen ist wichtig, dachte Anna. Bis auf Weiteres ist er unsere einzige richtige Spur. Sie ging zu Nils Näkkäläjärvi, der ihnen als Verstärkung zugeteilt worden war und den Auftrag erhalten hatte, Fotos von allen infrage kommenden Automarken zusammenzustellen. Damit war er nun fertig, meinte aber, es seien viele Bilder, und die Autotypen sähen sich allesamt recht ähnlich. Er mache sich keine allzu großen Hoffnungen, aber er werde die Fotos herumzeigen. Zuerst wolle er Jussi Järvinen aufsuchen, dessen Alibi für die Mordnacht bestätigt worden war, der aber schwerwiegende Anklagen in anderen Punkten zu erwarten hatte; dann Helena Laakso. Abschließend werde er die Häuser in der Umgebung beider Joggingpfade abklappern.

»Eigentlich kann ich mich in beiden Dörfern auch in einem weiteren Umkreis nach dem Wagen erkundigen«, schlug er vor.

»Das Auto ist der Schlüssel«, sagte Anna. »Wenn wir wenigstens die Marke wüssten, hätten wir eine Chance, es zu finden. Zumal wir ja jetzt auch Reifenabdrücke haben.«

»Hoffen wir das Beste«, antwortete Nils.

Man hört ihm nicht an, woher er stammt, dachte Anna. Mir auch nicht. Aber der Name verrät uns.

Im ehemaligen Jugoslawien waren Minderheiten nicht direkt unterdrückt worden – abgesehen von den Roma, doch das war eine weltweite Sünde. Alle anderen Nationalitäten gehörten zumindest theoretisch zur gemeinsamen, großen südslawischen Familie, auch wenn nicht alle von ihnen Slawen waren. Die Vojvodina – oder auf Ungarisch Vajdaság –, aus der Anna stammte, wurde stolz als eine der multikulturellsten Regionen Europas bezeichnet. Dort lebten mindestens siebzehn verschiedene Nationalitäten. Die Serben bildeten die Mehrheit, doch es gab dort auch viele Ungarn.

Dennoch hatte etwas in der Luft gelegen. In offiziellen Dokumenten waren die Namen der Amtssprache entsprechend angepasst worden. Aus Sándor war im Ausweis Aleksander geworden, aus Kovács Kovač, aus Nagy Nađ, aus József Josip und so weiter. Das hatte den Menschen meist nur leichten Verdruss bereitet, manche hatte es sogar amüsiert, aber im Nachhinein hatte Anna über die tiefere Bedeutung dieser Maßnahme lange nachgedacht. Der Name spielt sehr wohl eine Rolle. Er verrät, aus welcher Gegend, manchmal sogar aus welchem Dorf sein Träger stammt und welche Sprache er spricht. Der Name ist Teil der Identität, das deutlichste ihrer äußeren Kennzeichen, und noch mehr: das persönliche Wort dafür, wer ich bin.

Hatten die Machthaber sie deshalb umbenannt? Damit ihre ungarische Identität Schaden nahm? Damit es in den Statistiken so aussah, als wäre das Land tatsächlich homogen slawisch? Anna nahm sich vor, Réka anzurufen. Über das Thema zu sprechen. Sie zu fragen, wie die Situation heute war, da sie zu Serbien gehörten.

Zu Serbien gehörten, wiederholte Anna in Gedanken. Wie die Samen zu Finnland, Schweden und Norwegen gehören, dachte sie und sah Nils an.

»Ich ruf dich an, wenn ich fertig bin«, sagte er.

»Was? Ja, klar«, antwortete Anna zerstreut.

Trotz ihrer guten Vorsätze konnte Anna sich am Abend nicht dazu aufraffen, joggen zu gehen. Die Vorstellung, dass an dem dunklen Joggingpfad ein Mörder mit einer Schrotflinte lauern könnte, verlockte sie nicht gerade, in den Trainingsanzug zu steigen und das Haus zu verlassen.

Außerdem hatte es wieder angefangen zu regnen. Die Tröpfchen zogen Streifen über das Küchenfenster. Anna aß zu Abend und hörte sich die Lokalnachrichten im Radio an. Dort wurden weiterhin Jogger zur Vorsicht gemahnt. Eigentlich habe ich also sogar die Pflicht, zu Hause zu bleiben, dachte sie erleichtert und zündete sich eine Zigarette an, machte sich aber nicht die Mühe, zum Rauchen auf den Balkon zu gehen.

Sie sah auf die Uhr. Es war fast zehn, sie sollte schlafen gehen. Sie schaltete das Radio aus und kroch ins Bett. Ihre Füße waren eiskalt. Sie stand auf, zog flauschige Socken an, ging auf die Toilette und legte sich wieder hin. Vergeblich suchte sie nach einer bequemen Lage. Ihre Schultern waren verspannt. Nachdem sie sich eine Stunde lang herumgewälzt hatte, ging sie ins Wohnzimmer und schaltete den CD-Spieler ein. *Symptoms*, das gemeinsame Projekt von AGF und Vladislav Delay. Ein alter Trick ist besser als ein Dutzend neue, dachte Anna, als sie eine Bierdose öffnete. Wie würde man das auf Ungarisch sagen? Ihr fiel keine Entsprechung ein. Sie dachte viel zu oft auf Finnisch. Das war ärgerlich, aber eben auch nicht mehr zu ändern.

Die elektronische Musik strömte durch das Zimmer, und Anna dämpfte die Lautstärke ein wenig. Leicht, dachte sie, wiedererkennbar, fast schon kommerziell. Der melodische Pop-Sound, vermischt mit der angemessenen Portion experimenteller Geräusche, begann Anna zu wiegen, verwandelte das Sofa in ein Floß, das sie auf die Tisza zurückbrachte, in ihren Kindheitssommer, wieder einmal. Ihr Vater stand am Ufer und rief warnend *vigyáz, vigyáz,* wenn sie der reißenden Strömung in der Mitte des Flusses zu nah kam. *Buta apuka,* dachte sie, dummer Papa. Ihre Mutter war doch bei ihr, und die war eine Meisterschwimmerin. Ohne die Eltern hatte sie nie zum Fluss gehen dürfen.

Natürlich hatte sie es heimlich doch getan, zusammen mit Réka. Sie hatten den älteren Jungen hinterherspioniert, die sich in den Sommerferien etwas abseits vom Badeplatz, hinter Büschen versteckt, ein Zeltlager am Ufer gebaut hatten. Immer noch roch sie den Rauch des Lagerfeuers unter dem *bogrács,* in den sich die Gerüche der garenden Fischsuppe, des sonnenverbrannten Lehms am Ufer und des Flusses mischten. Einmal hatten die Jungen Anna und Réka eingeladen, mit ihnen zu essen. Áron und Ákos waren auch dabei gewesen. Es war die beste Fischsuppe gewesen, die sie in ihrem ganzen Leben gegessen hatte.

An den Wochenenden hatten sie am Ufer eine Disco veranstaltet, die sogar Jugendliche aus den Nachbarstädten und -dörfern angelockt hatte. Massenschlägereien waren dort keine Seltenheit gewesen. Ákos hatte einen Irokesenschnitt gehabt – das hatte damals genügt, um einen Streit anzuzetteln. Die Polizisten aus Kanisza hatten Ákos wegen seines Vaters nie verprügelt, aber wenn die Schlägereien in der Strand-Disco ausgeufert waren und die Polizei aus der Nachbarstadt zu Hilfe gerufen worden war, war Ákos das Lieblingsopfer der Beamten gewesen.

Manchmal war er blutüberströmt nach Hause gekommen, und Mutter hatte geweint und geschrien, aus dem Jungen würde nie etwas werden. Zu der Zeit war Vater schon gestorben.

Anna schrak hoch, als die CD verstummte. Die Stille stach ihr in die Ohren. Sie war tatsächlich eingeschlummert. Sie stand auf und ging zum Rauchen auf den Balkon. Die feuchte, kühle Nachtluft strich ihr über die nackten Beine. Sie lehnte sich an das Balkongeländer. Die Ärmel ihres Nachthemds wurden nass.

Anna spürte das dringende Verlagen, Ákos anzurufen. Ihn zu fragen, ob er sich noch daran erinnerte. Daran, wie Vater gestorben war. Anna war damals noch sehr klein, es war ihr letztes Jahr im Kindergarten gewesen. Auf dem Familienporträt auf ihrem Nachttisch sah Vater genauso aus wie Ákos.

An seine Stimme erinnerte sie sich nicht mehr, nur noch an den Ruf vom Ufer: *Vigyáz, vigyáz*. Sie hatte auch noch eine vage Erinnerung daran, wie Vater ihr abends ein Märchen vorgelesen hatte. Mazsola. Es musste Mazsola gewesen sein.

Ákos meldete sich nicht. Der gewünschte Teilnehmer ist zurzeit nicht zu erreichen, sagte eine Frauenstimme. Anna ging ins Bett. Und fand immer noch keinen Schlaf.

Wir wohnten zwei Jahre lang im Aufnahmezentrum, *wallāhi*. Kaum vorzustellen: zwei Jahre! Mutter wachte erst wieder auf, als wir endlich etwas Bleibendes bekamen, nämlich die Aufenthaltsgenehmigung und eine Wohnung. Keine Ahnung, warum das so lange gedauert hatte. Von den Anträgen auf Einbürgerung ganz zu schweigen. Ich stelle mir die Ausländerbehörde immer als riesiges Hochhaus vor, das voller Schubladen ist, und wenn deine Papiere dort ankommen, werden sie in der ersten Etage in die unterste Schublade gelegt. Irgendwann kommt jemand und legt sie in die nächste Schublade. Und irgendwann in die nächste. So wandern die Papiere von Schublade zu Schublade, immer höher und höher bis zur obersten Etage, wo im hintersten Raum ein schöner, großer Schreibtisch steht. Mit ganz vielen weiteren Schubladen, wie man sich denken kann. Das alles geht sehr langsam, weil die paar Leute, die dort arbeiten, noch so viel anderes zu tun haben, als Anträge zu verschieben. Sie müssen zum Beispiel ständig in Besprechungen und am Computer sitzen, deswegen werden die Papiere nur selten von einer Schublade zur nächsten bewegt, höchstens einmal pro Woche – und es gibt Millionen Schubladen. Zum Glück laufen die Papiere nicht weg. Sie schreien und poltern nicht und werden nicht hungrig. Sie spüren keine Beklemmung, keine Angst, nichts kotzt sie an, und sie beschweren sich auch nicht. Es ist viel leichter, einem Papier zu begegnen als einem Menschen. Trotzdem dauert es irrsinnig lange, bis sie endlich in der untersten Schublade des letzten Schreibtischs ankommen. Und eines Tages schaffen sie es auf den Tisch, auf dem natürlich schon ein ganzer Stapel liegt.

Und irgendwann bricht wahrhaftig der Tag an, an dem bei irgendwem im Kalender steht: Unterschriften 9.30–9.45 Uhr, und deine Papiere liegen zuoberst auf dem Stapel, und *Simsalabim* hast du deine Aufenthaltsgenehmigung. Jetzt brauchst du dir keine Sorgen mehr zu machen wegen irgendwelcher Kleinigkeiten, der Ausweisung oder des Polizeitransports zum Flughafen und zurück, dorthin, verdammt noch mal, dorthin, wo du hergekommen bist, weil wir hier in Finnland ganz bestimmt besser wissen als du, ob es dort sicher ist und ob du und deine Kinder dort irgendwelche Grundrechte oder überhaupt ein menschenwürdiges Leben habt. Den Zigeunern aus Osteuropa beispielsweise geht's doch blendend auf ihren Müllhalden. Garantiert würde kein Finne von dort wegwollen, wenn er dort leben würde.

Irgendwann kriegst du vielleicht sogar die Staatsangehörigkeit, nach der sich alle die Finger lecken. Dann steht der letzte Schreibtisch im Arbeitszimmer des Präsidenten, deshalb dauert das Ganze noch länger. Ach, jetzt hab ich also doch davon geredet.

Als wir endlich die Aufenthaltsgenehmigung hatten und noch dazu eine unbefristete, hat uns die Stadt eine Wohnung in Rajapuro vermietet. Von da an durften wir in diesem Getto wohnen, und Mutter war endlich wieder zufrieden. Sie guckte einfach nicht zum Fenster hinaus, wie es dort aussah, vollgeschmierter Beton und leere Parkplätze, auf dem Hinterhof Kinder, die Kleber schnüffelten. Sie ging bestimmt auch mit geschlossenen Augen zum Einkaufen, damit die Illusion vom Beginn unseres schönen neuen Lebens nur ja nicht zerplatzte. Aber das Grölen der Säufer muss sie trotzdem gehört haben. Die Siedlung war ein Hexenwald aus dreckigem Beton, ein unendliches Hochhausdickicht, auf dessen Pfaden die Trolle grölten und Spinnenfinger lauerten und die Augen der Junkies wundersam glänzten.

Mutter schmückte das Bücherregal mit Kurdenkitsch, kochte nichts als Kubba und Birinci und hörte die ganze Zeit Kassetten von Ciwan Haco. Vater tackerte eine grün-weiß-rote Fahne an die Wand, auf der die Sonne selbst mitten im Winter strahlte. Er brachte eine Satellitenschüssel auf dem Balkon an, und von da an lief der Fernseher den ganzen Tag und spuckte Nachrichten von hinter den Bergen oder zumindest aus Dänemark aus, und unser Wohnzimmer wurde zu einer Art vakuumdichter Konserve, in der Vater und Mutter dasaßen und Angst davor hatten, dass Sauerstoff eindringen könnte, denn der hätte ihr Leben mit einem Schlag verdorben.

23

»He, ich hab's gefunden!«, rief Rauno, als er in die Kaffeeküche stürmte, wo Esko, Anna und Sari stumm ihren Morgenkaffee tranken. Es war acht Uhr. Saris Sohn hatte in der Nacht hohes Fieber bekommen und über Ohrenschmerzen geklagt, sodass sie mit ihm zum Arzt hatte fahren müssen. Sie war blass und sah erschöpft aus. Esko schien wieder einen Kater zu haben. Als er die Tasse anhob, schwappte Kaffee auf den Tisch. Seine Augen waren gerötet, seine Haare ungekämmt. Auch Anna sah nicht ausgeruht aus. Sie hatte schlecht geschlafen und war immer wieder wach geworden.

»Ich hab's gefunden! Ein bisschen mehr Begeisterung, wenn ich bitten darf!«

In der lethargischen Stimmung wirkte Raunos Eifer störend.

»In welcher Herrgottsfrühe kommst du eigentlich zur Arbeit?«, fragte Esko schlecht gelaunt.

»Nun sag schon, was du gefunden hast.« Sari wirkte kaum weniger grantig.

»Ratet mal«, forderte Rauno sie grinsend auf.

»Nichts da. Sag schon«, befahl Esko ihm.

»Das Amulett, seht mal! Es hat nicht mal besonders viel Zeit gekostet, dem Internet sei Dank. Ich habe bloß ein Foto von dem Schmuck eingescannt und durch eine Suchmaschine gejagt, und da war's auch schon.«

Rauno schwenkte ein Blatt Papier mit einem kleinen dunklen Viereck in der oberen Ecke.

»Was zum Teufel soll das sein?«, knurrte Esko.

»Seht es euch aus der Nähe an. Das ist es.«

Die Müdigkeit war wie weggeblasen. Alle drängten sich um das Blatt Papier und sahen in dem kleinen Viereck tatsächlich ein ähnliches Männchen wie auf den Amuletten, die sie bei den Opfern gefunden hatten. Das Bild sah aus wie eine Kinderzeichnung. Die Gestalt hatte abstehende Arme und Beine und trug einen großen Federhut. Sie wirkte harmlos, beinahe lustig.

»Wer soll das sein?«, fragte Anna.

»Huitzilopochtli.«

»Wie bitte?«

»Huitzilopochtli«, wiederholte Rauno. »Ich weiß nicht, wie man es richtig ausspricht. Aber geschrieben wird es so.«

Er schrieb das Wort unter das Bild. Die anderen starrten verdattert darauf.

»Ein schreckliches Wort«, sagte Esko.

»Und ein schrecklicher Typ«, erklärte Rauno. »Ich hab mich ein bisschen schlaugemacht. Huitzilopochtli war der Kriegs- und Sonnengott der Azteken, ihr wichtigster Gott. Ein blutrünstiger Kerl, ein wahres Monster. Er forderte Menschenopfer und Menschenblut. Man musste ihm täglich wer weiß wie viele Menschen opfern. Stellt euch das mal vor, die Azteken haben an jedem verdammten Tag vielleicht Hunderte oder sogar Tausende Menschen getötet. Und das war nun wirklich keine saubere Angelegenheit. Blut und Gedärm und höllische Verzückung. Im Vergleich dazu ist unser Mörder ein Chorknabe. Und diese Anhänger sind von keinem Sportgeschäft verteilt worden, das habe ich auch schon geklärt. Es hat also tatsächlich den Anschein, als hätte der Schütze sie seinen Opfern mit voller Absicht in die Tasche gesteckt.«

Rauno hatte mehrere Abbildungen des Gottes ausgedruckt. Das schwarz-weiße Abbild auf dem Amulett war eine stark stilisierte Version. Auf den farbigen Bildern waren der Federschmuck an der Kopfbedeckung und an den Kleidern der Gestalt deutlicher zu erkennen, ebenso der Schlangenstab, der sich in ihrer Hand wand, und ein trommelartiger Gegenstand. Auf einigen Abbildungen war das Gesicht des Gottes schwarz.

Die Azteken waren ein kriegerisches Volk gewesen, das die schwächeren Indianerstämme versklavt und Menschen geopfert hatte, um seine Götter zu besänftigen. Vor allem Huitzilopochtli war blutrünstig gewesen. Seinetwegen hatte man Menschen bei lebendigem Leib das Herz herausgeschnitten. Andere waren verbrannt oder ertränkt worden. Gelegentlich hatten die Azteken ihre Opfer sogar aufgegessen.

»Ganz schön krank«, stellte Esko fest, nachdem er Raunos gesammelte Informationen überflogen hatte.

»Aber warum muss dieser Typ so einen irrsinnig komplizierten Namen haben?«, maulte Sari. »Das kann doch keiner sagen. Huitsi... Huitsilopoktli. Steht denn nirgendwo, wie man das ausspricht?«

»Kein Wunder, dass man den so eifrig besänftigen musste, stell dir doch mal vor, wie sauer du wärst, wenn keiner deinen Namen aussprechen könnte, obwohl du der oberste Gott bist«, meinte Esko.

»Hat der Name denn eine Bedeutung?«, fragte Anna.

»Moment mal, ja, das steht irgendwo.« Rauno blätterte in seinen Unterlagen. »Ja, hier ist es. Er kann offenbar mehrere Bedeutungen haben. Zum Beispiel ›Der einen Kolibri in der linken Hand hält‹.«

»Und was soll das heißen?«

»Sollen wir nach einem Ornithologen suchen? Oder nach einem Kolibrijäger?«

»Kolibris werden meines Wissens nicht gejagt«, überlegte Rauno. »Und hierzulande schon gleich gar nicht.«

»Jagd, Jogging und ein blutrünstiger Aztekengott, dessen Name auf einen Kolibri hindeutet. Was für eine Kombination! Wo soll es denn da eine Verbindung geben?«, stöhnte Sari.

»Es muss eine geben«, sagte Anna. »Was fällt euch zum Stichwort Kolibri ein?«

»Menschenopfer jedenfalls nicht.«

»Ein schöner, kleiner Vogel, der so schnell mit den Flügeln schlägt, dass man sie noch nicht mal mehr sieht.«

»Ich finde, ein Kolibri ist feminin. Zart und geschmeidig.«

»Ja, wahrhaftig kein Monstergott.«

»Bunte Farben. Tropen. Große Blüten.«

»Kolibris sind hübsch. Sie sind keine Killer.«

»Außer diesem Huitzi... Wie hieß er noch mal?«

»Huitzilopochtli«, sagte Rauno wieder.

»Ein Killerkolibri.«

»Ob es so eine Spezies wohl gibt? Das sollten wir vielleicht auch noch eruieren.«

»Wie schaffst du es bloß, dich so elegant auszudrücken, Anna?«, wunderte sich Rauno. »Ich würde so einen Satz nie hinkriegen. Dabei bin ich immerhin ein echter Ureinwohner.«

»Ach, ich weiß nicht«, antwortete Anna. »Aus Versehen vielleicht.«

»Du bist ein Naturtalent. Wie viele Sprachen sprichst du eigentlich?«, fragte Rauno und sah Anna anerkennend an. Sie wäre beinahe rot geworden.

»Ach was, ich kann gar nicht ...«

»Nun sag schon«, mischte sich Sari ein. »Wir möchten ein bisschen mehr über dich wissen.«

»Na ja, ich kann natürlich Ungarisch, weil das meine Muttersprache ist.«

»Ach, bist du gar keine Serbin?«, fragte Sari überrascht.

»Nein, wirklich nicht«, lachte Anna. »Aber ein bisschen

Serbisch und Kroatisch und Bosnisch kann ich trotzdem. Die drei Sprachen sind eng miteinander verwandt. In Jugoslawien hat man sie alle drei als Serbokroatisch bezeichnet, aber völlig identisch sind sie nicht. Jedenfalls war Serbisch die Landessprache, die man vom Kindergarten an lernen musste, obwohl meine Heimatstadt Magyarkanizsa ungarischsprachig ist.«

»Und welche Sprache spricht man dort in der Schule?«

»Die Ungarn sprechen Ungarisch und die Serben Serbisch. Wir durften immer an unserer eigenen Sprache und Kultur festhalten, jedenfalls bis zu einem gewissen Punkt. Anders als die Ungarn in Rumänien. Unter anderem deshalb ist mein Serbisch inzwischen auch ziemlich eingerostet. Zum Glück habe ich ein paar Bekannte, mit denen ich es ab und zu auffrischen kann«, erzählte Anna und dachte unwillkürlich an Zoran.

»Wow, da könnten wir ja mit deiner Hilfe die Jugomafia unterwandern«, sagte Rauno.

Anna erinnerte sich an Zorans behaarte Brust auf ihrer, seinen heißen Atem an ihrem Ohr.

»Nein, danke«, sagte sie.

»Und andere Sprachen?«, setzte Sari ihre Befragung fort.

»Englisch natürlich, wie alle. Und Deutsch. Und Finnisch und Schwedisch.«

»Sechs Sprachen also«, sagte Rauno. »Nicht übel.«

»Dein Finnisch ist wirklich perfekt«, lobte Sari. »Ich glaube, ich habe dich noch keinen einzigen Fehler machen hören.«

»Danke«, sagte Anna verlegen. Sie genierte sich immer, wenn sie ein Lob bekam, sei es nun verdient oder nicht. »Das liegt daran, dass ich schon als Kind hierhergekommen bin. Ich habe den größten Teil meines Lebens in Finnland verbracht und bin hier zur Schule gegangen. Es wäre daher seltsam, wenn ich immer noch einen ausländischen Akzent hätte.«

Sie blätterte in den Unterlagen, die auf dem Tisch lagen.

»Lasst uns noch ein bisschen darüber nachdenken, was dieser Aztekenschmuck bedeuten könnte«, sagte sie dann, um die Aufmerksamkeit von sich abzulenken. »Was will uns der Mörder damit sagen?«

»Vielleicht, dass er blutrünstig ist«, schlug Sari vor.

»Das ist doch wohl auch ohne Amulett klar«, wandte Esko ein. »Würde ein Typ, der nicht blutrünstig ist, zwei Menschen mit Schrot durchsieben? Aus purer Friedensliebe?«

»Könnte es denn bedeuten, dass er weitermacht?«, fragte Anna. »Die Götter der Azteken brauchten jeden Tag Dutzende oder sogar Hunderte Opfer. Könnte der Hinweis einfach bedeuten, dass es mit diesen Morden nicht genug ist, dass es weitere Opfer geben wird und der Mörder noch lange nicht besänftigt ist?«

Es wurde still.

»Ein verdammt schrecklicher Gedanke«, sagte Rauno schließlich.

»Wie aus einem Serienmörderkrimi«, fügte Sari hinzu.

»Vielleicht will er uns genau das sagen: dass er ein Serienmörder ist«, fuhr Rauno fort.

»In dessen Innerem ein Hass brodelt, der Menschenopfer fordert«, sagte Anna.

»Schrecklich«, wisperte Sari.

»Worüber war dieser Huitzilodingsbums eigentlich so wütend?«, fragte Esko. »Warum musste er andauernd besänftigt werden?«

Rauno blätterte in seinen Papieren.

»Davon steht hier nichts. Er war nun mal ein Gott, und die Menschen fürchteten sich wohl generell vor dem Zorn der Götter. Wir müssen vielleicht genauer untersuchen, ob dieser Huitzilo einen speziellen Grund hatte, ausgerechnet Menschenopfer zu fordern. Und wen will unser Mörder besänftigen? Sich selbst? Hängt er etwa irgendeinem Aztekenglauben an?«

»Ein besonders liebenswerter Mensch ist er jedenfalls nicht«, sagte Esko, und Anna stellte verwundert fest, dass er sich erstaunlich lange und vor allen Dingen sachlich an ihrem Gespräch beteiligt hatte, obwohl auch sie anwesend war.

»Es könnte jeder sein. Ich meine, rein äußerlich. Ein durch und durch anständiger, guter Mensch. Ein Pfarrer oder so.«

»Die sind doch die Schlimmsten, pfui Deibel, wenn ich an die katholische Kirche und diese ganzen Pädo...«, begann Esko, doch Sari unterbrach ihn.

»Jetzt haben wir wenigstens etwas Konkretes in der Hand. Rauno, versuch doch bitte herauszufinden, wo man diesen Schmuck kaufen kann. Wahnsinnig populär ist er bestimmt nicht, ich habe ihn jedenfalls noch nie zuvor irgendwo gesehen. Und wie sollen wir die Angehörigen befragen, ob sie etwas darüber wissen, ohne zu viel preiszugeben?«

»Guten Tag, was halten Sie von Huitzilopocke? Unterhielt Ihre Tochter Verbindungen zu den alten Azteken? Wir haben Hinweise gefunden, denen zufolge eventuell aztekische Götter für den Mord an Ihrer Tochter verantwortlich sind«, scherzte Esko.

»Er heißt Huitzilopochtli«, korrigierte Rauno.

»Das kann sich doch kein Mensch merken. Außer unserem Sprachgenie natürlich«, sagte Esko.

Anna trat aus dem Polizeigebäude in den Regen. Der Nordwind wehte ihr die Tropfen schräg ins Gesicht. Sie waren eisig kalt. Dennoch beschloss Anna, zu Fuß zu gehen. Sie wollte ihre Gedanken ordnen, und das gelang ihr am besten, indem sie sich bewegte. Außerdem waren zu viele Joggingrunden ausgefallen. Es hatte auch früher kurze Phasen gegeben, in denen sie auf das Laufen verzichtet hatte, doch dafür hatte es immer einen triftigen Grund gegeben, zum Beispiel die Vorbereitung auf eine Prüfung. Einmal hatte sie eine intensive Musikphase gehabt. Sie hatte drei Wochen lang mit Kopfhörern auf dem Bett gelegen und die Musik aufgesogen wie ein Verdurstender das rettende Wasser. Das hatte angefangen, als sie zufällig auf elektronische Musik gestoßen war. Sie konnte sich bis heute nicht erklären, was sie daran so sehr faszinierte. Ein Nerd war sie nie gewesen, und für Discos und Raves hatte sie auch nichts übrig. Computermusik war irgendwie so irreal, so voll von seltsamen Geräuschen und Entfremdung, so marginal und einsam.

Manchmal hasste sie diese Musik auch.

Und gerade jetzt schaffte sie es einfach nicht, laufen zu gehen. Sie rauchte zu viel. Trank vor dem Schlafengehen ein Bier, oft auch zwei, und konnte trotzdem nicht einschlafen. Sie versuchte, sich einzureden, dass sie wegen der Mordfälle nicht joggte, doch sie wusste, dass dies nicht die ganze Wahrheit war. Sie hatte keine Angst. Sie kannte sich mit Selbstverteidigung aus und war Polizistin. Sie war darauf trainiert, in überraschenden und gefährlichen Situationen zu handeln, zudem lag ihr Joggingpfad in einer belebten Gegend am Rand von Koivuharju, weit weg von den Jagdgebieten am Meer. Die Fälle, an denen sie arbeitete, weckten in ihr etwas anderes als Furcht: undeutliche Erinnerungen, deren Abwehr an ihren Kräften zehrte.

Riikka. Ville. Bihar.

Auf Bihar aufzupassen gab ihr den Rest.

Sie hatte einfach keine Kraft mehr zu joggen.

Als Anna die Pizzeria Hazileklek erreichte, war sie völlig durchnässt. Die Pizzeria lag im Erdgeschoss eines braun gestrichenen, rau verputzten Etagenhauses aus den Fünfzigerjahren zwischen einem Fahrradgeschäft und Technoservice, einem

Fernsehreparaturladen, der wie ein Relikt aus grauer Vorzeit anmutete.

An der Tür schlug ihr der Duft von Steinofenpizza und exotischen Gewürzen entgegen. Aus den Lautsprechern an der Wand kam eine Frauenstimme, angenehm leise, exotisch vibrierend. Ihr Gesang erinnerte entfernt an ein Volkslied vom Balkan. Nach dem kalten Regen war es in der Pizzeria herrlich warm. Die Kerzen auf den Tischen und das fröhliche Stimmengewirr schufen die Illusion, man verbrächte einen Abend im Restaurant, obwohl die meisten Gäste nach ihrer Mittagspause wieder zurück an die Arbeit mussten. Anna kannte die Besitzer des Lokals, Maalik und Farzad, Flüchtlinge aus Afghanistan. Die beiden ehemaligen Universitätsdozenten hatten keine simple Pizzeria und keinen Schnellimbiss führen wollen. Ihr Ziel war gewesen, den Gästen neben dem Essen auch eine Oase der Ruhe zu bieten, in der sie sich von ihren beruflichen Aufgaben lösen und eine kleine Reise machen konnten. Neben den obligatorischen Pizzas standen auch afghanische Spezialitäten auf der Speisekarte. Das Lokal war beliebt.

Eiskalte Tropfen liefen aus Annas dunklen Haaren in den Ausschnitt ihres Pullovers, als sie Mantel und Kopftuch abstreifte.

»Hallo, Anna. Schön, dich endlich wiederzusehen.« Maalik kam aus der Küche und wischte sich die Hände an dem strahlend weißen Handtuch ab, das an seinem Schürzenband hing.

»Hallo, Maalik. Wie geht's?« Anna küsste den Mann auf beide Wangen. Sie umarmten sich. Auch Farzad kam dazu und nahm Anna in die Arme.

»Schöne Frau, wie gut, dass du zurückgekommen bist! Wo hattest du dich versteckt? Im Schrank?«

»Ich hatte viel zu tun. Aber jetzt hab ich Hunger. Was habt ihr heute Gutes für mich?«

»Nimm das Salatbüfett und Quabili Pilau. Ein herrliches afghanisches Gericht: Gemüse, Lammfleisch, Rosinen, sehr fein.«

»Klingt lecker. Das nehme ich.«

Eine Weile saß Anna allein am Tisch. Neue Gäste kamen herein, andere gingen, in der Küche war viel zu tun.

Maalik und Farzad arbeiteten jeden Tag von früh bis spät im Hazileklek und beklagten sich nie, obwohl sie schon bald nach ihrer Ankunft in Finnland hatten feststellen müssen, dass sie sich mit ihren Doktordiplomen und ihrer jahrelangen Berufserfahrung hier praktisch den Hintern abwischen konnten. Die beiden Männer waren dankbar dafür, dass sie zusammen sein durften, Essen im Kühlschrank hatten und dass niemand versuchte, ihre Freiheit zu beschneiden oder sie gar umzubringen. Das sollte für jeden, der in Finnland wohnte, ein Grund zur Dankbarkeit sein, dachte Anna, als Farzad ihr das Essen servierte. Der herrliche Duft von Gewürzen und Reis stieg ihr in die Nase und ließ ihr das Wasser im Mund zusammenlaufen.

Sie aß mit großem Appetit, sah sich dabei im Lokal um und las zum Zeitvertreib die Speisekarte. Lachs und Pinienkerne gab es auch hier.

Nach dem Essen blickte sie zum Fenster hinaus. Es regnete immer noch. Sie hatte nicht die geringste Lust, zu Fuß zurückzugehen.

»Es kommt ein Sturm«, sagte Farzad, als er Anna eine kleine Zinntasse brachte. »Der Kaffee geht aufs Haus.«

»Danke, wunderbar«, sagte Anna erfreut. »Wenn ihr jemals Hilfe braucht ...«

»Nicht nötig. Komm uns doch mal besuchen. Das wäre nett.«

»Gern. Irgendwann mache ich das«, antwortete Anna und überlegte, ob sie wohl jemals Zeit dafür hätte.

»Du musst kommen. Wie wäre es mit nächstem Wochenende?«

»Mal sehen«, sagte Anna, holte die Fotos von Riikka und Ville aus der Tasche und reichte sie Farzad. Er sah beide lange an, schüttelte dann den Kopf und ging in die Küche, um sie Maalik zu zeigen. Lächelnd kam er zu Annas Tisch zurück.

»Maalik erinnert sich an sie. Er hat das Mädchen im August gesehen. Ich hatte im August ein bisschen Urlaub, da hatten wir eine Aushilfe. Wir können ihr das Bild auch zeigen.«

»Prima!« Anna gab Farzad ihre Visitenkarte. »Ruf mich gleich an, wenn du mit ihr gesprochen hast.«

Dann nahm Anna all ihren Mut zusammen, rief Rauno an und bat ihn darum, sie abzuholen. Sie nippte an dem schwarzen Kaffee, der so stark war, dass sie zwei Teelöffel Zucker hineinrühren musste.

Es war Esko, der sie abholte. Er kam nicht herein, sondern parkte den blau-weißen Streifenwagen unmittelbar vor dem Lokal und hupte lange. Die Gäste starrten hinaus, und Maalik und Farzad wirkten besorgt, was sie jedoch lächelnd zu verbergen versuchten. Anna fühlte sich beschämt. Wütend stieg sie ein und schnallte sich an. Beide schwiegen, doch Anna war kurz davor, Esko anzubrüllen. Im letzten Moment erinnerte sie sich an ihren Vorsatz, sich nicht mehr provozieren zu lassen, und sah gequält aus dem Fenster. Die Scheibenwischer jagten hin und her. Das Thermometer zeigte sechs Grad, doch durch den Nordwind lag die gefühlte Temperatur um den Nullpunkt. Die Straßen waren fast leer. Nur einige Mutige hatten es gewagt, dem aufziehenden Herbststurm zu trotzen, und kämpften sich nun mit ihren Regenschirmen voran.

»Was hat dich dazu gebracht, mich abzuholen?«, fragte Anna, als sie das Gefühl hatte, wieder zur Ruhe gekommen zu sein.

»Hast du das nicht gemerkt? Dieser Wagen hier. War das nicht ein spektakulärer Auftritt?«

Nein, ich schreie jetzt nicht, dachte Anna, ich sage gar nichts.

»Okay, ein blöder Witz. Virkkunen hat angeordnet, dass wir beide, du und ich, noch mal mit allen Beteiligten über diese Huitzilalageschichte reden. Ich habe beschlossen, dass wir bei Jere anfangen – mit einem Überraschungsbesuch.«

»Warum bei Jere? Der war doch weit weg, als Riikka erschossen wurde, und mit Ville hat er überhaupt nichts zu tun.«

»Woher willst du das wissen? Er ist dazu ja noch gar nicht befragt worden. An dem Burschen ist irgendwas faul. Wir haben ihn viel zu früh wieder laufen lassen, bloß wegen einer verdammten Wanderung. Er war immerhin unser erster Verdächtiger.«

»Offiziell nicht.«

»Du weißt, was ich meine. Gehst du übrigens oft in diese Pizzeria?«

»Ab und zu. Weshalb?«

»Die Besitzer sind angeblich schwul.«

»Na und?«

»Nichts. Du findest das alles natürlich ganz normal.«

Anna musste sich auf die Lippe beißen, um nichts darauf zu erwidern.

24

Im Treppenhaus miefte es genau wie bei ihrem letzten Besuch. Die Tür zu Jeres Wohnung stand bereits offen; stramm wie ein Pfadfinder erwartete er sie.

»Ich habe Sie vom Fenster aus gesehen. Meine Fenster gehen zur Straße raus. Deshalb finde ich es so toll, auf den Wanderungen in der freien Natur zu übernachten, wo die Stille einem fast zu Kopf steigt.«

Anna sah sich im Flur um. Sie hatte das seltsame Gefühl, dass sich dort irgendetwas verändert hatte. Als wäre irgendetwas hinzugekommen.

Jere schob die Tür hinter ihnen zu und reichte ihnen Bügel für die Mäntel. Anna hob abwehrend die Hand, sagte, sie würden nicht lange bleiben, und wunderte sich, warum Jere sie derart hofierte. Als sie die Haustür zufallen hörte, trat sie ans Fenster.

»Möchten Sie Kaffee?«, rief Jere aus der Küche.

»Nein danke«, antwortete Anna und glaubte, einen Mantelrücken wiederzuerkennen, der soeben in der Menschenmenge dort draußen verschwand. Im selben Moment wusste sie, was sie im Flur wahrgenommen hatte. Einen süßlichen Duft, der an Räucherkerzen erinnerte. Virves Duft.

»Für mich gern«, sagte Esko und folgte Anna ins Wohnzimmer. Anna sah ihn bedeutsam an und ließ Mittel- und Zeigefinger über das Fensterbrett schreiten. Esko nickte, schien jedoch nicht zu verstehen, was Anna ihm mitzuteilen versuchte. Bald darauf kam Jere mit einem Tablett herein.

»Was führt Sie zu mir? War die Sache von meiner Seite aus nicht geklärt?« Er bemühte sich um einen sorglosen Ton, doch das leise Zittern in seiner Stimme verriet seine Nervosität.

»Klar ist nur, dass du Riikka nicht erschossen haben kannst. Alles andere dagegen ist noch unklar, von deiner wie von jeder anderen Seite auch«, entgegnete Anna. »Stell dich also darauf ein, dass wir noch häufiger vorbeischauen.«

»Kennst du diesen Mann?«, fragte Esko und zog ein Foto aus der Brusttasche.

Jere warf einen Blick darauf und gab es sofort wieder zurück. Zu schnell, dachte Anna.

»Nein.«

»Bist du dir sicher? Sieh es dir genau an«, forderte Esko ihn auf.

»Hab ich doch, und ich bin mir ganz sicher, dass ich den Kerl noch nie gesehen habe. Wer ist das? Hat er Riikka umgebracht?«

»Guckst du keine Nachrichten? Liest du keine Zeitung?«

»Dazu bin ich in letzter Zeit nicht gekommen. Ich hatte viel zu tun.«

»Unter anderem Virve zu vögeln?«, fragte Anna.

Jere verschluckte sich an seinem Kaffee und hustete so heftig, dass er Kaffeetröpfchen verspuckte. Esko warf Anna einen vielsagenden Blick zu, bevor er Jere ein paarmal kräftig auf den Rücken schlug. Der junge Mann erholte sich allmählich, doch sein Gesicht war immer noch gerötet. Anna sagte nichts. Schweigen war manchmal das beste Druckmittel.

»Wo warst du vorgestern zwischen neunzehn und dreiundzwanzig Uhr?«, fragte Esko schließlich.

Jere gab keine Antwort.

»Möchtest du dir das Foto noch einmal ansehen?«, fuhr Esko fort.

Jere schwieg.

Sie warteten. Esko rührte Zucker in seinen Kaffee. Der Löffel klirrte leise am Tassenrand. Esko nahm einen Schluck und stellte die Tasse wieder ab.

»Jetzt hör mir mal zu, junger Mann! Wir haben keine Zeit für deine albernen Spielchen. Ich habe dir zwei Fragen gestellt, und vor allem auf die erste erwarten wir schleunigst eine Antwort. In deinem Alter kann es doch nicht so schwierig sein, sich an vorgestern Abend zu erinnern. Also: Wo warst du?«

Jere räusperte sich.

»Hier«, stieß er schließlich hervor.

»Hier? Kann das jemand bezeugen?«, fragte Anna.

»Ja. Ich war mit Virve zusammen.« Die Röte in seinem Gesicht verdunkelte sich.

Anna und Esko wechselten einen raschen Blick. Na, was habe ich gesagt?, signalisierte Annas zufriedene Miene.

»Dann erzähl uns mal genauer davon«, bat Esko.

Jere dachte kurz nach und beschloss dann offenbar zu kapitulieren.

»Na gut. Virve war vorgestern den ganzen Tag hier. Und gestern auch. Sie ist am Mittwochmorgen gegen zehn gekommen, und seitdem waren wir hier. Sie ist gerade erst gegangen, kurz bevor Sie gekommen sind.«

Oder vielmehr genau in dem Moment, dachte Anna.

»Seid ihr zweieinhalb Tage lang nur hier drinnen gewesen?«, fragte sie belustigt.

»Ja. Das heißt, heute früh waren wir kurz einkaufen. Brot und so.«

»Läuft das zwischen euch beiden schon lange?«, erkundigte sich Esko.

Jere schwieg einen Augenblick, bevor er antwortete. Die Röte verblasste allmählich, und er straffte seinen Rücken. Seine alte Überheblichkeit war zurück.

»Warum sollte ich jetzt noch ein Geheimnis daraus machen? Wir haben ja nichts Schlimmes getan. Wir hatten eine kurze Beziehung, bevor ich mit Riikka zusammengekommen bin, damals in der Oberstufe. Riikka wusste nichts davon. Sie dachte, Virve könnte mich nicht ausstehen. Dabei war Virve die ganze Zeit scharf auf mich.«

Jere lachte selbstgefällig.

Du widerlicher Bock, dachte Anna.

»Und als die Sache mit Riikka vorbei war, kam Virve gleich an, um mich ... wie soll ich es nennen ... zu trösten. Ich hatte nichts dagegen. Sie ist natürlich ein bisschen seltsam, eigentlich gar nicht mein Typ, aber ich muss zugeben, dass so was im Bett nicht stört, im Gegenteil.«

Arschloch, dachte Anna.

»Weißt du, dass Virve kein Alibi für den Abend hat, als Riikka ermordet wurde?«, fragte Esko.

»Ja.«

»Und nun hat sie sogar ein Motiv«, sagte Anna.

»Wieso denn das? Zwischen Riikka und mir war es so aus, wie es nur aus sein konnte. Ich war wieder frei zu ficken, wen immer ich wollte. Sogar ihre beste Freundin.«

»Hast du es Riikka gesagt?«, fragte Esko.

»Nein.«

»Warum nicht?«

»Weil es nichts Ernstes ist, wir vögeln halt ein bisschen, weiter nichts. Und Virve hatte Angst, Riikka könnte denken, ich hätte schon vor der Trennung was mit ihr gehabt, das ist ja alles noch nicht so lange her. Wir wollten Riikka nicht wehtun, vor allem Virve wollte das nicht.«

»Vielleicht nimmt Virve die Sache ernster als du«, warf

Anna ein. »Vielleicht hattest du ja vor, dich mit Riikka zu versöhnen?«

»Ganz bestimmt nicht. Aber denken Sie nur, was Sie wollen. Was ist mit dem anderen Mord? An diesem Mann?«, fragte Jere.

»Sieh mal an, du hast also doch davon gehört.«

»Wir haben heute früh im Laden eine Zeitung gekauft. Ich habe nur die Verbindung nicht sofort hergestellt, sorry.«

»So, so. Ein Alibi, das zwei Menschen sich unter diesen Umständen gegenseitig liefern, zählt nicht unbedingt zu den glaubwürdigsten«, meinte Anna.

»Aber Sie können es auch nicht widerlegen«, sagte Jere.

Das werden wir ja sehen, dachte Anna und fragte, ob Jeres Remington immer noch bei der Polizei liege. Jere holte sie aus seinem verschlossenen Waffenschrank. Die Flinte war sauber und glänzte. Der Lauf roch nur nach Öl.

»Du hast sie also zurückbekommen«, stellte Anna scheinbar verwundert fest, obwohl sie wusste, dass die Polizei die Waffe nicht ohne Grund hätte beschlagnahmen dürfen.

»Ja. Und ich habe vor, am nächsten Wochenende damit auf die Jagd zu gehen.«

»Sie ist frisch geputzt«, stellte Esko fest.

»Mir waren die Fettfinger der Bullen zuwider.«

»Du pflegst deine Waffen mit großer Sorgfalt.«

»Sie waren teuer. Aber wenn man sie gut behandelt, halten sie ewig.«

»Wurde Riikka damit erschossen?«

Die Frage setzte Jere sichtlich zu. Der großmäulige Mann schrumpfte zu einem trotzigen kleinen Jungen.

»Verdammt noch mal, nein!«

»Und Ville Pollari?«

»Nein, verdammt noch mal«, wiederholte Jere und sah plötzlich so aus, als würde er jede Sekunde zusammenbrechen. Bei diesen harten Burschen ist die Schale oft verblüffend dünn, dachte Anna. Und dann brach Jere in Tränen aus. Er heulte wie ein kleines Kind.

»Ich hatte mich schon gewundert, wie gelassen du den Tod deiner Exfreundin aufnimmst«, sagte Anna.

»Tu ich nicht«, antwortete Jere. »Das alles ist ganz furchtbar.«

»Könntest du jetzt bitte endlich vernünftig mit uns reden und die Wahrheit sagen?«, schaltete sich Esko ein.

»Ich sage die Wahrheit. Ich habe niemanden umgebracht.«

»Was weißt du über die Azteken?«, fragte Anna.

»Hä?« Jere sah sie entgeistert an.

»Die Azteken, was weißt du darüber?«, wiederholte Anna.

»Das hier wird allmählich zur Farce«, sagte Jere und wischte sich die Tränen am Hemdsärmel ab.

»Das ist alles andere als eine Farce.«

»Gar nichts weiß ich über sie. Waren das nicht irgendwelche Ureinwohner in Südamerika?«

»In Mexiko«, antwortete Anna.

Gegen sechs Uhr parkte Anna ihren Wagen vor Bihars Haus. Der Wind war heftiger geworden, und es regnete inzwischen ununterbrochen. Anna dachte an den Herbst, der noch Monate dauern würde. Der Gedanke war bedrückend. Wegen der dunklen Wolken setzte die Abenddämmerung früher ein, und die Straßenlaternen leuchteten eine nach der anderen auf, als wollten sie die triste Siedlung trösten. Hell erleuchtete Fenster sprenkelten die Wände der hoch aufragenden Häuser. Bei dem Wetter hatten sich alle in ihre Wohnungen geflüchtet.

Auch in Bihars Zuhause brannte Licht. Vom Parkplatz aus sah man die Fenster der Küche und des kleineren Schlafzimmers. Anna hatte sich beim Wohnungsamt einen Grundriss besorgt. Sie hatte behauptet, sie spiele mit dem Gedanken, eine Wohnung in Rajapuro zu mieten. Daher wusste sie, dass die Fenster des Wohnzimmers und des zweiten Schlafzimmers zur anderen Seite lagen, zu dem von vier Hochhäusern umschlossenen Innenhof. Auch dort hatte Anna einige Male Wache gehalten. Sie hatte am Sandkasten gesessen und die Fenster im zweiten Stock nicht aus den Augen gelassen. Sie wusste auch, dass die Eltern im Wohnzimmer schliefen und dass Mehvan ein eigenes Zimmer hatte, während sich die Mädchen das kleinere Schlafzimmer teilten.

Betrachtete Bihar diese Wohnung als ihr Zuhause? Diese Siedlung, diese Stadt? Und wie war es mit ihren Eltern? Wie konnte jemand, der von weit her aus dem Gebirge kam, in diesem von langen und kalten Wintern geprägten flachen Land zwischen kaltem Beton Wurzeln schlagen?

In gewisser Weise verstand Anna Bihars Eltern. Wenn ihre Mutter hiergeblieben wäre, hätte sie sich ganz bestimmt ebenfalls an ein verfälschtes Bild der Vergangenheit geklammert, es in ihrer kleinen städtischen Mietwohnung gehütet wie einen Schatz und ihren Söhnen und ihrer Tochter nachgeweint. Aber Annas Mutter hatte die Möglichkeit gehabt, in ihre Heimat zurückzukehren, und Anna wusste, welch seltenes Privileg das gewesen war. Die Lage in der Heimat hatte sich beruhigt. Tatsächlich waren die nördlichen Teile Serbiens, in denen immer noch eine große ungarische Minderheit lebte, vom Krieg weitgehend verschont geblieben, wie Serbien überhaupt – vom Kosovo einmal abgesehen. Selbst die Bombenangriffe der NATO Ende der Neunzigerjahre hatten in der Region zwar Angst und Schrecken verbreitet und die Fensterscheiben klirren lassen, aber keine schlimmeren Folgen gehabt. Die meisten jungen Männer der ungarischen Minderheit hatten sich nach Ungarn abgesetzt, nach Szeged oder Budapest, um der Einberufung zur serbischen Armee zu entgehen. Einige waren noch weiter fortgezogen. Ein paar jedoch hatten an die Front gemusst. Und einige waren gestorben. Wie Áron.

Sobald Anna achtzehn geworden war, war ihre Mutter in die Heimat zurückgekehrt. Jetzt habe ich meine Pflicht erfüllt, hatte sie gesagt und versucht, ihre Kinder zum Mitkommen zu bewegen. Aber es war etwas anderes, wenn man jung und bereits im finnischen Schul- und Ausbildungssystem verwurzelt war. Anna konnte nicht einfach so zurückkehren, erneut fortgehen.

Verwurzelt war vielleicht zu viel gesagt gewesen. Eher war es Anna gelungen, eine dünne Faser zu entwickeln, die ihr Zukunftschancen eröffnet hatte, die sie in ihrer früheren Heimat nicht mehr gehabt hätte. Ein wichtiges Element dieser Faser war das Eintauchen in die neue Sprache gewesen. Anna war schnell an die Oberfläche gelangt, hatte gelernt zu schwimmen, Luft zu holen. Und Anna war nicht bereit gewesen, sich von dieser Zukunft zu trennen, mochte die Faser auch noch so dünn sein. Das hatte sie schon einmal tun müssen, als Kind, unfreiwillig, und es war alles andere als eine Bagatelle gewesen – nichts, was man unbedingt ein zweites Mal durchmachen wollte. Deshalb war Anna geblieben.

Bei Ákos hatte der Fall anders gelegen. Er hatte keinerlei Bindung an Finnland entwickelt, abgesehen von seiner Band und von Anna. Die Ausbildung zum Tierpfleger, die er in Jugoslawien begonnen hatte, war durch die Flucht unterbrochen worden, und für eine Ausbildung in Finnland hatten seine Sprachkenntnisse nicht gereicht. Ákos war in ein Loch gefallen und schwamm immer noch darin. Kein Horizont, keine Flaschenpost, keine Friedenstauben mit grünen Zweiglein im Schnabel. Ákos war hintenübergekippt. Als Mutter nach Hause zurückkehren wollte, hatte sie vor allem Ákos gebeten mitzukommen. Sie hatte gesehen, dass er in Finnland keine

Zukunft haben würde. Doch Ákos hatte erwidert, er sei zu alt, um gemeinsam mit Teenagern noch einmal die Schulbank zu drücken. Seine Band war damals gerade einigermaßen gefragt gewesen. Sie hatten fast jeden Tag geprobt und in zwielichtigen Rockclubs in ganz Finnland gespielt. Und klar, auch der Schnaps war in Strömen geflossen.

Ákos hatte der Mutter versprochen, sich einen Ausbildungsplatz zu suchen, sobald er gut genug Finnisch konnte.

War das der Grund, weshalb er diese Sprache, die doch angeblich sogar mit seiner Muttersprache verwandt war, nicht lernen wollte? In den Bands war Ákos mit Englisch zurechtgekommen, das er einigermaßen beherrschte, und auf Englisch klärte er auch bis heute sämtliche Angelegenheiten auf dem Arbeits- und beim Sozialamt. In ihrem ersten Jahr an der Polizeischule hatte Anna Ákos einmal zu einer Studentenparty mitgenommen, und niemand hatte glauben wollen, dass Annas Bruder kaum verstand, was um ihn herum gesagt wurde.

Überhaupt war der Abend eine Katastrophe gewesen. Ákos hatte zu viel getrunken und Annas Studienkollegen angepflaumt. Er hatte mit seinem Anarchismus und seinen Verbindungen zur Jugomafia geprahlt. Anna hatte sich für ihn geschämt. Von diesem Abend an hatte sich das Verhältnis zu ihrem Bruder merklich abgekühlt. Und nach Mutters Abreise hatte Ákos noch mehr getrunken als zuvor.

Am Küchenfenster in Bihars Wohnung tauchte eine Gestalt auf. Eine Frau, sicher Bihars Mutter, zeichnete sich als schwarze Silhouette vor dem Küchenlicht ab und blieb am Fenster stehen. Sie schien direkt zu Annas Wagen herüberzustarren. Gut, dachte Anna. Jetzt weißt du, dass ich trotz der Einschüchterungsversuche deines Mannes weiter Wache halte. Ich lasse nicht zu, dass deinem Kind etwas zustößt, ich beschütze deine

Tochter vor dir. Merkst du nicht, wie verdreht das ist?, sagte Anna in Gedanken zu Zera Chelkin. Sie hätte am liebsten gehupt, das Fenster hinuntergedreht und alles, was ihr auf der Seele lag, an den Hochhausmauern hinaufgebrüllt.

Die Gestalt ließ die Jalousien hinunter und drehte die Lamellen zu. Bald darauf geschah das Gleiche im Schlafzimmer, in dem kleineren, das Bihar sich mit ihrer Schwester teilte. Sendeschluss, dachte Anna und ließ den Wagen an.

Als sie den Parkplatz verließ, tauchte am linken hinteren Rand ihres Blickfelds ein blau-weißer Streifenwagen auf. Er fuhr über den Fahrradweg auf den Platz vor Bihars Haus und machte sofort wieder kehrt. Anna erhaschte einen flüchtigen Blick auf den Fahrer, der ihr vage bekannt vorkam.

Der Sturm fegte bereits mit voller Kraft durch die Stadt, als Anna das Café au Lait erreichte. Sie musste gegen den Wind ankämpfen, um die Tür zu öffnen, die gleich darauf von einer heftigen Bö fast aus den Angeln gerissen wurde. Die Straßen waren zwar menschenleer, doch nicht alle waren vor dem Sturm nach Hause geflüchtet. Stimmengewirr und warmes Licht füllten das Café. Im Hintergrund lief klassische Klaviermusik, und Kaffeeduft umschmeichelte die Nase. Zoran saß bereits an einem Tisch im schummerigen hinteren Teil des Raums.

Anna bestellte Tee und Käsekuchen mit weißer Schokolade. Zoran nahm nur einen Espresso. Sie wechselten ein paar Worte über das Wetter, blickten hinaus in den sich verdunkelnden Abend und sahen einander kaum an.

»Šta je? Warum hast du angerufen?«, fragte Zoran schließlich.

»Ich weiß es nicht. Ich habe mich irgendwie einsam gefühlt.«

»Du weißt, dass ich verheiratet bin. Nataša lässt mir vieles durchgehen, wie es sich für eine anständige Ehefrau gehört. Aber nicht alles. Ich kann nicht andauernd mit dir ausgehen.«

»*U kurac, Zorane,* das will ich doch auch gar nicht.«

»Was willst du dann?«

»Ach, ich weiß es ja auch nicht. Gar nichts.«

»*Ajde,* Anna, was ist los mit dir? Wir haben früher doch auch ... Du hast nie geklammert, deshalb hab ich dich ja auch so gern.«

Anna rührte ihren Tee um. Sie sah, wie sich um den Löffel herum ein Strudel bildete. Sie hatte durchaus einen Grund gehabt, sich mit Zoran in Verbindung zu setzen, einen Grund, der mit Romantik überhaupt nichts zu tun hatte. Doch plötzlich überkam sie der Wunsch, ihm etwas ganz anderes zu sagen, diesem dunkelhaarigen und attraktiven, zehn Jahre älteren Mann, den sie seit ihrer Kindheit kannte und mit dem sie die erste leidenschaftliche Nacht verbracht hatte, als sie gerade erst sechzehn gewesen war. Schon damals war klar gewesen, dass aus ihnen niemals ein festes Paar werden würde. Du bist zu jung, hatte Zoran gesagt und mit Nataša angebändelt, die nur ein Jahr älter war als Anna. Ich bin viel zu selbstständig, hatte Anna schon damals gewusst.

Doch jetzt fand sie keine Worte.

Zoran nippte an seinem Kaffee. Die Fähigkeit der Serben, stundenlang bei einer einzigen Tasse Kaffee zu sitzen und sich zu unterhalten, hatte Anna immer schon fasziniert.

Im selben Moment begriff sie, dass sie sich genau danach gesehnt hatte.

Das Heimweh schnürte ihr die Kehle zu.

Sie wollte Réka wiedersehen, mit ihr auf der Terrasse des Gong Kaffee trinken und sich unterhalten. Ungarisch sprechen.

»Hast du von den Joggingmorden gehört?«, fragte sie schließlich.

»Ich habe in der Zeitung davon gelesen. Weshalb?«

»Ich dachte nur, du hättest vielleicht was gehört.«

»*Nista*. Kein Wort. Da stecken keine Profis dahinter und auch nicht irgendeine Migrantengang. Wahrscheinlich irgendein einheimischer Knallkopf.«

»Sagst du mir Bescheid, falls du etwas hörst?«

Zoran sah Anna lange an. Nachdenklich nahm er einen Schluck Kaffee.

»Natürlich. Aber glaub mir, über diesen Fall weiß ich nichts. Guck mal. Ganz schön geschickt.«

Anna drehte sich zur Theke um und sah einen Mann im Rollstuhl, der eine Teetasse und einen Kuchenteller auf dem Schoß balancierte und zum nächsten Tisch rollte.

»Ich würde mich erschießen, wenn mir so was passieren würde«, fuhr Zoran fort. »Aber vielleicht gewöhnt man sich an alles.«

Petri bemerkte Anna und Zoran und nickte zum Gruß. Er wirkte nicht sonderlich erfreut. Jetzt glaubt er, ich hätte einen anderen, dachte Anna entsetzt. Und gleich darauf: Na und? Ist doch völlig egal, was er von mir denkt.

»Kennt ihr euch?«, fragte Zoran erstaunt.

»Wir sind uns wohl mal bei der Arbeit begegnet«, sagte Anna.

Zoran sah auf die Uhr.

»Ich muss gehen. Nasti und die Kinder warten. *Zdravo*, mein Schatz, wir sehen uns wieder.«

Er blinzelte ihr zu und lächelte vielsagend. Anna hätte ihm am liebsten die Zunge herausgestreckt, heftete aber stattdessen den Blick auf das regennasse Fenster. *Asshole*, dachte sie.

Als Anna eine halbe Stunde später das Café verließ, wogten ungute Gefühle in ihrem Kopf wie das sturmgepeitschte Meer. Der Wind hätte sie beinahe umgefegt, und auf der Heimfahrt packten die Böen ihren Wagen und rüttelten hartnäckig daran. Petri war natürlich an ihren Tisch gekommen, sobald Zoran gegangen war. Als Erstes hatte er sie gefragt, ob sie noch weitere SMS bekommen habe. Dann hatte er sich erkundigt, wie es ihr gehe, als wären sie alte Freunde. Anna hatte sich dazu gezwungen, höflich zu antworten, und dabei sogar versucht zu lächeln. Sie hatte ihn nach seiner Arbeit gefragt, nach diesem und jenem, wie es unter Bekannten eben üblich war. Petri hatte seinen Tee und den Kuchen an ihren Tisch geholt und eine Weile unverbindlich mit ihr geplaudert. Doch dann hatte er plötzlich geradeheraus gefragt, warum Anna sich nicht mehr mit ihm habe treffen wollen. Anna hatte keine Antwort darauf parat gehabt. Ob sie mit diesem Mann von eben zusammen sei? Nein. Ob es an seiner Behinderung liege? Nein. Woran denn dann? Ich weiß es nicht. Daraufhin hatte Petri nichts mehr gesagt. Er hatte seinen halb aufgegessenen Kuchen stehen lassen und war grußlos davongerollt. Anna hätte am liebsten geweint.

Als sie nach Hause kam, war sie unendlich müde. Sie rauchte unter der Abzugshaube eine Zigarette und versuchte, Pan Sonic zu hören, doch das Schnarren machte sie nervös. Das ist keine Musik, dachte sie und legte etwas Klassisches auf. Doch auch nach fünf Minuten Händel war sie keinen Deut ruhiger. Sie schaltete das Gerät wieder aus, kroch ins Bett und spürte, wie schwer ihr Körper auf der Matratze lag. Ihr eigener Leib erschien ihr fremd. Gut, dass es draußen stürmt, dachte sie. Da brauche ich kein schlechtes Gewissen zu haben, weil ich wieder nicht joggen gegangen bin. Ich bin so müde, dass ich nie wieder auch nur einen einzigen Meter werde laufen können. Ich möchte nur noch schlafen und schlafen, aber warum bin ich eigentlich immer noch wach?

Sie schloss die Augen und hörte, wie der Wind am Balkongeländer rüttelte. Sie drehte sich auf die Seite. Unter der Decke war ihr zu heiß. Sie schob die Beine hervor und spürte kalte

Zugluft auf der Haut. Morgen muss ich Isolierband kaufen, dachte sie. Sonst komme ich hier nicht durch den Winter.

Um drei kapitulierte Anna und stand auf. Der Linoleumboden im Schlafzimmer fühlte sich unter ihren nackten Füßen eisig an. Sie zog Wollsocken und Pantoffeln an und ging zum Rauchen auf den Balkon. Die Sturmfront war bereits auf dem Weg nach Nordosten, auch der Regen hatte nachgelassen, es nieselte nur noch. Die Müdigkeit machte ihre Muskeln bleischwer. Ihre Schultern waren schmerzhaft verspannt. Sie wagte nicht, sich an das Geländer zu lehnen. Sie hatte das unbestimmte Gefühl, es würde sich lösen, und im Schatten der Hochhäuser hielte sich jemand verborgen, der sie beobachtete und nur darauf wartete, dass sie fiel.

Meine Eltern fingen an, sich zu verändern, als ich ungefähr zwölf war. Das heißt, ich weiß nicht, ob sie sich veränderten oder ob alles nur daran lag, dass ich mich veränderte. Bestimmt hatte es damit zu tun, dass meine Tage einsetzten, aber das habe ich damals natürlich nicht verstanden. Vielleicht auch damit, dass ich ziemlich viele Freundinnen hatte. Auf einmal durfte ich nicht mehr alleine zur Schule gehen. Und nach der Schule nicht nach draußen. Verdammt, sie haben Mehvan angeheuert, mich zu bewachen, diese halbe Portion. Zu meinen finnischen Mitschülern durfte ich überhaupt nicht mehr, nicht einmal zu Geburtstagen. Ich habe versucht, Mutter zu fragen, warum, aber sie hat mir nicht geantwortet. Oder doch, sie sagte, es sei alles nur zu meinem Besten. Und zum Besten der Familie. Wenn ich größer wäre, würde ich es verstehen. Ich wurde wütend und schmiss eine Glasschüssel an die Wand, natürlich irgendein schrecklich wertvolles Erinnerungsstück aus Kurdistan. Mutter befahl mir, die Hose runterzulassen. Die Unterhose durfte ich immer anbehalten. Sie schlug mir mit dem Gürtel auf den Hintern, aber wenigstens nicht mit der Schnalle, wie Vater es manchmal bei Mehvan tat. Sie schlug und weinte, als hätte sie mehr Schmerzen als ich. Ich weinte nie. Ich biss die Zähne zusammen und brüllte in meinem Kopf auf Finnisch: Scheiße, schlag doch zu, so viel du willst. Mehvan weinte, aber immer erst hinterher, heimlich in seinem Zimmer. Nach ein paar Stunden kam Mutter dann immer zu mir und entschuldigte sich. Ich habe immer gesagt:

Schon in Ordnung. Aber in Wahrheit habe ich ihr nicht verziehen.

Man gewöhnt sich an derlei Beschränkungen. Mit den Mädchen aus zwei anderen Kurdenfamilien und mit den Kindern von Vaters Cousins durfte ich zusammen sein, das waren zum Glück viele, und manche waren wirklich nett, und sie alle wohnten in Rajapuro. In der Achten war ich den ganzen Sommer bei Mutters Verwandten in Schweden. Ich habe da eine Cousine, die genauso alt ist wie ich, und *abbou*, war das ein toller Sommer! Ich hatte also ausreichend Freundinnen, und wenn wir miteinander spielten, dachte ich nur selten daran, dass uns dabei die ganze Zeit, wirklich die ganze verdammte Zeit einer der erwachsenen Verwandten im Auge behielt. Ich war einfach nur froh, mal aus dem Haus zu kommen. Am meisten ging mir auf den Keks, dass Mehvan, dieser Knirps, mir auf dem Schulweg nicht von der Seite wich und die Sache so verdammt ernst nahm. Sogar in die Bibliothek drängte er sich mit rein. Zu Hause konnte ich in seinen Augen lesen, wie er um Vaters Lob und Anerkennung bettelte wie ein Hündchen. Bekommen hat er sie trotzdem nicht. Vater meint, Mehvan sei dumm, aus dem werde nie etwas. Trotzdem wünscht er sich, dass Mehvan Arzt würde. Warum wollen alle, dass ihre Söhne Ärzte werden? Was ist so toll daran, sich jeden Tag die Klagen kranker Leute anzuhören, ihre Eiterbeulen aufzustechen und ihnen im Hintern rumzustochern? Ich will auf keinen Fall Ärztin werden, obwohl ich das mit meinem Zeugnis sogar schaffen könnte.

Erst in der Oberstufe wurde mir so richtig klar, in welchem Vakuum ich lebte, in einem ranzigen Traumkurdistan, das man ausgerupft und in eine Hochhauswohnung verpflanzt hatte. Irgendwie hatte ich Vater dazu gebracht, dass er mir erlaubte, mich für die naturwissenschaftliche Oberstufe in der Innenstadt zu bewerben. Da wird man nur mit einer wirklich guten

Durchschnittsnote aufgenommen. Ich glaube, mein Vater fand es toll, vor seinen Freunden und vor allem vor der Verwandtschaft damit zu prahlen, was für ein intelligentes Kind er hatte, zumal er mit Mehvan nicht groß angeben konnte. Bei dem musste man schon froh sein, wenn er versetzt wurde, und ob man's glaubt oder nicht, auch die meisten der Unsrigen sind ganz normale Leute, die eine gute Ausbildung zu schätzen wissen. Und weil ich ein gutes Zeugnis hatte, wurde ich an der Oberstufenschule aufgenommen. Die Fahrten zur Schule bekam ich umsonst, das war fast das Beste daran. Mehvan konnte mich nicht mehr jeden Tag bis in die Innenstadt bringen und wieder abholen, er musste ja selbst zur Schule, und außerdem wären die Busfahrten für ihn viel zu teuer geworden. Ich musste natürlich immer sofort mit dem ersten Bus wieder nach Hause kommen. Anfangs haben sie höllisch aufgepasst, und Vater hat sogar an der Haltestelle gewartet, aber als ich ausschließlich Interesse fürs Lernen zeigte, ließen sie irgendwann ein bisschen lockerer. Später bin ich dann manchmal nach der Schule noch in der Stadt geblieben. Ich behauptete, ich müsse noch in die Bibliothek, um für die nächste Prüfung zu lernen, und sie glaubten mir, weil ich auch zu Hause die Nase immer in irgendein Buch steckte und mich darüber beklagte, dass ich mich nicht konzentrieren könne, wenn der Fernseher lief und Adan quengelte. Ich sollte eigentlich mit ihr spielen, stattdessen aber war ich mit meinen neuen Klassenkameraden in Cafés und Läden. Und später dann mit Juse. Nach und nach bekam ich mehr Freiheiten, und weil ich zu Hause so perfekt das brave, anständige Kurdenmädchen spielte, das einzig und allein von ihr-wisst-schon-was träumt (klar: vom herrlichen freien Kurdistan natürlich, ich habe sogar das Zimmer von Adan und mir mit Landkarten tapeziert, bloß um meine Leute hinters Licht zu führen), schöpften sie keinen Verdacht. Vielleicht dachten sie, das Schlimmste sei vorüber, die Pubertät mit ihren Problemen überstanden, jetzt werde schon nichts mehr passieren. Es polsterte ihr geringes Selbstwertgefühl auf, dass ihr Kind, ihr eigen Fleisch und Blut, wenn auch leider vom falschen Geschlecht, eine finnische Eliteschule besuchte. Sie wussten ja selbst genau, dass die allermeisten Kanakengören aus Rajapuro von so etwas nur träumen konnten, und obwohl sie schon einen Mann für mich ausgesucht hatten, haben sie sich wohl gedacht: Soll sie ruhig diese Oberstufe besuchen, sie kann offenbar gut lernen, und die Schulbücher und die Busfahrten zahlt ohnehin das Sozialamt. Und wenn sie das Abitur in der Tasche hat, wird Hochzeit gefeiert.

25

Anna saß an ihrem Schreibtisch und starrte an die Wand. Das kalte Licht der Neonröhren brannte ihr in den Augen, und in ihren Ohren rauschte das Blut. Sie erlaubte der Benommenheit, sich in ihrem Körper auszubreiten, und stützte den Kopf auf die Hände. Der Schlaf kam. Endlich. Hier und da zuckten kleine Stromstöße in ihren verspannten Muskeln. Jedes Zucken riss sie zurück in den Wachzustand, doch sobald sie sich entspannte, glitt sie wieder in eine schlafähnliche Trance, die immer tiefer wurde. Es war ein herrliches Gefühl. Sie wünschte sich, es würde ewig vorhalten.

Als Anna zwanzig Minuten selig geschlafen hatte, kam Rauno in ihr Zimmer. Anna schaffte es nicht, den Kopf zu heben.

»Hast du wieder gesoffen?«, fragte Rauno, nachdem er sie eine Weile betrachtet hatte.

»Nein«, drang es leise zwischen ihren Armen hervor.

»Muss ich mir Sorgen um dich machen?«

Endlich hob Anna den Kopf. Sie sah Rauno aus geröteten Augen an. Hatte er ausgerechnet jetzt kommen müssen, da sie gerade eingeschlafen war? Anna war nach Heulen zumute. Oder danach, lauthals zu lachen wie eine Irre.

»Musst du nicht«, sagte sie. »Ich bin nur müde. Dem rassistischen Säufer stellt ihr solche Fragen nie. Oder etwa doch?«

»Reg dich nicht auf. Ich wollte dir nur sagen, dass Virve in Vernehmungsraum zwei wartet.«

»Rauno, ich brauche deine Hilfe.« Verzweiflung machte sich in Anna breit. »Ich bin völlig erledigt. Ich konnte letzte Nacht nicht schlafen. Von mir aus kann ich den *bad cop* im Hintergrund spielen, der total furchterregend und durchgeknallt ist. Aber übernimm du die eigentliche Vernehmung, bitte, bitte.«

Rauno sah sie forschend an. Dann nickte er.

»Gehen wir noch mal alles von Anfang an durch«, begann Rauno. »Wo warst du am Abend des 21. August nach acht Uhr?«

Anna zog einen Stuhl in die Zimmerecke, setzte sich und lehnte den Kopf an die Wand. Sie hoffte, bis zum Ende der Vernehmung in ihrer Beobachterrolle verharren zu dürfen. Ihr Gehirn war durch den Schlafmangel so erlahmt, dass sie sich nicht zutraute, auch nur eine einzige vernünftige Frage zu stellen. Oder auf irgendeine Antwort zu reagieren.

»Soweit ich mich erinnere, habe ich das bereits gesagt. Ich war den ganzen Tag zu Hause. Den ganzen Abend. Die ganze Nacht.«

»Aber das kann niemand bezeugen.«

»Das ist doch nicht meine Schuld, oder?« Virve klang verärgert.

»Und wo warst du am 14. September?«

»Bei Jere, mit ihm zusammen. Ich bin gegen Mittag hingegangen, und wir waren den ganzen Tag dort. Das hat Jere Ihnen doch schon erzählt.«

»Warum hast du nicht erwähnt, dass du ein Verhältnis mit Jere eingegangen bist, nachdem Riikka und er sich getrennt hatten?«

Virve schien sich auf diese Frage vorbereitet zu haben. Sie lächelte selbstsicher.

»Ach, das zwischen uns, das ist doch bloß Sex. Wir haben

das nicht an die große Glocke gehängt, damit unsere Freunde, die ja auch Riikkas Freunde waren, nicht auf die Idee kommen, wir hätten schon vorher was miteinander gehabt. Dass die Trennung irgendwie daher rührte. So war es nämlich nicht.«

»Du hast ausgesagt, du hättest Jere noch nie leiden können. Jere behauptet allerdings etwas anderes. Seiner Aussage nach ...« Rauno blätterte in den Unterlagen. »Seiner Aussage nach ist zwischen euch beiden schon etwas gelaufen, als er noch in der Oberstufe war, und du seist seitdem die ganze Zeit scharf auf ihn gewesen.«

Virve lachte auf.

»Das behauptet er? Aber das ist nur seine ureigene Fantasie, mit der er sein männliches Ego aufpäppelt. In Ihren Ohren klingt das vielleicht furchtbar«, sagte sie, drehte sich um und sah Anna fest in die Augen. »Aber ich bin nie so scharf auf irgendwen, dass ich ihm jahrelang nachschmachten würde. *No way.* Das ist nicht mein Stil. Ich will hauptsächlich guten Sex. Und den kann Jere mir trotz all seiner Mängel bieten. Sorry, wenn ich Sie damit schockiert haben sollte, aber so bin ich eben.«

Anna hätte beinahe gelächelt, hielt ihre Gesichtszüge aber unter Kontrolle. Sie sah aber, dass Rauno rote Ohren bekommen hatte. Wenn hier jemand schockiert war, dann er.

»Und, hattet ihr schon in der Oberstufe was miteinander?«, fragte er.

Virve zögerte, nickte dann aber.

»Ja. Ein Mal, nach einer Klassenparty. Das war aber alles.«

»Wie lange hat es nach dieser einen Nacht gedauert, bis Riikka und Jere ein Paar wurden?«

Wieder zögerte Virve die Antwort hinaus, zupfte am Ärmel ihrer Bluse und ließ die Armreifen klirren.

»Das war eine Woche später. Aber es hat mich damals wirklich nicht gestört. Ich war nicht verliebt in ihn oder so.«

»Natürlich nicht«, sagte Rauno und fuhr fort: »Es ist aber doch einigermaßen verdächtig, dass du nach dem gewaltsamen Tod eurer gemeinsamen Freundin eure Beziehung mit keinem Wort erwähnt hast. Der Polizei Informationen vorzuenthalten ist etwas anderes, als im Freundeskreis zu schweigen. Wenn man als Zeuge vernommen wird, ist das sogar strafbar. Jedenfalls rückt es dich in ein denkbar schlechtes Licht.«

»Oje. Entschuldigung!«, sagte Virve.

»Wusstest du, dass Jere im August in Lappland war?«

»Ich wusste, dass er eine Wanderung machen wollte, aber nicht, wo genau.«

»Warum hast du uns auch davon nichts erzählt?«

»Sie haben gefragt, ob ich wisse, wo Jere sich aufhielt. Das wusste ich nicht. Was mich betraf, hätte er genauso gut in Nuuksio sein können wie in Lappland.«

»Mit diesem Benehmen und dieser Einstellung kommst du nicht weit. Das klingt alles sehr nach einem Verschleierungsversuch.« Rauno verlor die Geduld. »Willst du hören, was ich denke?« Ohne eine Antwort abzuwarten, fuhr er fort: »Ich denke, dass du und Jere die ganze Sache gemeinsam geplant und durchgezogen habt. Die Waffe gehört Jere, und du hast sie benutzt, um Riikka damit zu erschießen. Vielleicht hat er den zweiten Mord übernommen. Oder du hast auch diesen begangen. Und ich bin nicht der Einzige hier, der so denkt. Tatsächlich ist das eine der Hauptlinien unserer Ermittlungen, du solltest dir also gut überlegen, inwieweit du uns weiter etwas vorschwindelst.«

Rauno knallte zwei Fotos von Ville Pollari auf den Tisch. Auf dem einen stand er lächelnd vor seinem neuen Haus. Er hatte den Arm um seine Frau gelegt. Auf dem zweiten lag er mit zerfetztem Brustkorb auf dem Joggingpfad. Virve starrte die Bilder ausdruckslos an, aber Anna erkannte, dass hinter der Fassade Erschütterung und unterdrückte Tränen lauerten.

»Kommt er dir bekannt vor?«, fragte Rauno.

»Nein.«

»Ist dieser Mann vielleicht zufällig vorbeigejoggt, als du Riikka erschossen hast? Hat er dich gesehen? Musste er deshalb zum Schweigen gebracht werden?«

»Nein!«, schrie Virve. »Nein, nein, nein, nein! Ich habe nichts getan!«

»Ich glaube doch, entweder mit Jere zusammen oder ganz allein. Wäre es nicht das Beste, es jetzt zu gestehen?«

»Es gibt nichts zu gestehen«, entgegnete Virve.

»Denk doch nur, was für eine Erleichterung es wäre, wenn du nichts mehr zu verheimlichen und nicht mehr zu lügen bräuchtest, wenn du all dies hinter dir hättest«, sagte Rauno. »Dann kämst du endlich zur Ruhe.«

»Ich habe mich nicht getraut, von Jere und mir oder von seiner Wanderung zu erzählen, weil ich Angst hatte, er könnte der Mörder sein«, rief Virve und brach in Tränen aus. »Glauben Sie mir doch! Ich habe nichts getan! Ich hatte einfach schreckliche Angst, weil ich dachte, Jere könnte verrückt geworden sein und mich ebenfalls umbringen. Als sich herausstellte, dass er in Sevettijärvi war und es nicht gewesen sein konnte, war ich überglücklich.«

»Wäre Jere so etwas zuzutrauen? Dass er verrückt würde und jemanden umbrächte?«, fragte Rauno. Seine Stimme war wieder warm und freundlich.

»Na ja, nicht wirklich ... Aber er ist manchmal ganz furchtbar eifersüchtig. Und als mir entschlüpft ist, dass Riikka einen Neuen haben könnte, hat er sich wahnsinnig aufgeregt.«

»Tatsächlich? Uns hat er gesagt, die Beziehung zu Riikka sei ein für alle Mal vorbei gewesen.«

»War sie auch – von Riikkas Seite. Aber Jere wollte sie zurückhaben. Er hat es nicht zugegeben, aber so was merkt man. Ich bin bloß der Ersatz. Riikka hat er geliebt.«

»Wie eifersüchtig ist Jere?«

»Ziemlich.«

»Was heißt das?«

»Na, er fängt schnell an, sich alles Mögliche einzubilden.«

Anna fuhr zusammen. Auf solche Worte und Sätze würde sie immer reagieren, auch wenn sie noch so erschöpft wäre. Das hatte sie sich vorgenommen. Sie würde die Frage nie ungestellt lassen.

»Schlägt Jere dich?«, fragte sie.

Virve schwieg lange, bevor sie antwortete: »Na, eigentlich nicht, nicht wirklich.«

»Was soll das denn nun wieder heißen?«

Virve zögerte erneut. Sie schien zu überlegen, was sie sagen sollte.

»Einmal hat er mich gepackt und fest zugedrückt und mich geschüttelt. Aber da hatte ich nur einen blauen Fleck am Arm. Und außerdem hatte ich ihn provoziert.«

»Soll das etwa heißen, es war deine Schuld?«

»So hab ich es nicht gemeint.«

»Und war er auch Riikka gegenüber gewalttätig?«

»Das weiß ich nicht.«

»Sie war deine beste Freundin. Natürlich weißt du es.«

»Ja. Manchmal.«

»Wäre es da nicht besser, den Kerl zu verlassen?«

»Ich liebe ihn«, heulte Virve auf. »Ich habe ihn immer geliebt. Seit der Oberstufe. Aber ich habe Riikka nichts getan, und auch niemand anderem. Ganz bestimmt nicht! Sie müssen mir glauben! Riikka war meine beste Freundin, trotz allem.«

Sie weinte wieder.

»Sagt dir das Wort Huitzilopochtli etwas?«, fragte Anna, immer noch gegen die Wand gelehnt.

Virve drehte sich zu ihr um. Blankes Entsetzen stand ihr ins Gesicht geschrieben, sie sank in sich zusammen und zog nervös ihre Ärmel herunter.

»Was heißt das?«, fragte sie leise.

»Tja, was mag das sein«, entgegnete Anna und sah Virve prüfend an. Das Mädchen war sichtlich erschüttert. Aber da war noch mehr. Anna sah, dass Virve zu Tode erschrocken war.

Bihar auf dem asphaltierten Schulhof. Allein. Das dunkle Tuch fest um den Kopf gebunden, schwarzer Trenchcoat und Jeans. Sie lehnte sich gegen die ockergelbe Mauer der Yuppieschule und bemerkte Anna nicht, die in einem Zivilfahrzeug auf der gegenüberliegenden Straßenseite saß. Das Autoradio schickte ein verworrenes Geschnatter in den Äther. Anna schaltete es aus.

Bihar besuchte ein anderes Gymnasium als Anna damals. Ein wesentlich besseres. Der Notendurchschnitt, mit dem man auch nur in Erwägung ziehen konnte, sich hier zu bewerben, lag seit vielen Jahren bei Zwei. Anna hatte in Koivuharju die Oberstufe besucht. Ihre Durchschnittsnote hätte durchaus für eine renommiertere Schule gereicht, doch sie hatte keine Lust gehabt, den längeren Schulweg auf sich zu nehmen. Für den Sport ging schon zu viel Zeit drauf, und in Koivuharju gab es nette Lehrer, die Abiturergebnisse waren im Verhältnis zu den Voraussetzungen der meisten Schüler annehmbar, und man hatte die Möglichkeit, zusätzliche Sportkurse zu belegen. Das hatte Anna damals genügt, und sie bereute ihre Entscheidung bis heute nicht.

Bihar drehte sich um. Ein hoch aufgeschossener Junge kam quer über den Hof auf sie zu. Sie holte ihr Handy hervor und tippte etwas ein.

Der Junge stellte sich neben sie, doch sie blickte nicht von ihrem Handy auf. Auch der Junge tat, als bemerkte er Bihar nicht, obwohl er jetzt direkt neben ihr stand. Eine Sekunde, zwei, drei. Dann nickte Bihar. Der Junge ging.

Na also, dachte Anna aufgeregt, und dann: Die Armen. Sie haben keine Chance.

Sie stieg aus und ging über den Schulhof. Bihar sah sie, wollte schon weglaufen, blieb dann aber doch stehen. Aus den Augenwinkeln sah Anna, dass der Junge die Situation aus einiger Entfernung beobachtete, im Schutz einer Gruppe von etwa zehn Schülern.

»Mögen sie dich nicht?«, fragte Anna.

»Quatsch. Meine Freunde haben nur gerade eine Doppelstunde, deshalb sind sie nicht hier«, antwortete Bihar.

»Wer ist der Junge, der gerade bei dir war?«

»Den kenne ich nicht. Er hat gefragt, wie spät es ist.«

»Hat er einen Sehfehler? Dort an der Wand hängt doch eine riesige Uhr.«

»Kann sein. Ich habe mich auch gewundert.«

»Wie heißt er? Ist er dein Freund?«

»Ich erinnere mich nicht an seinen Namen. Wirklich nicht.«

»Natürlich nicht. Wie läuft es zu Hause?«

»Ganz okay.«

»Was machst du abends? Darfst du gar nicht mehr ausgehen?«

»Keine Lust. Ich mache Hausaufgaben.«

»Lassen deine Eltern dich nur deshalb weiter auf diese Schule gehen, weil sie wissen, dass ich euch beobachte?«

Bihar zuckte mit den Schultern und ließ eine Kaugummiblase zerplatzen. Dann klingelte es zum Unterricht.

»Sie verstehen echt überhaupt nichts«, fauchte Bihar und ging.

Auch der Junge war verschwunden.

Anna hätte gern mit ihm gesprochen. Sie hätte in die Schule gehen, einen Lehrer auftreiben und sich nach dem Jungen erkundigen müssen. Doch sie brachte es nicht über sich. Nicht jetzt.

Sie musste schleunigst weg.

Die Beklemmung wuchs.

Der doppelköpfige Adler flog auf sie zu.

Als sie den Wagen in der Tiefgarage des Polizeigebäudes abstellte, hatte Anna das Gefühl, keine Luft mehr zu bekommen. Sie löste den Sicherheitsgurt und öffnete das Fenster, doch der Druck auf ihre Brust ließ nicht nach. Ihr Herz raste, und ihr brach der Schweiß aus. Jetzt geht es wieder los, dachte sie.

Tief atmen! Beruhige dich!

Anna schloss die Augen. Sie versuchte, an etwas anderes zu denken, doch da lag es, das zerfleischte Mädchen, am Ufer eines fremden Flusses, hinter ihm mehr und noch mehr Leichen. Leichen, so weit das Auge reichte.

Denk an was anderes, verdammt!

Bihar ist nicht in Gefahr.

Ich entwickle eine Zwangsvorstellung.

Es ist nicht normal, dass ich in meiner Freizeit ein Mädchen beschatte, das sich allem Anschein nach in Sicherheit befindet.

Der Schlafmangel macht mich noch verrückt, ich kann nicht mehr erkennen, was vernünftig ist und was nicht, was wahr ist und was gelogen.

Sollte ich den Fall Bihar endlich aufgeben?

Und stattdessen versuchen zu schlafen.

Und joggen.

Anna vertrieb die Schreckensbilder aus ihrem Kopf, indem sie sich vorstellte zu laufen. Allmählich beruhigte sie sich so weit, dass sie aussteigen und wieder an ihren Arbeitsplatz gehen konnte.

Rauno saß beinahe Tag und Nacht am Computer. Auf seinem Schreibtisch stapelten sich Unterlagen mit allen möglichen Informationen, die auch nur im Entferntesten mit den Azteken zu tun hatten. Er hatte in den USA zwei kleinere Sekten ausfindig gemacht, die an aztekische Götter glaubten. Die eine – der etwa fünftausend aktive Mitglieder angehörten – hatte ihren Stammsitz auf einer ehemaligen Farm in der Nähe von San Francisco. Die andere schlug sich mit nur wenigen Anhängern im tiefen Süden des Landes durch und wurde vom Rest der Dorfgemeinschaft aktiv diskriminiert. Zwischen beiden Gruppierungen bestand ein loser Kontakt. Vermutlich war die zweite entstanden, als sich einige Familien von der ersten gelöst und sich selbstständig gemacht hatten. Beide Sekten waren beim amerikanischen Nachrichtendienst registriert, aber als harmlos eingestuft worden. Keines ihrer Mitglieder hatte jemals Gewalt verübt oder dazu aufgerufen. Auf den Ländereien der Gemeinschaft von San Francisco hatte vor fünf Jahren das Rainbow Gathering, ein Hippietreffen, stattgefunden. Es war das größte Ereignis gewesen, mit dem sie jemals an die Öffentlichkeit getreten waren, und es war ohne Probleme verlaufen. Rauno gewann allmählich den Eindruck, dass es sich um eine harmlose Clique von Haschischrauchern handelte, die im Internet Artikel über eine erfundene Religion veröffentlichten, eine Religion, in der sie die Mythen und Göttergestalten alter Indianerstämme mit Frieden, Liebe, Kommunenleben, Vegetarismus und sogenannten weichen Drogen verknüpften.

Was jedoch Raunos Interesse weckte, war letzten Endes keine der beiden Sekten, sondern ein auf der Website beider Gemeinschaften abgebildeter Link zu einem Webshop, der unter anderem Quinoa und Dinkel aus ökologischem Anbau sowie Plakate, Teller und Halsschmuck mit Huitzilopochtli-Motiven anbot. Genau solche Anhänger, wie man sie bei Riikka und Ville gefunden hatte. Das Problem war nur, dass auf der Website keine Kontaktdaten angegeben waren, es gab lediglich ein Online-Bestellformular. Ein klassisches Beispiel für jene dubiosen Webshops, vor denen immerzu gewarnt wurde. Rauno bestellte ein Päckchen Öko-Bohnen, wie sie in Südamerika schon vor Jahrtausenden angebaut worden waren, an seine Privatadresse und schrieb in die Rubrik »Any Questions«, dass er sich gern mit dem Besitzer der Firma über eine eventuelle größere Bestellung unterhalten wolle.

Wir müssen die Kripo bitten, diese internationalen Verbindungen für uns abzuklären, dachte Rauno. Meine Zeit reicht dafür einfach nicht. Er schrieb noch eine E-Mail an Virkkunen, in der er ihn bat, sich möglichst bald darum zu kümmern, schaltete den Computer aus und rieb sich die müden Augen. Dann stand er auf und dehnte die verspannten Schultern. Vielleicht könnte ich Nina bitten, sie zu massieren, dachte er, wusste aber im selben Augenblick, dass er es nicht wagen würde. Es lohnte sich nicht. Nina hatte ihn seit bald einem halben Jahr nicht mehr berührt, nicht einmal aus Versehen. Kein Kuss, keine Umarmung, keine Streicheleinheiten. Von Sex ganz zu schweigen.

Doch Rauno hatte Lust auf Sex. Er dachte ständig daran. Jeden Tag. Aber noch häufiger dachte er daran, wie Nina noch vor einiger Zeit gewesen war. Seine lachende, herrliche, wunderschöne, sexy Nina, die nicht genug von ihm hatte bekommen können.

Was war schiefgegangen? Was konnte er noch tun?

Denn dass er selbst etwas würde tun müssen, statt einfach abzuwarten, während seine Ehe in die Binsen ging, war inzwischen klar. Er musste kämpfen. Er durfte nicht aufgeben. Wenn er scheiterte, dann sei's drum. Dann kam es eben zur Scheidung. Aber zumindest hatte er es dann versucht.

Er schickte seiner Frau eine SMS, in der er sich dafür entschuldigte, dass es bei der Arbeit wieder spät geworden war, und versprach, auf dem Heimweg bei der Sushi-Bar vorbeizufahren.

Was noch?

Das genügt für heute. Immerhin ein Anfang.

Rauno fuhr zu Kyoto-Sushi und kaufte eine große Schachtel gemischte Maki. Die mochte Nina gern. Früher einmal hatten sie Sushi als erotische Speise betrachtet. Sie hatten sie sich gegenseitig vom Bauch gegessen und sich anschließend geliebt.

Als Rauno zu Hause ankam, war das Haus dunkel und still. Er zog im Flur Mantel und Schuhe aus und spähte vorsichtig ins Zimmer der Mädchen, die tief und fest schliefen.

Nina saß bei Kerzenlicht in der Küche. Sie hatte grünen Tee gekocht.

26

Anna saß rauchend auf ihrem Balkon. Der schöne Septembertag neigte sich dem Abend zu; sie war endlich einmal pünktlich von der Arbeit weggekommen. Es herrschte fantastisches Joggingwetter: zehn Grad, schwacher Wind, wolkenloser Himmel.

Doch Anna hatte sich nicht zum Joggen aufraffen können. Sie hatte Ákos angerufen. Er war in einer Kneipe gewesen und hatte Anna gedrängt, auch dorthin zu kommen. Hier ist schwer was los, hatte er gelallt, komm doch, süßes Schwesterlein. Doch Anna hatte keine Lust gehabt, sich das Treiben anzusehen. Außerdem wäre Zoran womöglich auch dort gewesen. Wie viel hatte Ákos schon wieder getrunken? Sie überlegte, wann sie ihren Bruder zuletzt gesehen hatte. Es war nicht einmal eine Woche her. Er hatte gut ausgesehen und war nüchtern gewesen. Aber so war es bei Säufern, das wusste sie ja. Und Anna wusste auch, dass ihr Bruder früher oder später bei ihr klingeln würde. Wahrscheinlich eher früher. Und sie würde ihm wohl oder übel öffnen müssen.

Von Ákos wanderten ihre Gedanken zu ihrer Mutter, von der sie ewig nichts gehört hatte. Die Sehnsucht zwickte ihr in der Lunge. Oder war es das Rauchen? Anna drückte ihre Zigarette aus, ging hinein und schaltete den Computer an.

»*Szia anyu*«, grüßte sie, als Skype sie mit dem Festnetzanschluss ihrer Mutter verband, die freudig überrascht antwortete.

»*Szia drága kislányom, hogy vagy?*«

»Gut geht's mir, und dir?«

»Mir auch, mir auch. Wie ist die neue Stelle?«

»Ganz gut.«

»Und die Kollegen?«

»Ganz nett.« Anna schwindelte nur ein bisschen. Von Esko würde sie ihrer Mutter nichts erzählen.

»Und was für Aufgaben hast du bekommen?«

»Richtig interessante. Ich erzähle dir genauer davon, wenn wir uns wiedersehen.«

»Oje, es ist so furchtbar, dass meine Tochter Gewaltverbrechen untersuchen muss.«

»Ach, das ist alles nicht so schlimm, wie man es sich vorstellt.«

»Wann kommst du nach Hause?«

»Ich weiß noch nicht, wann ich Urlaub nehmen kann. Aber es fallen ja immer wieder Überstunden an. Vielleicht bekomme ich über Weihnachten ein paar Tage frei.«

»Ach, es wäre so schön, dich an Weihnachten zu Hause zu haben! Wie sieht es in Koivuharju heutzutage aus?«

»Genau wie früher. Stell dir vor, es sind mehr als zehn Jahre vergangen, und hier hat sich überhaupt nichts verändert. Oder doch, in Takametsä sind noch mehr Hochhäuser gebaut worden. Aber das ist auch schon alles.«

»Und Ákos?«

»Ganz okay.« Anna log erneut.

»Hat er Arbeit?«

»Nein. Wie soll er Arbeit finden, wenn er kein Finnisch spricht?«

»Immer noch nicht?«

»Er wird es nie lernen. Du kennst ihn ja.«

»Anna, ich kannte einmal einen Jungen, der voller Tatendrang und Trotz und Wut steckte. Ich dachte immer, das wächst sich irgendwann aus wie bei allen anderen auch. Diese ganzen Bands und die schreckliche Musik – das geht alles vorbei. Warum musste ich ihn nur in dieses Land bringen?«

Anna ertrug die Selbstanklagen ihrer Mutter nicht. Sie hatte sie bereits zu oft gehört. Ihre Mutter suhlte sich in Selbstmitleid. Wahrscheinlich schöpfte sie Kraft daraus.

»Mutter, du hast getan, was du damals tun musstest. Wir hätten nicht bleiben können. Die Einberufung für Ákos lag schon auf der Polizeistation bereit. Vaters frühere Kollegen konnten die Zustellung nur hinauszögern, damit wir fliehen konnten. Und Ákos lebt. Ist das letzten Endes nicht das Wichtigste?«

»Für mich ist er manchmal fast genauso tot wie István und Áron. Er ruft nie an. Er schickt keinen Brief, keine Karte, nichts. Wann hat er mich zuletzt besucht? Er war ein einziges Mal hier, und das ist schon Jahre her.«

»Du lässt dich hier ja auch nicht blicken.«

»Fang nicht wieder damit an.«

»Du hast doch selbst angefangen. Ich habe dir oft genug gesagt, dass ich den Flug bezahlen kann. Von Budapest kommt man günstig hierher, wenn man sich nur die Mühe macht, im Internet zu suchen. Aber auch das kann ich übernehmen.«

»Mir wäre es lieber, wenn ihr hierherkämt. Ich kann nicht mehr so gut reisen.«

Anna wusste, dass das Unsinn war. Ihre Mutter war erst zweiundsechzig und in guter Verfassung. Doch aus irgendeinem Grund wollte sie nicht mehr nach Finnland kommen. Anna vermutete, dass ihre Mutter den Gedanken nicht ertrug, Ákos als verlotterten Arbeitslosen anzutreffen.

»Na schön. Aber glaub mir, es ist besser, nicht darauf zu warten, dass Ákos von sich aus Kontakt aufnimmt. Das wird er nicht tun. Ruf ihn an. Oder schick ihm wenigstens einen Brief oder eine Karte.«

»Mal sehen. Und wie geht es dir sonst? Hast du schon einen Mann gefunden?«

Konnte Mutter von nichts anderem reden? Entweder sie jammerte über Ákos, oder sie fragte Anna, ob irgendein Bräutigam in Sicht war. Sollte sie ihr die Wahrheit sagen? Im August hatte ich einen Rollstuhlfahrer, das war eine interessante Erfahrung, und im letzten Winter einen zehn Jahre jüngeren Skater, ganz süß eigentlich, und danach einen stinknormalen Nokia-Ingenieur. Von dem wärst du sicher begeistert gewesen, aber das waren alles Ex-und-hopp-Geschichten, während zwischendurch immer wieder Zoran auftaucht, ach ja, Zoran kennst du ja. Und du hasst ihn. Aber ich habe zur Abwechslung mal wieder mit ihm geschlafen.

»Mutter, ich bin nicht auf der Suche nach einem Mann.«

»Warum nicht? Bist du lesbisch?«

»*A fene egye meg anya!* Warum sollte ich einen Mann suchen?«

»Jede anständige Frau muss doch einen Mann haben. Auch bei dir fängt die biologische Uhr bald an zu ticken. Du bist kein junges Mädchen mehr.«

»Bei mir ticken keine Uhren.«

»Warum bist du so biestig?«

»Ach, vergiss es.«

»Ich sehne mich nach Enkelkindern. Du weißt ja nicht, was für ein Gefühl es ist, wenn alle anderen immerzu von ihren Enkeln reden, und ich ... Was kann ich schon sagen. Dass mein Sohn sich ins Verderben säuft und meine Tochter nur arbeitet und sich nicht für Männer interessiert?«

»Na, das entspricht doch ungefähr der Wahrheit. Ist es so furchtbar, die Wahrheit zu sagen?«

»Also, wirklich, Anna. Du willst mich nicht verstehen.«

»Stimmt. Tschüss.«

»Halt, leg noch nicht auf! Sprechen wir von was anderem.«

Erst danach konnten sie sich darüber unterhalten, was es in Kanisza Neues gab. Das Muster wiederholte sich jedes Mal, und obwohl Anna schon darauf gefasst war und sich bei jedem Anruf vornahm, diesmal nicht darauf einzugehen, schaffte sie es nicht. Sie verstand nur zu gut, warum Ákos nicht mit Mutter reden wollte.

Am nächsten Morgen rief Farzad an. Die Aushilfe hatte Riikka auf dem Foto wiedererkannt. Das Mädchen war am Nachmittag des 21. August im Hazileklek essen gewesen.

»Und sie war nicht allein«, erzählte Farzad.

Anna schloss die Augen.

»Bei ihr war eine andere Frau. Älter.«

Was hatte das zu bedeuten?

»Willst du mit Jenna sprechen? Sie ist hier.«

»Ja, bitte«, sagte Anna. Sie hörte ein Rauschen, als das Handy weitergereicht wurde.

»Jenna«, sagte eine junge Stimme.

»Hallo, Fekete Anna hier, ich arbeite bei der Polizei.«

»Ja, das hat Farzad mir gesagt.«

»Du erinnerst dich also daran, dass Riikka, das Mädchen auf dem Foto, zum Essen bei euch war?«

»Ja. Am 21. August.«

»Weshalb erinnerst du dich noch daran?«

»Sie sind mir aufgefallen, weil sie sich gestritten haben, das Mädchen und die Frau, die bei ihr war.«

»Gestritten?«

»Ja. Also, die haben nicht gebrüllt oder so, aber man merkt es doch irgendwie, wenn die Atmosphäre angespannt ist. Zwischen den beiden war dicke Luft.«

»Konntest du hören, worum es ging?«

»Nein. Sie haben immer leiser geredet, wenn ich auch nur

ein bisschen näher kam. Aber eigentlich hatte ich den Eindruck, dass sie gar nicht so viel gesprochen haben.«

»Erzähl mir von der Frau.«

»Ich dachte, es wären Mutter und Tochter, ein Familienstreit.«

»Die Frau war also deutlich älter.«

»Ja.«

»Wie sah sie aus?«

»Schwer zu sagen. Sie trug eine Sonnenbrille und ein Kopftuch. Normal groß. Alt.«

»Wie alt?«

»Ich bin so schlecht im Schätzen. Für mich sehen alle über vierzig alt aus.« Jenna kicherte.

»Überleg mal.«

»Na, vielleicht sechzig. Oder fünfzig.«

»Also keine alte Oma?«

»Auf keinen Fall.«

»Bist du dir sicher, dass du nichts von ihrem Gespräch aufgeschnappt hast? Irgendetwas, ein ganz unwichtiges Wort?«

»Ich habe ihre Bestellung aufgenommen und zwischendurch gefragt, ob es schmeckt, und da haben sie nur ganz kurz angebunden Ja gesagt. Zum Schluss habe ich ihnen die Rechnung gebracht. Das Mädchen hat sich bedankt, die Frau nicht.«

»Wie haben sie bezahlt?«

»Bar. Getrennt.«

A fene, dachte Anna.

»Sind sie zusammen weggegangen?«

»Das weiß ich nicht. In dem Moment kam eine größere Gruppe herein.«

»Hast du eventuell ein rotes Auto gesehen?«

»Nein.«

»Danke, Jenna. Deine Angaben helfen uns bestimmt weiter.«

»Gern geschehen. Gut, wenn ich euch helfen konnte. Hoffentlich erwischt ihr den Verrückten bald. Meine Freundinnen und ich trauen uns abends kaum noch aus dem Haus.«

Vielleicht ist eure Angst ja begründet, dachte Anna.

27

Rauno stürmte aufgeregt in Annas Büro.

»Ich hab Kontakt zu dem Webshop aufgenommen, der diesen Huitziloschmuck verkauft. Ich hatte einen so verlockenden Köder ausgelegt, dass sie einfach antworten mussten. Rate mal, wo der Laden sich befindet!«

»Na? Doch nicht etwa hier?«

»Nein, das nicht. Irgendein Russe betreibt ihn, von Moskau aus. Darauf wäre ich wirklich nicht gekommen. Sie verkaufen allen möglichen Firlefanz, von Bio-Lebensmitteln bis zu New-Age-Kitsch.«

»Biologischer Anbau ist kein Firlefanz«, wandte Anna ein.

»Warum findet man dann auf derselben Website Literatur über spirituelles Wachstum und Kristalle und Feng-Shui und was weiß ich noch alles? Für mich klingt das alles nach Firlefanz.«

»Was hat der Russe gesagt?«

»Dass sie jeden Tag Dutzende Bestellungen aus aller Welt bekommen und keine Statistik nach Ländern oder Produkten führen, sondern nur nach dem Versanddatum. Aber er hat versprochen, unter den Bestellungen aus diesem Jahr nachzusehen, ob Huitziloanhänger nach Finnland gegangen sind. Das kann allerdings dauern. Der Mann betreibt seine Firma ganz allein, nimmt die Bestellungen entgegen, verpackt und verschickt die Ware, kümmert sich um das Lager. Er sagt, er hätte nicht viel freie Zeit. Die Anhänger waren übrigens in Amerika ein kleiner Hit, um die zweitausend verkaufte Exemplare.«

»Aha. Was kosten sie denn?«

»Zehn Euro pro Stück. Sollen wir welche bestellen? Als Weihnachtsgeschenk für unser Team?«

»Au weia, das wäre fies. Tun wir's.«

»Virkkunen würde der Kragen platzen.«

»Und Esko auch.«

Sie lachten beide. Es tat gut.

»Aber das Beste kommt erst noch: Irgendein Typ von der Zentralkripo, der für internationale Angelegenheiten zuständig ist, übernimmt die weitere Untersuchung dieser Kultgemeinschaften. Die Sache bin ich also los. Bei der ewigen Rumsitzerei vor dem Computer ist mir schon der Hintern eingeschlafen.«

»Gut. Und für deinen Hintern finden wir sicher eine andere Verwendung.«

Rauno sah Anna an. Sie waren auf Armeslänge voneinander entfernt. Sie hätten einander berühren können.

»Das war ein Witz«, sagte Anna, trat einen Schritt zurück und versuchte zu lächeln. »Das heißt ... Ich meinte, deine Arbeit ist sicher auch anderweitig nützlich.«

Rauno lächelte ein wenig zu freundlich zurück.

Er kommt doch wohl nicht auf falsche Gedanken?, dachte Anna besorgt.

»Hey, lass uns heute Abend auf ein Bier ausgehen«, sagte Rauno. »Nach dem Herumwühlen in dieser grauenhaften Aztekenwelt brauche ich ein grundsolides finnisches Bier. Oder vielleicht doch lieber ein tschechisches. Bitten wir Sari und Esko auch dazu.«

»Ach, Esko auch? Ich weiß nicht ...«

»Doch, doch, es würde euch beiden guttun, auch mal außerhalb der Arbeit miteinander zu reden.«

»Der redet doch nicht ...«

»Hast du nicht gemerkt, dass er allmählich auftaut? Er ist längst nicht mehr so übellaunig.«

»Vielleicht.«

»Man muss das Eisen schmieden, solange es heiß ist. Also, dann machen wir's.«

»Du könntest deine Frau mitbringen«, sagte Anna.

»Die will sowieso nicht mit. Und wer sollte sich dann um die Kinder kümmern?«

»Schade, ich hätte sie gern kennengelernt.«

»Na, was ist nun, gehen wir?«

»Meinetwegen. Ich bin dabei, wenn Sari auch mitkommt.«

»Ich frag sie und sag dir Bescheid.«

»In Ordnung.«

Sari war von dem Vorschlag zunächst nicht begeistert. Sanna hatte ihren freien Tag, und Saris Mutter, die deshalb heute die Kinder hütete, war abends in der Regel müde und wollte nach Hause.

Um der Wahrheit die Ehre zu geben, war auch Anna schrecklich müde. Andererseits ...

Sie würde ohnehin nicht schlafen können.

Sari wiederum hatte die Nase voll davon, immer direkt von der Arbeit nach Hause zu eilen. Eine kleine Abweichung von der Routine erschien ihr durchaus verlockend. Esko war der Einzige, der – zu Annas Erleichterung – unmissverständlich abgelehnt hatte. Andere Pläne, sagte er ohne eine nähere Erklärung.

So gingen Anna, Sari und Rauno schließlich zu dritt durch die belebte Sibeliuksenkatu in Tinttis Bar, eine Kneipe im Zentrum, die gerade aus ihrem bis zum Abend dauernden Schlaf erwachte. Es war sieben Uhr. In der Kneipe hing der Mief vieler trinkfreudiger Jahre. Ein paar Gäste saßen bereits an der

Theke, als wären sie daran festgewachsen. Anna und Rauno bestellten jeder ein großes Bier, Sari einen Cider. Sie zogen sich an einen Ecktisch zurück.

»Ah, das tut gut«, sagte Sari nach dem ersten Schluck. »Jetzt erinnere ich mich wieder, was mir gefehlt hat.«

»Sagt mal, was haltet ihr eigentlich von unserem Fall und von diesen beiden jungen Leuten?«, fragte Rauno. »Ich wette, Virve und Jere haben die Sache gemeinsam geplant.«

»Wer mag diese ältere Frau sein, mit der Riikka essen war?«

»Ja, und gibt es noch mehr, was Virve und Jere uns verheimlicht haben?«, überlegte Anna.

»Könnte es sein, dass irgendwer sie zu diesen Gräueltaten zwingt, jemand, der sich als Huitzilopochtli ausgibt?« Sari flüsterte, obwohl sich die nächsten unbefugten Ohren weit weg an der Theke befanden.

»Die unbekannte Frau?«

»Sie könnte eine Sektenführerin sein.«

»Die Menschenopfer fordert.«

»Könnte es so einen Kult wirklich geben? Hier in Finnland? Im Ernst?«

»Das untersucht zum Glück von jetzt an die Zentralkripo«, sagte Rauno. »Diese amerikanischen Sektenleute sind jedenfalls nicht gewalttätig. Das hat mir die dortige Polizei bestätigt. Und sie haben keine Kontakte zu Finnland, zu ganz Europa nicht.«

»Sind neue Hinweise aus der Bevölkerung gekommen?«, fragte Anna.

»Jede Menge, aber nichts Brauchbares. Es waren sogar ein paar Geständnisse dabei«, berichtete Sari. »Wir müssen dieses rote Auto finden ...«

»Jere hat einen blauen Laguna«, wandte Rauno ein.

»Richtig. Warum muss das alles nur so kompliziert sein?«, seufzte Anna.

»Du, Anna, warum bist du eigentlich Polizistin geworden?«, fragte Sari unvermittelt.

Doch Anna war bereit. Oder beinahe. Sie hatte damit gerechnet, dass diese Fragen irgendwann über sie hereinbrechen würden. Eigentlich war sie überraschend lange davon verschont geblieben. Sie holte tief Luft und begann: »Na ja, erstens habe ich immer viel Sport getrieben.« Außer in letzter Zeit, fügte sie in Gedanken hinzu und sah ihren Trainingskalender vor sich, der im Lauf des Herbstes so kahl geworden war wie die Bäume.

»Ich wollte einen Beruf, in dem Sport zwar nicht an vorderster Stelle steht, aber eben trotzdem von Vorteil ist. Eine Zeit lang habe ich über eine Karriere bei der Armee nachgedacht.«

»Warst du denn beim Militär?«, fragte Rauno.

»Ja.«

»Erzähl doch mal!«

»Du sprichst mit Unteroffizier Fekete, also stillgestanden und rührt euch!«

»Sag bloß! Wo hast du denn gedient?«

»In Sodankylä. Ich hatte vor, mich bei der Reserveoffiziersschule zu bewerben, und habe sogar über die Militärakademie nachgedacht, aber irgendwann fand ich das doch nicht mehr so reizvoll. Und dann hatte ich hier mal einen Sommerjob: bei der Zulassungsstelle, ich habe Passanträge und Führerscheine und so was bearbeitet und nebenbei auch ein bisschen von der Polizeiarbeit mitgekriegt. Das war sozusagen der Anstoß.«

Anna hatte sich damals gewundert, dass sie den Sommerjob bei der Polizei anstandslos bekommen hatte. Sie hatte in der Zeitung eine kleine Meldung gelesen, in der es hieß, man solle seinen Pass rechtzeitig beantragen, weil im Sommer mit langen Bearbeitungsfristen zu rechnen sei. Das hatte sie auf die Idee gebracht, eine Bewerbung zu schreiben, die sie persönlich beim Chef der Zulassungsstelle abgegeben hatte. Ihre Bewerbung war freudig begrüßt worden, und die mit dem Andrang kämpfenden Beamten traten dank der Hilfskraft ihren Urlaub womöglich sogar ein bisschen weniger ausgelaugt an als sonst. Anna war bei der Arbeit mit den Dokumenten gewissenhaft und ordentlich gewesen und hatte schnell gelernt. Sie war von Anfang an beliebt gewesen. In der Kantine hatte sie sich ein paarmal mit einer netten Polizistin unterhalten, die ihr erzählt hatte, die Polizeiarbeit sei zwar heillos unterbezahlt, aber äußerst interessant. Von dem Geld, das sie in den fünf Sommerwochen verdient hatte, hatte Anna ihre Fahrstunden finanziert.

»Aber erklär mal genauer, warum die Polizei und nicht die Armee?«, drängte Sari.

»Ich bin sozusagen für beides erblich vorbelastet. Aber bei der Armee ist mir dieses sinnlose Herumkommandieren auf den Geist gegangen. Das war nicht das Richtige für mich.«

In Wahrheit war Anna zur Armee gegangen, weil sie etwas hatte herausfinden wollen. Aber was genau das gewesen war, hatte sie selbst nicht recht gewusst. Sie hatte einfach das Gefühl gehabt, dass sie forschen, ein Gesamtbild erhalten, in das System hineinkommen müsse, um verstehen zu können.

Aber es hatte nichts genützt. Nach der Ausbildung zum Unteroffizier hatte sie noch weniger begriffen als zuvor. Und hatte aufgegeben.

Krieg war schlicht und einfach sinnentleert.

»Aber so ist es doch bei der Polizei auch«, sagte Rauno.

»Nein, nicht ganz. Es gibt eine Hierarchie, ja, und exakte Vorschriften, aber es ist nicht so extrem. Bei der Polizei nutzt man immerhin den eigenen Verstand und diskutiert, statt bloß zu befehlen und zu gehorchen. Das passt besser zu der kleinen Hippiepazifistin, die in mir steckt.«

»Darauf trinken wir!«, lachte Sari und hob ihr Glas.

»Auf die Hippies!«, rief Rauno.

»Und auf die Polizei«, fügte Sari hinzu.

»Mein Vater war Polizist«, sagte Anna, als sie das Glas hob. Sie nahm einen großen Schluck. »Er ist gestorben, als ich noch klein war.«

»Oh, das tut mir leid«, sagte Sari. »Wie alt warst du denn?«

»Fünf. Ich erinnere mich kaum noch an ihn.«

»Darf ich fragen, was mit ihm passiert ist?«

»Ich weiß es selbst nicht so genau. Man hat mir nur erzählt, dass er im Dienst erschossen wurde.«

»Furchtbar«, hauchte Sari.

»Mein Beileid«, sagte Rauno verlegen.

»Danke. Aber das ist ja schon ewig her.«

»Nehmen wir noch eins?«, fragte Rauno. »Ich lade euch ein.«

»Klar«, antwortete Sari.

»Mit euch fühle ich mich fast wie zu Hause, man sitzt in der Kneipe, trinkt auf dieses und jenes, gibt sich gegenseitig einen aus. Seid ihr sicher, dass ihr Finnen seid und nicht vom Balkan?«, fragte Anna.

»Wir sind Wannabe-Balkanesen«, lachte Rauno.

Als alle drei eine Runde spendiert hatten, war es bereits spät, und sie waren angenehm beschwipst. Sie beschlossen aufzubrechen. Mit dem nächsten Glas wäre der Abend in ein Besäufnis ausgeartet, und darauf hatten sie ebenso wenig Lust wie auf die Kopfschmerzen am nächsten Morgen. Sari erwischte ein Taxi, und Anna und Rauno gingen zu zweit durch die stille Innenstadt.

»Wollen wir nicht doch noch irgendwo ein Gläschen trinken?«, schlug Rauno vor.

»Nein, ich habe wirklich genug.«

»Ich hab noch keine Lust, nach Hause zu gehen«, sagte

Rauno und kam dabei ins Schwanken. Er hielt sich an Annas Arm fest, fand sein Gleichgewicht wieder, ließ seine Hand aber auf ihrem Arm liegen. Anna spürte sie durch die Jacke hindurch wie glühendes Eisen. Verdammt, dachte sie, brachte es aber nicht fertig, seine Hand abzuschütteln, wollte ihn nicht zurückweisen.

»Warum?«, zwang sie sich zu fragen, obwohl sie die Antwort bereits ahnte. Diesen Männertyp traf man zu Hunderten in den Kneipen an, er war so langweilig wie die Wiederholungen der Wiederholungen im Fernsehen.

»Mit meiner Frau läuft es nicht allzu gut. Sie will wohl die Scheidung.«

»Tatsächlich?«

»Ja. Es ist noch nichts beschlossen, aber sie hat angefangen, davon zu reden. Verdammt noch mal, ein Mal will ich aufmerksam sein und bringe ihr ein Abendessen mit – Sushi, ihre Leibspeise –, und sie nutzt die Gelegenheit, bringt die Kinder ins Bett und setzt sich mit mir an einen Tisch, was seit Wochen oder Monaten nicht mehr vorgekommen ist ... Stell dir vor, wir haben seit Monaten nicht mal mehr zusammen gegessen!«

Rauno drückte Annas Arm fester. Sie ließ es geschehen.

»Dann gießt sie sich Tee ein und sagt mit ganz normaler Stimme: Wir sollten uns besser trennen. Zum Donnerwetter! Sie habe schon eine Weile darüber nachgedacht und sehe keine andere Lösung.«

»Und, gibt es eine andere Lösung? Deiner Meinung nach?«

»Ich weiß nicht«, murmelte Rauno. »Wir müssen es doch wenigstens versuchen.«

»Was versuchen?«

»Keine Ahnung. Zeit miteinander zu verbringen. Gemeinsam etwas zu unternehmen.«

»Hast du ihr das gesagt?«

»Nein. Ich hab das ganze verdammte Sushi in den Müll geschmissen.«

Sie gingen in Richtung Norden. Anna hatte nicht vor, den ganzen Heimweg zu Fuß zurückzulegen, dafür war Koivuharju zu weit von der Innenstadt entfernt. Sie wollte am Ende des Parks bei den Lagerhäusern am Bootshafen ein Taxi nehmen. Der Park hatte einen schlechten Ruf, obwohl dort tatsächlich selten etwas passierte. Dennoch lockte es Anna nicht, ihn bei Nacht zu durchqueren.

»Ich nehme dort drüben ein Taxi«, sagte sie.

»Darf ich bei dir übernachten?«, fragte Rauno. »Versteh mich nicht falsch, bloß auf dem Sofa«, fügte er hinzu und drängte sich enger an Anna. »Obwohl du verdammt attraktiv bist ...«

»Rauno, du bist blau. Hast du außer den paar Bieren noch was anderes getrunken? Sei brav und geh nach Hause.«

»Ich hab kein Zuhause mehr.«

»Unsinn!«

»Anna, du bist so toll! Du siehst unglaublich gut aus. Lass mich mitkommen, ich schwöre, dass ich dich nicht anrühre«, sagte Rauno flehend, und dann versuchte er doch, Anna zu küssen.

Sie stieß ihn heftig zurück.

»Hör auf!«, rief sie. »Das ist nicht mehr lustig.«

»Wieso, bin ich dir nicht gut genug? Müsste ich im Rollstuhl sitzen, um dich scharfzumachen?«

»Du kannst mich mal, Rauno«, sagte Anna, lief zum Taxistand, stieg ein und sah, während sie mit den Tränen kämpfte, wie die dunkle Stadt an ihr vorbeizog; die Bootsstege der Luxushäuser auf den Inseln in der Flussmündung schwammen schwarz auf dem schimmernden Wasser, dann kam die Autobahnauffahrt, und danach ging es mit hundertzwanzig an Välikylä und Savela vorbei zu den Hochhäusern von Koivuharju.

Zu der Wohnung, in der sie zu schlafen versuchte. Zu dem Haus, das ihr Zuhause sein sollte.

Das Haus, das sie mit Ákos und ihrer Mutter nach dem Aufnahmezentrum bezogen hatte, hatte Anna seit ihrem jüngsten Umzug nicht wieder besucht. Es stand ganz in der Nähe. Kindheit und Jugend. Gleich um die Ecke.

Anna fand keinen Schlaf. Sie hatte die SMS des unbekannten Teilnehmers nicht vergessen. Jetzt dachte sie wieder darüber nach.

Ob Rauno sie ihr geschickt hatte?

Sie wälzte sich bis zum Morgen im Bett herum, hörte per Kopfhörer Delays »Anima«, versuchte, sich zu entspannen, die SMS zu vergessen, Rauno zu vergessen. Sie ging zum Rauchen auf den Balkon. Fror in Schlafanzug und Bademantel. Spuckte auf den betonierten Hof.

Die von Einsamkeit umgebenen Häuser starrten sie aus Hunderten leerer Augen an.

28

»Stell dir mal vor, in Finnland gibt es fast sechshunderttausend Flinten«, sagte Rauno zu Esko, als sie zu Maria Pollari fuhren.

»Na und?«, entgegnete Esko gleichgültig.

»Verdammt noch mal, das ist doch eine Wahnsinnsmenge.«

»Wieso?«

»Das bedeutet, dass jeder achte Finne eine Schrotflinte besitzt.«

»Na und?«

»Das ist doch irgendwie bedenklich, zum Teufel!«

»Finde ich nicht. Warum fluchst du eigentlich andauernd?«, fragte Esko. »Brummt dir der Schädel von gestern?«

»Nein.«

»Ist es spät geworden?«

»Nein.«

Unser Sunnyboy Forsman lügt, stellte Esko zufrieden fest. Raunos Anständigkeit hatte ihn immer schon irritiert.

»Du hast doch selbst eine Flinte, obendrein Kaliber .12, und ich besitze sogar zwei.«

»Trotzdem, irgendwie frage ich mich neuerdings, ob man in diesem Land zu leicht an eine Waffe kommt, sogar als Minderjähriger.«

»Zum Teufel, Rauno, red keinen Quatsch! Die Prüfungen sind heutzutage doch der reine Wahnsinn, man muss stundenlang unter Beweis stellen, dass man nicht selbstmordgefährdet oder ein jähzorniger Bekloppter ist. Wo soll man da noch was verschärfen? Und du als Landei weißt doch ganz genau, wie verdammt wichtig die Jagd ist. Was sollen die Jungs denn sonst mit ihrer Zeit anfangen? Die Jagd ist doch ein verdammt gutes Hobby, sie hält diese jungen Burschen davon ab, Blödsinn zu treiben. Auf dem Land hängen sie eben nicht im Einkaufszentrum rum, sondern gehen in den Wald. Tun was Nützliches und was Traditionelles. Sind draußen in der Natur, tanken Sauerstoff. Das sind die Jungs, die es heute noch schaffen, ihren Wehrdienst zu leisten, ohne schlappzumachen, zum Teufel.«

»Du hast ja recht. Diese Mordfälle haben mich bloß ins Grübeln gebracht. Der CO_2-Fußabdruck von Wild ist übrigens fast null. Der von Soja nicht.«

»Was für ein Scheißfußabdruck?«

»Du fluchst selber die ganze Zeit.«

»Das ist Teil meines unwiderstehlichen Charmes. Warst du in diesem Herbst übrigens schon jagen?«

»Ich hatte zu viel zu tun. Und zu Hause gibt es im Moment ein paar Probleme.«

»Na, verdammt, Rauno, dann doch erst recht! Fahren wir doch am Wochenende nach Jyräväjärvi, du und ich. Wir mieten eine Hütte, gehen in die Sauna, saufen und vergessen den Ärger mit den Weibern. Nebenbei knallen wir ein paar Enten ab. Was meinst du?«

»Ich überleg's mir. Könnte man ja mal machen«, antwortete Rauno, obwohl er wusste, dass er nicht mitfahren würde.

Am Ende der Gasse tauchte das Haus der Pollaris auf. Ein neues hellblaues Einfamilienhaus, dem das Mansardendach einen Hauch vom Gutshausstil vergangener Zeiten verlieh. Die Stille des Gartens ließ auch das Haus verlassen wirken. Die Beerensträucher warfen ihre gelben Blätter ab. Am fast kahlen

Ast der Traubenkirsche klirrte eine Windharfe. Das Gemüsebeet war leer und nicht umgegraben. Doch Maria Pollari war zu Hause. Sie bat die Männer in die Küche und fragte, ob sie Kaffee wollten. Beide lehnten höflich ab, als sie sahen, wie schwer es Maria fiel, sich zu bewegen. Beim Gehen stemmte sie eine Hand ins Kreuz, und als sie sich hinsetzte, stöhnte sie vor Schmerzen. Man durfte ihr keine unnötige Mühe machen.

»Was gibt es denn noch?«, fragte Maria nervös.

»In der Tasche Ihres Mannes haben wir einen interessanten Gegenstand gefunden. Hier ist ein Foto davon. Wissen Sie, was das ist und warum Ihr Mann es bei sich hatte?«

Rauno zeigte ihr ein Foto von dem Huitzilopochtli-Halsschmuck. Maria betrachtete es lange. Schließlich sagte sie: »So einen Anhänger habe ich noch nie gesehen. Ville hat so was ganz bestimmt nicht getragen. Und ich auch nicht. Wie kann der in seine Tasche geraten sein?«

»Das versuchen wir gerade herauszufinden.«

»Was ist das?«

Rauno sah Esko an, der ihm zunickte.

»Das ist Huitzilopochtli, der Hauptgott der Azteken«, erklärte Rauno.

»Was in aller Welt hat dieses Ding in Villes Tasche verloren?«, fragte Maria aufgeregt.

»Wir wissen es nicht.«

»Das ist doch krank!«, rief Maria. »Ein Mann wird einfach so erschossen, ein harmloser Jogger, und dann ... dann hat er dieses widerliche Ding in der Tasche. In welcher Tasche überhaupt?«

»In der rechten Jackentasche«, antwortete Rauno.

»Wer hat es dort hineingesteckt und warum?«

»Wir wissen es nicht.«

»Das war der Mörder! Ein Wahnsinniger! Als Nächstes kommt

er hierher und erschießt uns«, kreischte Maria, verstummte plötzlich und streichelte ihren Bauch.

»Dass Sie sich fürchten, ist vollkommen verständlich, aber es weist nichts darauf hin, dass der Schütze in Häuser eindringt. Er lauert Läufern an Joggingpfaden auf.«

»Ja, bisher, aber vielleicht wechselt er irgendwann seine Taktik. Er kann doch nicht immer nach dem gleichen Muster vorgehen. Wie viele Jogger will er noch erschießen?« Maria hatte ihre Stimme gesenkt, aber sie klang immer noch nervös.

»Könnte doch etwas Persönliches dahinterstecken?«, fragte Esko. »Könnte der Schütze Ville gezielt ausgewählt haben? Was meinen Sie?«

»Mit anderen Worten, Sie wollen wissen, ob Ville Feinde hatte?«

»Das wäre eine Möglichkeit.«

»Ville hatte nur Freunde. Nicht viele, aber dafür umso bessere. Alle mochten ihn. Hassen konnte man ihn überhaupt nicht.«

»Und in der Vergangenheit? Vor Ihrer Hochzeit?«

»Wir haben vor fünf Jahren geheiratet, als Ville eine Stelle hier in der Stadt bekam. Vorher haben wir in Jyväskylä gewohnt, wir stammen beide von dort. Vor der Hochzeit waren wir zwei Jahre zusammen. Wir waren knapp über zwanzig, als wir uns bei einer Studentenversammlung kennengelernt haben. Von welcher Vergangenheit reden Sie? In dem Alter hat man noch keine Vergangenheit.«

»Das kommt drauf an. In dem Alter haben schon ziemlich viele eine Vergangenheit«, sagte Esko.

»Ville nicht.«

»Und Sie?«

»Ich auch nicht. Im Konfirmandenlager in Aholansaari habe ich mal für einen Jungen geschwärmt. Das ist meine Vergangenheit. Ziemlich wild, nicht wahr?«

»Haben Sie irgendwelche Verbindungen nach Saloinen? Kennen Sie dort jemanden?«

»Sie denken an die junge Frau, die im August erschossen wurde? Die Sie Ville als Geliebte andichten wollten? Nein. Wir kennen dort niemanden. Unser Freundeskreis befindet sich immer noch in Jyväskylä, ich meine, die richtigen Freunde. Hier haben wir nur mit ein paar Kollegen und mit Villes Kumpel aus dem Sportverein zu tun. Die wohnen alle hier vor Ort.«

»Gab es Streit zwischen Ihnen?«

»Wie oft muss ich es Ihnen noch sagen? Wir haben uns geliebt! Woher nehmen Sie die Frechheit, über mich herzufallen und mich zu quälen?«, rief Maria.

»Entschuldigung«, sagte Rauno. »Wir wollen nur den Mörder finden.«

Maria schwieg. Nur das leise Brummen des Kühlschranks störte die Stille.

»Mein Rücken bringt mich um. Ich muss mich hinlegen«, sagte Maria endlich.

Ohne auf Antwort zu warten, stand sie schwerfällig auf, ging gekrümmt ins Wohnzimmer und legte sich seitlich aufs Sofa.

»Es ist viel schlimmer geworden, seit Ville mir nicht mehr helfen kann.«

Sie weinte.

»Gibt es irgendwen, der herkommen und Ihnen helfen könnte?«, fragte Rauno besorgt.

Maria wischte sich über die Augen, schluckte die Tränen hinunter und streichelte ihren großen Bauch.

»Meine Mutter ist gekommen. Sie ist vorhin zum Einkaufen in die Stadt gefahren.« Maria klang müde.

»Ist Ihnen in letzter Zeit irgendeine Veränderung an Ville aufgefallen?«

»Das habe ich doch schon beim ersten Mal gesagt. Mir ist nichts aufgefallen, weil da nichts Auffälliges war. Alles war wie immer.«

»Ville hatte Jussi Järvinen von einem roten Auto erzählt, das er auf dem Parkplatz am Joggingpfad gesehen hatte. Hat er hier zu Hause auch davon gesprochen?«

»Nein.«

»Fällt Ihnen jemand ein, dem es gehören könnte? Den Beschreibungen nach handelt es sich um einen etwas älteren Pkw.«

»Sehr aufschlussreich. Welche Marke?«

»Das wissen wir leider nicht.«

»Nein, dazu fällt mir nichts ein. Meine Mutter hat einen roten Wagen, aber das ist ein nagelneuer Volvo-Kombi. Abgesehen davon wohnt sie in Jyväskylä und joggt nicht.«

»Versuchen Sie bitte, sich an die Momente zu erinnern, als Ville in diesem Sommer vom Laufen zurückkam. Was hat er erzählt? Wie wirkte er? Schien er zum Beispiel besorgt?«

Maria dachte einen Augenblick nach. Dann schüttelte sie den Kopf.

»Ich habe wirklich nichts Ungewöhnliches bemerkt. Also Furcht oder Besorgnis oder so. Er hat erzählt, wie es beim Joggen war und wie er sich auf den nächsten Wettkampf vorbereiten wollte. Orientierungslauf war zwar nur ein Hobby für ihn, aber er hat es trotzdem ernst genommen.«

»Was wissen Sie über Jussi Järvinen?«, fragte Rauno.

»Nicht viel. Ich finde ihn eher abstoßend.«

»Weshalb?«

»Sein Ego ist ein bisschen zu groß – wie bei vielen Männern in führender Position. Er bildet sich ein bisschen zu viel auf sich ein. Aber Tiina, seine Frau, ist sehr nett. Sie haben uns gelegentlich besucht.«

»Wann zuletzt?«

»Im Juni. Vor Mittsommer. Wir haben gegrillt.«

»Haben Sie bei diesem Anlass irgendeine Spannung zwischen Jussi und Ihrem Mann bemerkt?«

»Nein«, sagte Maria. »Ville hatte zu niemandem ein angespanntes Verhältnis.«

»Treffen Sie sich öfter mit Jussis Frau?«

»Nein. Wir haben uns nicht angefreundet. Die beiden sind so anders als wir. Manchmal habe ich mich gefragt, warum Ville überhaupt mit diesem Prahlhans trainiert.«

»Und warum? Was glauben Sie?«

»Ich habe ja schon gesagt, dass wir hier kaum Freunde haben. Ville hat Jussi im Sportverein kennengelernt, sie wohnen in der Nähe, was weiß ich. Männer unternehmen offenbar gern etwas mit anderen Männern. Mit wem, ist nicht so wichtig, Schwanzträger eben.«

Rauno musste grinsen.

Mit schmerzverzerrtem Gesicht richtete Maria sich wieder auf. Sie ballte die Hand zur Faust und massierte sich das Kreuz.

»Haben Sie übrigens ein ärztliches Attest über Ihre Rückenbeschwerden?«, fragte Esko.

»Wie bitte?« Maria ereiferte sich wieder. »Natürlich! Sonst wäre ich wohl kaum seit mehr als einem Monat krankgeschrieben, oder? Es liegt dort in der Kommode. Suchen Sie es sich selber raus.«

Temperamentvoll, diese Frau, dachte Esko. Die Sache im Konfirmandenlager war bestimmt mehr als nur eine Schwärmerei gewesen.

Er sah nach dem Attest, überflog es und nickte Rauno zu. Schädigung der S1-Wurzel. Starke Schmerzen beim Gehen, Stehen und Sitzen. Arbeitsunfähig.

Mordunfähig.

Die Haustür ging auf. Im Flur rief eine Frau: »Maria! Wem gehört das Auto vor dem Haus?«

»Zwei Polizisten sind hier, Mutter«, rief Maria zurück. »Sie fragen nach Ville.«

Eine mollige Frau über sechzig, die wie eine gealterte Kopie von Maria Pollari aussah, betrat das Wohnzimmer.

»Guten Tag. Ich bin Sirkka Jääskö, Marias Mutter. Ich bin sofort gekommen, als ich von dieser entsetzlichen Sache erfuhr. Das arme Kind! Die beiden waren so glücklich.« Ihre Stimme versagte.

»Unser aufrichtiges Beileid«, sagte Esko. »Es ist gut, dass Sie hier sind und Ihre Tochter unterstützen.«

»Am liebsten würde ich Maria mit zu mir nach Hause nehmen. Sie hat Angst, hier zu schlafen. Wäre das in Ordnung? Ich wohne in Jyväskylä, also nicht gerade um die Ecke.«

Rauno drehte sich zu Esko um, der kurz überlegte und dann nickte.

»Das geht in Ordnung. Es ist sicher das Beste für sie und das Baby. Aber geben Sie uns bitte Ihre Kontaktdaten. Wir werden Ihre Tochter sicher noch einmal befragen müssen«, sagte Esko.

Vom Sofa her war wieder ein Schluchzen zu hören.

»Maria steht unter Schock. Ich habe Angst, dass das Baby einen Schaden davontragen könnte. Würden Sie jetzt bitte gehen, damit sie sich ausruhen kann?«

»Natürlich, wir sind schon auf dem Weg«, sagte Rauno.

»Wann bekomme ich meinen Mann zurück?«, schrie Maria plötzlich. »Ich will ihn beerdigen! Gebt mir meinen Mann wieder!«

»Leider dauert es in solchen Fällen ein bisschen, bevor die Leiche freigegeben werden kann«, erklärte Esko bedauernd. »Weil es sich nicht um einen natürlichen Tod handelt«, fügte er leise hinzu.

Maria brüllte nun aus voller Kehle. Bei ihrem qualvollen, tierischen Heulen lief es einem kalt den Rücken hinunter. Rauno fühlte sich unwohl, er wusste nicht, wohin er blicken sollte, er ertrug die Qual der Frau nicht länger.

»Gehen Sie«, bat Sirkka Jääskö mit leidender, müder Stimme. »Gehen Sie, bevor sie völlig die Fassung verliert und womöglich noch die Wehen einsetzen.«

»Ich habe den Eindruck, der Mörder hat seine Opfer ganz und gar zufällig ausgewählt«, sagte Rauno, während sie in die Stadt zurückfuhren.

»Lässt der Kater allmählich nach?«

»Ich habe keinen Kater!«

»Hast du versucht, diese Ausländerin ins Bett zu kriegen? Oder sie dich?«

»Wie kannst du nur so ekelhaft sein?«

»Na, was ist, hast du's versucht?«

»Diese Ausländerin hat in der finnischen Armee gedient. Und ihr Vater war Polizist.«

Esko schwieg. Es regnete, zuerst nieselnd, dann immer heftiger. Die Straße war nass. Die Wolken sahen aus wie Putzwolle nach dem Reinigen einer Waffe.

»Die beiden Opfer haben keinerlei Verbindung zueinander. Wahrscheinlich knallt dieser Irre einfach jeden x-Beliebigen ab, der zufällig an ihm vorbeiläuft, und hält sich dabei für einen Aztekenkrieger. Ich glaube, vorläufig verzichte ich auch aufs Joggen«, sagte Rauno und sah den Tropfen nach, die an der Scheibe herunterliefen.

Neun Uhr abends in Rajapuro. Anna im Streifenwagen vor Bihars Haus, das Blaulicht auf dem Dach dreht sich träge, Regen und Kälte. Wann fällt es wohl auf, dass ich mir ständig einen

Streifenwagen leihe?, dachte Anna. Wann fragt mich jemand, was ich eigentlich treibe? Was antworte ich dann?

Doch eigentlich war es ihr gleichgültig. Wenn sie aufflog, würde sie eben mit ihrem eigenen Wagen kommen. Daran konnte man sie nicht hindern.

In Bihars Wohnung brannte Licht. Im Wohnzimmer das bläuliche Flackern des Fernsehers. Was seht ihr euch an? Ganz sicher nicht *Friends* oder *Sex and the City*. Manchmal geht jemand in die Küche. Vielleicht, um Wasser zu holen. Oder etwas aus dem Kühlschrank zu nehmen. Ein normaler Abend im Familienkreis. Eine ganz normale Familie.

Ha!

Der Regen glänzte auf dem Asphalt wie Öl, die zehn- und zwölfstöckigen Hochhäuser verhöhnten die Baumkronen. Junge Kerle in zu weiten Hosen standen unter dem Vordach von Bihars Haustür und rauchten. Sie trotzten mit ihrem Dasein dem lebenslänglichen Schatten, den die Häuser warfen.

Wie ölverklebte Enten, zu deren Rettung niemand in orangefarbenen Overalls herbeieilt. Keiner kümmert sich.

Wir bleiben immer die anderen.

Die Fremden.

Warum kann ich nicht damit aufhören?

Sie war so müde, dass sie noch hier im Auto hätte einschlafen können. Es wäre besser gewesen, von der Arbeit direkt nach Hause zu fahren und ins Bett zu gehen. Nun musste sie noch einmal zurück ins Zentrum, um den Streifenwagen abzuliefern, und dann hinaus nach Koivuharju. Insgesamt fast eine Stunde Fahrt. Würde sie in dieser Nacht Schlaf finden? In diesem Augenblick wollten ihr die Augen zufallen. Die Autoheizung blies ihr warme Betäubung ins Gesicht, sie fühlte sich kraftlos.

Bei Bihar schien alles in Ordnung zu sein. Vermutlich hatte sie wie alle gewissenhaften Schulmädchen ihre Hausaufgaben längst gemacht, sah sich jetzt mit den anderen über Satellit eine kurdische Seifenoper an und machte sich bereit, schlafen zu gehen. Vater und Mutter würden Allah für ihre wohlgeratene Tochter danken und sie ermutigen, nach dem Abitur zur Universität zu gehen. Die jüngeren Geschwister würden sich an Bihar ein Beispiel nehmen, und eines Tages, in nicht allzu ferner Zeit, würde es in Finnland gut ausgebildete, mehrsprachige und sich elegant zwischen den Kulturen bewegende Einwanderer der zweiten Generation geben.

Ha.

Ich bin ein paranoider Workaholic, dachte Anna, trat auf die Kupplung, legte den ersten Gang ein, löste die Handbremse und fuhr davon.

Als sie ihre Wohnung betrat, war sie wieder hellwach. Oder genauer gesagt, der Schlaf hatte sich davongestohlen. Wach hatte sie sich seit Wochen nicht mehr gefühlt. Eine zähe, breiige Sülze hatte die Stelle eingenommen, wo eigentlich ihr Gehirn sein müsste. Der Schmerz in den Schultern ließ sich auch durch Dehnübungen nicht mehr vertreiben. Ihr Herz schlug ständig zu schnell, ihr ganzer Körper lief auf Hochtouren und war gleichzeitig handlungsunfähig.

Anna loggte sich in das Intranet der Polizei ein und las Saris Bericht über Villes Telefon- und Bankbewegungen. Alle Anrufe, die Ville an seinem Todestag bekommen und selbst getätigt hatte, waren überprüft worden; es handelte sich fast ausschließlich um dienstliche Gespräche. Auf dem Heimweg hatte Ville einen Anruf von Maria erhalten, zu Hause dann einen von Jussi. Das war alles gewesen. Sari hatte außerdem die Liste von Villes Telefonaten während der Sommermonate durchgesehen und mit Riikkas Liste abgeglichen. Sie hat sich eine Riesenmühe gegeben, dachte Anna mit einer gewissen Bewunderung. Ville hatte keinen einzigen Anruf von einem unregistrierten

Anschluss mit unterdrückter Nummer bekommen und auch selbst keine solchen Nummern gewählt. Auch auf Riikka und ihren Freundeskreis gab es keine Hinweise. Bei Facebook war Ville nicht registriert. Seine EC-Karte hatte er hauptsächlich im Supermarkt in Asemakylä benutzt. Also nichts, was auf einen eventuellen Kontakt mit seinem Mörder hindeutete. Absolut nichts. Anna überlegte, was als Nächstes zu tun wäre, doch ihr fiel nichts ein. Die Ermittlungen gerieten immer tiefer hinein in eine Sackgasse, und in der klebrigen Grütze in ihrem Kopf schien alles zu versinken. Dennoch war sie überzeugt, dass sie sich an irgendetwas erinnern müsste. Dass sie irgendetwas gesehen hatte.

Anna schaffte es tatsächlich, ein paar Stunden zu schlafen. Immerhin etwas, versuchte sie sich einzureden, obwohl ihr Kopf und ihre Schultern sich in glühende Lava verwandelt hatten, als sie sich gegen fünf Uhr aus den zerknüllten Laken gewunden hatte. Sie schlurfte in die Küche, um Kaffee zu kochen. Das Handy auf dem Tisch blinkte. Sie hatte Angst, einen Blick auf das Display zu werfen. Eine weitere SMS von dem Unbekannten würde sie jetzt nicht verkraften.

Doch es war Ákos, der gegen vier Uhr versucht hatte, sie zu erreichen. Er war sicherlich auf einer Zechtour gewesen. Er hatte ihr auch eine SMS geschickt, die Anna ungelesen löschte. Sie wusste ohnehin, dass ihr Bruder Geld von ihr wollte. Anna holte die Zeitung aus dem Flur und blätterte sie ohne jedes Interesse durch. Unter den per SMS eingesandten Leserzuschriften fand sich ein kurzer Text: »Warum tut die Polizei nichts? Anständige Bürger wagen sich abends nicht mehr aus dem Haus.«

Bezog der Verfasser sich auf die Joggingmorde? Oder generell auf die öffentliche Ordnung? Oder worauf? Komm gern vorbei und sieh uns bei der Arbeit zu, sagte Anna in Gedanken zu dem Schreiberling. Sieh dir nur an, wie wir den ganzen Tag faulenzen.

Die Polizei wurde immer kritisiert, ganz gleich, was sie tat.

Egal. Daran hatte sie sich schon gewöhnt.

Eigentlich sehnte sie sich nicht einmal nach dem, was normale Menschen als Erholung und Ruhe bezeichneten.

Sie wollte einen totalen Filmriss.

Wenigstens für kurze Zeit.

Oktober

29

Veli-Matti Helmerson blickte von dem hell erleuchteten Monitor auf. Hatte er gerade ein Geräusch im Flur gehört? Als wäre die Tür zur Nachbarklasse zugeschlagen. Der Lehrer lauschte eine Weile aufmerksam. Wenn der Haupteingang nicht abgeschlossen war, schlichen sich manchmal Schüler herein, um irgendeinen Schabernack zu treiben. Seltsam, welche Anziehungskraft die Schule abends auf die Schüler ausübte, vor allem auf solche, die sich tagsüber dort nicht besonders wohlfühlten. Im Sommer musste man immer wieder die Polizei rufen, um saufende, auf Krawall gebürstete Jugendliche vom Schulhof zu vertreiben – Zöglinge ebendieser Schule, die in den Ferien plötzlich Sehnsucht nach der Penne bekamen.

Doch es war nichts mehr zu hören. Das Gebäude hüllte sich wieder in Stille. Gegen vier Uhr schloss der Hausmeister alle Türen des Schulzentrums ab. Schüler hatten danach eigentlich keinen Zutritt mehr. Wahrscheinlich hatte Kirsti Koponen in der Klasse nebenan gesessen und war jetzt nach Hause gegangen. Die neue Lehrerin der vierten Klasse war jung und hübsch, sie wirkte engagiert, fleißig und gewissenhaft. Das sind sie am Anfang immer, dachte Veli-Matti, aber schon nach einigen Jahren sind sie ausgebrannt.

Veli-Matti sah zu der Wanduhr hinüber. Es war schon fast sechs. Er war nach dem Ende des Schultags noch geblieben, um den Unterricht für die nächsten Tage vorzubereiten und sich in ein neues Projekt einzuarbeiten. Fast unbemerkt waren darüber drei Stunden vergangen, die ihm nicht vergütet werden würden.

Trotzdem gab es immer noch Leute, die ihn um seine kurze Arbeitszeit beneideten.

Veli-Matti beschloss, dass er für heute genug getan hatte. Er schaltete den Computer aus, sortierte die Papiere auf dem Schreibtisch, knipste das Licht in der Klasse aus und schlenderte ins Lehrerzimmer. Dort standen ein paar schmutzige Kaffeetassen auf dem Tisch. Da glaubt wieder jemand, seine Mutter würde ihm hinterherräumen, dachte Veli-Matti. Er erkannte die Tasse des Sportlehrers Seppo Vilmusenaho. Ein völlig verzogener Kerl, der ständig Aufgaben auf andere abwälzte. Würde ich jetzt seine Tasse spülen, wenn ich eine Frau wäre?, überlegte er. So sind viele Frauen ja, sie kümmern sich um alles und erziehen ihre Männer und Söhne zur Untätigkeit.

Veli-Matti spülte seine Teetasse und stellte sie in den Abtropfschrank. Dann ging er an die Garderobe, tauschte seine Arbeitssandalen mit den gebogenen Sohlen gegen Straßenschuhe, zog den Mantel an und schloss die Tür zum Lehrerzimmer hinter sich ab wie immer, wenn er als Letzter das Gebäude verließ. Er ging durch den unbeleuchteten Flur, den die dunklen Türen der Klassenzimmer, Toiletten, Vorratsschränke und Besenkammern säumten.

Wolken trieben am Himmel und kündigten Regen an. Der Wind war aufgefrischt. Veli-Matti nahm die Handschuhe aus der Manteltasche. Er fror. Auf dem großen asphaltierten Parkplatz der Schule standen zwei Wagen, ein roter VW Golf und sein schwarzer BMW. Es ist also doch noch jemand da, dachte Veli-Matti. Aber wer? Wer fährt so einen Wagen? Er kam ihm bekannt vor. Aber in der Schule arbeiteten mehr als hundert Personen, wenn man das Reinigungs- und Küchenpersonal mit einrechnete. Veli-Matti konnte nicht all ihre Autos kennen, und sie interessierten ihn auch gar nicht. Allerdings hatte es ihn schwer gefuchst, als Vilmusenaho mit einem nagelneuen Mercedes aus Bosnien zurückgekehrt war. Ein Jahr Pause vom Schultrott und dazu ein unglaublich teures Auto. Für dieses Arschloch war das zu viel des Guten, dachte er.

Er schloss seinen zehn Jahre alten, aber immer noch zuverlässig funktionierenden BMW auf und wollte gerade einsteigen, als sein Blick auf die Fenster seines Klassenzimmers fiel.

Dort brannte Licht.

Verdammt, fluchte Veli-Matti, ich dachte, ich hätte es ausgemacht. Er schlug die Autotür zu und drehte sich um, ging einige Schritte zum Schulhaus hinüber, überlegte es sich dann aber anders. Ach, was soll's, dachte er, die Kommune macht nicht gleich Pleite, nur weil über Nacht das Licht brennt. Seit dem leichten Mittagessen in der Schule waren schon viele Stunden vergangen, und er hatte Hunger. Er beschloss, das Licht brennen zu lassen und nach Hause zu fahren.

Im Kühlschrank standen die Reste der gestrigen Lasagne und ein wenig Weißwein. Veli-Matti wärmte das Essen in der Mikrowelle auf und goss sich ein Glas Wein ein. Der Wein schmeckte fad und war zu kalt. So ähnlich wie die Frau dort, dachte Veli-Matti und betrachtete seine Ehefrau, die mit verkniffener Miene den Geschirrspüler füllte. Was ist ihr wohl diesmal über die Leber gelaufen?

Nach dem Essen ließ er sich aufs Sofa fallen und schaltete den Fernseher ein.

»Ich bin jetzt weg«, rief seine Frau aus dem Flur.

»Okay. Ich gehe wahrscheinlich noch joggen«, antwortete Veli-Matti zerstreut. Er stand nicht auf, um seine Frau zu umarmen oder ihr einen Abschiedskuss zu geben. Was würde sie wohl tun, wenn er es versuchte? Ihm eine runterhauen vermutlich.

»Sei vorsichtig«, sagte seine Frau kühl.

»Natürlich«, entgegnete Veli-Matti leichthin.

Eine Stunde lang sah er sich die Wiederholung einer langweiligen Talkshow an, dann fiel ihm das Licht in seinem Klassenzimmer wieder ein. Es ließ ihm keine Ruhe. Womöglich würde Seppo Vilmusenaho mit seinem Hund an der Schule vorbeispazieren und es sehen. Dann würde Veli-Matti sich bis zu den Weihnachtsferien, womöglich gar bis zur Pensionierung die Frotzeleien des Kollegen anhören müssen. Die Vorstellung widerte ihn an. So war Seppo, scheinbar im Scherz foppte er die Kollegen mit ihren Fehlern, vergaß sie jedoch nie. Ein ekelhafter Kerl. Am besten ging er jetzt gleich joggen und machte dabei einen Abstecher zur Schule, um das Licht auszuschalten. Nicht wegen Vilmusenaho, sondern aus Prinzip, redete er sich ein. Seine Klasse hatte sich dazu verpflichtet, die Prinzipien nachhaltigen Lebens zu beachten. Die Schüler sortierten Müll, bemühten sich, möglichst wenig Papierhandtücher zu verbrauchen, und schalteten in den Pausen das Licht im Klassenzimmer aus. Veli-Matti fand das zwar übertrieben, aber er musste mit gutem Beispiel vorangehen. Er schlüpfte in seinen Trainingsanzug, trat hinaus in den Nieselregen und trabte in gemächlichem Tempo zum Schulzentrum von Saloinen, dessen Parkplatz bis auf den roten Volkswagen leer war.

Immer noch bei der Arbeit, wunderte sich Veli-Matti.

Die Stille im Flur war beklemmend.

»Hallo?«, rief Veli-Matti vom Eingang, doch keine der Türen am Flur öffnete sich. Die Schule lag leer und verlassen da.

Veli-Matti kannte das Gebäude wie seine Westentasche und hätte sich selbst mit verbundenen Augen darin zurechtgefunden. Dennoch knipste er das Licht an. Er fürchtete sich. Er fürchtete sich seit Ende August, obwohl er sich sicher war, dass diese entsetzlichen Ereignisse nichts mit ihm zu tun hatten. Nüchtern betrachtet konnte das einfach nicht der Fall sein.

Er ging an den geschlossenen Türen vorbei zu seinem Klassenzimmer. Ein bekanntes Gebäude, bekannte Räume, nur die bekannten Mitarbeiter hatten Schlüssel. Kein Grund zur Besorgnis.

Nach dem zweiten Mord hatte er sich ein wenig beruhigt. Das alles hatte mit ihm nichts zu tun, ganz sicher nicht.

Aber er joggte nur noch in bewohnten Straßen, in der Nähe seines Hauses.

Wie alle anderen auch.

Eine reine Vorsichtsmaßnahme.

Als Veli-Matti die Tür zu seinem Klassenzimmer öffnete, sah er, dass auch der Computer noch lief. Seltsam, dachte er, wie habe ich nur so vergesslich sein können? Ich habe wirklich gedacht, ich hätte nichts angelassen. Wütend auf sich selbst trat er an den Tisch, beugte sich vornüber, schaltete den Computer aus und richtete sich auf, um schleunigst wieder zu gehen.

Doch der Weg war ihm versperrt.

Vor der Tür stand eine dunkle Gestalt, die mit einer Schrotflinte auf ihn zielte.

»O Gott, was machst du ...«, hauchte Veli-Matti.

»Schnauze! Setz dich!«, befahl die Gestalt und löschte das Licht. »Die Waffe ist entsichert, und dass ich mit ihr umgehen kann, weißt du genau.«

Veli-Matti sank auf seinen Stuhl. Die Lampen auf dem Parkplatz warfen Lichtstreifen in den Klassenraum und zeichneten die Schatten der Pulte auf den Fußboden. Wieso habe ich den Wagen nicht erkannt?, dachte Veli-Matti. Ist jetzt alles zu Ende?

Die Arbeit. Das Leben. Alles.

Ja, es ist zu Ende.

Ich werde den morgigen Tag nicht mehr erleben.

»Auf dem Tisch liegt ein Geschenk für dich. Nimm es. Und keine Tricks, sonst ergeht es nicht nur dir selbst, sondern auch anderen schlecht, und zwar wirklich schlecht. Verstanden?«

Veli-Matti sah die Spritze auf dem Tisch und nickte.

»Was ist da drin?«, fragte er mit zitternder Stimme.

»Nichts, woran du stirbst. Es macht das Ganze nur angenehmer für dich. Ich kann es dir wärmstens empfehlen«, antwortete die Gestalt.

Veli-Matti starrte auf die Spritze. Er konnte es nicht. Er hatte sich noch nie eine Spritze gesetzt. Selbst vor dem Stich in die Fingerkuppe bei der Blutprobe hatte er Bammel.

»Na los, ein bisschen dalli, du Haufen Scheiße«, fuhr die Gestalt ihn an und schwenkte drohend die Flinte. »Du tust, was ich dir sage, dann passiert keinem anderen etwas. Denk doch nur an deine niedlichen Schulkinder, die ganz in der Nähe wohnen. Eveliina zum Beispiel ist ganz allein zu Hause, ich hab es überprüft. Ihre Mutter hat heute Spätschicht. Wenn ich dich hier erschießen muss, wird Eveliina dir folgen und vielleicht auch gleich noch ein paar andere.«

Verrückt, dachte Veli-Matti. Krank, wahnsinnig, total verrückt.

Dann dachte er an Eveliina, die allein zu Hause saß und ihre Hausaufgaben machte: ein stilles, gewissenhaftes Mädchen, eine Schülerin, wie sie sich jeder Lehrer wünschte. Ihre alleinerziehende Mutter hatte ein schlechtes Gewissen, weil sie ihr Kind wegen der Schichtarbeit abends oft allein lassen musste; bei einer der Besprechungen, zu denen die Eltern jeweils einzeln eingeladen wurden, hatte sie am Pult gesessen und geweint, dem Lehrer ihrer Tochter das Herz ausgeschüttet.

Eveliina darf nichts passieren, dachte Veli-Matti, rollte den Ärmel seiner Trainingsjacke hoch und griff mit zitternden Händen nach der Spritze.

»Gut so. Braver Junge.«

Veli-Matti zögerte, sein Herz schlug so wild, dass ihm der Kopf rauschte. Dann stieß er sich die Nadel in den Arm und schloss die Augen. Die Spannung ließ sofort nach. Sein Herz schlug wieder träge und friedlich, und auch die Angst schien sich zu legen. Seine Glieder wurden schwer. Plötzlich hatte Veli-Matti Lust zu schlafen, den Kopf auf die Tischplatte zu legen und in friedlichen Schlummer zu versinken. Das Klassenzimmer schaukelte um ihn herum wie eine Wiege. Die Gestalt schrumpfte zu einem kleinen Punkt an der Tür zusammen, und Veli-Matti hörte auf, an sie zu denken.

Er sackte schlaff zusammen und sah nur noch undeutlich, wie der Punkt sich näherte. Wie in Zeitlupe nahm er wieder Gestalt an, lehnte die Flinte an die Tafel, verschwand hinter Veli-Matti, zog seine schlaffen Arme auf den Rücken und legte Handschellen um seine weichen Handgelenke. Obwohl Veli-Matti der Ernst seiner Lage weiterhin bewusst war, hätte er am liebsten gelacht. Soeben hätte er die Gelegenheit gehabt, sich die Flinte zu schnappen und wegzulaufen, doch er konnte nicht einmal mehr seine Fingerspitzen bewegen.

Die Gestalt setzte sich an ein Pult – an Henriks Platz – und wartete schweigend. Nach einer Weile nahm die schlimmste Benommenheit ab. Die Gegenstände im Klassenzimmer bekamen wieder klarere Umrisse, und Veli-Matti spürte seine Arme und Beine wieder. Die Gestalt stand auf, starrte eine Weile auf den Parkplatz hinaus, zwang Veli-Matti dann aufzustehen, auf den Parkplatz zu gehen und sich in den roten Wagen zu setzen. Dann fuhr sie los, irgendwohin.

30

Polizeimeister Ronkainen fuhr die sieben Kilometer zu seinem Arbeitsplatz beim Bereitschaftsdienst mit dem Fahrrad. Seine Aufgabe bestand darin, die Anrufe Hilfe suchender Bürger entgegenzunehmen und der jeweiligen Situation entsprechend weiterzuleiten. Er rechnete mit einem ruhigen Anfang seiner Schicht, denn es war Dienstagmorgen, und die Nächte von Montag auf Dienstag waren kriminalstatistisch die stillsten.

Diesmal jedoch fing das Telefon schon an zu klingeln, als er sich gerade an seinen Schreibtisch setzen wollte.

»Mein Mann ist nicht nach Hause gekommen«, sagte eine Frauenstimme.

»Sagen Sie mir bitte Ihren Namen und berichten Sie dann genauer, was passiert ist«, bat Ronkainen. Er warf einen Blick auf seine Tasse, in der der Kaffee kalt wurde.

»Ich heiße Kaarina Helmerson. Ich rufe aus Saloinen an. Mein Mann ist gestern Abend joggen gegangen und nicht mehr zurückgekommen.«

Polizeimeister Ronkainen war sofort hellwach.

»Sagten Sie joggen?«

»Ja.«

»Wo?«

»Das weiß ich nicht.«

»Ich verbinde Sie direkt mit einem unserer Ermittler«, sagte Ronkainen, nachdem er knapp eine Sekunde nachgedacht hatte.

»In Ordnung«, antwortete die Frau.

»Fekete Anna.«

»Helmerson, Kaarina Helmerson. Guten Morgen.«

»Guten Morgen.«

»Mein Mann ist nicht nach Hause gekommen. Er ist gestern Abend joggen gegangen und nicht mehr zurückgekehrt. Er hat sich nicht gemeldet und geht auch nicht ans Handy. Ich mache mir große Sorgen. In der Zeitung stand ...« Die Frau schluchzte auf.

»Wo wollte Ihr Mann joggen?«, fragte Anna rasch.

»Ich bin mir nicht sicher. Früher ging er immer auf den Joggingpfad in Selkämaa, aber seit dem schrecklichen Mordfall wagt sich meines Wissens niemand mehr dorthin. In letzter Zeit ist Veli-Matti nur hier durchs Dorf gejoggt.«

Anna spürte, wie die Spannung in ihr anwuchs. Auch Riikka hatte aus Saloinen gestammt, und sie war in Selkämaa gestorben.

»Manchmal ist er auch in Vainikkala und Riitaharju gejoggt, aber soweit ich weiß, war er auch dort nicht mehr nach diesen ... Morden.«

»Ist so etwas früher schon vorgekommen? Dass er eine Weile verschwunden war, ohne Bescheid zu sagen?«

Die Frau weinte.

»Nein, nie«, stieß sie hervor.

»Ich beende dieses Gespräch jetzt und schicke Streifenwagen zu den Joggingpfaden, die Sie genannt haben, in Ordnung? Ich rufe Sie dann sofort zurück. Bleiben Sie in der Nähe des Telefons.«

»In Ordnung«, sagte die Frau.

Anna rannte aus ihrem Dienstzimmer, das sie gerade erst betreten hatte, auf den Flur hinaus. Für den Bruchteil einer Sekunde zögerte sie vor Eskos Tür, überlegte sich, zu Sari oder direkt zu Virkkunen zu gehen, riss sich dann zusammen, hämmerte mit der Faust an die Tür und rief nach Esko, der verwundert aus seinem Zimmer trat.

»Es ist wieder passiert«, sagte Anna. »Glaube ich zumindest.«

»Verdammter Blödsinn«, sagte Esko und sah sie so verächtlich an wie immer. Sein Atem roch nach Knoblauch und Alkohol. Das Pfefferminzbonbon, das er gerade lutschte, richtete dagegen wenig aus. Anna schüttelte sich.

»Ein Jogger, wieder ein Mann, ist nicht nach Hause gekommen. Seine Frau sagt, dass er keine Joggingpfade mehr benutzt hat, früher aber in Selkämaa, Riitaharju und Vainikkala gelaufen ist. Ich schicke Streifen in alle drei Gebiete. Du könntest dir übrigens mal die Zähne putzen. Und das Gesicht waschen.«

»In meinem Alter hilft das nichts mehr«, gab Esko zurück.

Anna alarmierte die Streifenkollegen, erstattete eilig Virkkunen Bericht und rief dann wieder bei Kaarina Helmerson an. Sie schaltete die Lautsprecherfunktion ein, damit Esko mithören konnte.

»Hallo, Kriminalmeisterin Fekete hier. Die Streifen sind jetzt unterwegs und geben mir sofort Bescheid, sobald sie auf Hinweise stoßen.«

»Gut. Danke.«

»Es kann durchaus sein, dass nichts Schlimmes passiert ist. Leute verschwinden und tauchen wieder auf, das kommt häufiger vor, als man denkt.«

Anna überlegte, ob das stimmte. Es war einer der Standardsätze gegenüber besorgten Angehörigen.

»Veli-Matti hätte sich gemeldet, außerdem müsste er mittlerweile längst bei der Arbeit sein. Er fehlt dort nie, außer wenn er richtig krank ist.«

»Haben Sie an seinem Arbeitsplatz nachgefragt?«

»Von dort bin ich gerade angerufen worden. Seine Schüler

haben sich gewundert, weil er nicht zum Unterricht erschienen ist.«

»Ihr Mann ist also Lehrer.«

Die Stimme der Frau brach wieder. »Ja. Klassenlehrer der Primarstufe in Saloinen. In der 6 B sollte um acht Uhr die Geschichtsstunde anfangen.«

»Warum haben Sie nicht früher angerufen? Schon gestern Abend? Ihr Mann joggt doch wohl nicht die ganze Nacht. Wann ist er aus dem Haus gegangen?«

Schon wieder zu viele Fragen auf einmal, tadelte Anna sich. Warum drängelst du immer so? Und der vorwurfsvolle Ton ist auch nicht gut.

»Ich war gestern Nacht nicht zu Hause. Ich bin gestern Abend gegen halb sieben weggefahren, und da sagte Veli-Matti, er wolle noch joggen.«

»Wohin sind Sie gefahren?«

»In die Stadt, zu meiner alten Mutter. Ich übernachte oft bei ihr. Sie wird nicht mehr lange allein in ihrer Wohnung bleiben können, aber ich versuche, sie zu unterstützen, solange es geht. Ich bin gerade erst nach Hause gekommen.«

»Sind Sie selbst berufstätig?«

»Ich bin Rektorin der gymnasialen Oberstufe von Saloinen, derzeit aber in einem Sabbatjahr. Hauptsächlich, um meine Mutter zu pflegen. Sie ist neunundachtzig, und ich fürchte, sie hat nicht mehr lange zu leben.«

»Sie sind also heute früh nach Hause gekommen und haben festgestellt, dass Ihr Mann zum Joggen gegangen und nicht zurückgekehrt ist.«

»Ja. Als Erstes sah ich natürlich seinen Wagen im Hof und dachte, er wäre noch zu Hause. Er fährt fast immer mit dem Auto zur Arbeit. Aber das Haus war leer. Schon seit gestern Abend, wie mir bald klar wurde.«

»Woran haben Sie das gemerkt?«

»Die Zeitung lag noch im Briefkasten, es war kein Kaffee gekocht worden, auf dem Tisch lagen keine Krümel von Abendbrot oder Frühstück. Das Bett sah unberührt aus, und im Bad lag keine Sportkleidung auf dem Boden. Dort lässt Veli-Matti sie immer liegen.«

Kaarina begann wieder zu weinen. Anna überlegte, ob sie sofort zu ihr fahren oder den Bericht der Streife abwarten sollte. Wie lange würde es dauern, alle drei Joggingpfade abzusuchen? Wenn der Mann ermordet worden und auch dieser Mord nach dem bekannten Muster abgelaufen war, würde die Leiche schon bald gefunden werden. Die bisherigen Opfer waren nicht versteckt worden, sondern hatten mitten auf dem Weg gelegen, grotesk ausgestellt, als würden sie einem entgegenrufen: Seht nur her. Anna schätzte, dass sie in spätestens zwei Stunden wissen würden, ob Kaarina Helmersons Mann auf einem der Joggingpfade erschossen worden war.

»Kommen Sie zurecht? Oder soll ich vorsorglich jemanden zu Ihnen schicken?«, fragte sie.

»Ich weiß nicht. Doch, ja, ich komme wohl zurecht. Ich möchte nur möglichst bald wissen, wo mein Mann ist.«

»Das möchten wir alle. Sicher wird er gesund und munter wiedergefunden. Womöglich ist er gerade auf dem Heimweg. Vielleicht hat er beim Joggen einen Bekannten getroffen, sie sind zusammen ein Bier trinken gegangen, und dann hat sich der Abend in die Länge gezogen. So was passiert häufig.«

»Ja, das sagten Sie bereits.«

Die überraschende Kälte in Kaarinas Stimme ließ Anna schaudern. Sie beschloss, die Meldung der Streifen abzuwarten. Es war sinnlos, sofort zu Frau Helmerson zu fahren. Wahrscheinlich verhielt es sich genau so, wie sie es der Frau einzureden versuchte.

Warum hatte sie selbst sofort gedacht, dass wieder ein Mord geschehen war? Warum glaubte sie selbst ihren eigenen Beteuerungen am allerwenigsten?

Esko ging in die Kaffeeküche. Anna folgte ihm.

Schweigend tranken sie ihren Kaffee. Anna fielen immer wieder die Augen zu, und in ihrem Kopf rauschte es. Sie war wieder erst in den frühen Morgenstunden eingeschlafen. Wie oft hatte sie sich jetzt schon nach zu wenigen Stunden Schlaf zur Arbeit geschleppt? Wie lange würde sie das durchhalten? Anna musterte Esko, der ebenfalls müde aussah.

»Hast du gut geschlafen?«, fragte sie aus einem Impuls heraus.

»Hä? Willst du mich verarschen?«

»Keineswegs. Entschuldigung. So war es nicht gemeint.«

»Du entschuldigst dich andauernd.«

»Entschuldigung auch dafür.«

Und dann klingelte das Handy.

Anna drückte auf die Taste mit dem grünen Hörer, hielt sich das Handy ans Ohr und hörte schweigend zu. Dann nickte sie, bedankte sich und legte auf.

»Verdammt noch mal, jetzt sag schon, was los ist! Haben sie ihn gefunden?«, drängelte Esko.

»Ja.«

»Verfluchter Mist. Wo?«

»Am selben Ort wie Riikka. Von Schrot zersiebt. Huitzilopochtli in der Tasche. Das dritte Opfer.«

»Himmel, Arsch und Zwirn!«

Etwas war anders auf dem Joggingpfad in Selkämaa. Es hatte nichts mit dem Herbst zu tun, mit dem welken Laub auf der Erde und den kahlen Zweigen, mit dem wolkenbedeckten Himmel, von dem die Sonne in diesem Jahr nicht mehr heiß brennen würde.

Anna merkte es sofort.

Es lag an dem Opfer.

Zwar hatten auch die früheren Opfer einen schrecklichen Anblick geboten, doch im Vergleich zu diesem hatten sie geradezu sauber ausgesehen. Sie waren nur erschossen worden.

Diesmal jedoch war noch mehr geschehen.

Der Tote lag bäuchlings auf der Erde. Anna näherte sich der Leiche vorsichtig und bemühte sich, gleichmäßig zu atmen, obwohl sie am liebsten davongerannt wäre.

Der Mann war durch einen Kopfschuss von hinten getötet worden, als er bereits auf der Erde gelegen hatte. Das verriet die blutige Vertiefung unter dem Kopf, die durch den Einschlag des Projektils entstanden war. Das Gehirn und der übrige Inhalt des Schädels waren hauptsächlich in diese Grube gesickert und von den weichen Sägespänen aufgesogen worden. Es war kaum verspritzte Hirnmasse zu sehen. Insofern wäre das Bild nahezu erträglich gewesen, wenn sich nicht rund um die Leiche wie aus Eimern ausgegossen eine Unmenge von Blut ausgebreitet hätte. Der Rücken der Trainingsjacke war seltsam zerfetzt und schwarz vor Blut. Solche Spuren hinterließ kein Schuss.

Nachdem die Leiche in der Fundposition fotografiert worden war, wurde sie umgedreht. Jetzt wurde der Grund für die große Blutmenge sichtbar. Dem Mann war ein scharfer Gegenstand, vermutlich ein langes Messer, mehrmals in Brustkorb und Bauch gerammt worden. Der ganze Rumpf war durchlöchert. Als hätte Huitzilopochtli seinem Opfer die Innereien aus dem Leib reißen wollen. Die Position der Leiche und die Blutspuren deuteten darauf hin, dass der Mann bei lebendigem Leib zerschlitzt und erst danach durch einen Genickschuss hingerichtet worden war. Außerdem war versucht worden, seine Trainingshose anzuzünden, doch der Regen hatte diese Absicht offenbar vereitelt.

Der Mörder war nicht zur Ruhe gekommen, im Gegenteil. Anna wurde übel.

Du verdammtes Ufergestrüpp, du langweilige, nichtssagende Landschaft, du sprichst jetzt gefälligst mit mir, flüsterte sie vor sich hin, ließ die Techniker und die Rechtsmedizinerin ihre Arbeit tun, ging den Joggingpfad entlang und untersuchte das Gelände zu beiden Seiten. Die Sträucher hatten ihr Laub bereits abgeworfen. Die Weidenbüsche streckten ihre Gerten in die Luft wie Peitschen, der Waldboden schwieg. Wenn man genau hinhörte, konnte man das Meer ahnen. Hier und da warteten dunkelrote Preiselbeeren darauf, gepflückt zu werden. Anna probierte eine. Sie schmeckte gut. Also hatte es hier bereits Nachtfrost gegeben.

Nach gut einem Kilometer machte der Pfad einen Bogen und verlief näher am Ufer entlang. Das Rauschen der stahlgrauen Wellen des herbstlichen Meeres war nun deutlich zu hören. Anna blickte hinaus übers Meer. Der Wind trieb ihr das Wasser in die Augen. Wenn es noch Schafherden gäbe, die das Unterholz abweideten so wie früher, hätte man hier einen freien Blick aufs Ufer, dachte sie. Eine weiße Möwe trotzte der kalten Luft. Anna überlegte, wie lange der Vogel noch hier oben im Norden bleiben würde. Sie pflückte eine Handvoll Preiselbeeren und schmeckte die Süße, die der Nachtfrost ihnen verliehen hatte. Eigentlich wollte ich in diesem Herbst in die Beeren gehen, aber daraus ist wieder nichts geworden, dachte sie und drehte dem Meer und dem Wind den Rücken zu. Da entdeckte sie eine Erhebung im Gelände, einen kleinen Hügel, der hinter Sträuchern und Weiden verborgen lag. Als sie näher kam, sah sie, dass er aus zwei Findlingen bestand; auf der Erdschicht, die sich auf ihnen angesammelt hatte, wuchsen Moos und andere Bodenpflanzen. Angespannt umkreiste Anna den Felsblock. An der Nordseite war die Moosdecke aufgerissen, als wäre jemand auf den Felsen geklettert. Anna folgte den Spuren. Oben fand sie sich hinter einer Art natürlichem Sichtschutz wieder, der von einer Weide gebildet wurde. Solange die Weide belaubt war, stellte sie einen perfekten Schirm dar. Anna setzte sich auf das feuchte Moos, ohne sich darum zu scheren, dass ihre Hose nass wurde. Plötzlich entdeckte sie etwa auf Augenhöhe in dem Weidenschirm eine Öffnung, durch die man schräg hinunter auf den einige Meter entfernten Joggingpfad blicken konnte. Obwohl Anna darin wenig Erfahrung hatte, erkannte sie, dass die Zweige nicht von allein abgebrochen waren. Dafür waren die Stümpfe zu sauber und glatt. Zweifellos waren sie mit einer Baumschere abgeschnitten worden. Anna lief es eiskalt den Rücken hinunter.

Sie blieb sitzen und betrachtete den Joggingpfad, während sie mit der Hand über das immergrüne Moos auf dem Stein strich. Seine weiche, feuchte Oberfläche wirkte beruhigend auf sie. Bald darauf sah sie Esko von links näher kommen. Sie saß reglos da und sah ihm zu, während er sich langsam vorwärtsbewegte, sich nach allen Seiten umblickte und ganz offensichtlich nach ihr suchte. Im selben Moment ertastete ihre Fingerspitze eine kleine Öffnung in der Moosdecke. Sie steckte den Zeigefinger in den kühlen Spalt. Dort knisterte etwas. Anna zog ein Paar dünne Gummihandschuhe aus ihrer Tasche, streifte sie über und zog vorsichtig ein Papierchen heraus. Ein Bonbonpapier. Und noch eins. Marianne-Bonbons. Jemand hatte hier gesessen, die Jogger beobachtet und dabei Bonbons gelutscht. Anna wurde von einem zweiten, noch heftigeren Schauder erfasst.

Vorsichtig nahm sie das Handy aus der Tasche und rief Esko an. Sie hörte seinen Klingelton.

»Sieh mal nach oben«, sagte sie. Esko blickte auf, sah Anna aber erst, als sie aufstand und winkte.

»Schick die Technik her«, bat sie.

Kaarina Helmerson wohnte weniger als einen Kilometer von Riikkas Elternhaus entfernt. Sie wirkte nicht überrascht, als sie die Tür des weißen Einfamilienhauses für Anna und Esko öffnete. Obwohl sie auf die fünfzig zugehen musste, war sie eine beeindruckende Erscheinung. Die schmale Jeans betonte ihre langen Beine, die beige Wickeljacke schmiegte sich um die schmale Taille, das weiße Top darunter hob den üppigen Busen hervor. Anna merkte, dass Esko sich aufrichtete und nach einem prüfenden Blick in den Flurspiegel die Haare glattstrich. Sie gab der Frau, deren Gesicht vom Weinen rot geflectet war, die Hand. Kaarina Helmersons Hand war kalt, ihr Händedruck schlaff und kraftlos.

»Sie brauchen nichts zu sagen, keine Floskeln, keine Beileidsbezeugungen. Ich weiß es. Mein Mann ist tot. Ich spüre es, schon seit heute früh. Nach siebenundzwanzig Jahren Ehe weiß man so was einfach«, sagte Kaarina Helmerson offen.

Anna nickte. Sie holte ihre Kamera hervor.

»Ich habe hier ein paar Fotos. Leider ist es ein schrecklicher Anblick, aber wir müssen uns natürlich vergewissern, ob es sich tatsächlich um Ihren Mann handelt.«

Kaarina Helmerson nahm die Kamera, sah sich die Bilder ausdruckslos an und gab Anna den Apparat zurück. Tränen liefen ihr über das Gesicht.

»Mein Gott«, war alles, was sie sagte.

Anna und Esko warteten. Kaarina hatte die Augen geschlossen und zitterte am ganzen Körper. Sie atmete schnell und flach. Anna machte sich bereit, als erste Hilfe gegen Hyperventilation eine Tüte aus dem Wagen zu holen, doch da atmete Kaarina ein paarmal tief ein und aus, öffnete die Augen und sagte mit völlig ruhiger Stimme: »Ja, es ist Veli-Matti. Aber kommen Sie doch herein. Ich nehme an, dass Sie mich befragen müssen. Oder vernehmen. Ich habe schon Kaffee gekocht. Oder trinken Sie lieber Tee?«

Sie führte die beiden in die Küche, in der es nach frischem Kaffee duftete. Der Raum war in elegantem Weiß gehalten, schlicht und klar, als sei er einer Zeitschrift für Innenarchitektur nachempfunden worden. Auf der Arbeitsfläche glänzte eine massive Espressomaschine.

»Haben Sie Kinder?«, fragte Anna.

Kaarina zuckte zusammen. Sie schwieg lange, bevor sie antwortete. Diese Frage hatte sie nicht erwartet.

»Nein. Wir haben uns früher mal Kinder gewünscht, aber das ist schon lange her.«

»Wie hat sich das auf Ihre Ehe ausgewirkt?«, hörte Anna sich zu ihrem eigenen Erstaunen fragen.

»Was hat das hiermit zu tun?«

»Ich weiß es nicht. Unsere Arbeit besteht darin, Fragen zu stellen«, erklärte Anna freundlich. »Nach allem Möglichen.«

»Na gut. Die Situation hat eine Art Ehekrise ausgelöst, aber das liegt, wie gesagt, sicher zwanzig Jahre zurück. Tatsächlich hätten wir uns damals beinahe getrennt. Aber allmählich haben wir uns damit abgefunden und erkannt, dass wir durch unsere Arbeit die Liebe weitergeben können, die wir unseren eigenen Kindern zugedacht hatten. Das war eine sehr befreiende Erkenntnis, die uns beide beruflich stark motiviert hat. Als wir die Erschöpfung und Hektik in befreundeten Familien beobachteten, lernten wir letztlich sogar, für unsere Kinderlosigkeit dankbar zu sein. Wir brauchten nicht auf unsere Hobbys oder auf Reisen zu verzichten, auf gar nichts. Aber das darf man natürlich nicht laut sagen, zumindest nicht im Beisein unserer Freunde.«

Kaarina lachte trocken auf und seufzte dann. Anna registrierte verwundert, wie gefasst sie wirkte.

»Kannten Sie Riikka Rautio?«, fragte Esko.

Kaarina sah ihn eindringlich an.

»Eine erschütternde Geschichte, wir waren vollkommen schockiert, als wir davon hörten, ein so nettes Mädchen. Riikka hat im Frühjahr an unserer Schule Abitur gemacht. Ich weiß, wer ihre Eltern sind, kenne sie aber nicht persönlich. Die meisten hier kennen einander zumindest namentlich, und wir Lehrer kennen natürlich alle Familien mit Kindern.«

»Hat Ihr Mann Riikka jemals unterrichtet?«

»Daran erinnere ich mich nicht. Aber wahrscheinlich hätte er es erwähnt, als Riikka starb.«

»Er hat es also nicht erwähnt?«

»Nein. Obwohl wir viel über den Fall gesprochen haben.«

»Und war Riikka Ihre Schülerin?«

»Ja. In Finnisch.«

»In der gesamten Oberstufe?«

»Ja.«

»Und Virve Sarlin und Jere Koski?«

»Virve war in derselben Klasse. Jere habe ich nicht unterrichtet, aber ich kenne auch ihn.«

Endlich eine Verbindung, dachte Anna. Zwei Morde am selben Ort, und zwei der Opfer hatten sich zumindest dem Namen nach gekannt, hatten aus demselben Dorf gestammt, in dem alle miteinander bekannt waren.

»Kennen Sie auch Ville Pollari aus Asemakylä?«

»Wer soll das sein?«

»Das Opfer Nummer zwei.«

»Nein.«

»Sehen Sie sich trotzdem einmal dieses Bild von ihm an. Es könnte ja sein, dass Sie ihm irgendwo einmal begegnet sind.«

Kaarina nahm das Foto in die Hand und betrachtete es lange. Ville, lebendig und lächelnd.

»Ich glaube nicht, dass ich ihn je gesehen habe. Wie hieß er noch gleich?«

»Ville Pollari.«

»Was war er von Beruf?«

»Ingenieur bei Nokia, sein Arbeitsplatz war in der Stadt.«

Kaarina überlegte eine Weile. Dann sagte sie: »Ich habe diesen Mann weder gesehen noch seinen Namen je gehört.«

»Und Ihr Mann?«

»Das weiß ich nicht. Wir haben neben unserem gemeinsamen Freundeskreis jeder unsere eigenen Freunde, aber dem Namen nach kennen wir die natürlich auch. Mein Mann hat diesen Namen nie erwähnt. War er auch Jogger?«

»Ja, oder besser Orientierungsläufer.«

»Veli-Matti ist immer allein gelaufen. Das war seine Methode, nach der Arbeit den Kopf freizubekommen. Ich glaube nicht, dass er diesen Mann kannte. Aber mit Sicherheit kann ich es natürlich nicht sagen.«

Als Kaarina das Foto auf den Tisch legte, begann ihre augenscheinliche Ruhe wieder zu bröckeln.

»Was geht hier eigentlich vor? Was für ein Wahnsinniger läuft hier herum? Warum tut die Polizei denn nichts?« Sie brach in Tränen aus und lief aus der Küche. Anna und Esko blieben schweigend am Tisch zurück. Anna dachte an all die Tage und Abende, die sie damit verbracht hatten, den Mörder ausfindig zu machen, ohne dabei die Stunden zu zählen – umsonst. Sie hatten alles getan, und doch hatte es erneut ein Opfer gegeben. Am liebsten hätte sie sich auf den Boden geworfen und ihre Frustration und Müdigkeit herausgebrüllt und dann gar nichts mehr getan.

Sie hörten, wie Kaarina sich die Nase putzte, dann kam sie in die Küche zurück. Sie lehnte sich an die Spüle und fragte, ob sie noch Kaffee wünschten. Anna und Esko lehnten dankend ab.

»Wir müssen Ihnen leider noch ein paar Fragen stellen. Sie verstehen sicher, dass uns das hilft, den Mörder zu finden.«

»Natürlich. Fragen Sie, was Sie wollen. Ich werde es schon verkraften.«

»In der letzten Nacht waren Sie also bei Ihrer Mutter, aber wo waren Sie am Abend des 21. August und des 14. September?«

»Das weiß ich doch jetzt nicht mehr. Was soll die Frage?«

»Wäre es Ihnen lieber, wenn wir auch dem potenziellen Mörder diese Frage nicht stellten?«, gab Anna zurück.

Die Frau starrte ihr in die Augen und schnaubte.

»Natürlich nicht. Das war dumm von mir, Entschuldigung. Aber ich erinnere mich tatsächlich nicht, wo ich an diesen Abenden war. Wahrscheinlich zu Hause oder bei meiner Mutter. Oder beim Body Pump oder im Kino oder beim Yoga oder beim Reiten. Ich habe viele Hobbys. Ich müsste im Kalender nachsehen.«

»Könnten Sie das bitte jetzt gleich tun?«

Zwischen Kaarinas Augen tauchte eine Falte der Empörung auf.

»Habe ich eine andere Wahl?«, erwiderte sie und ging hinaus. Als sie zurückkam, blätterte sie in einem Kalender.

»Um welche Tage ging es noch mal?«

»Um den 21. August und den 14. September«, wiederholte Anna.

»Mal sehen. Am 21. August hatte ich um sieben Body Pump und gleich danach um acht Entspannungsyoga. Ich gehe in das Fitnessstudio in der Suvantokatu, ganz in der Nähe der Wohnung meiner Mutter. Ich habe bei ihr übernachtet, das sehe ich an dem Mondbild hier«, sagte Kaarina und zeigte auf einen mit Bleistift gezeichneten kleinen Halbmond. Anna sah, dass er ziemlich häufig auftauchte.

»Und das zweite Datum, ach ja, daran hätte ich mich erinnern müssen. Die Herbsttagung für Schulleiter. Sie hat den ganzen Tag gedauert, Vorträge und Workshops und abends noch Cocktails. Ich wollte daran teilnehmen, um beruflich den

Anschluss nicht zu verpassen. Außerdem nahmen ein paar befreundete Kollegen an der Tagung teil, die ich selten sehe. Auch an dem Abend habe ich bei meiner Mutter übernachtet. Ich mache es fast immer so, dass ich Veranstaltungen in der Stadt und die Pflege meiner Mutter verbinde. Ich fahre zu ihr, wir essen gemeinsam, dann spüle oder putze ich, gehe ein, zwei Stunden zum Sport und komme rechtzeitig zurück, um sie zu waschen und ihr die Medikamente zu geben. Sie schläft besser, wenn ich dort bin. Und morgens ist es angenehmer für sie, weil ich ihr sofort die Windeln wechseln kann und sie nicht erst auf den Pflegedienst warten muss. Die Leute lassen manchmal lange auf sich warten.«

»Um wie viel Uhr haben Sie den Cocktail-Empfang verlassen?«

»Warten Sie mal ... Gegen zehn, glaube ich.«

»Wer war sonst noch dort?«

»Verdächtigen Sie mich? Mein Gott, Sie können doch nicht mich verdächtigen!«, rief Kaarina aufgebracht.

»Wir verdächtigen Sie nicht, aber ein ordentliches Alibi hat noch keinem geschadet«, sagte Esko.

»Lea Haapala und Kirsti Tuulonen waren auf jeden Fall dort, zwei Rektorinnen, mit denen ich seit Jahren befreundet bin. Fragen Sie die beiden.«

»Sehr gut. Ich glaube nicht, dass es da irgendwelche Unklarheiten gibt«, sagte Esko so überfreundlich, dass Anna verwundert überlegte, ob er tatsächlich so dreist war, mit der erschütterten Witwe zu flirten.

»Besitzen Sie eine Waffe?«, fragte sie.

Kaarina wirkte erneut beunruhigt.

»Ja. Veli-Matti ging ab und zu auf die Jagd. Er war kein leidenschaftlicher Jäger, aber hin und wieder hat er die Zutaten für ein leckeres Wildgericht geschossen. Oder es zumindest versucht.« Sie lachte gekünstelt.

»Könnten Sie sie uns zeigen?«

»Natürlich. Sie liegen in Veli-Mattis Waffenschrank. Wo mag denn nur der Schlüssel sein ... Warten Sie mal ...«

Die Frau stand auf und wühlte in den Küchenschubläden. Endlich fand sie, wonach sie gesucht hatte, und führte Anna und Esko durch den Hauswirtschaftsraum in die Garage, an deren Ende sich ein kleiner Waffenschrank befand. Sie schloss ihn auf. Er enthielt ein Sako-Gewehr und zwei Schrotflinten, eine zierliche Merkel Kaliber .20 und eine schöne Benelli Kaliber .12. Der Kolben war nach Maß gefertigt worden und aufwendig verziert. Ein teures Stück.

Esko blickte in den Lauf der Benelli.

»Wurde die in letzter Zeit benutzt? Sie ist nicht sauber.«

»Veli-Matti war am ersten Tag der Jagdsaison am Ufer, er ist gleich morgens hin und war den ganzen Tag dort, aber er hat nichts getroffen.«

»Am Ufer von Selkämaa?«, fragte Anna.

»Das weiß ich nicht. Hier gibt es so viele Reviere. Er hat mir nicht gesagt, wo er war.«

»Wir müssen die Waffe für Untersuchungen mitnehmen.«

»Natürlich.«

Esko schob die Flinte in einen Beutel, der in der Ecke des Schranks lag. Er legte auch ein Päckchen Munition dazu. Anna sah, dass es Armusa-Patronen waren. Kaarina stand unruhig da, fast als wollte sie etwas sagen.

»Und dann bräuchten wir noch eine DNA-Probe. Hier ist die Vollmacht dafür«, sagte Anna.

»Wofür das denn?«, fauchte Kaarina, öffnete aber dann doch den Mund.

»Reine Routine«, sagte Anna zur Beruhigung, strich mit einem Wattestäbchen über die Innenseite von Kaarinas Wange und steckte das Stäbchen in eine Plastikhülle.

»Wie schlecht ist denn der Zustand Ihrer Mutter?«, fragte sie dann.

»Sehr schlecht. Sie kann sich ohne Hilfe kaum bewegen, an guten Tagen schafft sie es gerade noch mit der Gehhilfe zur Toilette. Sie sieht und hört nicht mehr richtig, und ihr Gedächtnis versagt manchmal völlig. Sie hat Alzheimer. Aber sie hat auch ihre klaren Momente. Und sie will nicht ins Altersheim. Sie will zu Hause sterben. Natürlich helfe ich ihr, wo immer ich kann, als einziges Kind.«

»Es ist wirklich toll, dass Sie sich um ihre Pflege kümmern«, sagte Esko.

»Ja. Jetzt bin ich an der Reihe, mich um sie zu kümmern«, sagte Kaarina und lächelte Esko müde an. »Meiner Meinung nach muss jeder Mensch selbst über sein Leben bestimmen dürfen, auch wenn davon nicht mehr allzu viel übrig ist. Ich kann sie ja nicht zwingen, in ein Heim zu gehen. Und zum Glück gibt es die Unterstützung von der Stadt, den Pflegedienst und so weiter. Der Pflegedienst kommt zwei-, dreimal am Tag, je nachdem, ob ich dort bin oder nicht.«

»Kann Ihre Mutter bestätigen, wann Sie bei ihr übernachtet haben?«, fragte Anna.

Kaarina zögerte. Dann antwortete sie: »Ich wünschte, ich könnte sagen: Ja, natürlich. Aber das wäre übertrieben. Kann sein, dass sie sich erinnert, vielleicht aber auch nicht. Wie gesagt, ihr Zustand ist nicht sehr stabil.«

»Hat Ihr Mann die Schülerlisten aus früheren Jahren aufbewahrt? Wir würden gern überprüfen, ob Riikka in seine Klasse ging.«

»Die heben wir nicht zu Hause auf. Fragen Sie die Schulsekretärin, die kümmert sich um das Archiv.«

»In Ordnung. Und sagen Ihnen die Azteken oder Huitzilopochtli etwas?«, fragte Anna.

Kaarina starrte Anna und Esko verwundert an. Sie wischte sich über die Augen, in denen wieder etwas Kaltes aufblitzte, vielleicht Abscheu, vielleicht Überheblichkeit.

»Was soll das?«

»Aus ermittlungstechnischen Gründen können wir über den Hintergrund dieser Frage nichts sagen, aber glauben Sie mir bitte, dass sie notwendig ist.«

»Natürlich weiß ich etwas über die Azteken, schließlich bin ich Oberstufenlehrerin und besitze meiner Ansicht nach eine gute Allgemeinbildung. Aber ein persönliches Interesse habe ich an dem Thema nicht.«

»Und Ihr Mann?«

»Du liebe Güte, nein! Warum stellen Sie so verrückte Fragen?«

»Kennen Sie diesen Schmuck?«, fragte Anna und zeigte ein Foto von Huitzilopochtli.

»Nie gesehen. Was ist das?«

»Ein solcher Anhänger wurde in den Taschen aller Opfer gefunden. Auch bei Ihrem Mann.«

»Wie furchtbar! Wer soll denn das sein?«

»Huitzilopochtli war der höchste Gott der Azteken. Ihm wurden Menschenopfer dargebracht.«

»Mein Gott«, hauchte Kaarina erschüttert.

Annas Handy piepte. Sie zog sich in den Flur zurück, um die SMS zu lesen. Sie kam abermals von einem neuen unbekannten Anschluss.

Vor Angst und Abscheu bekam Anna Gänsehaut. Der Ton der Nachricht war bedrohlich. Zugleich verspürte sie aber auch Erleichterung. Zumindest einen Verdächtigen konnte sie nun ausschließen.

Esko kam in den Flur.

»Gehen wir«, sagte er.

Du bist es jedenfalls nicht, dachte Anna.

Um Viertel vor neun klingelte es bei Anna. Sie war sofort ins Bett gekrochen, als sie zu Hause angekommen war, und hatte versucht zu schlafen, hatte aber so sehr gefroren, dass sie sich nicht hatte entspannen können. Vielleicht hatte sie sich im nassen Moos erkältet. Sie hatte gehofft, Fieber zu bekommen, das sie zwingen würde, im Bett zu bleiben, und sie so müde machte, dass sie tagelang würde schlafen können.

Sie hatte sich gerade dem entspannten Zustand genähert, der dem Einschlafen voranging, als die Klingel ertönt war. *Picsába,* fluchte sie und schleuderte das Kissen auf den Boden.

Es war Ákos. Und er war in schlechter Verfassung. Sein Gesicht war aufgedunsen und müde, seine Kleider starrten vor Schmutz. Er stank.

»*Basszd meg, Ákos, aludtam!*«

»*Bocs,* Anna. Aber gerade ist Not am Mann. Sieh dir diese Papiere vom Sozialamt an. Ich verstehe sie nicht. Die Stütze ist auch nicht auf meinem Konto gelandet, obwohl sie längst da sein müsste. Jetzt verlangen sie irgendwelche zusätzlichen Erklärungen, *a faszom.*«

»Ich sehe sie mir nicht an.«

»*Jebiga,* Anna, du kannst mir doch zumindest erklären, was die noch von mir wollen.«

»Gleichfalls *bocs.* Nein, das kann ich nicht. Kümmer dich selbst um deinen Kram.«

»Anna, ich brauche Geld. Leih mir einen Hunderter. Du kriegst ihn vom nächsten Arbeitslosengeld zurück.«

»Ich hab kein Bargeld. Und selbst wenn, würde ich dir nichts leihen.«

»Na, dann wenigstens fünfzig. Ich stecke in der Scheiße.«

»Das riecht man.«

»Hör auf! Gib mir das Geld, dann verschwinde ich.«

»Von mir kriegst du keinen Pfennig, nur dass du's weißt.«

»Leck mich, du Miststück.«
»Verpiss dich! Und wasch dich mal!«
»Leih mir wenigstens einen Zehner.«
»Keinen Cent. Und jetzt hau ab! Geh!«
»Verdammter Geizkragen, kein Wunder, dass dich keiner will. Wer will sich so eine Scheißbullenfratze auch nur einen Tag lang angucken. Gib mir wenigstens Zigaretten!«, brüllte Ákos, und Anna warf ihm die Schachtel hin, die sie am Vormittag gekauft hatte und die schon halb leer war. Ohne sich zu bedanken, knallte Ákos die Tür hinter sich zu und ging. Im Treppenhaus polterte und rumorte es.

Anna sank auf den Flurteppich. Vorwurfsvoll standen die Joggingschuhe an der Garderobe. Mit letzter Kraft warf Anna sie gegen die Tür, aber sie schienen sie nur auszulachen.

Der Schlaf wollte sich die ganze Nacht hindurch nicht einstellen. Anna stand am Küchenfenster und betrachtete die dunkle Siedlung, deren Hochhäuser unerschütterlich an ihrem Platz standen, ohne sich darum zu scheren, was in ihnen vor sich ging. Überlegt irgendwer dort drüben, welches Schicksal sich hinter meinen Fenstern verbirgt?, dachte Anna. Das bin ich nämlich, ein Schicksal. Ein armseliges Wesen, das bald verrückt wird. Denn ich werde noch verrückt in dieser Wohnung. Ich muss hier raus.

Sie beschloss, zu Bihars Haus hinüberzufahren. Langsam durchquerte sie die nördlichen Vororte bis Rajapuro. Im Radio lief klassische Musik. Die Einsamkeit verdichtete sich in der Nacht wie die Feuchtigkeit am Fenster.

Auf der leeren Straße begegnete ihr ein roter Pkw, dessen Scheinwerfer sie blendeten, sodass sie den Fahrer nicht erkennen konnte. Sollte sie kehrtmachen? Den Wagen anhalten? Anna zögerte. Die lähmende Müdigkeit schien ihr selbst einfache Entscheidungen unmöglich zu machen. Ich kehre nicht um, sagte sie sich schließlich. Die Straßen sind voll von roten Autos, und die nächtlichen Einfälle eines vom Schlafmangel getrübten Gehirns sind unprofessionell. Außerdem ist der Wagen längst weg.

Bihars Wohnung war dunkel.

Natürlich, dachte Anna. Was hab ich mir nur gedacht? Dass sie die Vorhänge aufziehen, Licht anmachen und Bihar am Wohnzimmerfenster verprügeln, sobald ich vorfahre?

Dummkopf.

Ich bin dumm, du bist dumm, zusammen sind wir alle dumm, sagte Anna laut und lachte.

Alle vernünftigen, anständigen Menschen liegen längst im Bett. Und schlafen.

Nur ich bin noch wach.

Ich bin verdammt noch mal immer nur wach.

Ich war die einzige Migri an unserer Schule. Mit Migri meine ich jetzt nicht diejenigen, deren Eltern für ein paar Jahre aus Amerika oder Deutschland nach Finnland kommen, weil sie hier irgendeine verdammt spezielle und gut bezahlte Arbeit machen. Auch die haben Kinder, klar. Ich meine solche wie mich. Plötzlich war ich was Besonderes und Interessantes und Exotisches. In unserem Vorort sind fünfunddreißig, vielleicht sogar vierzig Prozent der Schüler keine Finnen. Da wetteifern die ausgelaugten, masochistischen Lehrer darum, in wessen Klasse es am schlimmsten zugeht.

Aber die Schüler an meiner neuen Schule kommen nicht aus dem Hinterwald. Manche fahren zwar mit dem Bus zur Schule, aber nur, weil sie ein ökologisches Gewissen haben. Sie haben Hobbys. Ihre Eltern hören Berlioz und Mahler, und sie fliegen in den Herbstferien nach Barcelona, in den Weihnachtsferien nach Thailand und in den Skiferien nach Lappland. In jedem steckt ganz selbstverständlich ein angehender Jurist oder Ökonom oder Ingenieur oder Arzt oder Diplomat. Das war eine neue, fremde Welt für mich, und anfangs hab ich mich gefragt, ob ich überhaupt noch in Finnland bin, aber *schwuppdiwupp* haben die mich einbezogen. Zum ersten Mal hatte ich das Gefühl, dass mich wirklich jemand sah und dass ich dazugehörte.

Als ich zu Hause so getan habe, als würde ich den Hidschab tragen, konnte ich am Wochenende sogar manchmal zur Klassenparty gehen. Dabei hat mir allerdings auch meine wunderbare Cousine geholfen, *thanks forever*, Piya. Ich bin dir nicht böse, weil es schließlich so kam, wie es kam. Ich weiß, dass du keine Wahl hattest. Wir haben unglaubliche Doppellügen erfunden, um uns gegenseitig zu decken. Wahnsinn, was da alles durchgeht, wenn man im richtigen Moment die richtigen Schlüsselworte äußert. Meine Leute haben fast ein Jahr lang allen Ernstes geglaubt, dass ich aktives Mitglied im Sprach-, Kultur- und Politikclub der jungen Kurden in Finnland wäre, den meine Cousine und ich erfunden hatten. Und auf meinem Stundenplan, der zu Hause am Kühlschrank hing, standen mindestens sieben Nachmittagsstunden, die ich gar nicht hatte. Extra-Wahlfächer. Von den kurzen Schultagen in den Prüfungswochen hatten sie keine Ahnung. Not macht erfinderisch. Und Juse fand mein Leben irre spannend.

Manchmal wollte Mutter, dass ich etwas Nützlicheres täte als zu lernen. Sicher dachte sie sich, dass ich mit einem Einser-Abitur ohnehin nicht viel anfangen würde, wenn doch die beste Karriere, die ich machen konnte, längst für mich abgesteckt war: den Kurden zu heiraten, dessen Foto sie mir eines Abends gezeigt hatten, und dann haben sie erzählt, aus was für einer guten Familie er kommt und dass er ein anständiger Mann ist, aber dass alles sozusagen schon abgemacht war, haben sie mir nicht gesagt. Trotzdem hab ich es geahnt, weil ich plötzlich lernen sollte, alle möglichen Festmähler zu kochen und so ungefähr blitzsauber hoch zehn zu putzen. Natürlich war ich von klein auf darauf vorbereitet worden. Mutter hatte immer wieder erklärt, was eine ordentliche Frau alles können müsse, bla, bla, bla. Sie hatte mich dazu gezwungen, allen möglichen Kurdenfraß zu kochen und Brot zu backen und irgendeinen verdammten Kreuzstich zu sticken. Ich habe immer entgegnet, Scheiße, ich schreibe übermorgen eine Klausur in Physik und dann eine in Mathe, ich backe nicht. Habe ich auch nicht. Stattdessen gaben sie mir zwei Wochen Hausarrest, und ich hab nur gesagt, sperrt mich meinetwegen für den Rest meines Lebens ein, aber ich stelle mich nicht stundenlang an den Herd. Das war das erste Mal, dass ich ihnen offen widersprochen habe, und das war dann gleich der Beweis dafür, was sie schon lange vermutet hatten: dass die finnische Schule ein verderbter, verweltlichter Hundezwinger wäre, und, ach, wenn wir doch eine eigene kurdische Schule hätten, dann wäre so etwas nicht möglich. Das Schlimmste war aber, dass sie anfingen, an meinen Clubs zu zweifeln.

Ich musste also zwei Wochen zu Hause bleiben. Sie haben unserem Rektor vorgelogen, wir würden in die Heimat reisen, und nach allen Hausaufgaben und Prüfungen für die Zeit gefragt. Ich saß zu Hause und büffelte wie blöd, damit ich nicht allzu viel versäumte. Sie nahmen mir das Handy weg und ließen mich nicht mehr an den Computer, deswegen konnte ich keinen Kontakt zu meinen Freunden halten, und die dachten alle, ich wäre wirklich in der Türkei. Vater drohte mir, noch ein solcher Vorfall, ein einziges Widerwort, und er nehme mich ganz von der Schule. Nur deshalb bekam ich keinen Wutanfall, ich bin nicht mal laut geworden, als sie mir schließlich verrieten, dass der eklige Kerl auf dem Foto sozusagen mein künftiger Ehemann und dass ich seit zwei Jahren mit ihm verlobt sei.

Aber ein Schock war es doch.

31

Um halb sieben machte Anna sich auf den Weg zur Arbeit. Nach der Rückkehr aus Rajapuro hatte sie eine Stunde geschlafen, war wieder aufgewacht, hatte in der Küche Kaffee getrunken und geraucht, dem Rauschen in ihrem Kopf gelauscht und darauf gewartet, dass sie endgültig durchdrehte. Da der Zusammenbruch nicht kam, hatte sie geduscht und wieder einmal beschlossen, auch diesen Tag durchzustehen. Aber in der nächsten Nacht würde sie schlafen müssen.

Sie musste.

Die Trabantenstadt war immer noch so dunkel und nass wie in der vergangenen Nacht. Anna nahm keinen einzigen Lichtstrahl wahr, keine schwache Morgendämmerung hinter den Hochhäusern. Sie sah nicht einmal hin. Als sie auf dem halb leeren, stillen Parkplatz ihren Wagen aufschließen wollte, packte sie jemand von hinten mit festem Griff an den Schultern. Anna stieß einen Schrei aus und wirbelte blitzschnell herum, die Faust bereits erhoben, um sie dem Angreifer ins Gesicht zu schlagen.

»*Bocs, Anna, bocs, az én vagyok!*«

Es war Ákos. Anna konnte ihre Faust gerade noch bremsen. Ihr Bruder zitterte am ganzen Leib und war leichenblass.

»Scheiße, ich hab meinen Schlüssel verloren und kein Geld, um die Tür öffnen zu lassen. Das kostet achtzig Euro. Ich bin total blank.«

»Ach. Wann hast du den Schlüssel denn verloren?«

»In der Nacht. Ich muss mich waschen und mich umziehen.«
»Und wo hast du geschlafen?«
»Bei einem Kumpel. Anna, ich will einen Entzug machen. Bitte, hilf mir!«

Ákos sah so elend aus, dass Anna Mitleid bekam. Sie konnte ihren Bruder einfach nicht im Stich lassen. Außer ihr hatte er niemanden, der sich etwas aus ihm machte, niemanden, mit dem er richtig reden konnte. Anna war in ihre frühere Heimatstadt zurückgekehrt und in dieselbe Siedlung gezogen, in der ihr Bruder immer noch wohnte. Das lag nicht nur daran, dass sie in dieser Stadt eine feste Stelle bekommen hatte. Es musste zumindest auch ein bisschen mit ihrem am Leben zerbrochenen Bruder zu tun haben. Plötzlich ging Anna auf, dass auch sie selbst niemanden hatte – niemanden außer Ákos. Und im selben Moment wusste sie: Wenn sie jemals in ihre alte Heimat zurückkehren würde, dann nur seinetwegen.

»Also gut. Du kriegst achtzig Euro für den Schlüsseldienst. Keinen Cent mehr. Heute Nachmittag komme ich nachsehen, ob du geduscht hast, und bringe dich in eine Klinik. Und dann sehe ich mir auch gleich die Papiere vom Sozialamt an. In Ordnung?«

»Toll, Anna. Ich wusste, dass ich mich auf dich verlassen kann.«

Eine Träne stahl sich aus Ákos' gelblich-trübem Auge, als Anna die Geldscheine aus der Brieftasche nahm und ihrem Bruder in die zitternde Hand drückte. Er griff gierig danach und stopfte sie sich in die Brusttasche.

»*Köszönöm, Anna, nagyon szépen köszönöm.*«

»Ich komme, so schnell ich kann. Ich weiß nicht genau, wann das sein wird, bei der Arbeit ist im Moment der Teufel los, aber wahrscheinlich kurz nach Mittag. Okay?«

»Okay, bis dann. He, kannst du mir noch ein Bier geben? Ich brauch eins gegen den Kater, sonst mach ich schlapp.«

Anna seufzte. Widerwillig ging sie ins Haus zurück und nahm zwei kleine Bierdosen aus dem Kühlschrank. Mehr war nicht mehr da. Ihr Bruder steckte die Dosen in die Tasche und verschwand.

In ihrem Dienstzimmer schob Anna Unterlagen hin und her, ohne sich konzentrieren zu können, und kämpfte gegen die Gier nach einer Zigarette. Was ist nur los mit mir?, überlegte sie. Warum kann ich nicht schlafen? Bin ich krank? Vielleicht habe ich Krebs.

Oder HIV, dachte sie entsetzt.

Sie versuchte, nicht an all ihre dubiosen One-Night-Stands zu denken.

Sollte ich zum Arzt gehen?

Der Gedanke machte ihr Angst, es war, als sollte sie ihr eigenes Todesurteil unterschreiben. Die Augen wollten ihr zufallen, sie kämpfte gegen die Müdigkeit an. Rauno brachte ihr weitere Papiere, murmelte irgendetwas und verschwand sofort wieder. Der hasst mich jetzt auch schon, nach dem unseligen Abend in der Kneipe, dachte Anna. Alle hassen mich. Ich bin als Polizistin gescheitert und als Mensch auch. Sie werden es darauf schieben, dass ich Ausländerin bin. Nach mir wird in dieser Stadt kein einziger Polizist mit Migrationshintergrund mehr eingestellt, dabei sollte ich doch so eine Art Pionierin sein. Ein Musterbeispiel. Voll integriert und des Finnischen mächtig, genauso viel wert wie die Finnen.

Anna merkte, dass ihr Puls sich beschleunigte und das Rauschen in ihrem Kopf zunahm.

Sie stand auf, fuhr mit dem Lift nach unten und ging durch die Hintertür in die Raucherecke auf dem Hof. Die alte Gurkendose war zur Hälfte mit stinkenden Kippen gefüllt. Angewidert betrachtete Anna den geschwärzten Rand der Dose und stellte sich vor, dass ihre Lunge genauso aussah. Die Zigarette schmeckte so schlecht, wie die Kippen rochen. Dennoch rauchte sie sie bis zum Filter.

Als sie wieder hineinging, sah sie, dass im dritten Stock jemand am Fenster stand und sie beobachtete. In Saris Büro.

Anna ging zur Toilette und versuchte, mit einer Handvoll Wasser den Aschenbechergeschmack aus ihrem Mund zu spülen, aber er hatte sich an den Zähnen festgesetzt. Sie schloss sich in eine der Kabinen ein, saß lange dort und starrte die Tür an. Dann schlüpfte sie in ihr Dienstzimmer und begann, endlich die Papiere durchzusehen, die Rauno ihr gebracht hatte. Satz für Satz, Zeile für Zeile zwang sie sich zur Konzentration. Das ist meine Arbeit, und die muss ich anständig erledigen, sagte sie sich. Ich kann das. Wenn ich irgendetwas nicht verstehe, lese ich es eben ein zweites Mal. Wenn ich merke, dass ich mich nicht konzentriere, lese ich die Stelle noch einmal.

Sie schaffte es tatsächlich, die Mordfälle in allen Einzelheiten durchzugehen. Aber was brachte das? Die Unterlagen enthielten nichts Neues. Sollten sie alle Jogger in der Stadt und in den Anrainergemeinden überprüfen? Ihre Anzahl musste weitaus höher sein als die der Jäger. Was konnten sie noch tun? Zwischen den Papieren spähte Hoffnungslosigkeit hervor. Wenn man an das Tempo amerikanischer Polizeiserien gewöhnt war, mochte man kaum glauben, wie langsam derlei Ermittlungen manchmal vorangingen. Aber irgendwann und an irgendeiner Stelle würden sie den Durchbruch schaffen, und dann würde sich das Knäuel entwirren. Man musste nur daran glauben. Wenn sie sich dem Ziel näherten, würde sich das Tempo steigern. Aber wie lange dauerte es bis dahin noch? Und vor allem: Würde sie bis zum Schluss durchhalten?

Es klopfte, und Sari trat ein.

»Wie geht's dir?«

»Ganz gut. Glaube ich.«

»Stimmt irgendwas nicht? Ich mache mir Sorgen um dich.«

Anna überlegte, was sie sagen sollte, dabei wäre sie am liebsten einfach aus dem Büro gestampft.

»Ich habe ein paar Nächte in Folge schlecht geschlafen. Oder eigentlich so gut wie gar nicht. Letzte Nacht auch wieder nur eine Stunde. Aber das wird schon wieder.«

Anna lächelte tapfer, obwohl ihr zum Heulen zumute war.

»Das solltest du nicht so leichtfertig abtun«, ermahnte Sari sie. »Ohne Schlaf hält man es nicht durch, in diesem Job schon gar nicht. Ich habe immer eine Packung Somnor im Schrank. Ich brauche sie nicht, aber es hilft allein schon, dass ich weiß, sie sind da, sollte ich mal nicht einschlafen können. Der bloße Gedanke daran wirkt bereits beruhigend. Hast du ein Schlafmittel?«

»Nein. Um Medikamente habe ich immer einen großen Bogen gemacht.«

»He, ruf doch einfach mal beim Betriebsarzt an.«

»Was?«

»Wenn du jetzt gleich beim Betriebsarzt anrufst, bekommst du bestimmt noch einen Termin für heute. Ich habe die Nummer in meinem Handy.« Sari holte das Telefon aus der Tasche ihres Blazers, suchte die Nummer heraus und hielt Anna das Display hin.

»Ich speichere die Nummer ab und ruf nachher dort an.«

»Aber vergiss es nicht«, sagte Sari streng. »Wir alle wollen, dass es dir gut geht. Sogar Esko hat vorhin gesagt, du sehest müde aus, und das hat er wirklich nicht böse gemeint.«

Anna spürte Ärger in sich aufsteigen, der jedoch zu ihrer Überraschung schrumpfte und zerfiel und sich in Wärme verwandelte, die ihr in den Augen brannte. Sie nahm Saris Handy und trat ans Fenster, um die Nummer abzutippen. Sie drehte Sari dabei den Rücken zu und hoffte, dass sie nichts bemerkt hatte.

»Ruf wirklich dort an! Du bist uns wichtig«, sagte Sari, ließ ihre Hand einen Moment auf Annas Arm liegen, steckte ihr Handy dann wieder ein und ging.

Anna blieb am Fenster stehen und ließ ihren Tränen freien Lauf. Sie versuchte, sich auf die Aussicht zu konzentrieren, die keineswegs besonders schön war. Nur ein beharrlicher gelblich brauner Busch auf dem Hof des Polizeigebäudes tupfte einen Farbfleck in das ansonsten graue Stadtbild. Unter einer Abgaswolke rollten Autos auf vier Spuren in zwei Richtungen, und am Straßenrand ragten miteinander verwachsene Hochhäuser auf wie eine Mauer. Meine persönliche Schutzmauer, in der es keinen Kontrollpunkt für mich gibt, dachte Anna. Oder meine Klagemauer.

Bald ist November. Der November laugt die Menschen aus. Er pustet ihnen Dunkelheit in den Kopf.

Huitzilopochtli kämpfte gegen die Dunkelheit, hatte in Raunos Unterlagen gestanden. Gerade bei diesem Kampf wurden Menschenopfer gebraucht, damit die Sonne wieder über die Dunkelheit siegte.

Trotzdem werden die Tage kürzer.

Böse Menschen sind voller Dunkelheit.

Woher kommen diese Gedanken?

Wann hat sich zuletzt jemand Sorgen um mich gemacht?

Anna spürte ein kaltes, hohles Loch an der Stelle, wo sie eigentlich Rührung hätte empfinden sollen. Sie packte Kamera und Notizbuch ein und machte sich auf den Weg ins Rechtsmedizinische Institut, um an der Obduktion von Veli-Matti Helmerson teilzunehmen.

Von dort fuhr Anna geradewegs nach Koivuharju zu Ákos' Wohnung, obwohl sie wusste, dass sie zu spät zur Besprechung ihres Teams kommen würde. Schon an der Tür schlug ihr der Gestank eines ungewaschenen Menschen entgegen. Ihr Bruder war wie vereinbart zu Hause, hatte aber mittlerweile nicht mehr vor, eine Entziehungskur anzutreten. Er war schon wieder benebelt. Anna rastete aus. Sie tobte und schrie ihren Bruder an, der auf ihre Enttäuschung so reagierte, wie es nur ein betrunkener Alkoholiker konnte: Er lachte sie aus. Dann erhob sich eine dicke Frau vom Sofa, steckte sich eine Zigarette an und holte eine Dose aus dem Kühlschrank. Anna brauchte nicht viel Fantasie, um zu begreifen, dass die Szene am Morgen reines Theater gewesen war.

Sie hatte große Lust, beide umzubringen.

Das würde sie ihrem Bruder nie verzeihen.

Immer noch außer sich, eilte Anna zurück zum Polizeigebäude und steuerte direkt Virkkunens Dienstzimmer an. Esko, Sari, Rauno und die zur Unterstützung abgestellten Ermittler, unter ihnen Nils Näkkäläjärvi, sowie natürlich der Ermittlungsleiter Pertti Virkkunen hatten bereits mit der Besprechung begonnen.

Die Obduktion habe länger gedauert, schwindelte Anna.

»Gut, dass du es trotzdem noch geschafft hast. Was gibt es von dem neuen Opfer zu berichten?«, fragte Virkkunen.

Anna hörte Eskos Schnauben. Schon wieder war nicht er zur Rechtsmedizin geschickt worden.

Ich lasse mich von diesen Säufern doch nicht ins Bockshorn jagen, dachte Anna und schloss ihre Kamera an den Computer an. Jetzt konzentrierst du dich, befahl sie sich, du vergisst die beiden Scheißkerle, Ákos und Esko, deine Müdigkeit, alles.

Sie versammelten sich vor dem Bildschirm.

»Es war tatsächlich interessant«, begann Anna und erschrak selbst über die Brüchigkeit ihrer Stimme.

Sie räusperte sich, griff nach der Kanne auf dem Tisch und goss sich ein Glas Wasser ein. Sari sah sie besorgt an. Ich muss mich zusammenreißen, dachte Anna.

»Hier seht ihr als Erstes ein Gesamtbild der Verletzungen des Opfers«, sagte sie, die Stimme jetzt ein wenig sicherer. Entsetzte Ausrufe wurden laut, und das war kein Wunder. Selbst für erfahrene Polizisten war der zerfleischte Körper ein schrecklicher Anblick. Anna fuhr mit ihrem Bericht fort.

»Es waren insgesamt dreiundzwanzig Messerstiche. Es handelt sich um ein Messer mit schmaler, langer Klinge, wie man es zum Beispiel zum Filetieren von Fisch benutzt. Die Messerstiche erfolgten, als das Opfer rücklings auf der Erde lag und bevor es erschossen wurde. Das lässt sich an der Richtung der Blutung erkennen, obwohl das Opfer anschließend umgedreht wurde.«

»Das heißt, der Mann hat auf dem Joggingpfad gelegen, der Mörder hat sich mit dem Messer an ihm ausgetobt, ihn dann umgedreht und ihm in den Kopf geschossen«, fasste Rauno zusammen.

»Klingt seltsam«, meinte Esko. »Als hätte er sich einfach ausgestreckt und die Stiche entgegengenommen. Er muss doch versucht haben, sich zu wehren.«

»Vielleicht wurde er zuerst bewusstlos geschlagen«, schlug Nils vor.

»Es gibt keine Spuren von einem Schlag«, sagte Anna. »Dafür aber Abschürfungen an den Handgelenken. Linnea ist sich ganz sicher, dass er Handschellen getragen hat. Die Hände waren im Rücken gefesselt.«

»Wie kann man einem laufenden Mann Handschellen anlegen?«, wunderte sich Sari.

»Das haben Linnea und ich uns auch gefragt, aber dann hat Linnea am linken Arm einen kleinen Einstich gefunden. Hier.« Anna zeigte eine Vergrößerung, auf der der Einstich gerade noch zu erkennen war.

»Er wurde betäubt«, rief Sari.

»Wie soll das denn gehen, einem laufenden Mann eine Injektion zu setzen?«, fragte Esko.

»Der Einstich ist an einer Stelle, wo ein Rechtshänder sich selbst eine Spritze setzen würde«, sagte Anna.

»Tatsächlich? Teufel auch, hat der Mörder Veli-Matti gezwungen, sich selbst zu betäuben?«

»Das ist gut möglich und wahrscheinlich nicht einmal schwierig, wenn er ihn mit der Schrotflinte bedroht hat. Das kann überall passiert sein. Zum Beispiel im Haus des Opfers. Veli-Matti musste von einem Ort zum anderen transportiert werden. Das würde die Handschellen erklären.«

»Und er musste betäubt werden, damit er zum Joggingpfad gebracht werden konnte.«

»Auf den sich sonst keiner mehr wagt.«

»Perfekte Arbeitsbedingungen für den Mörder.«

»Wieso ist der Typ auf Joggingpfade fixiert?«, fragte Rauno.

»Er ist selbst Jogger«, sagte Sari leise. »Ihm ist auf einem Joggingpfad etwas passiert, das ihn zwingt, dorthin zurückzukehren und zu töten.«

»Die Messerstiche folgten so rasch aufeinander, dass sich die Reihenfolge nicht mehr feststellen lässt.« Anna zeigte Nahaufnahmen vom Körper des Mannes.

»Pfui Deibel«, sagte Esko.

»Und der Todeszeitpunkt?«, fragte Virkkunen.

»Wie bei den vorigen, nach acht und vor elf Uhr abends.«

»Eine ehemalige Schülerin und ihr Lehrer. Seltsam«, sagte Sari.

»War Riikka wirklich Veli-Mattis Schülerin?«, fragte Anna.

»Ja. Ich habe heute früh per E-Mail die Schülerlisten der Gesamtschule geschickt bekommen«, erklärte Esko. »Riikka und Virve hatten in der Fünften und Sechsten Veli-Matti Helmerson als Klassenlehrer.«

»Dann haben wir jetzt eine stärkere Verbindung als nur die, dass sie im selben Dorf gewohnt haben. Und in der Oberstufe war Riikka ja auch die Schülerin von Frau Helmerson.«

»Virve ebenfalls.«

»Aber wie passt Ville Pollari ins Bild?«, wandte Virkkunen ein. »Er scheint keinerlei Verbindung nach Saloinen zu haben.«

»Vielleicht suchen wir mit Gewalt nach einer Verbindung, die es nicht gibt oder die jedenfalls keine Bedeutung hat«, meinte Sari. »Meiner Ansicht nach beweist der Mord an Ville, dass es sich um zufällig gewählte Opfer handelt. In Selkämaa wurde doch dieser Ausguck gefunden. Es kann natürlich sein, dass ihn irgendwelche spielenden Kinder angelegt haben. Aber gehen wir mal davon aus, dass der Mörder von dort aus die Läufer auf dem Joggingpfad beobachtet hat. Wir wissen, dass Riikka öfter dort war. Wir wissen, dass Veli-Matti regelmäßig dort lief. Der Mörder hat sie umgelegt, weil sie zufällig dort joggten. *That's it*. Wir müssten in Häyrysenniemi nach einem ähnlichen Ausguck suchen. Für unseren Täter ist der Joggingpfad von Bedeutung, nicht die Identität der Opfer.«

»Sehr gut, Sari«, lobte Virkkunen. »Das klingt plausibel. Anna, gibt es noch mehr von der Obduktion zu berichten?«

»Linnea lässt noch die DNA und andere Proben analysieren. Dann werden wir auch wissen, was dem Opfer injiziert wurde. Sie meldet sich, sobald die Ergebnisse vorliegen. Das ist alles.«

»Ich habe die letzten Stunden in Veli-Mattis Leben rekonstruiert«, berichtete Esko. »Sein Unterricht begann um neun und dauerte bis drei. Keiner seiner Kollegen hat irgendwelche

Anzeichen von Unruhe bemerkt. Es war in jeder Hinsicht ein ganz normaler Tag. Veli-Matti blieb noch in der Schule, um irgendein Entwicklungsprojekt vorzubereiten. Der Hausmeister hat die Haustüren um vier Uhr geschlossen. Zu dem Zeitpunkt waren noch einige Lehrer im Gebäude. Es ist eine große Schule, fast hundert Angestellte.«

»Meine Güte«, rief Sari. »Und das auf dem platten Land!«

»Ja, man sollte es nicht für möglich halten«, sagte Esko und fuhr fort: »Veli-Matti kam gegen sechs nach Hause, hat dann etwas gegessen und ferngesehen. Seine Frau fuhr kurz nach seiner Heimkehr in die Stadt zur Gymnastik und zu ihrer kranken Mutter, bei der sie übernachtete. Als sie ging, sagte Veli-Matti, er wolle noch joggen gehen.«

»Ist der Mörder in das Haus der Helmersons eingedrungen?«

»Das müssen wir überprüfen. Und die Nachbarn befragen«, sagte Virkkunen.

»Ich habe versucht, Frau Helmersons Alibi für die beiden früheren Morde abzuklopfen«, meldete sich Rauno zu Wort. »Sie behauptet, sie sei am 21. August beim Yoga und am 14. September bei einer Rektorentagung mit abendlichem Beisammensein gewesen. Und das stimmt. Das Fitnessstudio hat Lesegeräte für die Kundenkarten, man bekommt Sonderangebote, wenn man oft genug hingeht, und mit Kaarina Helmersons Karte sind an Riikkas Todestag zwei aufeinanderfolgende Kurse registriert worden. Interessant ist allerdings, dass die Yogastunde schon um neun Uhr endete. Riikka wurde um zehn Uhr ermordet. In einer Stunde schafft man es ohne Weiteres, aus der Stadt nach Selkämaa zu fahren. Die Rektorinnen, die Kaarina genannt hat, können nicht genau sagen, wann sie sich von ihr getrennt haben. Sie haben an der Hotelbar noch einen Drink genommen und sind gegen neun Uhr oder vielleicht sogar etwas früher auf ihre Zimmer gegangen.«

»Ville wurde zwischen halb acht und neun erschossen.«

»Wäre Kaarina betrunken nach Häyrysenniemi gefahren?«, fragte Sari.

»Rektorinnen betrinken sich nicht«, brummte Esko. »Die nehmen tatsächlich nur ein Glas zu sich.«

»Veli-Mattis Handy hat auch nichts Aufschlussreiches geliefert«, sagte Sari. »An seinem Todestag hat er niemanden angerufen und nur einen einzigen Anruf erhalten – von Kaarina.«

»Sari, sprich du mit den Nachbarn der Helmersons und bitte die Technik, das Haus unter die Lupe zu nehmen. Esko und Anna, ihr unterhaltet euch mit Frau Helmersons Mutter«, befahl Virkkunen.

»Die hat doch Alzheimer«, entgegnete Esko, und für einen Moment sah es so aus, als lächelte er Anna an. Vielleicht sah sie vor Müdigkeit schon Gespenster.

»Alle bisherigen Beteiligten müssen noch einmal befragt werden, die Rautios, Virve, Jere, die alten Leute, die in der Nähe des Joggingpfads wohnen. Jeder Stein muss noch einmal umgedreht werden«, sagte Virkkunen. »Wie heißt der Mann noch mal, der in Selkämaa wohnt? Der hat doch offenbar noch alle Sinne beisammen.«

»Yki Raappana«, antwortete Rauno.

»Den übernimmst du, du kennst ihn ja schon. Ich muss mich jetzt auf den Ansturm der Medien vorbereiten, die Pressekonferenz fängt gleich an.«

»Hast du angerufen?«, fragte Sari, die Anna in ihr Zimmer gefolgt war.

»Ja«, log Anna. »Und Schlaftabletten bekommen.«

»Das ist gut.« Sari freute sich. »Dann geht es dir bald wieder besser.«

Anna blieb allein in ihrem Dienstzimmer zurück. Die Wanduhr tickte so laut, dass ihr der Kopf dröhnte. Sie hatte nicht gewagt, zum Arzt zu gehen, weil sie Angst hatte, krankgeschrieben zu werden und noch in der sechsmonatigen Probezeit ihre Stelle zu riskieren. Weicheier konnte man bei der Kriminalpolizei nicht brauchen. Sie musste durchhalten.

Allerdings kam ihr der Gedanke, arbeitslos zu werden, gerade in diesem Moment nicht einmal unangenehm vor.

32

In Kerttu Viitalas Wohnung hatte die herbstliche Feuchtigkeit einen neuen Aggregatzustand angenommen. Sie schlug ihnen als miefig-stechender Altersgeruch bereits an der Tür entgegen. Anna rümpfte die Nase und merkte, dass Esko ebenso reagierte. Die Pflegerin vom städtischen Pflegedienst, die sie eingelassen hatte, war eine braunhaarige, recht gut aussehende junge Frau. Sie begrüßte Anna und Esko mit einem stahlharten Händedruck. Bei dieser Arbeit braucht man Kraft, dachte Anna. Um die alten Leute aus dem Bett zu heben. Eigentlich wäre das eher ein Männerberuf, aber er wird noch schlechter bezahlt als unsere Arbeit. Das macht ihn für Männer nicht unbedingt attraktiv. Sie hätte gern ein Fenster geöffnet, doch womöglich war das in Wohnungen von Leuten jenseits der achtzig verboten.

Kerttu Viitala lag in ihrem Bett, das vor den laut dröhnenden Fernseher im Wohnzimmer geschoben worden war. Sie starrte auf den Bildschirm, auf dem ein Shoppingkanal lief.

»Ob die Oma wohl so ein Turbomuscle-Ding für die Bauchmuskeln bestellen will?«, flüsterte Anna Esko zu.

Er kicherte.

Der lacht über meinen Witz, dachte Anna verwundert.

Auch die Pflegerin hatte Annas Worte gehört, schien sie aber alles andere als witzig zu finden. Sie verdrehte empört die Augen und stellte den Fernseher leiser. Kerttu Viitala reagierte nicht auf die beiden Fremden an ihrem Bett.

Anna schaltete den Fernseher ganz ab. Die alte Frau brummte und richtete ihre farblosen Augen auf Anna.

»Ich hätte gern ein bisschen ferngesehen«, sagte sie in klagendem Ton.

»Kerttu, die beiden sind von der Polizei. Sie haben ein paar Fragen«, sagte die Pflegerin munter. Anna setzte sich auf die Bettkante und gab der alten Frau die Hand. Auch Esko begrüßte sie, zog sich dann aber ans Bücherregal zurück und betrachtete die Familienfotos.

»Es geht um Ihre Tochter«, sagte Anna. Sie sprach laut und deutlich, so wie es die Pflegerin zuvor ebenfalls getan hatte. »Wir haben ein paar Fragen zu Kaarina.«

Die alte Frau sah Anna wortlos an. Dagegen begann die Pflegerin zu reden, während sie Pillen in einen kleinen Becher zählte.

»Kaarina kommt meistens am Abend. Sie gibt Kerttu ihre Medikamente und das Abendbrot und macht sie bettfertig. Ein paarmal in der Woche kommt sie abends nicht, dann sind wir stattdessen da. Ob Sie es glauben oder nicht, es ist heute eine Seltenheit, dass Kinder ihre Eltern pflegen. Meistens liegen die alten Leute ganz allein da, und niemand kümmert sich um sie. Nur wir von der Stadt schauen vorbei, um ihnen die Windeln zu wechseln, Essen zu bringen, sie zu füttern und die Medikamente zu verabreichen. In den Heimen ist ja nicht für alle Platz. So, Kerttu. Hier sind die Medikamente für tagsüber. Nimm sie schön.«

Die Pflegerin drängte sich an die Bettkante, so nah, dass Anna ihren Atem riechen konnte. Und noch etwas. Vielleicht war es Schweiß. Vielleicht heftete sich der Geruch der alten Leute auch an ihre Pflegerinnen. Kerttu Viitala setzte sich stöhnend auf und hob ihre zitternde Hand, unter deren papierdünner, faltiger Haut sich die Venen blau abzeichneten. Sie nahm den Becher, kippte mit einer überraschend schnellen Bewegung alle Pillen auf einmal in den Mund und schluckte.

»Oha«, entfuhr es Anna.

Die Pflegerin griff nach einem Wasserglas, das sie an Kerttus Mund führte und schräg legte. Wasser troff auf das verschlissene Nachthemd.

»Braves Mädchen«, sagte die Pflegerin gekünstelt fröhlich und wischte Kerttu mit Küchenkrepp den Mund ab.

Anna sah, wie das Baumwollnachthemd das Wasser aufsaugte und sich dunkel färbte. Ich will einen schnellen Tod, bevor ich siebzig werde, dachte sie, stand auf und öffnete das Fenster. Sie blickte auf die Straße hinab, die durch den belebtesten Teil der Innenstadt führte. Menschen strömten in Geschäfte und Cafés. Das gemütliche und beliebte Café Penguin, in dem auch Anna gelegentlich einen Espresso trank, war von hier aus gut zu sehen. Seine Terrasse war bereits abgebaut. Die aneinandergeketteten Eisenstühle warteten bestimmt schon im Keller auf den nächsten Sommer. Auf dem Fensterbrett lag ein Fernglas. Als die Pflegerin sah, dass Anna es anstarrte, nahm sie es und legte es in einen Schrank in einer Ecke des Wohnzimmers.

»Kerttu sitzt gern am Fenster und betrachtet die Passanten, wenn sie sich kräftig genug fühlt. Das kommt in letzter Zeit allerdings immer seltener vor«, erklärte sie. In ihrer Stimme lag ein harter Klang, und sie erwiderte Annas Blick offen und fest. Ihre Augen waren auffällig blau. Wir hindern sie an ihrer Arbeit, dachte Anna. Wir stören sie.

Erneut blickte Anna auf die Straße. Was sie sah, war für junge, vitale Menschen gedacht, für diejenigen, die dem Konsum nachgehen konnten. Es war nicht dazu da, dass jemand es von oben herab durch ein Fernglas betrachtete, jemand, dessen Körper und Geist verkümmerten, der vergangenen Chancen nachtrauerte. Man musste in das Leben dort unten eintauchen und sich mitreißen lassen. Wer dazu nicht mehr fähig war, gehörte nicht mehr hierher. Der gehörte in ein Heim. Oder zumindest fort aus der Innenstadt.

Anna bat die Pflegerin und Esko in die Küche. Sie fand es unpassend, vor Kerttu über sie zu sprechen, auch wenn die alte Dame fast taub zu sein schien.

»Wird Frau Viitala schon lange von Ihnen betreut?«, fragte Anna.

»Seit gut einem Jahr. Anfangs wurde ihr nur jeden zweiten Tag Essen gebracht, aber seit dem letzten Winter müssen auch wir Pflegerinnen kommen. Damals hat sich ihr Zustand rapide verschlechtert, und Kaarina konnte die Pflege nicht mehr alleine bewerkstelligen.«

»Kommen jeden Tag dieselben Pflegerinnen?«

»Nein. Wir haben eine Art Rotationssystem. Man ist etwa drei- bis fünfmal die Woche bei demselben Patienten, das schwankt ein bisschen.«

»Dürfen wir Ihre Schichtpläne einsehen? Es kann sein, dass wir nachprüfen müssen, wer an bestimmten Tagen hier war.«

»Ah, natürlich. Danach müssen Sie die Serviceleiterin bei der Einheit Altenpflege fragen, unsere Vorgesetzte. Ich kann Ihnen ihre Kontaktdaten geben.«

»Danke, das ist sehr nett«, sagte Anna und nahm die Visitenkarte, die die Pflegerin ihr hinhielt.

»In welcher Verfassung ist Kerttu Viitala?«, fragte Esko.

»Na, das haben Sie doch gesehen«, lachte die Pflegerin auf. »Sie hat seit Jahren Alzheimer, und inzwischen ist es so weit, dass selbst Kaarina ihr immer wieder erklären muss, wer sie ist. Es ist schon schlimm, wenn man sein eigenes Kind vergisst.«

»Kaarina Helmerson sagt, Kerttu hätte auch klare Momente«, widersprach Anna.

»So? Davon habe ich nichts gemerkt. Aber Kaarina verbringt hier viel mehr Zeit als ich. Und sie kennt ihre Mutter natürlich viel besser.«

»Könnte Kerttu Ihrer Meinung nach bezeugen, dass Kaarina an bestimmten Tagen hier war?«, fragte Esko.

Die Pflegerin lachte wieder.

»Nein, ganz bestimmt nicht«, sagte sie. »Warum sollte sie das tun müssen? Hat Kaarina etwas angestellt?«

»Wir müssen nur etwas überprüfen.«

»Ach so. Ich muss jetzt weiter, wir haben einen furchtbar engen Zeitplan. Lassen Sie bitte das Fenster nicht auf, alte Leute sind sehr zugempfindlich. Und achten Sie darauf, dass Sie die Tür fest zuziehen, wenn Sie gehen.«

Die Pflegerin kehrte ins Wohnzimmer zurück. Anna und Esko folgten ihr.

»Tschüss, Kerttu, bis übermorgen«, rief die Pflegerin, griff nach Kerttus Hand und streichelte sie kurz. Die alte Frau brummte zufrieden.

Dann ging sie. Ihr dicker Schlüsselbund klirrte im Flur.

Wie viele einsame alte Menschen gibt es wohl in dieser Stadt?, überlegte Anna. Menschen, die auf das Klirren der Schlüssel warten, auf die Pflegerin, ihren einzigen Besuch? Annas Oma, die Mutter ihres Vaters, war neunzig und in schier unglaublich guter Verfassung. Sie ging zum Rentnertanz und besuchte fast jeden Tag Verwandte und Freunde. Bei uns zu Hause gibt es keine einsamen alten Leute, ging Anna durch den Kopf. Warum eigentlich nicht?

»Ich habe eine gute Tochter, sie kümmert sich um mich«, sagte Kerttu unvermittelt.

Esko und Anna traten an ihr Bett.

»Guten Tag, Frau Viitala«, sagte Esko laut.

»Wer ist da?«, fragte Kerttu beunruhigt.

»Esko Niemi und Anna Fekete von der Polizei«, antwortete Esko.

»Polizei? Du lieber Himmel! Ist etwas passiert?«

»Wir haben nur ein paar Fragen.«

»Ach so. Worum geht es?«

Anna setzte sich auf die Bettkante. Es kam ihr grausam vor, neben dem Bett zu stehen und von oben auf die alte Frau hinabzuschauen, die dort so hilflos und zerbrechlich lag.

»Könnten Sie uns sagen, ob Ihre Tochter Kaarina vorgestern hier übernachtet hat?«

»Sie schläft dort in der Kammer.« Kerttu hob ihre zitternde Hand und zeigte in die entsprechende Richtung.

»Hat Kaarina vorgestern auch dort geschlafen?«, wiederholte Esko.

»Welcher Tag war das?«

»Der 3. Oktober, ein Montag.«

»Welcher Tag ist heute?«

»Mittwoch.«

»Oje, ich kann Ihnen nicht einmal Kaffee anbieten.«

»Das macht nichts, wir haben schon Kaffee getrunken.«

»Wer sind Sie denn?«

»Polizei.«

»Du lieber Himmel, ist etwas passiert?«

Anna und Esko sahen einander an. Sinnlos, dachten beide. Die Pflegerin hatte recht, die alte Kerttu taugte nicht als Zeugin.

Esko wiederholte noch einmal, was sie wissen wollten. Und die alte Dame entschuldigte sich wieder dafür, dass sie ihnen keinen Kaffee kochen könne.

Dann verstummte sie. Ihre Augen hefteten sich auf irgendetwas in Annas Rücken, ihre Hand tastete nach der Fernbedienung auf dem Tisch neben ihrem Bett. Der Shoppingkanal flutete sein Programm wieder in das Zimmer.

Anna stellte ihr noch eine Frage, doch Kerttu lag mittlerweile wieder still da und blickte nur noch auf den Bildschirm. Bald darauf fielen ihr die Augen zu. Wenn aus dem faltigen Mund nicht ein leises Schnarchen gedrungen wäre, hätte man glauben können, sie wäre gestorben. Anna stellte den Fernseher leiser und schloss das Fenster. Sie verließen die Wohnung. Draußen war der Tag trüb.

Auf Annas Vorschlag gingen sie ins Penguin. Das warme Licht, das durch die Fenster fiel, verlockte dazu, das Café zu betreten, in dem goldgerahmte Spiegel an den Wänden das Licht vervielfachten. Anna fühlte sich an die eleganten Cafés in Budapest erinnert. Vielleicht sollte ich öfter herkommen, hier könnte man sich fast einreden, woanders zu sein, beinahe zu Hause.

Sie konnte sich nicht entscheiden, ob sie ein belegtes Brötchen oder Kuchen nehmen sollte. Die Müdigkeit kreiste hinter ihren Augen, drückte ihr auf die Schultern und nahm ihr die Energie. Sie würde doch den Betriebsarzt anrufen müssen. Das wird sonst nichts, dachte sie, es geht einfach nicht mehr.

Esko klopfte ihr sanft auf den Rücken. Im ersten Moment dachte sie, er wolle sie zur Eile antreiben, doch er machte sie auf Virve aufmerksam, die mit einem anderen Mädchen im Café saß. Sie hatte ihre blonden Haare zu einem langen Zopf geflochten, der über ihre hanfgrüne Baumwolltunika fiel. Virve grüßte verlegen und winkte der Kellnerin, um zu zahlen.

In diesem Moment erinnerte Anna sich wieder.

Sie erinnerte sich an das, was sie gewusst und gesehen hatte. Kalte Schauder liefen ihr über den Rücken, und ihr Herz schlug schneller.

»Wann kommen Virve und Jere wieder zur Vernehmung?«, fragte sie.

»Morgen.«

»Gut. Mir ist plötzlich etwas eingefallen. Es könnte wichtig sein.«

»Was denn?«

»Virve war im Frühjahr in Mexiko. Ich habe auf ihrer Facebook-Seite ein Foto gesehen.«

Esko pfiff leise durch die Zähne. Virve warf ihnen einen Blick zu und zupfte unruhig am Ärmel ihrer Tunika. Das leise Klirren ihrer Armreifen drang bis an Annas Ohr.

»Ich habe von Anfang an gesagt, das Mädchen wirkt verdächtig«, meinte Esko.

»Starr sie nicht so an«, flüsterte Anna. »Was nimmst du?«

»Kaffee.«

»Ganz normalen Kaffee? Hier gibt es einen herrlichen Espresso, auch *con panna* oder doppelt, und Macchiato, Cappu...«

»Einen ganz normalen Kaffee. Durch eine gebleichte Filtertüte getropfte, bittere braune Brühe. Diese schwarzen Giftmischungen rühr ich nicht an.«

»Hat das auch mit deiner Xenophobie zu tun?«

»Hä? Deine Fremdwörter kannst du dir sonst wohin stecken. Ich zahle gern selbst, wenn du mir keinen normalen Kaffee spendieren willst. Ich halte sowieso nichts von dieser Einladerei.«

Anna zahlte Eskos Kaffee und bestellte für sich Kakao mit Sahne und ein Schinkenbrötchen. Sie fühlte sich mit einem Schlag frischer. Virves Mexikoreise konnte einfach kein Zufall sein. Draußen versuchte der Herbst alle, die ihm trotzten, niederzuringen, aber sie saß mit Esko in einem gemütlichen Café, und es gab beinahe so etwas wie Kommunikation zwischen ihnen. Noch vor einigen Wochen wäre das undenkbar gewesen. Esko hatte sich verändert. Anna wusste nicht recht, weshalb.

Aber sie wollte es wissen.

»Wie kommt es eigentlich, dass du nicht mehr ganz so eklig zu mir bist wie am Anfang?«

Esko sah sie so überrascht an, dass er fast nett wirkte. Er ist nicht an offene Worte gewöhnt, dachte sie. Er selbst spuckt ungeniert und ungefiltert alles aus, was ihm durch den Kopf schießt, aber wenn man mit ihm das Gleiche tut, ist er verblüfft. Es hat ihm wahrhaftig die Sprache verschlagen, stellte Anna zufrieden fest, als Esko nachdenklich in seinem Kaffee rührte.

»Sagen wir es so ... Ich kann mich immer noch nicht dafür begeistern, wofür du stehst. Aber es ist nicht so, als könnte ich dich persönlich nicht ausstehen«, sagte er schließlich. Er sah Anna dabei nicht an und schien sogar zu erröten.

»Du hast meine Frage nicht beantwortet: Warum nicht?«

»Verdammt noch mal, bist du hartnäckig. Ich weiß es nicht. Wahrscheinlich fange ich an, mich an dich zu gewöhnen. Du bist anders.«

»Anders als wer?«

»Als die anderen Ausländer.«

»Welche anderen Ausländer kennst du denn? Persönlich?«

»Ich war schon Polizist, als die Ersten von euch kamen. Ich hab die gewaltige Veränderung in unserer Gesellschaft miterlebt. Mit den Somaliern fing es an, dann kamen die Jugos und Kurden und Afghanen und noch mehr Afrikaner, und plötzlich kommt ihr aus allen Ecken her, und wir sollen euch durchfüttern. Das geht nicht. Ich kann das nicht gutheißen, tut mir leid.«

»Du hast wieder nicht geantwortet. Wie viele Ausländer kennst du?«

»Hör mal, ich hab in meinem Beruf mit Hunderten zu tun gehabt, und die allermeisten waren Verbrecher: Körperverletzung, Vergewaltigung, Raub, Drogen ...«

»Danach habe ich nicht gefragt. Persönlich kennst du außer mir niemanden, oder?«

»Du arbeitest und zahlst Steuern und sprichst gut Finnisch, du bist anders.«

»Ich kann meine Muttersprache nicht mehr richtig. Ich denke sogar meistens auf Finnisch«, sagte Anna leise.

»Außerdem bin ich dir zu Dank verpflichtet. Du hast mich damals bei Virkkunen nicht verpfiffen.«

Natürlich, dachte Anna. Das hätte ich mir ja denken können.

»Ich verstehe mich ganz gut mit Virkkunen, aber alles lässt er mir auch nicht durchgehen.«

»Ein anständiger Balkanese petzt nicht beim Chef, das gehört sich einfach nicht. Bei einem Finnen wäre ich mir da nicht so sicher, schon gar nicht bei einem anständigen Finnen«, sagte Anna.

Sie fürchtete schon, sie wäre zu weit gegangen, Esko würde ihr über den Tisch hinweg eine Ohrfeige verpassen oder ihr den Kaffee ins Gesicht schleudern, doch er brach plötzlich in so unbändiges Gelächter aus, dass ihm der Raucherschleim in die Kehle stieg. Das dröhnende Lachen wurde von einem röchelnden Husten abgelöst, aber das fröhliche Funkeln in den Augen blieb. Es ließ Esko jünger aussehen, weniger verbittert.

»Ich hab danach übrigens zurückgeschraubt. Mir ist klar geworden, dass ich bald am Boden liege, wenn ich sogar bei der Arbeit einen Schnaps brauche. Ehrlich gesagt, habe ich einen ziemlichen Schreck gekriegt.« Esko war wieder ernst geworden.

»Das ist ja fein. Dann könnten wir uns demnächst ja direkt mal zum Nordic Walking treffen.«

Esko verschluckte sich an seinem Kaffee.

»Hör bloß auf, sonst sterbe ich und fange vorher noch an, dich zu mögen«, stieß er hustend und lachend hervor.

»Wenn du stirbst, wird es kaum jemanden stören, aber wenn du anfängst, Kanaken zu mögen, hält es kein Mensch mehr mit dir aus. Was sagst du eigentlich zu vorhin? Zu der Oma?«

»Ich denke, das Alibi der schönen Witwe steht auf ziemlich wackligen Beinen«, antwortete Esko.

33

Rauno fuhr im Streifenwagen in die Stadt zurück. Er hatte die beiden alten Leute besucht, Aune Toivola und Yki Raappana. Jetzt hatte er dem Ermittlerteam etwas Interessantes zu berichten. Aune war am Montag wie üblich früh schlafen gegangen, und zwar ohne ihr Hörgerät, ihr war nichts aufgefallen. Yki hingegen hatte am Montagabend gegen neun Uhr ein Auto gehört, das in Richtung Ufer unterwegs gewesen war. Seit Riikkas Tod achtete er darauf, was sich auf der Straße tat. Er gab nicht zu, dass er sich fürchtete, aber Rauno hatte seine Angst gespürt. Kein Wunder, hatte er gedacht. Ein gebrechlicher, alter Mann, der in der Nähe der Stelle wohnt, wo ein Mensch brutal ermordet worden war. Er selbst würde sich jedenfalls fürchten oder zumindest auf der Hut sein. Der arme Yki war seit August auf der Hut, und das kam den Ermittlungen nun außerordentlich zugute. Nachdem er den Wagen gehört hatte, war Yki aus dem Haus gegangen. Es war bereits dunkel gewesen. Bald darauf hatte er einen Schuss gehört. Das wäre an sich nicht ungewöhnlich gewesen, denn am Ufer waren immer noch gelegentlich Entenjäger unterwegs. Allerdings ging die Sonne schon vor sieben Uhr unter, der Abendflug war also definitiv vorbei gewesen, und man hätte die Beute ohnehin nicht mehr gesehen. Es sei denn, sie wäre von der Größe eines Menschen gewesen.

Yki war kurz ins Haus zurückgekehrt, um sich wärmer anzuziehen und zu warten, bis der Wagen zurückkam. Es hatte nicht lange gedauert. Yki hatte im Gebüsch am Straßenrand gekauert und einen roten Pkw gesehen, der viel zu schnell fuhr. Und das Beste war, dass Yki sich mit Automarken auskannte. Es war ein VW Golf gewesen, ein älteres Modell, genau wie der Wagen, der früher in der Nähe der Tatorte gesehen worden war. Das Kennzeichen hatte Yki nicht erkennen können. Seine Augen seien nicht mehr so gut wie früher, und es sei überdies zu dunkel gewesen. Außerdem habe er den Eindruck gehabt, dass die Nummernschilder verschmiert gewesen seien. Möglicherweise sei derselbe Wagen früher schon einmal vorbeigefahren. Damals habe er ihn allerdings nur flüchtig gesehen, er sei sich also nicht ganz sicher. Der alte Mann hatte stolz sein blaues Rechenheft vorgezeigt, in dem er alle Wagen vermerkt hatte, die ihm seit dem 22. August aufgefallen waren. Es waren nicht viele, durchschnittlich sieben pro Tag. Yki hatte erklärt, er habe geahnt, dass der Mörder an den Tatort zurückkehren würde. Als Rauno ihn gelobt hatte, wäre er vor Stolz fast geplatzt und hatte erzählt, in jüngeren Jahren habe er mit dem Gedanken gespielt, selbst zur Polizei zu gehen. Rauno hatte erwidert, an einem derart aufmerksamen Bürger sei tatsächlich ein guter Polizist verloren gegangen. Yki hatte sich gefreut und ihm Kaffee angeboten, und Rauno hatte es wieder nicht übers Herz gebracht abzulehnen, obwohl er darauf gebrannt hatte zurückzufahren. Der alte Mann hatte ihn viel zu lange aufgehalten.

Jetzt gab Rauno Gas. Er wollte dem Team möglichst schnell berichten, was er erfahren hatte. Das war endlich der Durchbruch. Sie würden den alten roten VW finden, und er würde dem Mörder gehören.

Ohne es zu merken, beschleunigte er über das Tempolimit hinaus. Es herrschte wenig Verkehr, und er hatte die Stadtgrenze noch nicht erreicht. Plötzlich sah er rechts von sich etwas Schwarzes. Es dauerte höchstens eine Sekunde, bis er begriff, dass das Schwarze sich bewegte und ihm vor den Wagen laufen würde. Rauno stieg auf die Bremse. Auf der regennassen Straße kam der Wagen ins Schlingern. Der riesige Elchbulle blieb mitten im Weg stehen, als wollte er den Zusammenstoß geradezu herbeiführen. Jetzt sterbe ich, dachte Rauno noch, und dann krachte es.

Es fiel Sari schwer, sich zu konzentrieren. Sie saß in der Nähe des Hauses der Helmersons in ihrem Wagen und blickte abwechselnd auf ihr Handy und zu den Einfamilienhäusern an der Straße hinüber. Sie hatte schon wieder eine SMS bekommen. Im gleichen Tonfall wie die früheren. Drohend und sexistisch. Beängstigend. Sie musste etwas unternehmen, um den Absender zu entlarven. Außerdem musste sie die Nachbarn der Helmersons befragen. Was sollte sie zuerst tun?

Sie wiegte das Handy hin und her. Der Mörder musste dingfest gemacht werden. Der SMS-Typ war viel weniger gefährlich – falls er überhaupt eine Gefahr darstellte.

Außer wenn es sich um ein und dieselbe Person handelte.

Über diese Möglichkeit wollte Sari gar nicht genauer nachdenken. Sie rief einen Bekannten bei der Zentralkripo an, der auf Handys, Computer, Telefonüberwachung und wer weiß was spezialisiert war. Er versprach zu tun, was er konnte. Dann stieg Sari aus und ging auf das Gebäude zu, das dem der Helmersons gegenüberlag. Der Garten war groß und gepflegt, das prächtige Haus aus Backstein gemauert – wie alle Häuser und Gärten in dieser Gegend. Sari klingelte und wartete. Niemand öffnete. Sie klingelte noch einmal, aber offenbar war niemand zu Hause. Sie notierte sich den Namen, der am Briefkasten stand, und ging zum Nachbarhaus weiter. Dort war ein älterer grauhaariger Mann gerade dabei, das Laub im Garten zusammenzurechen.

»Guten Tag«, sagte Sari und zeigte ihren Dienstausweis.

Der Mann lehnte den Rechen an die Schuppenwand und bat Sari ins Haus.

»Sie haben sicher schon gehört, was passiert ist«, fing Sari an.

»Ja. Es ist erschütternd. Wir schließen mittlerweile alle unsere Türen ab, und keiner wagt sich mehr hinaus. Und ich überlege selbst die ganze Zeit, ob mich jemand im Visier hat, sogar wenn ich nur im Garten arbeite.«

»Haben Sie vorgestern Abend bei den Helmersons irgendetwas Verdächtiges bemerkt?«

»Nein, mir ist nichts aufgefallen.«

»Zum Beispiel einen roten Wagen?«

»Veli-Matti hat einen schwarzen BMW. Und Kaarina einen silberfarbenen Nissan. Ein rotes Auto habe ich nicht gesehen.«

»Und Personen? Außer den Helmersons?«

»Natürlich haben sie manchmal Besuch, aber ich habe nichts Ungewöhnliches bemerkt.«

»Wenn Ihnen noch irgendetwas einfällt, rufen Sie bitte an. Selbst augenscheinliche Kleinigkeiten könnten für uns wichtig sein«, sagte Sari und gab dem Mann ihre Visitenkarte.

»Ja, ich melde mich, wenn mir etwas einfällt.«

Der Mann begleitete Sari bis zum Gartentor, griff wieder nach seinem Rechen und arbeitete weiter.

Sari ging zum nächsten Haus.

Hier öffnete ihr eine etwa fünfzigjährige Frau, die ihr als Allererstes eröffnete, der Kaffee laufe schon durch. Gut, dachte Sari. In diesem Haus achtet man auf Passanten.

Sie stellte sich vor und erklärte, worum es ging.

»Ja, ein rotes Auto habe ich gesehen. Sogar öfter«, sagte die Frau. Sari konnte ihre Aufregung kaum verbergen.

»Wann? Vorgestern Abend?«

»Nein. Es ist schon länger nicht mehr hier gewesen.«
»Im Sommer?«
Die Frau überlegte eine Weile.
»Im Sommer auch nicht mehr. Aber im letzten Frühjahr war es andauernd da. Immer wenn Kaarina zu ihrer Mutter fuhr, tauchte ein wenig später dieser rote Wagen auf. Oder nein, nicht immer, aber manchmal. Und er fuhr nicht bei den Helmersons auf den Hof oder vor das Haus, sondern parkte ein bisschen weiter weg.«
»Versuchen Sie, sich genauer zu erinnern. Wann im Frühjahr war das?«
»Hmm ... März bis Mai, würde ich sagen.«
»Wie oft haben Sie den Wagen gesehen?«
»Schwer zu sagen. Vielleicht zehn Mal?«
»Konnten Sie sehen, wer ihn fuhr?«
»Eine Frau.«
»Was für eine Frau?«
»Na, Sie wissen schon, so eine.«
»Was für eine?«
»Eine, die mit verheirateten Männern schläft. Ein Flittchen«, zischte die Nachbarin.
»Wie sah sie aus?«
»Ich konnte sie nicht genau sehen ...«
»Groß, klein, dick, dünn, dunkelhaarig, blond?«
»Normal groß. Über die Haarfarbe kann ich nichts sagen.«
»Und das Alter?«
»Keine Ahnung. Aber die sind doch immer jünger, oder?«
Sari stellte sich an das Fenster zur Straße. Die Haustür der Helmersons war von hier aus nicht zu sehen, und der Vorgarten lag in einem so schrägen Winkel, dass man ihn ebenfalls nicht gut einsehen konnte. Von hier aus waren Helmersons Besucher nicht genau zu erkennen.

Der rote Wagen war im Frühjahr ein paarmal hier gewesen. Vor fast einem halben Jahr.

Was hatte das zu bedeuten?

»Manchmal hatte ich den Eindruck, es wäre Kaarina.«

»Bitte?«

»Ja, manchmal hatte ich den Eindruck, dass Kaarina Helmerson den Wagen fuhr.«

In dem Moment klingelte Saris Handy. Virkkunen rief an.

»Ich habe die kriminaltechnische Untersuchung von Helmersons Haus abgeblasen.«

»Warum das denn? Ich wollte gleich rübergehen ...«

»Wir haben gerade einen Anruf von einem gewissen Seppo Vilmusenaho bekommen. Er ist Sportlehrer an der Unterstufe in Saloinen, ein Kollege von Veli-Matti. Er sagt, er habe am Montagabend gegen halb sieben Licht in Veli-Mattis Klassenzimmer gesehen.«

»Und?«

»Und einen roten Wagen auf dem Schulparkplatz. Zur selben Zeit. Auf den Wagen habe er allerdings nicht weiter geachtet. Das Licht interessierte ihn dagegen sehr. Er sagt, er sei empört gewesen, weil Veli-Matti, der an der Schule das Ökoprojekt leitet, über Nacht das Licht brennen ließ. Er hatte eigentlich vor, ihn darauf anzusprechen. Aber als er von dem Mord hörte, erinnerte er sich sofort wieder an unsere frühere Bitte um Hinweise auf einen roten Pkw. Nun glaubt er, dass der Mörder dort gewesen sein könnte, in Veli-Mattis Klassenzimmer.«

»Könnte es sein, dass Veli-Matti auf seiner Joggingrunde noch einmal zurück zur Schule gelaufen ist?«

»Ich habe die Technik schon hingeschickt. Fahr du auch dorthin. Das Haus der Helmersons kann warten.«

»Okay. Übrigens, der rote Wagen wurde auch hier in der Nachbarschaft gesehen. Allerdings im Frühjahr.«

Virkkunen stieß einen leisen Pfiff aus.
»Jetzt sind wir auf der richtigen Spur«, sagte er. »Endlich.«

Das Jogginggelände in Häyrysenniemi war menschenleer. Niemand wagte sich mehr hierher. Die Einzigen, die dem Joggingpfad die Treue hielten, waren die in regelmäßigen Abständen aufgestellten Bogenlampen. Anna war vom Café Penguin aus direkt nach Asemakylä gefahren. Unterwegs hatte sie die Freude genossen, die sie erfüllte.

Esko hatte sie endlich akzeptiert, völlig überraschend, ohne Vorwarnung, einfach so. Darauf hätte sie nie zu hoffen gewagt. Sie hatte sich darauf eingestellt, Eskos schiefe Blicke und Attacken ertragen zu müssen, solange sie mit ihm zusammenarbeitete.

Der leere Joggingpfad dämpfte ihre Hochstimmung allerdings. Würde eines Tages wieder irgendjemand wagen, hier zu laufen? Anna ging nicht den Pfad entlang, sondern beschloss, mit ihrer Suche dort zu beginnen, wo man den Parkplatz und den Anfang der Strecke überblicken konnte – die Stelle, an der Ville Pollari ermordet worden war. Sie kehrte den Lampen und der Bahn den Rücken zu und suchte mit den Augen die Gegenrichtung ab.

Das Gelände war vorwiegend von dichtem Ufergestrüpp bewachsen, aber vom Anfang des Joggingpfads nach Süden verlief ein Streifen alter Kiefernwald. Dort verdeckte kein Dickicht die Sicht. Anna stapfte über den flechtenbewachsenen Waldboden. Er war eben, es gab keine Erhebungen oder Felsen, hinter denen man sich hätte verbergen können. Anna wollte gerade kehrtmachen, als sie hinter einer großen Kiefer etwas bemerkte. Einen merkwürdigen Gegenstand. Sie lief zu dem Baum hinüber und fand einen umgekippten Campingstuhl, vielleicht vom Wind umgeweht. Die Metallteile waren rostig, der Stoff an den Kanten ausgefasert. Womöglich lag der Stuhl schon seit Jahren dort.

Anna hob ihn an und setzte sich mit dem Gesicht zum Joggingpfad darauf. Der Parkplatz war gerade noch zu erkennen. Anna sah die Umrisse ihres Wagens. Mit einem Fernglas könnte man die Jogger von hier aus problemlos beobachten, dachte Anna. Hatte der Stuhl zufällig da gelegen? Oder war hier der Ausguck des Mörders gewesen?

Vorsichtig untersuchte sie die Umgebung, fand aber weder Bonbonpapierchen noch sonst irgendetwas. Den Stuhl nahm sie mit. Vielleicht würden die Kriminaltechniker ja Fingerabdrücke darauf finden.

Auf dem Rückweg fuhr Anna beim Haus der Pollaris vorbei, das jedoch genauso verlassen dalag wie der Joggingpfad. Maria war mit ihrer Mutter nach Jyväskylä gefahren. Hoffentlich ist mit dem Baby alles in Ordnung, dachte Anna. Sie blieb eine Weile vor dem Haus stehen, merkte, wie ihr immer wieder die Augen zufielen, wäre beinahe eingeschlafen.

Dann wurde sie von ihrem Handy geweckt.

Raunos Frau Nina, die Anna noch nicht kannte, rief aus dem Krankenhaus an. Anna wurde aus ihren hysterischen Worten kaum schlau, sie verstand nur, dass Rauno irgendetwas Schlimmes zugestoßen war. Anna zündete sich eine Zigarette an, um die Müdigkeit zu vertreiben, und fuhr dann umgehend zur Klinik.

Im Krankenhaus war alles weiß und so hell, dass Anna davon Kopfschmerzen bekam. Geblümte Gardinen sollten die eisige Atmosphäre in der Notaufnahme ein wenig mildern. Rauno lag in einem Bett mit Metallrand und war an Schläuche und Monitore angeschlossen. Eine große Sauerstoffmaske bedeckte sein Gesicht. Als Anna den Raum betrat, sprang eine Frau auf und streckte ihre schmale Hand aus. Ein Vogel, ging es Anna durch den Kopf, jedenfalls keine Maus.

»Hallo, ich bin Nina, Raunos Frau. Wir kennen uns noch nicht.«

»Fekete Anna. Schade, dass wir uns unter diesen Umständen kennenlernen. Wo sind die Mädchen?«

»Ich habe sie zu meiner Mutter gebracht. Vorläufig habe ich ihnen noch nichts erzählt. Ich wüsste auch gar nicht, was ich ihnen sagen sollte. Sie sind noch so klein«, stammelte Nina.

»Hier bekommen Sie sicher einen guten Rat, wie man in so einer Situation am besten vorgeht«, tröstete Anna sie. »Es hat keine Eile. Sie müssen es nicht sofort erfahren.«

»Nein«, schluchzte Nina. »Wahrscheinlich nicht.«

»Was ist denn passiert?«

»Ein Elchunfall. Ein Wunder, dass er überlebt hat.«

»Wie ist sein Zustand jetzt?«

»Ich weiß es nicht. Die Ärzte wissen auch noch nicht alles. Bisher haben sie nur festgestellt, dass er an einem Bein mehrere Brüche hat und dass ein paar Rippen gebrochen sind.«

»Und der Kopf?«

Nina brach in Tränen aus.

»Es kann sein ...«, stieß sie hervor, »es kann sein, dass er nie mehr aufwacht. Und wenn er doch aufwacht, ist er vielleicht nicht mehr der Rauno, den wir kannten.«

Anna begann zu zittern. Ihr war kalt. Stand das Fenster offen? Sie sah nach, doch das Fenster ließ sich gar nicht öffnen. Was für ein bescheuerter Gedanke – ein offenes Fenster in der Notaufnahme, wo Menschen um ihr Leben kämpften. Raunos Kampf allerdings wirkte ganz friedlich. Er war vollkommen reglos, als läge er in einem tiefen, alle Erschöpfung vertreibenden

Schlaf. Für einen Moment wünschte Anna sich, selbst dort zu liegen. Sie wollte die Schläuche entfernen und Rauno wecken, ihm auftragen, nach Hause zu gehen und alles zu klären, was zwischen ihm und seiner Frau stand. Dann würde Anna selbst sich in einem verblichenen Krankenhausnachthemd unter die warme Decke legen, sich die Sauerstoffmaske aufs Gesicht legen, Sonden an Brust, Kopf und Fingern befestigen, sich die Infusionsnadel setzen und in ein befreiendes Koma fallen. Was für ein herrlicher Zustand. Nur der Tod konnte noch schöner sein.

Zum Glück sah Rauno nicht wie ein Sterbender aus. Das gleichmäßige Piepen verriet, dass sein Herzschlag stabil war, und nährte die Hoffnung, dass er überleben würde. Sein Gesicht war kaum verletzt. Immerhin etwas.

»Ich hatte gerade beschlossen, die Scheidung einzureichen«, sagte Nina plötzlich.

Anna schrak aus ihren Traumbildern auf, zwang sich zurück in den Bewusstseinszustand, in dem man sich mit Menschen unterhielt, präsent war und zuhörte – ein Zustand, für den ihr eigentlich die Kraft fehlte. Sie wusste nicht, was sie sagen sollte, daher schwieg sie.

»Das geht jetzt wohl nicht mehr«, fuhr Nina fort.

»Überstürzen Sie es nicht«, sagte Anna.

»Auch wegen der Kinder. Nach diesem Unfall auch noch die Scheidung, das wäre zu viel für sie.«

»Für die Kinder, ja, aber auch für Sie.«

»Was soll ich ihnen nur sagen?«, schluchzte Nina. »Kann ich sie überhaupt hierherbringen, zu ihrem Vater?«

Anna nahm Ninas Hand und drückte sie sanft. Sie wusste keine Antwort, in keiner Sprache.

»Warum haben Sie mich angerufen?«, fragte sie dann. »Ich meine, wir kennen uns ja gar nicht ...«

»Ich weiß es nicht«, antwortete Nina. »War ... Ist zwischen Ihnen irgendwas?«, fragte sie dann hastig.

»Was? Nein, wirklich nicht«, sagte Anna.

Nina lächelte zaghaft, während ihr die Tränen über das Gesicht liefen.

34

Anna fuhr nach Rajapuro, zu Bihars Haus. Ihre Erschöpfung war verschwunden, sie fühlte sich wie eine Maschine, die auf Knopfdruck funktionierte. Obwohl es schon Abend geworden war, wollte sie hineingehen und ein paar Worte mit der Familie wechseln, nur als Erinnerung daran, dass sie sie weiterhin im Auge behielt. Vielleicht brauchte sie selbst diese Erinnerung sogar dringender als die Chelkins, denn ihre Motivation war immer mehr gesunken, je kürzer die Tage geworden waren, und sie hatte schon zweimal beschlossen aufzuhören. Dennoch war Anna immer wieder zurückgekommen, wie von einer hartnäckigen Krankheit getrieben. Sie hatte sich Weihnachten als allerletzte Grenze gesetzt. Wenn bis dahin nichts passierte, würde sie aufhören. Doch insgeheim fragte sie sich, ob sie dazu fähig sein würde.

Die Fenster in der Wohnung der Chelkins waren so dunkel wie die Augen ihrer Bewohner. Allem Anschein nach war niemand zu Hause, aber Anna wollte dennoch ihr Glück versuchen. Sie ging ins Treppenhaus, dessen Wände mit Schmiereien verziert waren. Auf ihr Klingeln öffnete niemand. Wo waren diese Leute? Sonst war fast immer wenigstens einer von ihnen zu Hause gewesen. Als Anna zu ihrem Auto zurückging, sah sie einen Streifenwagen, der langsam vom Parkplatz auf die Straße rollte. Diesmal erkannte sie den Fahrer.

Was zum Teufel tat der denn hier?

Das Gleiche wie sie?

Anna rief Esko an.

Sie trafen sich wie vereinbart im Polizeigebäude. »Du wolltest dich doch nicht in die Angelegenheiten von Kanaken einmischen, wenn es nicht unbedingt sein muss«, sagte Anna.

»Vielleicht muss es jetzt sein.«

»Wieso? Erzähl.«

»Ich erzähle dir gar nichts.«

»Fängst du schon wieder an?«, rief Anna. »Spiel nicht den Freundlichen, wenn du eigentlich gar nicht freundlich zu mir sein willst. Du brauchst mir nicht nach dem Maul zu reden, bloß weil Virkkunen dir befohlen hat, höflich zu mir zu sein. Ich halte das nicht mehr aus!«

»Beruhige dich! Ich meinte doch nur, ich will dir stattdessen etwas zeigen.«

Esko führte Anna in den Archivraum, in dem die Videoaufzeichnungen der Vernehmungen aufbewahrt wurden. Er nahm einen Laptop aus dem Schrank und schaltete ihn ein.

»Ich habe es mir gestern erst angesehen. Es ist Bihar's Vernehmung.«

»Warum? Warum hast du sie dir angesehen?«, fragte Anna verwundert.

»Ich habe dich im September einmal vor dem Haus gesehen, als ich in der Gegend zu tun hatte. Da ist mir klar geworden, dass du die Familie heimlich beschattest, aber ich habe die Sache zunächst auf sich beruhen lassen. Na ja, um die Wahrheit zu sagen, du warst mir damals so zuwider, dass ich vorhatte, mein Wissen bei passender Gelegenheit gegen dich zu verwenden.«

»Verdammt noch mal, Esko ...«

»Ich weiß, ich war ein Arschloch, aber jetzt sei mal still und hör mir zu. In den letzten Tagen habe ich darüber nachgedacht, warum du die Sache nicht einfach fallen lässt, wie wir es doch eigentlich beschlossen hatten. Wenn du dich an dieser zusätzlichen Maloche derart kaputtarbeitest, ist an diesen Chelkins vielleicht doch irgendwas verdächtig. Also habe ich mir, nur zur Sicherheit, die Aufzeichnung angesehen und ... Na ja, sieh selbst.«

Auf dem Monitor sah Anna zuerst die wartende, einsam wirkende Bihar.

Das Mädchen blickt nervös zur Tür und kaut an den Fingernägeln. Die Nägel sind mehrfach lackiert, die vielfarbigen Schichten abgeblättert und rissig. Sie sehen furchtbar aus. Dann kommt Anna herein.

Wie streng ich wirke, dachte Anna. Ich hätte freundlicher auftreten müssen. Irgendwie behütender, mütterlicher. Hätte Bihar sich mir dann anvertraut?

Dann begann die Vernehmung. Anna erinnerte sich noch an jedes einzelne Wort, als wäre es gerade erst gefallen. Wieder packte sie hilflose Wut, als Bihar ihre Aussage zurück- und ihren Vater in Schutz nahm. Sie wollte das nicht in der Wiederholung sehen, wollte die Frustration über ihr klägliches Scheitern nicht noch einmal spüren.

»Schau es dir ruhig an«, sagte Esko, als er merkte, wie Anna sich wand. »Sieh bis zum Schluss genau hin.«

Anna sah sich dabei zu, wie sie die Vernehmung beendete und aufstand, um den Raum zu verlassen.

Und Bihar lässt sich Zeit.

Ach ja, daran erinnere ich mich, ich habe mich schon damals gewundert, was sie vorhat, ob sie doch noch was sagen will.

Und plötzlich, in einer flüchtigen Szene, die vielleicht nur eine Sekunde dauerte, sah Anna es.

Sie selbst wartet schon an der Tür, hinter ihr ist ein Stück des hell erleuchteten Flurs zu sehen. Bihar steht am Tisch und rückt ihre verhüllende Kleidung zurecht, den langen Mantel.

Dann sieht sie direkt in die Kamera, ihr Blick ist flehend und zugleich leer, wie tot. Sie öffnet den Mantel, und auf einmal ist es, als hätte die Kamera eine Stimme bekommen und würde gellend um Hilfe schreien.

Es steht auf ihrem Oberteil geschrieben.

Auf einem schwarzen T-Shirt, mit weißer Farbe, mit groben Pinselstrichen, ein einfaches Wort.

Hilfe.

Anna wurde schwarz vor Augen, in ihrem Kopf pochte es heftig, und sie spürte, wie die Adern in ihren Schläfen anschwollen. Wann habe ich Bihar zuletzt gesehen? Ich war heute dort, aber es war niemand zu Hause. Wieso habe ich diesen Hilferuf nicht früher bemerkt? Warum habe ich mir die Aufzeichnung nicht noch mal angesehen? Dafür macht man sie doch, damit man sie sich nachträglich noch mal ansehen und analysieren kann. Das habe ich nicht getan. Wie lange liegt diese Vernehmung schon zurück? Mehr als zwei Monate. Wann habe ich Bihar zuletzt gesehen?

Ich kann mich nicht erinnern.

Die Panik lähmte sie. Sie umklammerte die Armlehnen des Bürostuhls und kniff die Augen zusammen. Jetzt kam er, der Zusammenbruch, den die schlaflosen Nächte schon so lange angekündigt hatten. Das hier ertrug sie nicht mehr. Es war der letzte Tropfen.

»Beruhige dich«, sagte Esko. »Ganz ruhig jetzt.«

»Ich habe es versaut«, klagte Anna.

»Zum Glück hast du einen aufmerksamen Kollegen, der den Fehler entdeckt hat und korrigiert«, sagte Esko und nahm Annas Hand. Er massierte ihre Handfläche mit seinen nikotingelben Fingern, und allmählich beruhigte Anna sich.

Das Spiel war noch nicht verloren. Immerhin hatte sie ja das

Schlimmste geahnt und sich der Familie oft genug gezeigt. Da zwei Monate lang nichts passiert war, war doch ganz bestimmt auch jetzt noch alles in Ordnung. Sie würden es nicht wagen, Bihar etwas anzutun. Nicht vor ihren Augen. Und nun bekam sie auch noch Unterstützung von Esko, dem versoffenen, rassistischen alten Arschloch. Anna musste lachen. Sie fühlte, wie die Erleichterung sich in ihr breitmachte. Es ist nichts Schlimmes passiert.

»Kocht uns alle Tage Pampe ...«, sang Esko leise und kitzelte dabei Annas Hand.

»Pampe? Wovon redest ...«

»Haha, endlich ein Wort, das unser Sprachgenie nicht kennt! Pampe ist Brei.«

»Herrje! Ich begreife einfach nicht, was ihr Finnen an euren Getreidebreien findet. Die sind doch zum Kotzen.«

»Sie sind gesund und schmackhaft«, sagte Esko gespielt beleidigt. »Ich esse jeden Morgen einen Teller Haferbrei. Der gibt mir Kraft für den Tag.«

»Ja, ja. Wohl eher Gerstenbrühe. Und zwar flüssige.«

»Du kannst mich mal. Aber kreuzweise.«

»Wir müssen zu Bihar. Ich bin mir nicht ganz sicher, wann ich sie zuletzt gesehen habe. Es kann gut und gerne schon eine Woche her sein.«

»Wir müssen hin, ja, aber zuerst legen wir uns einen Plan zurecht«, sagte Esko. »Wenn man nicht weiß, welchen Hafen man anlaufen muss ... Hast du den Spruch schon mal gehört?«

»Ja, ja. Solange du mir nur keine Pampe kochst, ist mir alles recht.«

Es war bereits halb neun, als Anna, Esko, Sari und zwei Streifenbeamte sowie die Dolmetscherin, die auch bei den Vernehmungen dabei gewesen war und deren Privatnummer Anna sich für alle Fälle hatte geben lassen, vor Bihar Chelkins Haus vorfuhren. Alles war durchdacht, beim Jugendschutz war eine Anzeige erstattet worden, und die Sozialfürsorge hielt sich in Bereitschaft.

Sie hatten sich für die späte Uhrzeit entschieden, damit das Mädchen unter Garantie zu Hause wäre. Anna und Esko gingen zu der Wohnung, die anderen blieben vor dem Haus stehen und überwachten die Ausgänge. Anna und die Dolmetscherin nahmen die Treppe in den zweiten Stock, während Esko vorsichtshalber im Aufzug fuhr.

Anna klingelte. Bihars kleine Schwester Adan öffnete und brach in Tränen aus, als sie die Polizisten sah. Anna und Esko waren in Uniform, denn bei den meisten Menschen weckten Uniformen Respekt. Diesmal würden sie sich nicht für dumm verkaufen lassen. Heute würden sie sich den Kerl kaufen. Adan lief schreiend davon, und Payedar Chelkin kam in den Flur. Er stieß Worte aus, die nach Flüchen klangen. Die Dolmetscherin übersetzte sie nicht.

»Wo ist Bihar?«, brüllte Anna. »Her mit ihr, ich bringe sie jetzt in Sicherheit! Und du«, wandte sie sich an die Dolmetscherin, »du übersetzt jeden Furz genau so, wie er abgelassen wird, jeden einzelnen.« Die Dolmetscherin versuchte, etwas zu sagen, doch inzwischen war auch Bihars Mutter im Flur aufgetaucht. Alle schrien und kreischten durcheinander. Zera Chelkin weinte und jaulte, aus dem Schlafzimmer kam Adans Geheul, und Mehvan starrte erschrocken durch den Türspalt. Die Situation war gelinde gesagt chaotisch.

Anna brüllte über den Lärm hinweg: »Ruhe, verdammt noch mal! Polizei!«

Die Dolmetscherin rief das Gleiche auf Kurdisch, doch das wäre nicht einmal nötig gewesen. Die Familie war bereits verstummt.

Dank meiner balkanischen Wurzeln weiß ich meine Stimme zu gebrauchen, dachte Anna zufrieden.

Zera ließ den Kopf hängen. Mehvan verzog sich zu seiner Schwester. Und Payedar erzählte mit leiser Stimme, was geschehen war.

Bihar war verschwunden.

Anna und Esko starrten sich im halbdunklen Flur an. Anna zog die Wohnungstür hinter sich zu, denn im oberen Stock hatte sich eine Tür geöffnet, das Licht im Treppenhaus war angegangen, und ein neugieriger Nachbar schlich die Treppe herunter.

Bihar sei aus der Schule nicht nach Hause gekommen.

So etwas sei noch nie passiert.

Ja, die Eltern seien sehr besorgt.

Sie hatten vorgehabt, spätestens am nächsten Morgen die Polizei zu verständigen.

Denn so etwas sei offen gestanden doch schon ein paarmal passiert.

Damals, als Bihar diesen finnischen Freund gehabt hatte.

»Wohin haben Sie das Mädchen gebracht?«, rief Anna. »Antworten Sie mir! Wo ist Bihar?«

Die Eltern wirkten verschüchtert. Sie wussten nichts zu sagen. Adan hatte wieder zu weinen begonnen.

Noch im Flur der Chelkins gab Anna die Fahndung raus. Grenzschutz und Zoll mussten alarmiert werden, um Bihars Ausreise zu verhindern. Wie weit konnte sie gekommen sein? Bihars Lehrer bestätigten, dass sie den ganzen Tag in der Schule gewesen sei, bis vier Uhr. In der letzten Stunde hatte sie Deutsch gehabt. Jetzt war es neun Uhr. Fünf Stunden also. Wenn man Bihar in ein Flugzeug gesteckt hätte, wäre sie bereits weit weg. Auch in Schweden könnte sie sein. Über die finnischschwedische Grenze konnte man jederzeit alles bringen – auch Menschen. Sie mussten Interpol informieren.

Und dann konnten sie nur noch warten.

»In diesen Fällen werden die Mädchen tatsächlich oft in die Heimat zurückgeschickt und sofort verheiratet, meistens mit einem deutlich älteren Mann«, erklärte Anna später in der Kaffeeküche des Gewaltdezernats. Auch über das Polizeigebäude hatte sich die Nacht gesenkt. Außer ihnen wachte dort nur noch der Bereitschaftsdienst.

»Oder sie ist bereits tot. So läuft das. Die Mädchen verschwinden auf einmal, und niemand erfährt je, was wirklich passiert ist.«

Anna trommelte mit den Fingern auf die Tischplatte und trank Kaffee.

»Wie hältst du das nur aus, Anna?«, fragte Sari plötzlich.

Höllisch schlecht, dachte Anna. Ehrlich gesagt, ich bin völlig fertig.

»Ich meine, weil du diesen Fall so persönlich zu nehmen scheinst.«

Ja, Sari, ja. Viel zu persönlich, gestand Anna insgeheim ein, doch laut sagte sie: »Es ist natürlich schwierig. Das Mädchen hat mich irgendwie berührt. Aber ich komme schon klar.«

Sie stützte sich auf die Tischplatte. Sari sah sie besorgt an und streichelte ihr liebevoll den Rücken.

»Habt ihr was von Rauno gehört?«, fragte Anna.

»Unverändert. Körperfunktionen stabil, aber immer noch bewusstlos«, antwortete Sari.

»Noch so eine Scheißgeschichte. Verdammter Mist«, fluchte Anna.

»Jetzt gehen wir erst mal alle schlafen«, sagte Esko. »Sinnlos, sich den Kopf über Dinge zu zerbrechen, die wir nicht ändern können. Wir müssen Kräfte sammeln für morgen. Es war ein langer, schwerer Tag, und genauso wird auch der morgige sein.«

Nicht direkt ein Schlaflied, dachte Anna, nahm einen Schluck Bier aus einer Halbliterdose und ließ das linke Bein im Takt des mystischen Beats zucken, als ginge sie durch die dunklen Gassen einer Großstadt. Sie hatte sich das neueste Album von Sistol bestellt, und heute war die CD endlich angekommen. Das flache Päckchen hatte unter einem Haufen Reklame auf dem Fußabtreter gelegen, als sie nach Hause gekommen war.

Ratten wühlten in stinkenden Müllcontainern. Obdachlose Junkies hockten vor den Häusern und beobachteten Anna mit funkelnden Augen. Blaulicht zuckte über die mit Graffiti beschmierten Mauern, als ein Polizeifahrzeug in der Avenue nebenan einem Verbrecher nachjagte.

Es war bereits weit nach Mitternacht. Sie war gerade erst nach Hause gekommen und hatte sich nicht mehr aufraffen können zu duschen. Morgen muss ich joggen gehen, dachte sie und fragte sich, wen sie zu belügen versuchte. Sie war den gesamten Herbst hindurch noch keinen Meter gelaufen. Ihr ganzer Körper schmerzte vor Müdigkeit. Sie versuchte, Klarheit in all die Undurchsichtigkeit zu bringen, die sich aus dem Hintergrund ihres Lebens plötzlich ganz nach vorn gedrängt hatte und nun so laut rief, dass sie nichts anderes mehr hörte.

Vigyáz!

Die Müdigkeit pulsierte in ihrem Körper wie Geschwüre. Ich habe geistigen Krebs, dachte Anna und nahm eine weitere Bierdose aus dem Kühlschrank. Ich habe nicht einmal vor, ihn zu besiegen. Sie holte den Aschenbecher vom Balkon und rauchte im Wohnzimmer, während der eigenartige Technosound von Sistol ihren Kopf Beat für Beat leer fegte.

Sie rauchte eine zweite Zigarette. Die Rauchkringel stiegen zur Decke auf und hüllten das Zimmer in grauen Dunst.

Lieber Vater im Himmel oder wer auch immer, bitte lass mich wenigstens in dieser Nacht schlafen, war ihr letzter verzweifelter Gedanke, bevor sich das Tor zu einem tiefen, friedlichen Schlaf öffnete.

Juse ist ganz anders als die anderen Jungen, die ich kenne. Eigentlich habe ich Jungs immer für Trottel gehalten. Mehvan ist ein Trottel, meine Cousins sind Trottel, und die Rotznasen in dieser Hinterwäldlergrundschule waren es erst recht. Juse hat hellblaue Augen, seine Haare stehen echt niedlich vom Kopf ab, und er ist ziemlich mager. Wir waren bei einem Geschichtsprojekt in derselben Gruppe, und dann hat er in der Pause mit mir geredet, und in der nächsten Freistunde hat er mich zum Kaffee eingeladen. So fing es an. Ich war sofort in ihn verliebt. Er ist wirklich lustig und verrückt und bringt mich zum Lachen. Er hat gesagt, er hätte mich gleich am ersten Schultag gesehen und gedacht: Wer ist dieses wunderschöne, stille und intelligent wirkende Mädchen? Mir war das peinlich, aber es ist durchaus auch schön, so etwas zu hören, vor allem wenn man nicht daran gewöhnt ist. Anfangs waren wir bloß gute Freunde, wir haben geredet und geredet und alle Zeit miteinander verbracht, die ich mir erschwindeln konnte, aber ziemlich bald war dann mehr zwischen uns. Da war von Anfang an eine starke Anziehungskraft von beiden Seiten. Ich habe ihm alles über meine Herkunft und meine Familie erzählt, einfach alles. Juse hat Pläne geschmiedet, wie er meine Leute weichklopfen würde, aber damit hat er eigentlich nur unter Beweis gestellt, wie naiv er war. Aber das kann ja auch kein Finne begreifen, was diese verdammte Ehre, *namus*, für manche von uns bedeutet.

Dann hat eine Tante, oder na ja, eine entfernte Cousine der

entfernten Cousine unserer Nachbarn, Juse und mich Hand in Hand in der Stadt gesehen, als ich dem Stundenplan nach noch im Chemie-Leistungskurs in der Schule hätte sitzen müssen. Damit brach dann endgültig die Hölle los. Danach ging alles ziemlich schnell. Sie fanden heraus, dass es diesen Kurdenclub gar nicht gab, und unter Druck verriet Piya ihnen außerdem, dass ich auf ein paar Klassenpartys gewesen war. Mit anderen Worten: Sie kriegten spitz, dass ich ungefähr ein Jahr lang immer wieder die Gelegenheit gehabt hatte, mit Jungs – obendrein mit finnischen Jungs – allein zu sein und dass es da auch einen ganz bestimmten Jungen gab. Was für sie natürlich hieß, dass ich keine Jungfrau mehr war, sondern längst eine dreckige Hure. Sie mussten meine Verlobung auflösen, wer will schon eine gefallene Frau, also *bye bye*, Familienehre, Bihar hat sie zerstört.

Vater war außer sich. Trotzdem hat er es geschafft, sich zu beherrschen, er hat mich zum Beispiel nicht ein einziges Mal geschlagen. Und genau deswegen wusste ich: Jetzt wird es ernst. Es kam mir vor, als hätten sie sich schon lange auf diesen Tag vorbereitet. Hatten sie vielleicht auch.

Juse bekam eine Morddrohung, genau zu der Zeit, als ich zu Onkel und Tante nach Vantaa verfrachtet wurde. Aber die beiden, Vater und Onkel, waren so schlau, dass sie die SMS von einem Prepaidhandy aus verschickten und keine Namen nannten. Und Juse löschte sie. Weil er sie so ätzend fand. Ich war hinterher stinksauer, denn mit der SMS hätten wir einen Beweis in der Hand gehabt.

35

Die Krisensitzung anlässlich von Raunos Unfall war vorbei. Im Flur und in den Büros des Gewaltdezernats war es still, als hätte das dortige Stimmengewirr den im Krankenhaus liegenden Rauno stören können. Alle waren erschüttert und bedrückt. Der Eifer, den Mörder zu fangen, und der Kampfgeist waren der Angst um den Kollegen gewichen. Auch Virkkunen hatte den Stimmungsumschwung gespürt und versucht, seine Untergebenen aufzumuntern. Der Mörder dürfe nicht von ihrer Krise profitieren, dieses Hintertürchen dürfen sie ihm nicht gewähren, hatte er zum Abschluss der Besprechung gesagt. Alle hatten ernst genickt, doch Anna hatte das Gefühl gehabt, dass sie schon bald würde aufgeben müssen. Sie hatte zwar die ganze Nacht tief und fest geschlafen und war überraschend erholt wieder aufgewacht – ein Zustand, den sie kaum mehr gekannt hatte. Sie hatte keine Kopfschmerzen mehr verspürt und beinahe sogar Lust gehabt zu joggen. Doch gerade schlich sich die Müdigkeit wieder heran. So leicht wollte sie sich nicht kleinkriegen lassen.

Virve, die im Flur des Gewaltdezernats gewartet hatte, sah blass aus. Schweigend und mit besorgter Miene betrat sie Annas Dienstzimmer. Sie trug ein großflächig gemustertes Kleid im Retrolook und eine dicke dunkelbraune Strumpfhose. Um den Hals hatte sie ein Palästinensertuch gewickelt, und die langen Haare hatte sie diesmal zu einem lockeren Knoten aufgesteckt.

Ihren roten Dufflecoat hatte sie über einen Arm geworfen und hielt ihn wie einen Schutzschild vor sich.

»Wie geht's?«, fragte Anna.

Virve schnaubte nur.

»Bei den Ermittlungen haben sich neue Erkenntnisse ergeben, zu denen ich einige Fragen habe. Danach gehen wir ins Polizeigefängnis, um deine erkennungsdienstliche Behandlung vorzunehmen.«

»Was soll das?«, fragte Virve erschrocken.

»Reine Routine. Du wirst fotografiert, deine Fingerabdrücke und eine DNA-Probe werden genommen, und deine besonderen Kennzeichen werden registriert. Die Genehmigung dafür habe ich hier. Falls sich erweist, dass du unschuldig bist, werden sämtliche Daten nach Abschluss der Ermittlungen wieder gelöscht.«

»Stehe ich jetzt etwa unter Anklage?« Virves Unruhe wuchs.

»Nein. Noch nicht. Aber es ist jetzt ganz wichtig, dass du die Wahrheit sagst und uns gegenüber nichts mehr verheimlichst.«

Virve atmete flach, ihre Augen wanderten unstet umher. Sie nickte zum Zeichen des Einverständnisses.

»Wo warst du am Montagabend?«

»Im Kino«, antwortete Virve sofort. »Mit Emmi, die Sie im Penguin gesehen haben.«

»Welches Kino, welcher Film?«

»Im Aurora, da lief der neueste Film von Brad Pitt. Grottenschlecht war der ...«

»Wann war das?«

»Er hat um neun angefangen und war um elf zu Ende.«

»Und davor?«

»Ich war den ganzen Tag mit Emmi zusammen.«

»Bist du mal in Mexiko gewesen?«

Virve riss entsetzt die Augen auf und starrte Anna an.

»Ja«, flüsterte sie.

»Wann?«

»Im letzten Frühjahr, gleich nach der Abiprüfung.«

»Mit wem bist du dorthin gereist?«

»Ich war allein dort.«

»Allein? Warum?«

»Ich wollte alleine reisen.«

»Warum?«

»Ich weiß nicht, ich wollte einfach mal weg von allem. Von meinen Freundinnen, der Schule, meiner Mutter, von allem.«

»Hast du dich auch mit der Geschichte der Azteken befasst?«

»Die ist zwar interessant, aber deswegen bin ich nicht nach Mexiko gereist.«

»Weshalb denn dann?«

»Es gab gerade billige Flüge.«

Virve war sichtlich angespannt. Sie zupfte an ihrem Kleid, fummelte in ihrem Haar und an ihren Ohrringen herum und wippte mit dem Fuß.

»Warum fragen Sie eigentlich die ganze Zeit nach diesen Azteken?«

»Sie haben mit allen drei Morden zu tun. Darum. Und du warst zufällig zur passenden Zeit in Mexiko.«

»Ich habe nichts getan!«, rief Virve.

»Das werden wir herausfinden«, sagte Anna ruhig.

»Wirklich nicht! Sie müssen mir glauben!«

»Na, dann gehen wir jetzt mal zur Registrierung«, sagte Anna und bedeutete Virve mitzukommen.

Sie gingen in die oberste Etage des Gebäudes, wo sich das Polizeigefängnis befand. Dort roch es stark nach Zigaretten, und mit einem Schlag wurde Anna bewusst, dass sie seit Arbeitsbeginn noch nicht geraucht hatte. Sie spürte die Gier nach Nikotin als forderndes Pochen in den Schleimhäuten. Warum kann diese Gier nicht genügen?, dachte sie. Die Lust auf etwas ist oft so viel angenehmer als ihre Erfüllung.

Der Raum, in dem die erkennungsdienstliche Behandlung durchgeführt wurde, lag in der Mitte des Gefängnistrakts. Er war grau und mit Neonröhren ausgestattet wie alle anderen Zimmer im Polizeigebäude auch, hatte jedoch keine Fenster. In dem kargen Raum befanden sich lediglich ein Computer, Fotoapparate samt Zubehör und ein Gerät zur Speicherung von Fingerabdrücken, das an einen Kopierer erinnerte. Der altmodische Vorgänger dieses Geräts, ein Tintenroller, lag auf einem kleinen Tischchen in der Ecke. Anna überlegte, ob er absichtlich dort bereitlag, als Reserve für den Fall eines Stromausfalles oder einer noch größeren infrastrukturellen Katastrophe.

»Wir nehmen zuerst die Fingerabdrücke, dann die DNA-Probe, und zum Schluss mache ich die Fotos«, erklärte Heikki, ein junger Mann, der eine Ausbildung zum Medienassistenten absolviert und ursprünglich von einem ganz anderen Job geträumt hatte, inzwischen aber mit seinem Arbeitsplatz äußerst zufrieden war. Der Umgang mit Kriminellen übte eine seltsame Faszination auf ihn aus. Er konnte seinen Freunden viel aufregendere Geschichten erzählen, als die anderen sie in ihren langweiligen Jobs erlebten. Er hatte zum Beispiel Fingerabdrücke und Fotos des Pärchens gespeichert, das im vorigen Sommer eine Frau zerstückelt und in einem Koffer versteckt hatte, außerdem von Motorradgangstern, Angehörigen der Jugomafia und anderen Berufsverbrechern, deren Narben und Tätowierungen er genauestens dokumentiert hatte.

Nachdem er die Fingerabdrücke gespeichert hatte, überprüfte Heikki die Genehmigung für die DNA-Probe und bat Virve, den Mund zu öffnen. Routiniert führte er ein Wattestäbchen über die Innenseiten ihrer Wangen und schob es dann in einen Plastikbehälter.

»So, das geht jetzt zur Analyse«, sagte er.

»Das ist alles so schrecklich«, flüsterte Virve. »Man fühlt sich wie eine Verbrecherin.«

»Tatsächlich?«, fragte Anna interessiert. »Plagt dich das schlechte Gewissen?«

»Ich brauche kein schlechtes Gewissen zu haben, glauben Sie mir doch endlich! Aber dieser Raum hier ist einfach entsetzlich. Und diese ganzen Fingerabdrücke und Proben – als hätte ich etwas Schlimmes getan! Wozu brauchen Sie die überhaupt?« Virve brach in Tränen aus und sah aus, als wollte sie am liebsten Reißaus nehmen. Sie war kurz davor, die Nerven zu verlieren.

»Setz dich. Gut. Und jetzt hör mir gut zu. Diese Maßnahmen sind Teil der Ermittlungen, und es ist ganz normal, dass das Objekt der Maßnahmen, in diesem Fall also du, sie als beklemmend und stigmatisierend empfindet. Du bist nicht die Erste, die hier in Panik gerät. Sobald deine Unschuld erwiesen ist, werden all diese Daten sofort wieder vernichtet. Im Polizeiregister bleiben keine Angaben über dich zurück. Also beruhige dich, wir machen jetzt noch ein paar Fotos, und dann ist das Ganze erledigt«, redete Heikki auf Virve ein, die sich sichtlich entspannte. Der versteht sein Handwerk, dachte Anna, ich darf nicht vergessen, ihn dafür zu loben.

»Na also, so ist es gut. Du brauchst keine Angst zu haben. Zuerst fotografiere ich dein Gesicht und dann spezielle Merkmale, Tätowierungen zum Beispiel. Hast du welche?«

Virve wischte sich mit dem Ärmel die Tränen ab und sagte kein Wort.

»Hast du Tätowierungen, Narben, große Muttermale oder ...«

Virve starrte auf die alte Tintenrolle, als hätte sie die Sprache verloren. Ihr Blick verriet tiefe Verzweiflung. Anna und Heikki warteten ab. Schließlich zog Virve langsam den linken Ärmel hoch.

Auf ihrem Arm, unmittelbar über dem Handgelenk, wurde eine prächtige, bunte Orchidee sichtbar, an deren Nektar sich mit gebogenem Schnabel ein wunderschöner Vogel labte. Ein Kolibri.

»Sollen wir sie festnehmen?«, fragte Esko. Das Team war unverzüglich in Virkkunens Dienstzimmer beordert worden. Virve wartete unterdessen bei Heikki.

»Sie kann beweisen, dass sie im Kino war, als Veli-Matti erschossen wurde«, sagte Anna. »Ich habe gerade mit dem Kino telefoniert und auch mit dieser Emmi, mit der sie dort war. Der Film hat bis elf Uhr gedauert, und niemand ist während der Vorstellung gegangen.«

»Und davor?«, fragte Sari. »Veli-Matti wurde nicht sehr spät erschossen. Sie könnte es vor dem Kinobesuch getan haben.«

»Sie war ab fünf Uhr mit Emmi zusammen. Bevor sie ins Kino gegangen sind, waren sie schwimmen. Den Mord an Veli-Matti kann Virve also nicht begangen haben.«

»Sie arbeitet mit Jere zusammen, das habe ich ja von Anfang an gesagt. Herrgott noch mal, jetzt haben wir jemanden mit einem Kolibri auf dem Arm! Den ganzen verdammten Herbst lang haben wir überlegt, was dieser Huitzilodingsbums zu bedeuten haben könnte. Da werden wir das Mädchen doch jetzt nicht laufen lassen! Wird es nicht langsam Zeit, diese Mordserie zu stoppen?«, rief Esko.

»Was hast du aus Jere herausgekriegt?«, fragte Virkkunen.

»Nichts Besonderes. Mit diesem Hippiemädchen vögelt er jedenfalls nicht mehr. Angeblich ist er jetzt endlich reif, Riikka zu betrauern, und will der Trauerarbeit nicht mehr aus dem

Weg gehen. Scheiße, was für ein Gelaber aus dem Mund eines Mannes! Und am Montag war er tagsüber in Vorlesungen und hat den Abend und die Nacht in Varpaneva mit einer Gruppe Wildmarkwanderer von der Universität verbracht. Ich habe das überprüft, dieser Wanderclub bestätigt es. Total bekloppte Typen – um diese Jahreszeit, obendrein an einem Werktag, in irgendeinem Moor zu zelten! Aber sie waren dort. Den ganzen Abend und die Nacht.«

»Dann können sie es nicht gemeinschaftlich getan haben, wenn beide ein wasserfestes Alibi haben. Es müsste dann ja noch einen Dritten im Bunde geben, und das klingt einigermaßen unglaubwürdig«, meinte Anna.

»Hatten wir nicht auch mal über Sekten spekuliert?«, fragte Sari. »Rauno hatte doch im Internet zwei Gruppierungen gefunden. Und diesen Webshop. Wir brauchen übrigens Zugang zu Raunos E-Mails, der Russe hat ihm bestimmt inzwischen mitgeteilt, ob er diesen Schmuck nach Finnland geliefert hat.«

»Ich besorge dir das Passwort«, sagte Virkkunen.

»Gut. Vielleicht handelt es sich um irgendeine krankhafte Sekte, so nach dem Muster: Jeder darf mal töten, immer schön reihum.«

»Das wäre natürlich eine Erklärung«, sagte Anna. »Aber ist es wirklich denkbar, dass so viele gleichzeitig durchdrehen und dann gemeinsam Menschen opfern? Im echten Leben?«

»Es hat auch schon Massenselbstmorde gegeben. Im Namen der Religion sind manche Leute zu allem fähig.«

»Sich selbst zu töten ist schon etwas anderes, finde ich.«

»Na, ich weiß nicht. Aber wenn es um eine Sekte geht, wer ist dann der Anführer? Jere hat jedenfalls keine Kolibri-Tätowierung.«

»Na, diese Virve natürlich«, polterte Esko. »Die Tussi hat

das Tattoo. Sie ist der Huitzilotyp, der Boss, der Obergott, zum Teufel.«

»Irgendwie glaube ich das nicht«, widersprach Anna. »Ich habe sie immerhin schon dreimal vernommen.«

»Wir müssen die beiden wirklich noch mal grillen, besonders im Hinblick auf diese Aztekengeschichte. Aber für eine Verhaftung reichen die Beweise immer noch nicht aus«, gab Virkkunen zu bedenken.

»Aber es kann doch kein Zufall sein, dass der Mörder Bilder von diesem wahnsinnigen Aztekengott hinterlässt und ein Mädchen, das wir zuvor schon im Verdacht hatten, ausgerechnet eine Tätowierung am Arm hat, die genau dazu passt. Das kann einfach kein Zufall sein!«, rief Esko.

»Da stimme ich dir zu«, nickte Virkkunen. »Ein Zufall ist das sicher nicht. Trotzdem ist die Tätowierung kein ausreichender Beweis dafür, dass Virve eine Mörderin oder Sektenführerin ist – zumal sie ein Alibi hat. Bisher haben wir nur ein einziges Indiz. Geht und macht mit den Vernehmungen weiter. Wenn diese jungen Leute eine Verbindung zu dieser Göttergestalt oder zu irgendeinem Kult haben, sind wir einen Schritt weiter. Also holt es aus den beiden raus. Und zwar schleunigst.«

»Du neigst offenbar dazu, deine Freundinnen tätlich anzugreifen«, sagte Esko zu Jere Koski, der in Vernehmungsraum zwei saß und seine Hände betrachtete. »Virve Sarlin hat ausgesagt, du seist eifersüchtig und gewalttätig. Stimmt das?«

Jere blickte auf.

»Ich will das nicht«, sagte er zögernd.

»Was?«

»Es bricht einfach aus mir hervor. Ich komme nicht dagegen an.«

»Was bricht hervor?«, fragte Sari.

»Na, die Aggression. Als ob in meinem Kopf einfach die Lichter ausgehen. Dann packt mich diese Wut ...«

»Passiert das oft?«

Jere sah sie verwundert an, als wüsste er auf einmal nicht mehr, wo er war und wer ihm gegenübersaß.

Dann lächelte er zaghaft.

»Zum Glück nicht. Ich versuche, es mir abzugewöhnen. Ich will nicht so sein wie ...«

Er verstummte.

»Wie wer?«, half Sari ihm weiter.

»Mein Vater«, flüsterte Jere.

»Aber du bist trotzdem wie er, nicht wahr?«, fragte Sari.

»Ja. Vielleicht. Verdammte Scheiße!« Jere ballte die Hände so fest zusammen, dass die Fingerknöchel weiß wurden.

»An Riikkas Leiche wurden alte Blutergüsse gefunden. Ziemlich groß und an einer Stelle, wo man sie sich nicht einhandelt, wenn man versehentlich gegen eine Tischkante stößt. Die Rechtsmedizinerin tippte auf einen Sturz vom Fahrrad. Ein paar Wochen vor Riikkas Tod. Hattest du etwas damit zu tun?«, fragte Sari.

Jere bejahte kaum hörbar.

»Lauter!«, kommandierte Esko.

»Riikka wollte ihre letzten Sachen bei mir abholen. Sie hatte noch ein Kleid und eine Hose bei mir, die sie brauchte. Ich habe sie angefleht, es noch einmal mit mir zu versuchen. Damit ging es los.«

»Erzähl mal genauer. Von Anfang an.«

»Sie war so süß in ihrem dünnen Kleid. Es war ein richtig heißer Tag. Ich hab versucht, sie zu umarmen oder so, aber sie hat mich zurückgestoßen und gesagt: Zu spät. Ich hab ihr erklärt, dass ich im Internet so einen Selbsthilfeverein gefunden hätte, Männerclique heißt er, und dass ich bei denen mitmachen wollte, wenn sie bloß wieder zu mir zurückkäme. Ich habe ihr sogar die Broschüre von dem Verein gezeigt, die hatte ich mir extra ausgedruckt.«

Jere holte tief Luft und nahm all seinen Mut zusammen, um weiterzusprechen.

»Ich hatte eine tolle Freundin, und trotzdem hab ich Idiot alles vermasselt. Ich hatte mir geschworen, nicht so einer zu werden, und dann war ich's doch. Aber ich hab sie nicht so verprügelt, wie Vater es manchmal mit Mutter gemacht hat.«

»Wie hast du sie denn verprügelt?«, fragte Esko.

»Ich hatte es vorher bloß ein einziges Mal getan. Aber da hab ich sie wirklich bloß gepackt und gerüttelt, nicht geschlagen oder so! Und dann habe ich sie zu Boden geworfen und bin davongerannt. Ich hatte eine höllische Angst vor mir selbst. Danach fing Riikka an, über eine Trennung nachzudenken. Und deshalb ist sie schließlich auch gegangen. Obwohl ich es kein zweites Mal getan habe. Ich bin immer geflüchtet, wenn ich innerlich anfing zu kochen. Außer bei diesem einen Mal im Sommer ...«

»Kommen wir noch mal darauf zurück«, sagte Esko. »Du hast also die Broschüre von diesem Männerverein ausgedruckt. Und was passierte dann?«

»Riikka hat bloß gesagt, es sei zu spät. Was passiert sei, könne man nicht mehr ungeschehen machen. Ich hab sie gefragt, ob sie schon einen anderen hätte. Sie hat mir nicht geantwortet, aber ich hab's ihr angesehen. Da sind bei mir die Sicherungen durchgebrannt, und ich hab zugeschlagen und sie gegen die Wand gestoßen, und sie ist gestolpert und gegen den Sofatisch geknallt. Ein Wunder, dass der nicht kaputtgegangen ist! Daher kamen die blauen Flecken. In dem Moment wurde mir klar, dass Riikka nicht mehr zu mir zurückkommen würde. Dass ich meine letzte Chance verspielt hatte. Ich war am Boden zerstört. Deshalb bin ich dann auch nach Lappland abgehauen. Um zur Ruhe zu kommen und nachzudenken.«

»Aber vorher hast du noch mit Virve gevögelt«, stellte Sari fest.

Jere wirkte verlegen.

»Na ja. Sie kam zu mir und ist so um mich herumgestrichen, dass ich mir gedacht habe, warum nicht.«

»Und hast du sie auch geschlagen?«

»Einmal bin ich ausgerastet, als sie damit anfing, Riikka hätte einen Neuen. Aber ich hab sie nicht geschlagen, nur geschüttelt. Ich konnte mich aber noch beherrschen. Und im Gegensatz zu Riikka hat Virve mir verziehen. Sie glaubt mir, dass ich mich ändern will.«

»So eine Neigung zu Eifersucht und Gewalt sieht in den Augen der Polizei gar nicht gut aus«, sagte Esko.

»Natürlich nicht. Ich bin auch nicht stolz darauf. Aber Sie wissen doch, dass ich in Lappland war, als Riikka gestorben ist. Außerdem hätte ich sie nie umgebracht! Ich habe sie doch geliebt. Und Veli-Matti war ein echt guter Lehrer, gegen den habe ich nie was gehabt. Und diesen anderen Typen habe ich überhaupt nicht gekannt!«

»Und Virve?«

»Was ist mit ihr?«

»Sie hat für die beiden ersten Morde kein Alibi.«

»Als der zweite passiert ist, war sie bei mir.«

»Das ist kein verlässliches Alibi. Es könnte ja sein, dass du uns belügst, um sie zu decken.«

»Warum sollte ich das tun?«

»Ich weiß nicht – aus Angst?«

Jere rutschte unruhig auf seinem Stuhl herum.

»Diese ganze Geschichte macht mir Angst. Ich gebe zu, dass

Virve und ich und ziemlich viele von unseren Bekannten die Hosen gestrichen voll haben, seit das alles losgegangen ist. Niemand traut sich mehr aus dem Haus. Aber Virve war bei mir in der Wohnung, als der erste Mann umgebracht wurde. Ganz ehrlich.«

»Ja. Und du warst oben im Norden, als Riikka starb«, stellte Sari fest.

Jere schniefte. Dann brach er in Tränen aus. Esko wandte das Gesicht ab.

»Es war meine Schuld«, stieß Jere hervor. »Wenn ich es geschafft hätte, mich zu beherrschen, wäre Riikka zu mir zurückgekommen. Sie hätte mich nie verlassen. Und dann wäre das alles nicht passiert. Sie wäre bei mir gewesen, in Sicherheit. Scheiße, das ist alles meine Schuld«, schluchzte er.

»Setz dich mit dieser Männerclique in Verbindung«, sagte Sari. »Ruf gleich heute dort an. Ich habe nur Gutes über diesen Verein gehört.«

Jere wischte sich das Gesicht mit dem Ärmel trocken und nickte.

»Ich will mich bessern«, murmelte er. »Ich könnte es nicht ertragen, so zu werden wie mein Vater. Lieber bringe ich mich um.«

Sari reichte ihm ein Taschentuch.

»Und die Azteken?«

»Was ist denn schon wieder damit?«

»Fällt dir zu denen nichts ein? Sagt dir Huitzilopochtli etwas?« Jere sah sie starr an.

»Was ist das?«, fragte er.

»Mir scheint, das weißt du genau«, erwiderte Sari.

»Irgendwie hab ich das Gefühl, als hätte ich das Wort schon mal gehört, aber an den Zusammenhang erinnere mich nicht mehr.«

»Streng dich ein bisschen an.«

Jere schwieg lange.

»Es ist Virves Tattoo«, sagte er schließlich.

»Du wusstest es also doch«, brummte Esko.

»Ich hab schreckliche Angst, dass es Virve war«, stammelte Jere.

Anna holte Virve bei Heikki ab und führte sie zurück in ihr Dienstzimmer.

»Erinnerst du dich noch daran, dass wir dich beim letzten Mal gefragt haben, was du über Huitzilopochtli weißt?«, fragte sie. Sie bemühte sich um einen möglichst ruhigen und freundlichen Ton. An sich war es gut, wenn ein Befragter Respekt vor der Polizei hatte, denn häufig brachte dieser Respekt die Wahrheit zum Vorschein, doch wenn er zu übermächtig wurde, schotteten sich die meisten Menschen ab. In solchen Fällen musste man behutsam vorgehen. Anna machte sich Sorgen wegen ihrer geringen Erfahrung. Im Streifendienst hatte sie praktisch keine Vernehmungen führen müssen, abgesehen von ein paar Befragungen am Tatort. Je weiter die Ermittlungen in diesem Fall voranschritten, desto unfähiger fühlte sie sich.

Und sie musste versuchen, ihr Gähnen zu unterdrücken. Denn was signalisierte sie damit?

»Ja, ich erinnere mich«, sagte Virve und wagte es, Annas Blick zu erwidern. Das war ein Zeichen für Ehrlichkeit – manchmal jedenfalls.

»Ich kann mich ebenfalls daran erinnern. Du bist damals sehr erschrocken. Warum?«

»Na, Sie haben meine Tätowierung doch gesehen. Darum.«

»Erzähl mir von dem Tattoo. Wann hast du es stechen lassen, wo und warum?«

»Im Pink-Ink in der Hallituskatu, im Mai, nachdem ich aus Mexiko zurückgekehrt war. Warum? Warum lassen sich die Leute tätowieren? Es ist eben Mode. Das Tattoo habe ich mir sozusagen zum Abitur geschenkt.«

»Warum gerade dieses Motiv? Einen Kolibri?«

»Kolibris haben mir immer gefallen, mehr steckt nicht dahinter. Na ja, ich habe die Vorlage dazu selbst entworfen, ich kann einigermaßen gut zeichnen, und damit bin ich in das Geschäft gegangen, die haben mir gesagt, was es kosten würde, und zwei Wochen später hatte ich es auf dem Arm. Mehr war da nicht, ehrlich.«

»Wusstest du, dass Huitzilopochtli bedeutet: ›Der einen Kolibri in der linken Hand hält‹?«

»Ja, durch die Mexikoreise.«

»Und trotzdem wolltest du das Tattoo?«

»Ich fand es damals einfach nur cool. Aber warum fragen Sie danach? Was hat mein Tattoo mit der ganzen Sache zu tun? Ich habe die ganze Zeit das Gefühl, dass es da irgendetwas gibt, wovon ich nichts weiß, weswegen Sie ausgerechnet mir die Morde an Riikka und Veli-Matti und an diesem anderen Mann anhängen wollen.«

»Besitzt du irgendwelche Schmuckstücke, die mit den Azteken zusammenhängen?«

»Nein, definitiv nicht.«

»Du trägst ziemlich viel Schmuck.«

»Ja, aber keinen aztekischen, soweit ich weiß.«

»Hast du dir in Mexiko Schmuck gekauft?«

»Ja, dieses Armband hier«, sagte Virve und hob den Arm. »Sonst nichts.«

»Gehörst du irgendeiner religiösen Gemeinschaft an?«

»Der evangelischen Kirche. Ich denke allerdings darüber nach auszutreten.«

»Und Jere?«

»Der auch. Er will aber nicht austreten.«

»Interessiert Jere sich für die Azteken?«

»Bestimmt nicht. Wer interessiert sich schon für die? Das waren doch total durchgeknallte Killer.«

Virve verstummte. Plötzlich ging ihr die Bedeutung ihrer Worte auf.

»Die Opfer trugen irgendwelche Aztekenzeichen, oder?«, flüsterte sie.

Anna nickte.

»Ich wusste es! Ich hab so was geahnt, als Sie mich das erste Mal nach den Azteken gefragt haben. Was ist es? Darf ich es wissen?«

»Ein Schmuckstück mit dem Bild von Huitzilopochtli.«

»Da versucht jemand, den Verdacht auf mich zu lenken!«

»Wer könnte das sein?«

»Keine Ahnung.«

»Und warum?«

»Ich weiß es wirklich nicht.«

»Denk mal nach. Wer weiß von deinem Tattoo?«

»Alle. Ich meine, alle, die irgendwas mit mir zu tun haben. Im Sommer war es ja die ganze Zeit sichtbar. Es ist ziemlich auffällig, ich bin sogar von Fremden darauf angesprochen worden. Wahrscheinlich kennt die ganze Stadt dieses seltsame Mädchen, das den ganzen Sommer über auf der Terrasse des Penguin saß und einen Kolibri auf dem Arm hat.«

»Huitzilopochtli«, sagte Anna.

»Ja.«

»Auch Jere kannte die Geschichte von Virves Tätowierung. Und sobald wir ihn nach den Azteken gefragt haben, hatte er Angst, Virve könnte die Mörderin sein«, berichtete Esko, als das Ermittlerteam beim Essen in der Polizeikantine zusammensaß. Pürierte Gemüsesuppe von undefinierbarer Farbe und Leberhacksteaks. Ich wollte doch nie wieder hier essen, dachte Anna. Sie merkte, dass es auch den anderen nicht schmeckte.

»Was ist bloß mit der Jugend von heute los, wieso sagen sie der Polizei gegenüber nicht die Wahrheit? Also, wenn ich Angst hätte, dass mein Bettgespiele ein verrückter Mörder sein könnte, würde ich doch mit der Polizei darüber reden, und zwar in allen Einzelheiten«, sagte Sari.

»Das erste Opfer war ihre Freundin, und die beiden hatten Angst, dass man ihnen die Schuld daran geben könnte, weil sie inzwischen miteinander zugange waren. Sie hatten von Anfang an Schuldgefühle. Dann kam beiden der Verdacht, der jeweils andere könnte der Täter gewesen sein. Das hat sie so durcheinandergebracht, dass sie alles Mögliche verschwiegen haben. Aber ich glaube, dies war kein planmäßiges Verhalten, sondern einfach nur der schiere Selbsterhaltungstrieb«, meinte Anna.

»Wir können die beiden auf keinen Fall aus den Ermittlungen ausschließen. Sie haben alles: den Kolibri, die Waffe, das Motiv – alles. Aber es muss noch ein Dritter beteiligt gewesen sein«, wandte Esko ein.

»Aber was wäre das Motiv für den Mord an Ville Pollari?«, wollte Sari wissen.

»Er war Augenzeuge beim ersten Mord.«

»Und bei ihrem früheren Lehrer? Veli-Matti?«, fragte Anna.

»Sie wollten töten. Huitzilo hat's ihnen befohlen«, brummte Esko.

»Wem gehört dann der rote Wagen? Der wurde im Frühjahr vor dem Haus der Helmersons gesehen und später in der Nähe eines jeden Tatorts«, gab Virkkunen zu bedenken. »Weder Virve noch Jere besitzt so ein Auto.«

Darauf hatte niemand eine Antwort.

»Wir behalten die beiden vorsichtshalber so lange in Gewahrsam, wie es gesetzlich möglich ist. Inzwischen untersucht ihr das Haus der Helmersons und sprecht noch mal mit der Witwe«, ordnete Virkkunen an. »Es eilt.«

36

»Sie schon wieder«, sagte Kaarina Helmerson, als sie Anna und Esko öffnete. Sie wirkte verhärmt. Dunkle Ringe unter den Augen, die Haare nachlässig zum Pferdeschwanz gebunden.

»Guten Tag«, begrüßte Anna sie, und dann zückte sie den Durchsuchungsbeschluss. »Wir müssen uns in Ihrem Haus umsehen und Veli-Mattis Sachen durchsuchen.«

»Natürlich. Bitte.«

»Setzen Sie sich doch bitte so lange aufs Sofa. Eigentlich dürfen Sie uns nämlich nicht bei der Arbeit stören«, sagte Esko, nahm Kaarina am Arm und führte sie ins Wohnzimmer, wo er sie sanft aufs Sofa drückte. Die Frau wehrte sich nicht. Sie bewegte sich willenlos wie ein Roboter. Esko sah sie besorgt an und blieb bei ihr sitzen, während Anna mit der Durchsuchung von Veli-Mattis Arbeitszimmer begann.

Der Schreibtisch, das Schlafsofa und die Einbauschränke ließen gerade so viel Bodenfläche frei, dass man die Couch ausziehen konnte. Anna öffnete die Schränke. Drei mit Ordnern und Papierstapeln gefüllte Regalbretter. Unterrichtsförderung. EDV-Zuschüsse. Formulare. Unterrichtspläne. Geschichts-Leitfaden für Lehrer. Prüfungsthemen Englisch.

Anna blätterte jeden Ordner durch, fand aber nichts, was nicht zum Lehreralltag gehörte. Die restlichen Schrankfächer waren mit Kleidungsstücken gefüllt. Was suche ich hier eigentlich?, überlegte Anna. Wie soll ich etwas finden, wenn ich nicht einmal weiß, wonach ich suche?

Da klingelte ihr Handy.

Es war Linnea Markkula.

»Ha!«, rief die Rechtsmedizinerin, ohne ihren Namen zu nennen oder Anna zu begrüßen.

»Was gibt's denn?«, fragte Anna ungeduldig.

»Ich hab gerade eben die Laborbefunde bekommen.«

»Jetzt sag schon!«

»Bei dem Stoff, der Veli-Matti injiziert wurde, handelt es sich um Haloperidol. Das gute alte ›Vitamin H‹. In Finnland ist es unter dem Namen Serenase auf dem Markt. Haloperidol wird unter anderem zur Behandlung schizophrener Symptome und bei Erregungszuständen eingesetzt. Und in den USA verwandelt man bei der Abschiebung unerwünschter Personen diese mit dem Stoff in willfährige Schafe, um es mal freundlich auszudrücken. Interessant ist dabei, dass das Zeug schnell und zuverlässig wirkt, aber schwer zu bekommen ist und verdammt genau dosiert werden muss. Profistoff, würde ich sagen. Nicht unbedingt im Straßenhandel zu kriegen.«

»Und was bedeutet das?«

»Schwer zu sagen. Ist seine Frau Ärztin oder so was?«

»Nein. Schulrektorin.«

»Aha. Na, irgendwer hat Veli-Matti das Zeug jedenfalls verabreicht. Ihr solltet nach der Ampulle suchen. Klein, braun und aus Glas ... Wollen wir übrigens am Freitag zusammen ausgehen? Du könntest deinen Bruder ...«

»Linnea! Ich mache mich jetzt auf die Suche nach der Ampulle.«

»Warte, Anna! Es gibt noch mehr. Ich habe den Leuten im Labor nämlich Dampf gemacht.«

Sari saß in ihrem Dienstzimmer am Computer und versuchte sich zu konzentrieren. Sie hatte versucht, die Nachbarn der

Helmersons, die sie nicht angetroffen hatte, telefonisch zu erreichen, doch sie hatten sich immer noch nicht bei ihr gemeldet. Nun schrieb sie die Aussagen der anderen Nachbarn ins Reine. Dabei schweiften ihre Gedanken immer wieder ab. Ihr Mann war wieder auf Dienstreise. Die Kinder hatten unruhig geschlafen und waren am Morgen verschnupft gewesen. Außerdem bedrückte sie Raunos Zustand, und Bihars Verschwinden nagte ebenfalls an ihr. Sari machte sich schwere Vorwürfe. Sie war immerhin auch der Meinung gewesen, dass die Situation in der Familie Chelkin äußerst verdächtig wirkte. Also hätte sie Anna unterstützen und dafür einstehen sollen, das Mädchen im Auge zu behalten. Doch dafür war es jetzt zu spät. Was mochte mit Bihar passiert sein?

Sari umklammerte die Maus und klickte eine gerade eingetroffene E-Mail an. Sie kam von ihrem Bekannten bei der Zentralkripo, der ihr versprochen hatte, den anonymen SMS nachzuspüren. Auch das noch, dachte Sari und spürte den Drang, die Mail ungelesen zu löschen. Sie blickte zum Fenster, an das die ersten Regentropfen prasselten. Dann zwang sie sich, die Nachricht zu lesen.

Ihr Bekannter hatte festgestellt, dass eine der Nachrichten im Stadtteil Välikylä und zwei über den Sendemast in unmittelbarer Nähe des Polizeigebäudes abgeschickt worden waren. Mehr habe er nicht herausfinden können, schrieb er. Das Handy, von dem sie gekommen waren, lasse sich nicht aufspüren. Aber Sari solle sich melden, falls sie eine weitere SMS erhielt, dann könne man noch etwas anderes ausprobieren. Sari spürte, wie ihr der Schweiß ausbrach. Was hatte das zu bedeuten? Das Polizeigebäude lag an einer belebten Straße im Zentrum, täglich gingen oder fuhren Tausende Menschen daran vorbei. Dennoch wurde Sari das Gefühl nicht los, dass der Absender der SMS sie beobachtete. Dass es sich nicht um einen

Dummejungenstreich handelte. Vielleicht hing die Sache sogar mit den Joggingmorden zusammen, und doch hatte sie niemandem von den Nachrichten erzählt. Hatte sie einen zweiten schwerwiegenden Fehler begangen?

Sari sah auf die Uhr. Es war fast vier, bald würde sie nach Hause gehen können. Ob dort alles in Ordnung war? Wenn die Kinder fieberten, hätte Sanna doch bestimmt Bescheid gesagt.

In ihrer Unruhe rief sie Sanna an. Das Freizeichen ertönte, aber niemand meldete sich. Um diese Zeit sind sie bestimmt draußen, dachte Sari und blickte aus dem Fenster. Draußen regnete es heftig. Nun konnte sie sich erst recht nicht mehr auf ihren Bericht konzentrieren.

Wieder wählte sie die Nummer. Wieder keine Antwort. Sanna war eigentlich sehr gewissenhaft und hatte das Handy immer in Reichweite. Aber vielleicht hatte sie es ja zu Hause vergessen, oder es klingelte leise in ihrer Tasche am anderen Ende der Wohnung. Bei dem Lärm, den die Kinder manchmal machten, hörte sie es womöglich nicht. Sari schickte eine SMS: »Ruf mich bitte an.« Sie versuchte, sich wieder auf ihre Notizen zu konzentrieren.

Das wird nichts mehr, am besten fahre ich gleich nach Hause, dachte Sari irgendwann. Da klingelte ihr Telefon. Erleichtert nahm sie es zur Hand, aber die Anruferin war nicht Sanna, sondern Kirsti von der Kriminaltechnik.

In Veli-Mattis Klassenzimmer, genauer gesagt auf dem Lehrerpult, war ein winziger Tropfen Haloperidol gefunden worden. Veli-Matti war also dort betäubt worden. Ziemlich dreist und riskant. Wie hatte der Mörder es wagen können, in das Schulgebäude einzudringen und Veli-Matti in Handschellen von dort nach Selkämaa zu bringen? Hatte er denn überhaupt keine Angst gehabt, erwischt zu werden? Und wie war er überhaupt in das Gebäude hineingekommen? An keiner der Schultüren waren Spuren eines Einbruchs festgestellt worden. Sari schauderte. Wozu war dieser kranke Mensch noch fähig? Sie dachte an ihre Kinder. Die Sorge stach ihr wie mit spitzer Nadel in die Haut und würgte sie wie mit knochigen Fingern. Sari speicherte den halb fertigen Bericht, schaltete den Computer aus, tauschte Pumps gegen Regenstiefel und nahm ihren Mantel aus dem Schrank.

Noch einmal rief sie zu Hause an.

Keine Antwort.

Anna setzte sich auf Veli-Mattis Schreibtischstuhl und holte tief Luft. Sie überlegte, was sie als Nächstes tun sollte, und beschloss, am ursprünglichen Plan festzuhalten. Also ging sie ins Bad. Der große Spiegelschrank war mit teuren Kosmetikprodukten gefüllt. Bekannte Namen zogen vor Annas Augen vorbei, als sie die Tiegel und Tuben aus dem Schrank nahm und auf den Rand des Waschbeckens stellte.

Und da war sie. Hinter all den Beauty-Produkten. Eine kleine Ampulle aus Glas, genau wie Linnea gesagt hatte. Auf dem Etikett stand Serenase.

Anna kehrte ins Wohnzimmer zurück. Esko saß auf dem Sofa und hielt Kaarinas Hand. Kaarinas Haare waren ungekämmt, unter den Augen hingen Reste nicht entfernter Mascara. Die Fassade der gepflegten, eleganten Rektorin war innerhalb weniger Tage gebröckelt, und darunter war eine alternde, leidende Frau zum Vorschein gekommen. Sehe ich auch so erschöpft aus?, dachte Anna und warf einen Blick in den Spiegel im Flur. Ja, musste sie zugeben.

»Wir haben Ihre Aussage hinsichtlich der drei Abende, an denen die Morde geschahen, überprüft. Leider hat sich dabei ergeben, dass Sie für keinen einzigen ein gesichertes Alibi haben. Ihre Mutter kann wegen ihrer Gedächtnisstörung nicht zuverlässig bezeugen, dass Sie bei ihr waren«, erklärte Anna und spürte zu ihrer Überraschung heftiges Mitleid mit der Frau.

»Ich war dort«, entgegnete Kaarina kurz angebunden.

»Dass es nicht zu beweisen ist, bedeutet natürlich nicht automatisch, dass Sie unter Verdacht stehen«, sagte Esko.

Anna warf ihm einen warnenden Blick zu, doch er schien ihn nicht auffangen zu wollen.

»Gut«, sagte Kaarina und lächelte Esko müde an.

Anna zeigte ihr ein Foto von Virves Tätowierung.

»Kommt Ihnen das hier bekannt vor?«

»Ist das nicht die Tätowierung von der kleinen Sarlin?«

»Ja. Woher wissen Sie das?«

»Es war ja nicht zu übersehen. Den ganzen Sommer lang lief sie in ärmellosen Kleidern herum und hielt praktisch jedem ihren Arm unter die Nase. Sie fand das ach so individuell, dabei hat heutzutage doch fast jeder irgendwelche Kritzeleien am Körper.«

»Wissen Sie, was die Tätowierung darstellt?«

»Einen Kolibri und eine Blume.«

»Aber was hat sie zu bedeuten?«

»Keine Ahnung.«

»Der Kolibri ist ein Symbol für Huitzilopochtli.«

»Mein Gott! Hat Virve etwa ...«

»Könnte Virve Ihrer Meinung nach die Mörderin sein?«

»Ich weiß es nicht. Eigentlich ... nein. Sie war keine besonders gute Schülerin, aber eine Mörderin ...«

»Virve hat zudem für den Zeitpunkt des Todes Ihres Mannes ein gesichertes Alibi.«

»Also?«

»Wenn Virve in die Sache verwickelt wäre, müsste sie einen Komplizen haben. Oder jemand weiß von der Tätowierung und versucht, den Verdacht auf Virve zu lenken. Aber wer könnte das sein?«

»Das weiß ich doch nicht«, antwortete Kaarina kühl.

»Gab es in Ihrer Ehe mit Veli-Matti Probleme?«, fragte Anna.

»Nein. Das heißt, in einer langjährigen Ehe geht es natürlich immer mal auf und ab. Über die Kinderlosigkeit haben wir ja schon gesprochen, aber sonst gab es keine ernst zu nehmenden Probleme.«

»Untreue?«

»Nein.«

»Sind Sie sich da ganz sicher?«

Kaarina schwieg. Sie ließ Eskos Hand los, strich sich über das Gesicht, wischte mit den Fingerspitzen über das Sofa.

»Kann man sich eines Menschen je hundertprozentig sicher sein?«, fragte sie dann leise.

»Wissen Sie, was das hier ist?«, fragte Anna und zeigte Kaarina die Ampulle. Esko stand auf.

»Keine Ahnung.«

»Sie lag in Ihrem Badezimmerschrank.«

»Mir gehört sie nicht. Ich weiß nicht, was das ist.«

»Darin war das Mittel, mit dem Ihr Mann vor dem Mord betäubt wurde.«

»Ich habe dieses Fläschchen noch nie gesehen, und ich weiß auch nicht, wie es hierhergekommen ist«, sagte Kaarina.

Anna wartete. Gleich würde sie sie auch mit dem Rest konfrontieren müssen. Warum fiel ihr das bloß so schwer?

»Ihre DNA befindet sich an den Bonbonpapierchen, die in Selkämaa gefunden wurden. Und das Sperma, das wir bei Riikka Rautio sichergestellt hatten, war das Ihres Mannes«, brachte sie schließlich hervor.

Kaarina blickte durch das Fenster nach draußen, wo die letzten Blätter der Hecke sich hartnäckig an die dünnen, schon fast kahlen Zweige klammerten und der Rasen einer braunen Patchworkdecke glich und genauso aussah wie die Bilder, die Grundschüler jahraus, jahrein in jedem Herbst malten.

»Wussten Sie wirklich nichts von dem Verhältnis zwischen Veli-Matti und Riikka?«, fragte Anna.

»Es ist höchste Zeit zu reden«, ermahnte Esko sie sanft.

Kaarina räusperte sich. Dann stand sie auf und holte sich ein Glas Wasser.

»Also gut«, sagte sie schließlich. »Ich habe von dem Verhältnis an dem Tag erfahren, als Riikka starb. Als ich Veli-Mattis Joggingsachen in die Waschmaschine stecken wollte, fand ich ein Handy in seiner Hosentasche. Meine erste Reaktion war, zu ihm zu gehen und zu fragen, was für ein Telefon das sei. Ich wusste ja nicht, dass er ein zweites hatte. Aber dann siegte die Neugier, und ich sah mir die SMS und die Telefonnummern an. Es war nur ein einziger Anschluss angerufen worden. Und diese SMS! Mir hat mein Mann nie so etwas geschrieben.«

Kaarina verzog gequält das Gesicht. Sie holte tief Luft, bevor sie fortfuhr.

»Ich habe mich bei der Auskunft nach der Nummer erkundigt. Sie gehörte Riikka Rautio, Veli-Mattis ehemaliger Schülerin! Meiner ehemaligen Schülerin. Sie war doch fast noch ein Kind!«

Anna und Esko warteten schweigend, während Kaarina sich die Tränen abwischte und die Nase putzte.

»Ich habe dem kleinen Flittchen in Veli-Mattis Namen eine SMS geschickt und sie zum Mittagessen ins Haziklek eingeladen. Sie hätten ihr Gesicht sehen sollen, als ich dort auftauchte.«

Kaarina lachte trostlos. »Ich habe sie aufgefordert, die Affäre zu beenden. Es war ... lächerlich. Einfach lächerlich. Aber ich war nicht ich selbst. Ich war völlig außer mir.«

»Wie hat Riikka reagiert? Was hat sie gesagt?«

»Sie war genauso außer sich wie ich selbst. Am Ende hat sie mir versprochen, mit Veli-Matti Schluss zu machen, und sich immer wieder entschuldigt. Wir sind sozusagen im Einvernehmen auseinandergegangen, soweit das in einer solchen Situation überhaupt möglich ist. Ich hätte nicht gedacht, dass diese Hure sich gleich danach wieder von Veli-Matti bumsen lassen würde. Was für eine Schauspielerin!«

»Und dann?«

»Vom Restaurant aus bin ich direkt zu meiner Mutter gefahren und war die ganze Nacht dort. Ich wollte zur Besinnung kommen, bevor ich Veli-Matti gegenübertrat, und mir vorher in aller Ruhe überlegen, was ich ihm sagen würde. Deshalb bin ich auch zur Gymnastik gegangen. Bewegung beflügelt das Denken. Und ich bin nicht der Typ, der starr in der Ecke hocken bleibt, wenn es Schwierigkeiten gibt.«

Oder du hast versucht, dir ein Alibi zu verschaffen, dachte Anna.

»Als ich dann am nächsten Tag hörte, dass Riikka auf dem Joggingpfad ermordet worden war – im Dorf spricht sich so etwas natürlich sofort herum –, habe ich Veli-Matti gar nicht erst auf seinen Seitensprung angesprochen.«

»Warum nicht?«, fragte Esko.

»Ich hatte Angst, er könnte ihr Mörder sein.«

»Und das Handy?«

»Ich hatte es zurück in die Tasche seiner Trainingshose gesteckt und danach nie wieder zu Gesicht bekommen. Und zu den Bonbonpapierchen kann ich gar nichts sagen. Ich esse so gut wie nie Süßigkeiten. Höchstens mal eins bei meiner Mutter.«

Als Sari in aller Eile ihr Dienstzimmer verließ, stieß sie mit Nils Näkkäläjärvi zusammen, der vor ihrer Tür gestanden hatte. Er musste lachen. Sari fluchte wütend.

»Ich hab's eilig. Zu Hause stimmt irgendwas nicht.«

»He, hör mir noch schnell zu, ich hab was Tolles entdeckt«, sagte Nils.

Saris Handy meldete eine SMS. Ihre Unruhe verwandelte sich in Panik.

»In Ordnung, aber beeil dich.«

»Ich suche doch schon wer weiß wie lange nach diesem roten Wagen. Wenn du wüsstest, was ich alles ...«

»Jetzt sag schon!«

»Kaarina Helmersons Mutter Kerttu hat einen roten VW Golf. Genau so einen, den wir suchen. Ist das nicht ein merkwürdiger Zufall?«

»Das ist kein Zufall. Ruf sofort Anna an!«

»Eine demente alte Frau kann doch nicht mehr Auto fahren.«

»Natürlich nicht! Nils, kannst du noch kurz bei mir bleiben? Ich muss eine SMS lesen und hab ganz schreckliche Angst.«

Nils sah Sari verwundert an und nickte. Sie holte ihr Handy aus der Tasche. Doch obwohl ihr das Entsetzen die Luft abschnürte, zitterten ihre Hände nicht. Sie holte tief Luft und rief die SMS auf.

Hei, alles in Ordnung. Mein Handy war noch auf lautlos. :) Habe Lachssuppe gekocht. S.

37

»Ich glaube nicht, dass Kaarina die Täterin ist«, sagte Esko zu Anna, als sie das Polizeigebäude verließen und zu der Raucherecke im Hof hinüberschlenderten.

Virkkunen hatte ihnen aufgetragen, Kaarina Helmerson zu verhaften. Sie hatte sich nicht gewehrt und auch nicht versucht, sich zu verteidigen.

»Ich wusste, dass es so kommen würde«, hatte sie lediglich gesagt und vollkommen ruhig hinzugefügt: »Aber ich war es nicht.«

Sie hatte darum gebeten, noch das Geschirr spülen und den Müll hinausbringen zu dürfen, bevor sie abgeführt würde. Dann hatte sie beim städtischen Pflegedienst angerufen und erklärt, sie könne sich vorübergehend nicht mehr selbst um ihre Mutter kümmern, deshalb müsse die Pflegerin ab sofort dreimal täglich kommen. Sie hatte die Blumen gegossen, eine teuer aussehende Öljacke und elegante Halbschuhe angezogen und war Anna und Esko zum Wagen gefolgt, ohne Protest, geradezu stolz erhobenen Hauptes. Anna hatte sich zu ihr auf die Rückbank gesetzt. Auf der Fahrt in die Stadt hatte im Wagen Stille geherrscht wie bei einem Leichenzug.

»Ville Pollari passt nur dann ins Bild, wenn er Augenzeuge des Mordes an Riikka gewesen wäre. Aber warum zum Teufel hätte er im August plötzlich in Selkämaa joggen gehen sollen? So weit weg von zu Hause? Er ist doch sonst nie dort gewesen.«

Das glaubst du doch nur, weil du in die Frau verknallt bist, dachte Anna, sprach es aber nicht aus. Stattdessen sagte sie: »Man darf sich nicht immer nur auf seine Intuition verlassen, sondern muss auch mal die Fakten für sich sprechen lassen.«

Esko sah beleidigt aus.

»Kaarina hatte Zugang zu seinem Waffenschrank«, rekapitulierte sie. »Und die Reifenabdrücke von Kerttus VW stimmen mit denen überein, die in Häyrysenniemi sichergestellt wurden. Du selbst hast gesagt, dass Kaarinas Alibis wackelig sind. Es handelt sich eindeutig um ein Eifersuchtsdrama. Wahrscheinlich hat sie jahrelang Seitensprünge und Enttäuschungen hinnehmen müssen, und irgendwann hat sie durchgedreht.«

»Und der Schmuck? Warum hätte sie den Opfern diese Huitzisonstwieanhänger in die Tasche stecken sollen?«, wandte Esko ein.

»Kaarina war Virves Lehrerin. Sie muss die Bedeutung der Tätowierung gekannt haben, auch wenn sie es bestreitet. Jere und Virve sind also doch unschuldig«, erwiderte Anna.

»Ganz schön grausam, eine ehemalige Schülerin als Mörderin hinzustellen. Ich glaube immer noch, an der Sache ist irgendetwas faul.«

»Ganz und gar nicht«, sagte Anna. »Sei doch froh, dass der Fall endlich geklärt ist.«

Esko murmelte etwas vor sich hin und steckte sich die nächste Zigarette an. Anna drückte ihre aus. Sie hatte gut geschmeckt. Zu gut, dachte Anna und überlegte, wie sie es anstellen sollte, sich das Rauchen wieder abzugewöhnen.

Als sie Saris Dienstzimmer erreichte, war Sari gerade dabei, Raunos E-Mails durchzusehen.

»Hast du etwas von Bihar gehört?«

»Nein«, antwortete Anna. »Auf den Flugplätzen und in den Häfen wurde sie nicht gesehen. Und von der schwedischen Grenze ist bisher auch nichts vermeldet worden. Die Familie steht jetzt im Verdacht, das Mädchen irgendwo zu verstecken«, sagte Anna und zeichnete beim letzten Wort Gänsefüßchen in die Luft. »Das Team, das die Ermittlungen übernommen hat, klärt momentan, ob Bihar überhaupt noch lebt und, wenn ja, ob sie ins Ausland gebracht wurde. Und welche Rolle die Familie und andere Verwandte dabei gespielt haben könnten.«

»Wenigstens ist sie nicht vom Balkon gefallen«, meinte Sari.

»Noch nicht.«

»Ich mache mir solche Sorgen um sie!«

Anna seufzte und wich Saris Blick aus.

»Ich auch, aber wir können jetzt nichts mehr für sie tun.«

»Ich finde es einfach entsetzlich, dass Veli-Matti Helmerson aus der Schule entführt wurde und dass Kaarina ...«

»Ja, das ist erschütternd. Wurden in der Schule noch mehr Spuren gefunden?«

»Das Klassenzimmer war so voll von Fingerabdrücken, Haaren, Fasern, einfach allem, dass mit Rücksicht auf unsere Ressourcen beschlossen wurde, es nicht weiter zu untersuchen. Wir haben auch so ausreichend Beweise.«

»Ja.«

»Guck mal«, sagte Sari und zeigte auf Raunos E-Mail-Programm. »Die kam heute früh aus Moskau. Anfang Juli wurde von dort ein Päckchen mit zehn Huitzilopochtli-Anhängern verschickt. Postlagernd. Bestellt von Veli-Matti Helmerson.«

»Das war's dann also«, sagte Anna.

Eine seltsame Leere breitete sich in ihr aus.

War es das wirklich gewesen? Den ganzen Herbst hatten sie an diesem Fall gearbeitet. Und nun ging plötzlich alles so schnell und leicht.

Gleichzeitig spürte sie eine verhaltene Freude.

Das war es also, tatsächlich, und bald würde die Sache ein

für alle Mal abgeschlossen sein. Keine Hektik mehr. Bald würde sie all ihre Überstunden abfeiern können.

Und endlich schlafen.

»Hast du übrigens in diesem Herbst auch merkwürdige SMS bekommen?«, fragte Sari unvermittelt.

»Ja. Woher ...« Mehr konnte Anna nicht sagen, denn Sari wedelte mit einem altmodischen Nokia-Handy vor ihrem Gesicht herum.

»Ich auch«, erklärte sie. »Von dem hier.«

»Was ist das?«

»Ich habe immer mal wieder obszöne Kurzmitteilungen von einem unbekannten Anschluss bekommen. Irgendwann hab ich dann beschlossen, ein bisschen nachzuforschen, und dabei kam heraus, dass fast alle SMS hier im Zentrum abgeschickt worden sind – ganz in der Nähe unseres trauten Arbeitsplatzes. Das hat ja an sich nicht viel zu bedeuten, der Handyverkehr ist in dieser Gegend sicher lebhafter als irgendwo anders in der Stadt. Aber dann hab ich gestern ganz zufällig diesen Streifenbullen gesehen, diesen Sami – erinnerst du dich noch an den Typen aus dem Fitnessraum? Gott, was für ein Idiot! Ich war gerade auf dem Weg nach Hause und sowieso schon ziemlich angespannt – davon erzähle ich dir später mal –, jedenfalls steht dieser Kerl dort unten im Eingangsbereich und tippt auf seinem Handy herum. Und ich hatte plötzlich so eine Ahnung. Da bin ich einfach auf ihn los, hab mir sein Handy geschnappt und bin weggerannt. Und sieh mal!«

Anna nahm das Handy und sah sich die abgeschickten Kurzmitteilungen an.

I fuck u till u die.

Die hatte sie bekommen, als sie mit Esko im Haus der Helmersons gewesen war. Und auch alle anderen widerlichen Mitteilungen waren säuberlich abgespeichert, als Empfänger waren jeweils A oder S genannt.

»Der Kerl war zwar schlau genug, zwischendurch die SIM-Karte zu wechseln, aber die SMS hat er nicht gelöscht. Vielleicht hat er sie sich ja abends im Bett noch mal durchgelesen und sich daran aufgegeilt.«

»Und was machen wir jetzt?«, fragte Anna.

»Wir denken uns was richtig Teuflisches aus.«

Die beiden grinsten sich an.

November

38

Die Dunkelheit strömte in die Stadt und schaffte es, alle zu überraschen. Irgendwann war der Moment gekommen, da es die ganze Zeit dunkel zu bleiben schien. Es war noch dunkel, wenn man zur Arbeit oder zur Schule ging. Und es war dunkel, wenn man durch Regen oder Schneeregen wieder nach Hause stapfte. In der Novemberdunkelheit mochte man gar nicht daran denken, wie trostlos Obdachlosigkeit war. Daran, dass jemand keinen Ort hatte, von dem er aufbrach und an den er zurückkehrte. Im Dunkeln. Trotz der Dunkelheit.

Natürlich hatte diese Dunkelheit durch die immer früher einsetzende Abenddämmerung ihre Ankunft angekündigt. Wie in jedem Jahr hatte sie schon seit einiger Zeit den Sommer aus dem Weg geschoben. Man hatte mit ihr rechnen müssen. Und doch war es ihr gelungen, sich hinterrücks anzuschleichen und einen mit ihrem Flüstern zu erschrecken: Hier bin ich wieder. Wirst du durchhalten?

An den besseren Tagen war hinter den Hochhäusern manchmal für kurze Zeit ein orangerotes Glimmen zu erkennen, doch meistens wanderten die Tage eintönig durch die farblose Umgebung.

Andernorts hätte man sich von der Stille und dem Frieden tragen lassen können, sich in die Dunkelheit sinken lassen, ihre Schönheit in den Tausenden Nuancen von Grau entdecken, mit denen die schlichte Landschaft in der Polarnacht gezeichnet war, und das Gemüt im Einklang mit der Natur zur Ruhe kommen lassen. Doch in der Stadt kam niemand auf solche Gedanken.

Das eiskalte Wasser drang einem durch die Schuhsohlen in die Strümpfe, und man fror an den Füßen. Wenn es doch nur schneien würde, sagten die Leute, dann wäre es wenigstens heller. Aber wenn der Schnee dann kam, geriet alles vollends aus den Fugen. Züge und Flugzeuge hatten Verspätung, auf den Autobahnen gab es tödliche Unfälle, der Strompreis stieg an. In den Läden waren Schaufeln und Schneeschieber ausverkauft. Die Grippe grassierte. Das staatliche Alkoholgeschäft erzielte Rekordumsätze.

Und morgens musste man zur Arbeit gehen, obwohl man überhaupt keine Lust hatte. Unter LED-Lampen und Neonröhren musste man unermüdlich das von den Marktkräften inszenierte Schauspiel des westlichen Menschen aufführen.

Es war der Tag vor dem Prozess gegen Kaarina Helmerson. Anna wollte Ákos besuchen. Sie hatte ihren Bruder in die Entzugsklinik Kivelä gebracht, als er einmal mehr reumütig und in denkbar schlechter Verfassung bei ihr aufgekreuzt war und sich in aller Form bei ihr entschuldigt hatte.

Anna hatte ihm verziehen – beinahe. Sie wusste, dass sie seiner Krankheit Vorschub leistete, indem sie ihm half, doch sie hatte ihren Bruder einfach nicht wegjagen können.

Mittlerweile ging es Ákos besser. Das Zittern und die verführerischen Stimmen wurden durch Beruhigungsmittel in Schach gehalten, die im Entzug freigiebig verteilt wurden. Anna fand es nicht richtig, dass eine Sucht mit anderen suchterregenden Mitteln behandelt wurde, aber sie hatte nicht die Kraft, sich darüber den Kopf zu zerbrechen. Hauptsache, Ákos kam wieder auf die Beine. Wenigstens vorübergehend.

Als sie die Straße entlangging, bemerkte sie das Tattoo-Studio

Pink-Ink und erinnerte sich an Virves Aussage, sie habe sich dort den Kolibri auf den Arm stechen lassen. Aus einer plötzlichen Eingebung heraus trat sie ein. Eine junge Frau mit zahlreichen Piercings im Gesicht saß am Ladentisch und blätterte in einer Zeitung.

»Hallo«, grüßte sie.

»Hallo«, sagte Anna und zeigte ihren Polizeiausweis vor. Die junge Frau erschrak.

»Ich habe eine Frage wegen einer Tätowierung. Erinnern Sie sich an ein Mädchen, das sich im Mai einen Kolibri hat tätowieren lassen – ein verhältnismäßig großes Tattoo, auf dem der Vogel an einer Orchidee Nektar trinkt?«

»Ja«, sagte die Frau. »Es ist wirklich toll geworden. Aber ich steche hier keine Tattoos, ich mache nur Piercings. Timo!«, rief sie. »Hier fragt eine Polizistin nach dem Kolibri, den du im Sommer gemacht hast.«

Aus dem Hinterzimmer kam ein riesiger Mann, dessen Gesicht, Hals und Arme von Tattoos bedeckt waren. Er sah wild aus. Und ziemlich sexy, stellte Anna fest und lächelte ihn an.

»Fekete Anna, guten Tag. Erinnern Sie sich noch an die Tätowierung?«

»Na klar. Ich erinnere mich an all meine Bilder.«

»Erinnern Sie sich auch an die Person, die Sie tätowiert haben?«

»An welche der beiden?«, fragte Timo zurück.

Annas Puls beschleunigte sich.

»Wieso?«

»Es waren zwei.«

Zwei Kolibris. *Jézus Mária.*

»Zuerst kam so ein blondes Hippiemädchen und ein paar Wochen später eine Brünette, vielleicht ein bisschen älter, mit richtig muskulösen Armen.«

»Hat sie Ihnen ihren Namen genannt? Die Brünette?«, fragte Anna und bemühte sich, ihre Aufregung im Zaum zu halten.

»Müsste sie, ja. Unter irgendeinem Namen wird der Termin ja reserviert. Moment, ich sehe mal nach.«

Der Mann ging an den Computer und tippte etwas ein. Auch seine Finger waren tätowiert. Dennoch waren sie schön, auf ihre Art.

»Hier. Jaana. Ihren Nachnamen hat sie nicht genannt, ich frage die Kunden auch nicht danach.«

»Danke. Ich nehme mir Ihre Visitenkarte mit«, sagte Anna und zeigte auf die Box neben dem Computer. »Falls ich noch Fragen habe.«

»Natürlich«, antwortete der Mann und sah Anna eine Spur zu lange an.

Jaana, überlegte Anna fieberhaft, als sie wieder auf der Straße stand. Jaana wer? Habe ich den Namen irgendwo schon mal gehört? Stand er auf einer der Schülerlisten, die wir von der Schule in Saloinen bekommen haben?

Anna bat Esko telefonisch, die Listen zu überprüfen. Dann rief sie Riikkas Eltern, Virve und Maria Pollari an und fragte sie, ob sie eine Jaana kannten.

Nein, antworteten alle.

»Moment mal«, sagte Anna laut und blieb mitten auf dem Gehweg stehen.

Jetzt musste sie sich konzentrieren.

Es stand fest, dass Kerttu Viitalas Wagen sowohl in Selkämaa als auch in Häyrysenniemi gewesen war. An beiden Joggingpfaden war ein Ausguck gefunden worden, von dem aus der Mörder seine Opfer hatte beobachten können. Und am Ausguck in Selkämaa hatten sich Bonbonpapierchen mit Kaarina

Helmersons DNA gefunden. Veli-Matti hatte mit Riikka geschlafen. Virve hatte einen Kolibri auf dem linken Arm. Und eine andere Frau ebenfalls.

Und diese Frau war nicht Kaarina Helmerson.

Wer konnte Kerttu Viitalas Wagen noch benutzt haben? In diesem Moment erinnerte Anna sich an das Fernglas auf Kerttus Fensterbank, mit dem die alte Frau angeblich die Leute auf der Straße beobachtet hatte, sofern ihre Verfassung es zugelassen hatte.

Anna rief im Polizeigefängnis an und bat darum, mit Kaarina sprechen zu dürfen. Dann telefonierte sie in heller Aufregung noch einmal mit Esko.

»Esko, du hattest recht. Wir haben tatsächlich eine Unschuldige eingesperrt.«

39

Obwohl Anna keinen Hunger hatte, zwang sie sich, zwei Butterbrote zu essen und eine Tasse Tee zu trinken. Heute Abend musste sie hellwach sein. Dann ging sie ins Wohnzimmer und schaltete den Fernseher ein. Sie hatte ihn Ákos doch nicht geschenkt, denn sie wollte seinen Alkoholkonsum nicht finanzieren, weder mit Bargeld noch mit Gegenständen, die er verscherbeln konnte. Im Fernsehen lief wieder nichts Interessantes. Anna zappte nervös von einem Programm zum anderen und sprang zwischendurch immer wieder auf, um irgendwas zu erledigen. Sie stopfte die Wäsche in die Maschine. Spülte ihre Teetasse. Wischte den Staub vom Couchtisch und vom Regal. Goss das Heidekraut auf dem Balkon, obwohl sie nicht wusste, ob das nötig war. Dann blickte sie auf das Thermometer an der Balkontür und stellte erstaunt fest, dass es zwei Grad unter null zeigte. Sie erinnerte sich an die Tageslichtlampe, die immer noch unausgepackt im Küchenschrank lag. Ist es schon zu spät, sie in Gebrauch zu nehmen?, überlegte sie, ging in die Küche und riss die Verpackung auf. Eigentlich war die Lampe sogar schön. Der ovale Glasschirm sah aus wie Raureif. Sie stellte die Lampe auf den Tisch, knipste sie probeweise an und staunte über das helle, aber nicht blendende Licht. Die wirkt bestimmt, dachte sie. Ab jetzt lese ich morgens die Zeitung unter dieser Lampe.

Sie blickte auf die Uhr. Noch zwei Stunden.

Unruhe zwickte in ihren Muskeln wie schwache Stromstöße. Sie konnte kaum noch stillsitzen.

Wenn sie es nicht schaffte, ruhig zu werden, würde sie den ganzen Plan zunichtemachen.

Plötzlich überkam sie die Lust zu joggen. Die Sehnsucht nach Bewegung schmerzte wie die Trauer um einen verlorenen Freund. Ihre effektivste Methode, bei Verstand zu bleiben, ihr bestes Schlafmittel, ihr Stimmungsaufheller: das Laufen, das sie in ihrer Beklemmung ganz aufgegeben, durch Rauchen und Biertrinken ersetzt hatte. Wie dumm sie doch gewesen war! Noch hatte sie Zeit für eine kleine Runde. Nur um auszuprobieren, wie es sich nach einer so langen Pause anfühlte.

Das Joggen würde sie beruhigen. Ihre angespannten Muskeln lockern.

Danach würde sie ihre Rolle noch besser spielen können.

Anna wählte ein warmes Outfit mit einem Anorak und zog sich Sportschuhe an. Sie fühlten sich vertraut und angenehm an, wie die Umarmung eines langjährigen Geliebten.

Leise ging sie die Treppe hinunter und öffnete die Haustür. Die Kälte schlug ihr entgegen, die Luft war frisch und klar. Sie marschierte zügig zu dem Joggingpfad, der um die Siedlung herumführte, und als der Asphalt von weichen Sägespänen abgelöst wurde, tauchte sie ein in das dunkle Wäldchen und joggte ganz vorsichtig los.

Es ging verhältnismäßig gut.

Zumindest am Anfang.

Leicht fiel es ihr allerdings nicht. Bei dieser Runde richte ich mich danach, was mein müder Körper aushält, nahm sie sich vor und blieb bei ihrem extrem langsamen Tempo, während sie sich immer weiter von den Straßenlaternen entfernte. Sie war so darauf konzentriert, auf ihre Empfindungen und Kraftreserven zu achten, dass sie gar nicht merkte, wie dunkel es um sie herum war. Und auch die Schritte hörte sie nicht.

Ihr Herz machte einen Sprung, als hinter ihr plötzlich ein

helles Licht aufblitzte und eine Frauenstimme sagte: »Hallo, Fräulein Polizistin, du warst lange nicht mehr hier.«

Die Stimme klang hart, ohne eine Spur von Wiedersehensfreude. Anna warf einen Blick über die Schulter und sah eine schwarz gekleidete Gestalt etwa zwei Meter hinter sich. Die Joggerin trug eine Stirnlampe, deren Strahl wie ein Ball über den Joggingpfad und seine Umrandung hüpfte und dabei ab und zu auf Anna traf. Das gleißende Licht hinderte Anna daran, das Gesicht der Läuferin zu sehen, doch sie wusste, um wen es sich handelte, sie wusste, wie die verblüffend blauen Augen unter der Lampe lauerten.

»Hallo«, antwortete sie. »Ich bin ein paar Monate nicht mehr gejoggt.«

Die Frau hinter ihr lachte gespenstisch.

»Deshalb läufst du so langsam. Ich habe dich früher eingeholt, als ich dachte.«

Sie schloss zu Anna auf. Obwohl sie in schnellem Tempo gekommen sein musste, schien sie nicht außer Atem zu sein. Erleichtert stellte Anna fest, dass sie nichts in den Händen hielt und auch keinen Rucksack auf dem Rücken trug.

Sie würde es nicht wagen, versuchte Anna sich einzureden. Nicht bei einer Polizistin.

»Du läufst auch am späten Abend«, stellte die Frau fest. »Wir sind uns schon einmal hier begegnet, erinnerst du dich noch? Im Spätsommer.«

»Ja«, antwortete Anna. Sie war so außer Atem, dass sie nicht richtig sprechen konnte.

»Ich war mir sicher, dass du mich erkennen würdest, als wir uns neulich wiederbegegnet sind. Hast du aber nicht, du Superpolizistin«, lachte die Frau spöttisch.

Dann schaltete sie urplötzlich ihre Stirnlampe aus. Die Dunkelheit verschluckte sie gänzlich. Ihre Augen hatten sich in der kurzen Zeit bereits so sehr an das Licht der Stirnlampe gewöhnt, dass Anna plötzlich gar nichts mehr erkennen konnte. Sie stolperte und wäre beinahe hingefallen. Die Joggerin lachte boshaft auf und drängte sich ganz nah an sie heran.

»Vorsicht«, sagte sie und streifte Annas Arm. Anna schauderte vor Abscheu.

Seite an Seite liefen sie durch die Dunkelheit. Anna versuchte abzuschätzen, wie lang die Strecke noch war. Wenn sie das Tempo ein wenig steigerte, wären sie in gut fünf Minuten an der Kurve, wo der umgestürzte Baum lag. Von da an führte der Pfad zurück in ein belebteres Areal. Weitere fünfzehn Minuten zügiges Joggen, und sie würde die Straße erreichen. Aber wenn sie das Tempo anzog, stieg auch das Risiko, dass sie am Ende gar keine Kraftreserven mehr hätte. Die vielen Zigaretten, die sie im Herbst geraucht hatte, machten sich bemerkbar. Ihr Körper war bleischwer, und sie spürte ein Stechen in der Lunge.

Noch zwanzig Minuten. Eine Ewigkeit.

»Hast du überhaupt keine Angst, im Dunkeln allein zu laufen?«, fragte die Frau.

Sie war immer noch so nah, dass Anna ihren Atem riechen konnte. Und etwas anderes. Blut? Hass? Vielleicht hatte sich das Leid der Menschen, die sie getötet hatte, in den Fasern ihres Trainingsanzugs festgesetzt.

»Normalerweise nicht«, antwortete Anna.

Sie steigerte das Tempo ein wenig. Sie würde durchhalten. Sie musste.

»Hast du jetzt Angst?«

»Sollte ich Angst haben?«

»Ich weiß nicht. Es kommt wohl darauf an, wer zur selben Zeit hier joggt.«

Anna spürte, wie das Adrenalin ihr neue Kraft in die Beine pumpte. Insofern war ihre Angst nützlich. Erneut steigerte sie das Tempo. Ihre Begleiterin war immer noch nicht außer Atem.

»Was gibt es noch zu befürchten, nachdem der Kolibri endlich eingefangen ist«, fauchte die Joggerin, spurtete los und verschwand in der Dunkelheit.

Anna blieb stehen, stützte die Hände auf die Knie und keuchte schwer. Ihr Herz hämmerte gegen die Rippen. Der auf den Winter wartende Wald um sie herum war vollkommen still. Auch die Schritte der Läuferin waren nicht mehr zu hören. Anna lauschte eine Weile, dann zog sie langsam den Reißverschluss auf und steckte die rechte Hand in den Anorak. Das schwarze Metall war warm geworden. Sie nahm die Waffe aus dem Holster. Das Gewicht in ihrer Hand wirkte beruhigend. Sie ging weiter. In der Dunkelheit würde die Pistole nicht zu sehen sein.

Zügig schritt sie aus und hielt dabei die Augen auf den dunklen Wald gerichtet, alle Sinne aufs Äußerste geschärft. Sie wollte so schnell wie möglich weg von dem Joggingpfad. Wenn das alles nur schon vorbei wäre! Sie wollte nach Hause, ein paar freie Tage genießen und ausschlafen. Lieber Vater im Himmel oder wer auch immer, bitte lass Rauno aufwachen und mich nach Hause kommen, flehte sie in Gedanken.

Der umgestürzte Baum lag neben dem Pfad wie ein großer, dunkler Haufen. Von hier war es nicht mehr weit bis zur Straße und zu den Lampen. Bald wäre sie in Sicherheit.

Im selben Moment raschelte es neben ihr. Anna blieb stehen und legte auch die linke Hand um den Pistolengriff. Sie glaubte, links vorne eine Bewegung wahrzunehmen. Sie hob die Waffe und wartete. Wartete und lauschte. Nichts geschah. Nur ihr Herzschlag donnerte in ihren Ohren. Da war nichts mehr. Die Frau war weg.

Genau in diesem Moment stürmte die schwarze Gestalt hinter dem Wurzelstock hervor und stürzte sich auf sie. Anna sah den Lauf der Schrotflinte und die entsetzliche Grimasse der Frau, dann fiel der Schuss, betäubte ihre Ohren und presste ihr die Luft aus der Lunge. Anna spürte, wie die Schrotkugeln brennende Löcher in ihr Fleisch rissen. Jetzt ist es endlich vorbei, dachte sie noch, als sie mit einem Schmerzensschrei auf die Erde fiel. Gleich darauf verschluckte tiefe Stille ihr Bewusstsein.

40

Licht. Und Rauschen.

Stimmen.

Irgendwo sprach jemand.

Anna befühlte die Fläche, auf der sie lag. Das waren keine Sägespäne. Eher glatter Baumwollstoff. Ächzend setzte sie sich auf. Sie lag in einem Bett. Um das Bett waberte heller Dunst. Gestalten bewegten sich um sie herum. Sie kamen näher. Sie sprachen.

Sie sprachen mit ihr.

»Verdammt noch mal, Anna, du hast uns vielleicht einen Schrecken eingejagt!« Die Gestalt, die ihr am nächsten stand, polterte mit Eskos rauer Stimme auf sie ein.

»Zum Glück hattest du die kugelsichere Weste an, sonst wärst du jetzt tot.«

Das war Sari.

»Bin ich im Krankenhaus?«, fragte Anna. Ihr Blick wurde allmählich klarer. Jetzt erkannte sie bereits Eskos und Saris Gesichter. Beide lächelten sie an.

»Ja, und zwar beinahe unversehrt. Bloß ein paar Schrotkugeln im linken Oberarm – ein Klacks«, sagte Esko.

»Aber du hast das Bewusstsein verloren, als der Schrothagel gegen deine Brust geprasselt ist. Da steckt eine enorme Kraft drin.«

»Daran erinnere ich mich noch«, sagte Anna leise. »Es war herrlich. Als wäre ich eingeschlafen.«

»Anna! So darfst du nicht reden. Sieh mal, wer hier ist«, sagte Sari und zeigte auf die andere Seite des Zimmers.

Eine dritte graue Gestalt näherte sich dem Bett. Bald darauf schob sich Raunos Kopf durch den hellen Dunst – auf Höhe der Bettkante.

»Hallo«, sagte Rauno fröhlich.

»Rauno!«, rief Anna überrascht.

»Jawohl! Ich bin gestern Abend wieder zu Bewusstsein gekommen, und jetzt sause ich schon im Rollstuhl durch die Klinikflure. Ein Wunder, sagen die Ärzte. Und das muss ich wohl glauben, nachdem sie mir erzählt haben, was passiert ist.«

»Und die Mörderin?«, fragte Anna vorsichtig.

»Die liegt in einem bewachten Zimmer am anderen Ende des Flurs. Ihr ist es ein bisschen schlechter ergangen als dir, aber auch sie wird es überleben.«

»Was ist auf dem Joggingpfad eigentlich passiert?«, fragte Anna.

»Esko hat auf die Verrückte geschossen, genau in dem Moment, als sie die Schrotflinte abdrückte und du mit der Pistole auf sie gefeuert hast«, sagte Sari. »Von euch beiden hat nur Esko getroffen. Deine Kugel ist irgendwo im Wald gelandet.«

Esko grinste zufrieden. Anna erwartete eine bissige Bemerkung, die jedoch ausblieb.

»Die Schrotflinte, die sie benutzt hat, war übrigens die schöne Benelli der Helmersons. Sie hatte sich Zweitschlüssel machen lassen, offenbar von Kaarinas Schlüsselbund, als Kaarina bei ihrer Mutter übernachtete. Die Einzelheiten kennen wir noch nicht. Wir müssen warten, bis sie wieder vernehmungsfähig ist.«

»Aber die Benelli wurde doch als Beweismaterial konfisziert«, wunderte sich Anna.

»Ja. Aber in Veli-Mattis Waffenschrank war noch eine zweite Schrotflinte, erinnerst du dich an die Merkel? Die hatten wir nicht beschlagnahmt. Die hat sie sich diesmal geholt, um damit auf dich zu schießen.«

»Ein glücklicher Umstand, Anna«, sagte Sari. »Sie hat bei Weitem nicht so viel Wucht wie die Benelli.«

Anna dachte über all das nach.

Sie hätte sterben können.

Aber sie lebte.

Was würde aus Ákos werden, wenn sie stürbe?

»Und was wäre einfacher, als auch Zweitschlüssel zum Wagen der alten Frau machen zu lassen, der selten benutzt wird«, fuhr Sari fort. »Die Pflegerinnen haben ja freien Zutritt zu den Wohnungen der alten Leute. Ihnen stehen sämtliche Schlüssel zur Verfügung, und niemand sieht, was sie tun. Diese spezielle Pflegerin konnte alles nebenbei in der Arbeitszeit erledigen und so arrangieren, dass es den Anschein hatte, als hätte Kaarina die Morde begangen. Oder Virve.«

»Wenn man mal darüber nachdenkt, was für Verrückte da draußen herumlaufen ... in den Wohnungen hilfloser alter Menschen«, flüsterte Anna.

»Das mag man sich gar nicht vorstellen«, sagte Sari.

Unwillkürlich sahen sie sich alle als alte, demente, wehrlose Menschen vor sich. Ans Bett gefesselt. Auf das Klirren des Schlüsselbundes wartend. Auf den kurzen Besuch der Pflegerin. Wie viele Jahre blieben ihnen noch, bevor es so weit war?

»Mir fiel urplötzlich das Fernglas ein«, erklärte Anna. »Es kam mir so seltsam vor dort auf dem Fensterbrett, wie in dem Spiel, das wir als Kinder gespielt haben: ›Was gehört nicht hierher?‹ Als ich Kaarina danach gefragt habe, wusste sie nicht, wovon ich sprach. Da habe ich gleich bei der Chefin des Pflegedienstes angerufen und erfahren, dass eine von Kerttus Pflegerinnen Jaana heißt, Jaana Tervola. Und genau diese Jaana hatte Dienst, als Esko und ich bei Kerttu waren.«

»Aber warum?«, fragte Sari. »Warum hat sie all das getan?«

»Das soll sie uns selbst erzählen, sobald sie wieder bei Kräften ist«, sagte Esko.

»Wieso warst du überhaupt mit dieser Psychopathin auf dem Joggingpfad?«, wollte Rauno wissen.

Esko antwortete für sie.

»Als Anna die Sache mit dem Tattoo und den Rest herausgefunden hatte, hat sie mich natürlich gleich informiert. Dann haben wir uns im Team getroffen und einen kleinen Hinterhalt geplant. Anna hat diese Jaana angerufen und ihr gesagt, sie würde gern über ein paar unklare Einzelheiten mit ihr sprechen, über die Jaana ihr vielleicht Auskunft geben könnte. Sie haben verabredet, sich um zehn Uhr abends in einem Pub in der Stadt zu treffen. Das Ganze sollte möglichst informell wirken, damit Jaana keinen Verdacht schöpfte. Die Idee war, ihr irgendwelche belastenden Äußerungen zu entlocken, denn wir hatten ja keine handfesten Beweise gegen sie. Wir wollten sie eigentlich nur aufscheuchen. Das ist uns offenbar nur allzu gut gelungen.«

»Esko und Sari sollten auch in dem Pub sitzen, als Gäste, was für Esko natürlich eine leichte Übung ist«, ergänzte Anna.

»Halt bloß die Klappe«, knurrte Esko.

»Wir sollten ihr Rückendeckung geben. Und Anna hätte das Gespräch mit einem Rekorder in der Brusttasche aufgezeichnet«, erklärte Sari.

»Wäre das denn legal gewesen?«, fragte Rauno.

»Es war mit Virkkunen abgesprochen«, sagte Esko. »Aber ich hatte irgendwie so eine Ahnung, deswegen wollte ich die Lage schon vor dem Treffen im Auge behalten. Immerhin waren wir ja dabei, eine ziemlich durchgeknallte Person in die Falle zu locken.«

»Dem Himmel sei Dank für deine Vorahnungen«, meinte Sari.

»Ich sah, wie Anna zu ihrem verfluchten Jogging aufbrach,

verdammt noch mal, sie hatte den ganzen Herbst keinen Sport getrieben, bloß mit mir um die Wette gepafft und an ihrer beschissenen Niedergeschlagenheit gelitten, und dann beschließt sie ausgerechnet an diesem Abend, Ordnung in ihr Leben zu bringen. Ich bin ihr bis an den Anfang dieses Joggingpfads gefolgt. Dort habe ich dann im Wagen gewartet, und kurz darauf ist eine Frau irrsinnig schnell an mir vorbeigerannt und Anna in den Wald gefolgt. Ich habe Unterstützung angefordert und bin den Joggingpfad in der Gegenrichtung abgelaufen. Ich hatte eine Wahnsinnsangst, dass ich es nicht rechtzeitig schaffe.«

»Aber du hast es geschafft«, sagte Anna.

Esko umarmte sie unbeholfen. Anna roch ein Pfefferminzbonbon, das den Schnapsgeruch nur teilweise überdeckte.

»Danke«, flüsterte sie Esko ins Ohr.

»Zum Teufel mit dir!«

Anna musste hinübergehen. Sie wollte sie einfach sehen, wollte wenigstens einen kurzen Blick auf die Frau werfen, die drei Menschen kaltblütig ermordet und die Ermittler fast den ganzen Herbst genarrt hatte. Sie wollte die Frau sehen, jetzt. Verwundet und schwach. Vor den Vernehmungen, vor dem Prozess, bevor Huitzilopochtli wieder zu Kräften kam. Nur ein kurzer Blick, dachte Anna. Das genügt.

Im Krankenhaus war es still geworden. Besuchszeit und Essensausgabe waren bereits vorüber, und auf den Fluren waren nur noch wenige Krankenschwestern unterwegs. Anna fand Jaana Tervolas Zimmer auf Anhieb. Der Polizist, der vor der Tür Wache hielt, legte sein Buch beiseite, stand auf und grüßte Anna wie ein Soldat. Dann schloss er die Tür auf, überprüfte das Zimmer und ließ Anna eintreten.

»Sie schläft«, flüsterte er.

Anna sah sich um. Auf den ersten Blick wirkte der Raum wie

ein ganz normales Krankenzimmer. Bett, Tropfständer, gedämpftes Licht, das nicht gelöscht wurde, obwohl die Patientin schlief. Ein Wasserglas auf dem Nachttisch.

Bei genauerem Hinsehen zeigte sich jedoch, dass das Glas aus Plastik und die graue Betonwand fensterlos war. Das hellblaue Laken und die dünne Decke waren die gleichen wie in Annas Zimmer.

Anna erschauderte. Unter der Decke ragte ein Arm hervor, an dem eine Infusionsnadel mit Schlauch befestigt war. Aus dem Beutel am Ständer tropfte ein Medikament in regelmäßigem Takt in die Vene. Der Arm bewegte sich. Die Decke rutschte hoch. In dem dämmrigen Zimmer leuchtete eine orangefarbene Orchidee auf. Ein schwarz-grüner, metallisch glänzender Kolibri leckte mit seiner langen Zunge Blütensaft aus ihrem Kelch.

»Ist er nicht schön?«

Anna zuckte zusammen. Die Stimme war unter der Decke hervorgekommen und hatte alles andere als schwach geklungen.

Anna gab keine Antwort.

»Er ist übrigens nicht ganz identisch mit dem anderen Tattoo. Komm ruhig näher und sieh ihn dir an. Merkst du, dass die Farben anders sind? Und mein Kolibri ist gieriger, er schiebt seinen Schnabel tiefer in die Blume hinein.«

Anna rührte sich nicht. Die Frau zog die Decke vom Gesicht und fixierte sie.

»Hast du wieder Angst? Ich habe dir doch gesagt, dazu besteht kein Grund, wenn der Kolibri erst in seinem Käfig sitzt. Du scheinst ein erbärmlicher Feigling zu sein. Aber egal. Möchtest du nicht wissen, warum ich mir die Tätowierung zugelegt habe?«

Anna sagte immer noch nichts. Irgendetwas hielt sie davon ab zu sprechen, obwohl die Frau ihre Bemerkungen auswarf wie Köder.

»Ich hatte angefangen, diese widerliche kleine Hure zu beobachten, diese Riikka. Ich bin der verdammten Diebin gefolgt, wenn sie mit ihrem fetten Arsch joggen ging. Dann ist sie bei diesem Hippiemädchen eingezogen, auch das habe ich beobachtet. Da haben die beiden dann ihre Pläne ausgeheckt, um mir alles wegzunehmen.«

Sie nahm alle Kraft zusammen und schob den Arm ganz unter der Decke hervor.

»Die Tätowierung habe ich zum ersten Mal gesehen, als ich an Kerttu Viitalas Fenster durchs Fernglas sah. Sie hat mir gleich gefallen und mir etwas zugeflüstert. Bist du durch das Fernglas auf mich gekommen? Das war mein einziger Fehler: dass ich vergessen hatte, es wegzuräumen. Aber eigentlich war ich ziemlich gut, oder? Ein einziger kleiner Fehler, sonst ist alles perfekt gelaufen.«

Aber uns hat dein winziger Fehler gereicht, dachte Anna.

»Ich habe gesehen, wie die kleinen Flittchen dort auf der Terrasse saßen und Sekt tranken und mit den Passanten flirteten, als wäre das Leben eine einzige riesengroße Sause. Es war einfach zum Kotzen. Dann bin ich eine Weile der anderen gefolgt, dem tätowierten Hippiemädchen. Ich habe sie ausgefragt, als sie in irgendeinem Nachtclub ihren Arm herumgezeigt und mit dem Arsch gewackelt hat. Zum Teufel, die hat vielleicht geprahlt. Und besoffen war sie! Sie hat mir alles erzählt, von ihrem Abitur und ihrer Mexikoreise und von der Geschichte hinter ihrem Tattoo und wie weh es getan und was es gekostet hat. Die Leute sind so unglaublich dumm.«

Sie starrte Anna aus ihren eiskalten Augen an. Ihr Gesicht war hart und ausdruckslos, aber Anna ahnte den Schmerz, den es verbarg. Esko hatte offenbar ordentlich getroffen. Gut, dachte Anna.

»Diese Hippiegöre, diese verdammte Idiotin, hat überhaupt

nicht kapiert, dass sie mir alles auf dem Silbertablett serviert hat. Nimm nur, greif zu, hier hast du deinen Racheplan, Huitzilopochtli, der oberste Gott, hier direkt auf meinem Arm, du brauchst nur seine Kraft zu nutzen, du wirst zu ihm, und dann rächst du dich. Der Kolibri hat mit mir gesprochen, dort in dem Nachtclub, klar und deutlich, aber was er gesagt hat, verrate ich keinem. Die Stimme hat sich in meinem Ohr eingenistet und ist immer lauter geworden, bis sie anfing zu schreien. Und so wurde ich zu derjenigen, die einen Kolibri auf dem linken Arm trug. Ich wurde zum Kolibri. Und dem Kolibri nimmt man nichts ungestraft weg – ich wiederhole: nichts! Aber mir hatten sie alles weggenommen. Sie hatten mir *ihn* weggenommen. Er hat mich verstoßen, aber den Kolibri verstößt man nicht ungestraft!«

»Du bist Jaana«, flüsterte Anna.

Das Gesicht der Frau war wutverzerrt. Sie versuchte verzweifelt, sich aufzusetzen, und bewegte ihren tätowierten Arm so heftig, dass der Tropfständer umkippte. Das Bett dröhnte und wackelte unter ihren kräftigen Fußtritten. Anna sah, dass der rechte Arm mit Handschellen ans Bett gefesselt war. Plötzlich kreischte Jaana laut und überschüttete Anna mit Flüchen. Der Polizist und drei Krankenschwestern stürmten herein und hielten die tobende Frau fest, und eine der Schwestern spritzte ihr ein Beruhigungsmittel in den Oberschenkel. Jaana Tervola erschlaffte erst, und dann verstummte sie.

Erschüttert schlich Anna in ihr Zimmer zurück. Sie wickelte sich in eine Decke, die jedoch die Kälte nicht abzuhalten vermochte, und betrachtete die Unebenheiten und Risse im Anstrich der Zimmerdecke. Die Nachtschwester kam herein und fragte, ob sie reden wolle. Anna schüttelte den Kopf. Alles in Ordnung, behauptete sie. Dann nahm sie eine weiße Tablette aus dem Medizinschälchen, legte sie sich auf die Zunge, spülte sie mit einem Schluck Wasser hinunter und wartete auf den Schlaf.

41

Anna schaltete ihren Computer ein. Sie war gerade erst aus der Klinik nach Hause gekommen. Die Ärztin hatte sie für zwei weitere Wochen krankgeschrieben, nicht wegen der Verletzungen an ihrem Arm oder der rein körperlichen Unfähigkeit, die Arbeit wieder anzutreten, sondern um ihr Zeit zu geben, die traumatische Begegnung mit dem Kolibri zu verarbeiten. Anna hatte auch ihre wochenlange Schlaflosigkeit erwähnt. Die Ärztin hatte besorgt die Stirn gerunzelt.

Das Leben ist seltsam, dachte Anna, als sie die Flugtickets für sich und Ákos reservierte.

Nach Budapest, von dort mit einem Mietwagen zweihundert Kilometer über die Autobahn gen Süden. Dann über die EU-Grenze, und sie wären beide dort.

Zu Hause.

Von der Haustür in Koivuharju bis zur Haustür in Magyarkanisza würde die Reise mit Umsteigen und allem Drum und Dran nicht einmal sieben Stunden dauern.

Es war so nah.

Und doch so weit weg.

Draußen war es inzwischen dunkel geworden. Grauer Schneeregen prasselte ans Fenster. Ein erbärmlicher Probelauf für den ersten Schnee. Würde es überhaupt je richtig Winter werden?

Jaana Tervola war inzwischen wieder vernehmungsfähig. Sie hatte im Frühjahr eine kurze Affäre mit Veli-Matti gehabt. Die beiden hatten sich bei Kerttu Viitala kennengelernt, als

Veli-Matti seine grippekranke Frau vertreten und zwei Wochen lang die Pflege seiner Schwiegermutter übernommen hatte. Jaana hatte sich auf den ersten Blick in ihn verliebt. Ungeklärt blieb allerdings, wie ernst es Veli-Matti gewesen war. Anna hatte den Verdacht, dass diese Beziehung zumindest in Teilen Produkt des kranken Geistes von Jaana gewesen war. Sicher war zumindest, dass Veli-Matti auf dem Joggingpfad in Selkämaa irgendwann seiner mittlerweile zu einer jungen Frau herangewachsenen früheren Schülerin Riikka begegnet war, wo er sich laut Jaanas Aussage auch gelegentlich mit ihr getroffen hatte. Irgendwann hatte er Jaana wohl per SMS den Laufpass gegeben.

Sie hatte auf Rache gesonnen und ihre Taten sowohl in ihrem Ausguck in Selkämaa als auch in Häyrysenniemi geplant, wo sie mit ihrem Fernglas auf dem alten Campingstuhl gesessen hatte. Bei der Hausdurchsuchung waren tatsächlich Zweitschlüssel zum Haus der Helmersons sowie zur Wohnung und zum Wagen der alten Kerttu gefunden worden. Jaana hatte erzählt, sie sei bei den Helmersons fast nach Belieben ein und aus gegangen und mit dem Wagen der alten Frau Hunderte Kilometer gefahren, ohne dass es irgendjemandem aufgefallen wäre. Die Menschen sind so gutgläubig und dumm, hatte sie lachend gesagt.

Ville Pollari hatte nichts mit Jaana, Riikka oder Veli-Matti zu tun gehabt. Sie habe nur den Eindruck erwecken wollen, dass es sich um die Taten eines psychopathischen Serienmörders handele, hatte Jaana erklärt.

Was glaubst du denn, was du bist?, hatte Anna gedacht.

Vieles blieb auch weiterhin ungeklärt. Auf manche Fragen verweigerte Jaana Tervola die Antwort, und mitunter redete sie so wirres Zeug, dass es schwierig war, sich ein Bild von der gesamten Situation zu machen. Aber mit der Zeit würden sie auch die restlichen Details klären können, zumindest in dem Maß, in dem es nötig war. Der Ermittlungsbericht würde umfangreich werden und nicht leicht zu formulieren sein. Annas erster Bericht als Kripobeamtin.

Unter Annas E-Mail-Adresse war eine Nachricht eingetroffen.
Endlich, dachte Anna und fing an zu lesen: eine lange, traumartige Erzählung über einen Albtraum im realen Leben.

Wenn ich damals nicht den Notruf alarmiert hätte, hätten sie mich in jener Nacht garantiert umgebracht. Der Tod lag bereits in der Luft, *wallāhi*, er war nahe. Oder sie hätten mich in die Türkei verschleppt und im Handumdrehen mit dem Erstbesten verheiratet, dem ich gut genug gewesen wäre. Und glauben Sie mir, irgendwem wäre ich garantiert gut genug gewesen. Irgendein glücklicher alter Knacker hätte sich günstig ein junges Betthäschen sichern können, das er mit Fug und Recht und *forever* schlecht hätte behandeln dürfen. Und das wäre schließlich auch ein Tod gewesen, ein lebenslänglicher.

Als die Polizei damals bei uns aufkreuzte (ich hatte unsere Adresse genannt, weil ich nicht ganz genau wusste, wo in Vantaa ich war), rief Vater sofort an und drohte damit, Adan umzubringen. Ich hörte, wie meine Schwester vor Angst brüllte, aber Vaters Stimme war eiskalt. Wenn ich nicht zurücknähme, was ich der Polizei gegenüber gesagt hatte, und mir irgendeine Erklärung ausdächte, zum Beispiel dass ich schlecht geträumt hätte, würde Adan für immer verschwinden.

Die Rache kam erst später aufs Tapet. Kurz vor den Vernehmungen. Vater war total nervös. Die Polizei würde die Geschichte von meinem Albtraum sicher nicht schlucken, wenn sie uns richtig verhörte, und da kam er auf die Idee, der Anruf könnte doch genauso gut der Racheakt eines trotzigen Mädchens an seinen strengen Eltern gewesen sein. Ich muss zugeben, dass das ziemlich glaubhaft klang. Und irgendwie war es ja sogar wahr.

Ich konnte Adan doch nicht in Gefahr bringen. Ich musste für sie lügen.

Das Shirt habe ich im Kunstunterricht in der Schule bemalt, am Tag vor der Vernehmung. Mein Lehrer meinte, es wäre fantastisch. Als er jung gewesen sei, habe er auch andauernd um Hilfe gerufen. Unter anderen Umständen hätte ich das vielleicht sogar ermutigend gefunden. Eigentlich habe ich mich aber immer schon über diese Ich-verstehe-dich-Leier meiner Lehrer geärgert, und in der aktuellen Situation war es natürlich erst recht der reine Hohn. Scheiße, die verstehen doch überhaupt nichts! Behütet aufgewachsene, brave Jungs und Mädchen sind das! Die glauben im Ernst, Nachsitzen wäre eine Strafe, weil sie selbst vor Scham gestorben wären, wenn sie mal hätten nachsitzen müssen.

Juse fand das Shirt ebenfalls cool. Aber er glaubte nicht, dass es klappen würde. Er hatte eine Scheißangst, meine Leute würden es spitzkriegen und mich umbringen. Und Adan auch. Um sich selbst hatte er keine Angst. Er meinte, an einen Finnen trauen die sich nicht ran, aber ich wäre mir da nicht so sicher.

Es ist wirklich nicht bei allen Kurdenmädchen so, ich kenne sogar ein kurdisches Fitnessmodel, die trainiert und ihren Körper im Mini-Bikini in ganz Europa vorzeigt, und ihre Familie ist stolz auf sie. Und es ist auch nicht bei allen Muslimen so. Ob Sie's glauben oder nicht, die meisten von uns sind ganz normale Leute. Und selbst bei manchen Christen geht es so zu wie in meiner Familie. Bei manchen aus dem Südsudan beispielsweise. Und in Finnland gibt es diese heftige, durch und durch einheimische häusliche Gewalt, die man natürlich, wenn man einen Finnen fragt, überhaupt nicht mit unseren Geschichten vergleichen kann. Bei den

Finnen liegt so was immer »nur« am Schnaps, und alles, was am Schnaps liegt, ist beinahe in Ordnung oder wenigstens nachvollziehbar. Zumindest aus Sicht der Finnen, klar.

Ich weiß nicht, wovon das alles abhängt. Ich kenne viele muslimische Mädchen in Rajapuro, die sich schminken und in die Stadt gehen und ganz offen mit Finnen rumhängen, auch mit Jungs. Kann sein, dass ihre Familien das zwar nicht wahnsinnig toll finden, aber sie lassen ihren Töchtern trotzdem die Freiheit. Das finde ich großartig. Wenn ich irgendwann mal Kinder haben sollte, dürfen sie frei sein, und auch ich will frei sein.

Wie diese Nasime Razmyar, die Flüchtlingsfrau des Jahres. OMG, als die im Fernsehen Rumba tanzte, hat Vater den Stecker aus der Dose gerissen und so laut gebrüllt, dass ihm fast die Stimmbänder gerissen wären. So eine Hure käme bei uns nie wieder auf den Bildschirm. Er hat überhaupt nicht verstanden, dass Nasime genau deshalb tanzte. Damit die Kinder ebendieser Leute, die sich an der uralten Scheiße festklammerten, so wie meine Familie, endlich sahen, dass alles möglich war.

Als die Ermittlungen eingestellt wurden, haben sie ein Fest veranstaltet und sofort angefangen, einen Plan B zu schmieden, und das bedeutete: irgendein Typ in Deutschland, der noch älter und schmieriger war als der vorige. Damit wäre es ein für alle Mal aus mit meinen Luftschlössern und meinem sündigen Leben, und – noch viel wichtiger – die Familienehre wäre wiederhergestellt. Sie glaubten allen Ernstes, sie könnten so weitermachen wie bisher.

Es war fantastisch, als Sie angefangen haben, mich zu beobachten und vor unserem Haus zu spionieren. Vater war außer sich. Ehrlich, so wütend war er noch nie zuvor gewesen. Jetzt konnten sie mich nicht mehr einfach von der Schule nehmen und zu Hause einsperren. Sie konnten mich nicht mehr einfach so nach Deutschland verfrachten – und schon gar nicht umbringen.

Von da an ging es nach Plan C – auf den sie jedoch keinen Einfluss mehr hatten. Ach, war das gut!

Mir wird immer noch ganz schlecht vor Angst, wenn ich mir vorstelle, wie Sie mitten in der Nacht in der Passabteilung Ihrer Polizeidienststelle herumgeschlichen sind. Einfach schrecklich. Stellen Sie sich nur mal vor, da wäre jemand hereingekommen und hätte gesehen, wie Sie an meinem Pass bastelten! Sie wären doch garantiert im Gefängnis gelandet. Bei der Polizei hätten Sie jedenfalls nicht mehr arbeiten können.

Gleichzeitig muss ich darüber lachen. Es ist einfach eine so unglaubliche Story – wie im Kino! Sie sind so cool, das glaubt man gar nicht. Hoffentlich bekommen Sie meinetwegen keinen Ärger. Und Esko auch nicht. Geben Sie dem alten Säufer einen Klaps von mir und kitzeln Sie ihn jedes Mal, wenn er wieder irgendeinen rassistischen Mist labert. Ich kann es immer noch nicht fassen, dass ausgerechnet er mich bei sich zu Hause versteckt hat, bis alles organisiert war.

Das war das zweite Wunder: dass alles in Ordnung gekommen ist. Ihr habt mich zum Engel von Rajapuro gemacht, zu einem Engel, der nicht in den Tod gestürzt, sondern wirklich und wahrhaftig davongeflogen ist.

An den neuen Namen muss ich mich erst noch gewöhnen. Ich sage immer noch: Ich bin Bi... Aber das lerne ich bald.

Die Highschool ist toll. Ich bin dort gleich nach meiner Ankunft sehr herzlich aufgenommen worden. Ich habe auch schon ein paar Freundinnen gefunden, wir gehen zusammen essen und abends manchmal ins Kino. Das Wohnheim ist auch ganz okay. Im Moment sind hier acht Mädchen aus aller Welt. Ich teile mir das Zimmer mit einer Syrerin, deren großer Bruder der Einzige in der Familie war, der sie verteidigt und schließlich hierhergebracht hat. Der große Bruder! Die wichtigste Person in der Familie gleich nach dem Vater – kaum zu glauben, dass ausgerechnet er ihr geholfen hat! Das hat mir richtig Auftrieb gegeben. Vielleicht ändert sich das alles ja doch irgendwann. Es gibt Hoffnung. Wahnsinn, dass Sie von diesem internationalen Heim gehört hatten!

Bei mir ist also endlich alles gut. Aber ich mache mir Sorgen um Adan. Es ist ein ziemlich komisches Gefühl, dass das Jugendamt sie in Gewahrsam genommen hat, auch wenn ich weiß, dass sie jetzt in Sicherheit ist. Ich halte es nicht aus, dass ich keine Verbindung zu ihr habe. Hoffentlich ist ihre Pflegefamilie nett. Gut, dass Sie ihr meine Nachricht übermittelt haben. Sonst hätte sie ja immer noch panische Angst, weil sie dächte, ich wäre tot. Irgendwann sehe ich sie wieder – spätestens, wenn sie volljährig ist und hierher nachkommen kann.

Und meine Familie, diese verfluchten Arschlöcher ... Es geschieht ihnen so verdammt recht, dass sie denken, die Polizei hätte den Verdacht, sie steckten hinter meinem Verschwinden. Jetzt können sie zur Abwechslung mal schlotternd zu Hause sitzen und sich ausmalen, was passieren wird. So wie unsereins jahraus, jahrein. Ins Gefängnis kommen sie ja ohnehin nicht, weil man sie letzten Endes nicht mit meinem Verschwinden in Verbindung bringen kann. Es klingt bestimmt grausam, aber ich habe nicht das geringste Mitleid mit ihnen.

Außer vielleicht mit Mehvan. Ein kleines bisschen.

Love, B.

PS: Juse will nächstes Jahr Schüleraustausch machen. Raten Sie mal, wo!

Nachdem Anna alles gelesen hatte, löschte sie die E-Mail und entfernte sie auch aus dem Papierkorb. Anschließend löschte sie auch das E-Mail-Konto, das sie von Anfang an nur für diese eine Nachricht eingerichtet hatte. Nun verband sie nichts mehr mit Bihar und deren Verschwinden. Schließlich schaltete Anna den Computer aus. Doch die Erleichterung, die sie erwartet hatte, wollte sich nicht einstellen.

Sie holte die Visitenkarte hervor, die sie schon seit einiger Zeit immer wieder mal in der Hand gehalten hatte.

Pink-Ink. Individuelle Tätowierungen und Piercings – vom Profi für dich.

Sie dachte an das wild tätowierte Gesicht. An die bunt gemusterten Finger und Arme.

Und wählte die Nummer.

Danksagung

Danke, Aino, Ilona und Robert, für die Liebe, Lebensfreude und Kreativität, die ihr ausstrahlt.

Ich danke dem Otava-Verlag und ganz besonders Aleksi. Dank an Jaakko, Maija und Jan für ihre Ratschläge zur Polizeiarbeit und an Satu für ihre Hinweise zur Arbeit der Rechtsmediziner sowie an Sari für einige medizinische Detailinformationen. Wie ihr seht, hat die Fantasie dennoch gesiegt.

Danke, Mutter, dass du mir unermüdlich vorgelesen hast, als ich klein war. Ohne dich wäre dieses Buch nicht entstanden.

Steffen Jacobsen

»Es beginnt wie ein guter Thriller: bedrohlich, unheilschwanger. Und dann entlädt sich das Gewitter. Steffen Jacobsen versteht sein Handwerk.«
Berlingske

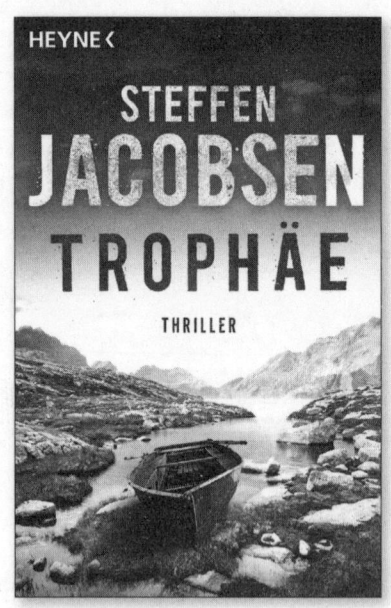

978-3-453-43762-3

Leseprobe unter **www.heyne.de**

HEYNE